PASSIONNEMENT

Tome 1

Romance

Edition spéciale LIVRE PARIS 2016

Allison RILEY

ASSIONNEMENT

Tome 1

Romance

Edition spéciale LIVRE PARIS 2016

collection kama ♥

Erato-Editions

ISBN 978-23-7447-077-1

Chapitre 1

Allyanna

Assise au volant de ma petite Clio rouge, j'attends que le feu passe au vert. Toutes fenêtres ouvertes, je savoure les premières chaleurs de ce fabuleux mois d'avril. Je profite de ce moment d'attente pour remettre une touche de gloss sur mes lèvres. À côté de moi, une chanson de rap résonne à fond dans une autre voiture abritant des jeunes hommes d'une vingtaine d'années. Ceux-ci se tournent vers moi et le conducteur me gratifie d'un clin d'œil. Je roule des yeux avant de reporter mon regard sur la route au moment où il faut avancer. La voiture me dépasse et le mec me klaxonne. Je lui réponds avec un doigt d'honneur. Décidément, il n'y a plus aucun respect pour les femmes, de nos jours.

Je me gare sur le parking du restaurant. J'ai trois minutes de retard. J'espère que Will n'est pas d'humeur bougonne et qu'il me pardonnera. Je descends de ma voiture, attrape mon sac et cours jusqu'à la porte de derrière, réservée aux employés.

— Pardon pour le retard, j'ai dû aller chercher de l'essence ! m'excusé-je en me dirigeant vers le bar où Will est occupé à essuyer des verres.

Au lieu de me fusiller du regard comme un patron le ferait à tout employé, Will m'adresse un sourire radieux avant de venir me serrer dans ses bras. Je suis surprise par cette approche même si elle est d'ordinaire anodine. Il a hérité du restaurant de sa famille à la mort de son père, il y a trois ans. Malgré ses vingt-cinq ans, il remplit très bien son rôle de boss. Compétent et sociable, il se lie souvent d'amitié avec les clients et pas uniquement parce que la plupart étaient des habitués du temps où son père était le gérant.

Quand j'ai commencé à travailler ici après le lycée, Will était serveur tout en étudiant à l'Université de New York. Mais il a tout laissé tomber pour reprendre loyalement l'affaire de son paternel. La mort de William Chase senior nous a beaucoup affectés. Presque tout le monde le connaissait à Brooklyn grâce au restaurant éponyme. Les clients ne manquent pas et l'établissement évolue positivement en notoriété.

Will m'écrase la joue d'un baiser.

— Ce n'est pas grave, je vais être clément aujourd'hui puisque c'est un jour spécial. Joyeux anniversaire ma belle.

Ah oui, nous sommes le dix-neuf.

— Merci, réponds-je en rougissant.

Will desserre notre étreinte et prend mon poignet à la place. Nos regards se croisent et je vois une lueur de malice dans ses prunelles vertes. Qu'est-ce qu'il mijote encore là ? Je le vois sortir un bracelet de la poche arrière de son pantalon.

— Ce n'est pas grand-chose, mais je ne savais pas trop quoi t'offrir. Je me suis initié aux bracelets brésiliens, récemment.

Je contemple le méli-mélo de tresses tandis qu'il me l'attache autour du poignet. Il est magnifique avec ses couleurs vert et jaune chatoyantes. D'habitude, à mes anniversaires, nous nous contentons de dîner ensemble entre amis et d'aller regarder un film au cinéma.

— C'est magnifique, murmuré-je en caressant le bracelet du bout du doigt. Tu es vraiment doué.

Il se met à rougir, ce qui est plutôt étonnant de sa part.

— C'est mon premier essai, dit-il modestement.

— Il est très réussi. On se voit toujours ce soir pour notre rituel annuel ?

— Évidemment, je ne raterai ça pour rien au monde, sourit-il.

Will est le mec le plus gentil du monde. Un peu trop romantique à mon goût.

Il l'est tellement que j'ai dû le ramasser plusieurs fois à la petite cuillère suite à des peines de cœur. Cela dit, nous serons toujours là l'un pour l'autre. Je lui dépose un baiser sur la joue avant de filer aux vestiaires, derrière la cuisine où Paloma me souhaite un joyeux anniversaire. Je lui réponds un « merci » souriant. Petite et rondelette, Paloma me fait beaucoup pensé à ma mère. Et ses petits plats... un véritable délice pour les papilles. Chelsea, ma meilleure amie depuis le lycée est déjà presque prête.

— Ah ! Miss Retard est enfin là. Heureusement que je ne t'ai pas attendu pour partir ! s'exclame-t-elle en se façonnant la queue-de-cheval réglementaire.

En plus d'être ma meilleure amie, elle est aussi ma colocataire. J'enfile en vitesse ma jupe noire, ma chemise blanche où je laisse un petit décolleté ainsi que mon blazer noir. En deux temps trois mouvements, je suis prête.

— Qui a parlé de retard ?

— Tu viendrais en retard même à ton propre enterrement, raille-t-elle en se mettant une dernière couche de rouge à lèvres.

Je pouffe de rire devant l'ironie de sa plaisanterie et la pousse gentiment d'un coup de hanche pour me placer devant le miroir et me façonner un chignon. C'est là qu'elle remarque mon bracelet.

— C'est Will qui me l'a offert tout à l'heure.

— Très réussi, commente-t-elle en l'examinant. Si je devais me fier à mon instinct de prédatrice sexuelle, je dirais qu'il en pince pour toi.

Je lui lance un regard courroucé. Chelsea est pour ainsi dire une mangeuse d'hommes. Elle n'a jamais vraiment eu de relations stables. En réalité, son premier petit-ami l'a plongée dans la drogue à seize ans. Elle a suivi une cure de désintoxication et est ressortie deux ans plus tard, aussi clean qu'une fille qui n'y avait jamais touché. En revanche, sa virginité n'est pas revenue, elle. Au contraire, avec ses longs cheveux bruns, ses yeux noisette envoûtants et son corps parfait qui m'a toujours rendue jalouse,

elle a tous les hommes à ses pieds. Elle ne reste jamais plus de trois nuits avec le même mec, aussi son tableau de chasse est bien rempli, contrairement au mien...

— On est amis depuis des années, répliqué-je. Ce n'est pas parce que vous avez couché ensemble quelques fois qu'il veut se taper toutes ses employées.

— Non, mais il suffit de le regarder.

Je secoue la tête. Will et moi ne sommes qu'amis et il en est parfaitement conscient. Il ne m'a jamais fait d'avance, je ne vois pas pourquoi il m'en ferait aujourd'hui, après toutes ces années. Il est mignon, certes, mais il n'est pas vraiment mon type d'homme. Je déteste être choyée et lui est le genre à décrocher la lune pour sa petite-amie. Je préfère les hommes plus robustes sentimentalement, plus... pragmatiques.

— Tu te fais des idées, chérie, la rassuré-je en ouvrant la porte.

Le restaurant est plutôt grand. Nous sommes cinq serveurs en tout. Jenny nous aide au rez-de-chaussée tandis que les deux autres, Joey et Mélissa, s'occupent du deuxième étage, plus petit. Jenny nous interpelle tandis que nous nous dirigeons vers l'office où le menu du jour que nous devons mémoriser ainsi que l'inventaire de la cave et le registre des clients qui ont réservé attendent d'être étudiés.

— Les filles, nous avons une table de seize et une de douze ce midi, qui veut s'en occuper ?

Si j'adore mon métier, ce n'est pas vraiment le cas de Jenny et Chelsea. Je travaille à temps plein tandis qu'elles poursuivent des études à côté. Jenny étudie la chimie, quant à ma meilleure amie, elle prépare un MBA en gestion des affaires et management.

— C'est que j'ai mes cours à réviser, je dois partir à 14 heures au plus tard et s'ils sont plutôt lents à manger... décline Chelsea.

— Pas de problème, je vais m'en occuper, décidé-je.

Il est 11 h 45 lorsque les premiers clients font tinter la clochette accrochée au-dessus de la porte d'entrée.

Nous les faisons entrer, les installons puis Jenny se charge de prendre leur commande tandis que je m'évertue à faire des aller-retour de la cave au restaurant afin de ramener les bouteilles de vin du jour. Chelsea et Jenny sont toutes deux occupées à desservir les plats en cuisine lorsque la table de douze arrive. Merde, si l'une d'elles pouvait m'aider à retirer leurs veste, ce ne serait pas de refus. Or, aucune d'elles n'est encore sortie des cuisines. Je m'approche alors des hommes (il s'agit exclusivement d'une gent masculine) avec mon plus beau sourire. Ils sont presque tous vêtus de costume-cravates et je me demande ce qu'ils peuvent bien faire dans un restaurant tel que « *Chez Will* ». Non que celui-ci ne soit pas assez esthétique pour des hommes d'affaires, seulement j'aurais plutôt vu ces gens-là dans un quatre étoiles. Bah ! Ça augmente notre chiffre d'affaires.

— Bonjour Messieurs, bienvenue, claironné-je. Puis-je vous débarrasser ?

— Bien sûr, jolie demoiselle, me répond un homme d'une cinquantaine d'années qui doit être le boss de l'équipe.

Je m'active tant bien que mal au vestiaire et les installe à leur table. Parmi ces hommes, il y en a cinq qui se distinguent parfaitement des autres de par leur style vestimentaire. Si les hommes en costumes sont sur leur trente-et-un, les cinq (beaucoup plus jeunes que la plupart assis à la table) sont habillés en jeans et veste en cuir. Le contraste est totalement contradictoire, à mon humble avis.

Des rockeurs déjeunant avec des businessmen, c'est du jamais vu au restaurant. Je leur propose un apéritif qu'ils refusent.

— Quel est le plat du jour, mademoiselle ? s'enquiert le vieil homme qui m'a parlé au début.

— Un filet de daurade rôti au beurre blanc accompagné de son risotto au safran, récité-je.

— Dans ce cas, je vais prendre une assiette de saumon fumé « maison » et la crème ciboulette, le plat du jour, et en dessert… une crème catalane, s'il vous plaît, décide le boss.

Je prends les commandes des autres convives et termine par le seul qui n'a pas encore décidé. Il est très beau.

Vingt-cinq ans environ, cheveux bruns coupés à ras, pommettes saillantes… Il tient la carte des menus de ses mains longues et puissantes. Mon regard s'attarde sur celles-ci et je me surprends à me demander ce qu'elles savent faire d'autre que de tenir une carte de restaurant. Je me ressaisis aussitôt. Qu'est-ce qu'il m'arrive ? Je n'ai encore jamais eu de pensées de ce genre et encore moins à l'égard d'un client. Chelsea a peut-être raison. Je dois me sortir les doigts du cul et aller me faire déflorer. Être vierge à vingt et un ans, c'est un peu gênant quand on y pense. Seulement, je ne me sens pas prête encore. Et puis personne ne me l'a demandé ces derniers temps. Je me mets alors à penser à Will et au fait qu'il est peut-être amoureux de moi… NON ! Pas Will. Hors de question que je couche avec mon patron et encore moins mon meilleur ami. C'est comme coucher avec mon frère. Non. N'importe qui, mais pas Will.

— Mademoiselle ?

La voix du gars aux mains puissantes me fait sursauter. Je manque d'en faire tomber mon bloc-notes.

— Oui, pardon, m'excusé-je en piquant un fard.

— Qu'est-ce que le gaspacho andalou ? demande-t-il.

— Une soupe froide aux légumes d'été, poivrons, tomates et épices.

— Alors je vais prendre ça, les joues de bœuf braisées aux poireaux caramélisés et ses pommes de terre au four et un crémeux chocolat noisette, glace chocolat blanc, commande-t-il sur un ton plutôt autoritaire.

Et s'il vous plaît, c'est pour les chiens ? Je note sur mon bloc-notes avant de reprendre les cartes du restaurant autour de la table.

— Je vous laisse patienter quelques minutes, minaudé-je avant de partir annoncer la commande à Paloma et ses commis.

Puis je retourne en salle afin d'accueillir ma table de seize qui vient d'arriver. C'est une partie des invités d'un mariage, à en juger par les costumes élégants des hommes et les robes sublimes des femmes. Je les installe, prends leurs commandes et repars apporter l'entrée à ma table de douze. Je n'ai pas une seconde de répit.

Au moment d'apporter les cafés aux hommes d'affaires, je me prends le pied dans le câble de la rallonge utilisée pour le réchaud de Jenny, occupée à faire une crêpe flambée au Grand Marnier et trébuche. J'essaye de rattraper mon plateau, mais trop tard, une tasse se renverse, répandant du café brûlant partout sur la table de mes clients... et sur le pantalon du mec impoli. C'est bien ma veine.

— Putain, vous ne pouvez pas faire attention ? beugle-t-il en se reculant, manquant de tomber de sa chaise.

La panique me submerge. Je pose le plateau sur la table et entreprends d'essuyer le pantalon de mon client avec un mouchoir que j'avais dans ma poche, tout en m'excusant.

— Je suis désolée, pardon, je suis tellement confuse !

C'est à ce moment-là que je me rends compte avec horreur que je suis en train de lui nettoyer l'entrejambe... Mais quelle conne ! Je me redresse, aussi rouge que la moquette du restaurant.

— Je suis vraiment désolée, répété-je.

— Oui, vous pouvez l'être, grogne-t-il.

Je mets toute ma volonté pour ne pas lui foutre mon poing dans la gueule. Quel enfoiré !

— Où sont les toilettes ?

— Au fond à droite, réponds-je sur le même ton sévère, lasse de me faire engueuler pour une simple tache.

Il se lève en jurant et part en direction du couloir tandis que son copain est en train d'exploser de rire en silence. Je le vois aux larmes qui brillent dans ses yeux caramel. J'ai envie de partir. De jeter mon torchon, et de m'enfuir. Ou de succomber à une crise cardiaque, au moins là, je serai sûre de ne pas faire la même connerie deux fois.

— Ne vous inquiétez pas, intervient le boss sur un ton rassurant, il est un peu nerveux, c'est tout. Il va revenir et s'excuser.

L'homme revient, la tache toujours présente au niveau de son entrejambe, sans s'excuser. Il ne m'accorde pas même un regard. Je serre les dents pour ne pas l'étrangler sur-le-champ.

Je ramène un autre plateau de café, cette fois en faisant bien attention où je mets les pieds (le Connard a reculé un peu plus sa chaise, comme pour se foutre de ma gueule) et réussis le service sans encombre. Je retourne ensuite en cuisine pour apporter les cafés aux clients invités au mariage et, le temps de faire couler la cafetière et de revenir en salle, le Connard et ses confrères s'étaient tirés.

Tant mieux, je ne verrai plus sa gueule de con.

Jenny et Chelsea sont parties depuis longtemps lorsque j'ai terminé de débarrasser mes tables. Will vient m'aider et me rassure à propos du drame dont j'ai été l'auteure. Bien sûr, ça n'a échappé à personne...

— Allez, va te changer, je m'occupe de la fermeture.

Je mets un petit moment avant de ressortir du vestiaire, tentant de me calmer. Je déteste être énervée. Le stress donne des boutons. Je décide d'aller faire un tour à la librairie avant de rentrer chez moi. J'envoie un SMS à Chelsea pour qu'elle ne s'inquiète pas.

Finalement, j'achète un bouquin de Mary Higgins Clark dont je fais la collection. J'adore les histoires à suspens et dramatiques. C'est mieux que les romans à l'eau de rose où la gonzesse baise avec le mec et hop ! elle se retrouve enceinte et tente durant tout le livre de le dire au mec en question. C'est tellement cliché !

Ma meilleure amie est occupée à réviser quand j'entre dans notre appartement de Brooklyn. Ce n'est pas un logement de luxe, mais il a son charme.

Et puis, on a bien retapé la décoration. Je me sers un verre de jus de pomme avant d'aller me faire couler un bon bain. J'en ai bien besoin après un service si éprouvant. Je regarde l'heure. Il me reste environ quatre heures de répit avant de reprendre pour le service du soir. L'eau chaude détend tous les muscles de mon corps. Je suis bien, tellement bien ! Je ferme les yeux pour savourer ce moment magique… jusqu'à ce que je repense au Connard et à ses mains puissantes… qui pourraient très bien parcourir mon corps avec délice… Putain ! Je me relève à moitié dans la baignoire, choquée. Mais qu'est-ce qui m'arrive, bordel de merde ! Ce mec est le Diable incarné et je me mets à fantasmer sur lui. Je dois être folle à lier. Comme le bain ne m'est d'aucuns recours quant à oublier cet événement, je décide d'en sortir. Je me sèche, m'habille, me maquille et rejoins Chelsea dans le salon. Je me pose sur le canapé et me plonge dans le livre que je viens d'acheter.

Le service du soir est plutôt calme pour un samedi. Les clients ne s'attardent pas éternellement, les plats arrivent vite et, Dieu merci, le Connard ne revient pas. Au moment de prendre notre repas avant l'arrivée des clients, Paloma m'a concocté un joli gâteau muni de vingt et une bougies que j'ai soufflées. Ce moment a fait retomber la pression que j'avais depuis l'incident de ce midi.

Dans le vestiaire, au moment de la fermeture, je me rends compte que je n'ai aucune idée du film qu'on va regarder au cinéma avec Chelsea et Will pour mon anniversaire.

— Cette année on laisse tomber le cinéma, m'explique mon amie. Les Devil Angels viennent de signer un gros contrat avec une maison de disque et ils font un concert au *Starlight*, ce soir. Ça commence à 23 heures, il faut se dépêcher.

— Will est au courant du changement de plan ?

— Bien sûr, c'est lui qui l'a organisé.

Je regarde l'heure. Il nous reste à peu près une heure.

— Je ne vais pas y aller en jeans ! m'exclamé-je.

— J'ai tout prévu, répond Chelsea en s'emparant d'une housse pendue au cintre.

Elle enlève la fermeture éclair et je découvre une fabuleuse robe de soirée blanche avec des nœuds en guise d'attache sur les épaules.

— Tu l'as acheté quand ? je m'écrie, émerveillée par cette beauté.

— Cet après-midi avant de retourner à l'appartement. Joyeux anniversaire, claironne-t-elle.

Je la prends dans mes bras en la remerciant.

— Tu vas être une bombe, ce soir, m'assure-t-elle en m'aidant à enfiler la robe. Par contre, les escarpins s'appellent « Reviennent », ajoute-t-elle en me donnant les chaussures argentées et assorties à la robe.

Elle se prépare à son tour tandis que je retouche mon maquillage du mieux que je peux. Heureusement, elle a pensé à ramener son fer à boucler et je m'affaire à faire ressortir quelques ondulations par-ci par-là de ma chevelure rousse. Une touche de parfum à la vanille et me voilà parée à faire la fête. Je n'ai aucune idée de qui est le groupe que l'on va voir, mais je m'en fous, du moment que ça ne hurle pas. J'ai envie de faire la fête et de me soûler la gueule. Et peut-être m'envoyer en l'air.

Il serait temps.

— Décidément, je ne peux pas rivaliser avec toi niveau beauté, fais-je lorsque Chelsea est prête également.

— Et ta connerie ? T'es une bombe sexuelle, j'aurais été

un mec, je t'aurais sautée dessus à la première occasion. Tu me donnes envie de changer de bord, tiens.

Nous nous mettons à rire tout en sortant du restaurant. Nous décidons de prendre la voiture de Chelsea. Une Audi A4 vaut mieux qu'une petite Clio dans ce genre de soirée.

— Qu'est-ce qui s'est passé ce midi ? Je n'ai quasi rien vu, j'étais en cuisine, mais Jenny m'a dit...

— Je n'ai pas envie d'en parler, la coupé-je. J'ai eu suffisamment honte comme ça.

— Comme tu veux, répond-elle en haussant les épaules. Tu as réfléchi pour Will ?

— Quoi Will ?

— S'il te demande de coucher avec lui où s'il te fait des avances, comment tu réagirais ?

— Je t'ai déjà dit que Will et moi, c'était de la pure amitié. Il ne se passera jamais rien entre nous et il le sait.

— Mmh, marmonne Chelsea, l'air pas du tout convaincu.

Nous arrivons à l'entrée du club à 22 h 30 où Will nous attend. Il me scrute avec des étoiles pleins les yeux. Je suis si bien habillée que ça ?

— Tu es... sublime, me complimente-t-il.

Je ne peux m'empêcher de rougir et Chelsea me jette un clin d'œil derrière le dos de notre ami. Je la fusille du regard. Nous entrons dans la boîte de nuit déjà bien bondée et bien alcoolisée.

Pendant que Will part au bar nous chercher des cocktails, Chelsea me crie, tentant de couvrir le boucan du night-club.

— Il en pince pour toi, je te dis !

— Je ne coucherai pas avec Will !

— Pourtant il serait pas mal pour ta première fois. Même si ce n'est qu'une histoire de cul, c'est toujours mieux qu'un parfait inconnu.

— Ce n'est pas avec lui et encore moins de cette façon que j'imagine ma première fois.

— Petite sainte-nitouche !

— Salope !

Nous nous mettons à rire quand Will revient avec un plateau de cocktails mimosa pour Chelsea et moi et une bière pour lui. Nous dansons, nous buvons... bientôt je commence à avoir chaud. J'en suis à mon troisième cocktail quand le groupe (j'ai oublié leur nom) arrive sur scène. J'ai du mal à voir les membres devant toutes ces têtes déchaînées qui m'entourent de partout. Ils commencent à chanter. C'est le genre de musique que je n'ai jamais écoutée. Sur le coup, je n'apprécie pas du tout, mais, sans doute sous l'effet des quatre autres cocktails que je m'envoie dans le gosier, au bout de quelques minutes, je finis par danser comme une dingue. Le chanteur a une voix sublime, il faut l'avouer. Grave et suave, le genre de voix à faire mouiller les petites culottes de la salle. Je tente de me frayer un chemin afin de les voir de plus près, mais impossible de mettre un pied devant l'autre sans me faire pousser. Je ne comprends pas grand-chose aux paroles – je suis complètement déchirée – mais le peu que je saisis est bien salace.

Je prends conscience que je me suis assez soûlée lorsque je commence à ne plus voir bien net. Ma vision se trouble et j'ai des nausées. Will, qui danse à côté de moi – un peu trop collé à moi, d'ailleurs – me demande si je vais bien.

— Je vais prendre un peu l'air.

— Quoi ? crie-t-il pour couvrir le son des basses.

— Je sors un peu ! répété-je, plus fort.

— OK, je t'accompagne.

— Non, reste ici, ça va aller, je reviens.

Je n'ai aucune envie qu'il me voit gerber. J'ai eu mon compte d'embarras pour la journée.

— OK, mais tu m'appelles si tu as un souci !

— Oui !

Puis je me faufile tant bien que mal parmi les fêtards déchaînés, saouls et trempés de sueur. Je crois qu'une éternité s'est écoulée quand je parviens enfin à sortir de la discothèque. Des gens fument devant l'entrée. Sentant mon repas remonter dans mon estomac, je titube jusqu'à trouver un coin où il n'y a personne, à l'arrière de la boîte de nuit. Mon téléphone se met à vibrer dans mon soutien-gorge. C'est Will.

— Le concert est fini, où es-tu ?

Au moment où je vais lui répondre malgré mon état d'ébriété, la porte devant laquelle je me trouve s'ouvre à la volée et je me la prends en pleine tronche. Mon téléphone vole avant de s'écraser au sol tandis que je tombe sur le bitume.

— Merde ! s'écrie quelqu'un.

L'alcool mélangé au fait que je viens d'embrasser une porte en métal me met encore plus dans les vapes. Je sens que l'on me parle tout en essayant de me relever, mais je ne comprends pas un traître mot de ce que l'homme me dit. Quand je finis par me relever en me tenant à ses épaules, mon estomac se retourne et je dégobille comme une fontaine.

— Bordel, mes chaussures ! Mais elle le fait exprès, ma parole !

J'entends des rires derrière nous et je fais de même.

— Pardon, m'excusé-je en me marrant avant d'être prise par un hoquet. Ça fait du bien.

— Il y a son téléphone qui sonne, fait remarquer quelqu'un d'autre.

Celui qui m'a ramassé -je ne peux pas discerner son visage à cause de ma vision troublée - prend l'appareil et je tente de m'en emparer. Il n'a pas le droit ! C'est *mon* téléphone !

— Allô ? fait-il à mon interlocuteur.

— Rends-le-moi, connard ! braillé-je. Et puis lâche-moi !

Je me débats pour me libérer de son emprise et regrette aussitôt, car bientôt, la tête me tourne de plus en plus vite et mes jambes flageolent, luttant pour soutenir mon poids. J'ai juste le temps d'entendre quelqu'un dire « Tiens là », mais trop tard. Je m'effondre par terre, dans les vapes.

Chapitre 2

Kevin

Mais quelle conne ! Elle ne sait pas coordonner ses pieds avec son cerveau ou quoi ? Je regarde dans le rétroviseur intérieur. Elle est allongée sur la banquette arrière, sa tête bringuebalant dans les virages et les nids de poule tandis que je suis la voiture de son copain que j'ai eu au téléphone un peu plus tôt. Dieu merci, on est sobre. Je dois avouer qu'elle est sexy en diable, putain. Sa robe est remontée en haut de ses cuisses pâles et ma virilité ne manque pas de le remarquer aussi. *Chut, Rocco, calme-toi.* Oui, j'ai donné un nom à ma bite. Parce que, je ne veux pas me vanter, mais je suis plutôt bien monté, vous entendriez les filles que je fais crier... Bref, il faut que je me concentre sur la route alors je m'efforce de ne pas reluquer cette rouquine en train de cuver à l'arrière de ma bagnole. Si elle gerbe dedans, je jure que je l'étripe !

Nous arrivons près d'une résidence plutôt cosy. Le copain (petit-ami ?) de Miss Poil de Carotte ouvre le portail grâce à un badge et nous entrons sur le parking. Les autres membres du groupe sont restés au bar, je les rejoindrai après.

Le mec s'occupe de la copine de la rouquine (il se tape les deux ?) elle aussi très sexy et visiblement encore plus déchirée que Fifi Brindacier. J'attrape celle-ci dans mes bras et, en marmonnant, elle se love contre ma poitrine. Ma queue réagit automatiquement. Elle est bandante, oui. Elle m'a aussi fait de l'effet ce midi au restaurant avec son petit chemisier qui montrait la naissance de ses seins. Je me suis imaginé en train de la prendre dans la réserve, entre les cartons de bouteilles de Champagne. Puis elle m'a renversé une tasse pleine de café bouillant pile sur les bijoux de famille. Putain, j'ai cru que mes boules allaient se désintégrer. Je lui ai hurlé dessus avant de m'apercevoir qu'elle m'essuyait, à genoux devant moi et un tas de scénarios plus pervers les uns que les autres me sont venus à l'esprit... En levrette sur mon canapé, contre le frigo, ma semence sur sa langue... Je me suis précipité aux toilettes avant qu'elle ne m'ait vu bander.

Nous montons un escalier en colimaçon.

– Tu tiens le coup ? me demande le Casanova. (Il doit sûrement se taper les deux. Un sentiment m'envahit, comme si j'avais envie de lui casser la gueule juste parce que je l'imagine en train de fourrer la rouquine)

– C'est plutôt à toi qu'il faudrait poser la question, répliqué-je un peu trop sèchement.

Il est aussi baraqué qu'une crevette et il peine à monter les marches devant moi.

– Je gère.

Je ricane. Tu gères mon cul, oui ! C'est limite s'il ne va pas s'écrouler sous le poids de sa copine. Heureusement pour lui, on arrive devant la porte de leur appartement. J'ai vraiment envie de savoir s'il s'en tape une des deux. Ou s'il est adepte des plans à trois.

– Vous habitez tous les trois là ?

Il galère un peu avec la porte avant de réussir à l'ouvrir et rentre à l'intérieur de l'appartement. Il n'est ni trop grand ni trop petit, sobre avec quelques touches féminines comme des talons près de la console d'entrée, des cadres enfermant des photos des deux filles, pas de console de jeux, des magazines *people* sur la table basse, pas de vêtements sales au sol, bref, un vrai repaire de gonzesses. Pas possible que la crevette habite ici et il me le confirme en posant la brune sur le divan.

– Chelsea et Ally sont colocataires, moi j'habite un peu plus loin dans la rue.

– Laquelle est ta copine ?

Je n'avais pas vraiment prévu de lui poser cette question, mais maintenant que c'est fait... Crevette sourit en secouant la tête.

– Aucune, enfin pas à proprement parlé.

Je le regarde, l'encourageant à poursuivre. Il se passe la main dans les cheveux. *Tu te soumets, c'est bien.*

– J'ai couché quelques fois avec elle, finit-il par avouer en désignant la brune.

– Et elle ? demandé-je en hochant la tête vers la rouquine toujours allongée dans mes bras.

Il se met à rire.

– Aucune chance avec elle.

Mon sang se glace. Est-elle lesbienne ? Mes chances de la voir nue sous moi tombent à l'eau. À moins qu'elle ne m'offre un show privé avec une copine...

– Elle est discrète et trop intelligente, c'est pas le genre de nana qu'on drague en boîte de nuit. On est juste amis.

– Mais tu aimerais davantage, deviné-je.

– Tu es psy en plus ? Au fait c'est quoi ton nom ?

– Kevin. Kevin Reynolds.

– Will Chase, se présente-t-il. Je ne te serre pas la main, elle est occupée, fait-il en fixant celle-ci agrippée aux cuisses nues de la rouquine, Ally ou Chelsea, je n'en sais rien. Sa chambre est là.

Je le suis à contrecoeur. J'aurais voulu la tenir encore dans mes bras. Parcourir son corps de mes doigts habiles... Sa chambre est tout ce qu'il y a de plus... normal. Rien d'extravagant. Un lit blanc avec des motifs floraux, une coiffeuse avec quelques produits dessus, une armoire, une commode, un bureau avec un ordinateur portable, une table de chevet où trône un réveil Minnie (sérieusement ?) et une photo des trois amis. Je la pose sur son lit, elle marmonne des paroles inintelligibles avant de ronfler doucement. Je n'y crois pas, elle ronfle ! Je me tourne vers Will.

– Tu l'as déjà vu à poil ?

Ma question semble le désarçonner, il me regarde comme si j'avais une bite au milieu du front.

– Euh non.

Pff petit joueur.

– Alors tu devrais aller voir ton autre copine si elle n'est pas en plein coma éthylique, je m'occupe d'elle. C'est quoi son prénom ?

– Allyanna.

Allyanna. Waow, je n'ai jamais entendu un prénom aussi magnifique. Will reste planté là comme un couillon.

– Quoi ?

– Bah c'est que je ne te connais pas, je ne vais pas te laisser toucher à mon amie.

Je lève les yeux au ciel.

– Je ne suis pas nécrophile, mon gars. J'aime quand les femmes crient mon nom et tout ce qu'elle pourrait faire, elle, c'est me dégueuler dessus. Encore. Elle schlingue le vomi, alors je vais la changer et la mettre au lit, sois tranquille.

Il hoche la tête et sort de la pièce. Bon. Passons aux choses sérieuses. Je fouille dans sa commode à la recherche d'une tenue de pyjama. Il n'y a que des culottes en coton. Putain, elle ne connaît pas la dentelle et les porte-jarretelles ?! Je finis par trouver un T-shirt des *Rolling Stones* et un short aux couleurs nationales. Je la déshabille délicatement. Elle ne se réveille même pas, marmonnant simplement dans son sommeil. Je prends un malin plaisir à défaire les noeuds de sa robe sur ses épaules en me jurant de les lui retirer avec les dents avant de la baiser, la prochaine fois. Je décide de lui laisser ses sous-vêtements même si la tentation de la mater dans son intégralité est forte. Je suis un salaud, mais il y a des limites. Elle se réveille finalement quand je l'assois pour lui passer son T-shirt.

– Qu'est ce que tu fais ? bougonne-t-elle d'une voix rauque et endormie.

– Je te mets à l'aise pour dormir. Voilà, j'ai fini. Repose-toi, bonne nuit.

Je commence à bander après avoir pu découvrir son corps menu, mais affriolant, il faut donc que je m'éclipse sinon je vais exploser. Mais Allyanna m'attrape le bras et me regarde d'un air implorant, comme un chiot perdu qui vous demande silencieusement de l'adopter.

– Reste avec moi, murmure-t-elle.

Quoi ? Ai-je bien entendu ?

– Je ne crois pas que ce soit une bonne idée.

Après tout, je ne la connais pas et puis elle m'a brûlé les couilles pas plus tard que ce midi. *Et toi tu as failli lui exploser le crâne*, raille ma conscience. Je réprime un rire à ce souvenir. La gamelle qu'elle s'est prise !

– OK, mais avant je vais soigner ta plaie, tu saignes.

Elle hoche la tête d'approbation et je sors de la chambre pour demander à Will, assis sur le canapé, les pieds de Chelsea sur ses cuisses, où se trouve la boîte de premiers soins.

– Dans l'armoire de la salle de bains en face de la chambre d'Ally.

– OK, elle veut que je reste auprès d'elle alors je vais attendre qu'elle se rendorme.

Ma pique le tique. Il me fusille littéralement du regard avant de se rendre compte que je l'ai grillé et reporte son attention sur la télévision. Il en pince donc pour elle… Je vais dans la salle de bains, m'empare de la trousse et remplis un gobelet d'eau avant de retourner dans la chambre d'Allyanna. Je m'assieds au bord du lit et entreprends de soigner sa vilaine plaie avec une compresse et de l'alcool modifié. Elle doit être sacrément éméchée, car elle ne tressaille même pas. Je la réveille doucement pour lui faire avaler des analgésiques afin de lui éviter une énorme gueule de bois demain matin. Je suis cruel, mais pas à ce point, même si c'est ce qu'elle mérite pour avoir autant bu. Qui sait ce qui aurait pu se passer si je ne lui étais pas tombé dessus. Elle boit tout le gobelet et s'essuie la bouche du revers de la main.

– Viens, dit-elle en tapotant la place derrière elle.

– Tu es au courant que l'on ne se connaît même pas ? fais-je remarquer.

– Si tu avais voulu me faire du mal, tu n'aurais pas pris la peine de me soigner, réplique-t-elle.

Elle marque un point. J'ai eu envie de lui arracher tous ses vêtements – envie que j'ai toujours –, mais je me contiens. Je suis un connard qu'avec les filles sobres. Je retire mes chaussures, mes chaussettes mon pantalon et mon T-shirt (autant se mettre à l'aise) et me glisse derrière elle en position de la cuillère. Ma bite apprécie et ne tarde pas à me le faire comprendre en sentant les fesses d'Ally se presser contre elle. Ma belle rouquine se met à gigoter et je pousse un grognement.

– Arrête de te trémousser, ça m'excite, lui chuchoté-je à l'oreille.

Elle sent bon la vanille, putain. Je voudrais que la nuit ne se termine jamais. Elle se retourne et pose sa tête contre ma poitrine, là où mon coeur cogne comme un fou. Qu'est-ce qui m'arrive ? Il n'a jamais battu aussi fort. Quand je pense à Will qui doit sûrement s'être endormi sur le canapé alors que je suis avec celle qu'il rêve de baiser, à moitié à poil... Oui, je suis un connard. Et je le vis bien.

Chapitre 3

Allyanna

Une semaine s'est écoulée depuis le soir où je me suis fait assommer. Will m'a raconté ce qu'il s'est passé, comment ce gars – je n'ai pas retenu son prénom – m'a transportée à la maison pendant que mon meilleur ami s'occupait de Chelsea, avant de s'endormir avec moi et de filer au petit matin. J'ai dormi avec un inconnu sans même m'en rendre compte ! Heureusement, je ne me suis pas réveillée nue. En revanche, il avait pris soin de me changer. Will a zappé cet épisode, mais je l'ai deviné, car je portais mon T-shirt des *Rolling Stones* que je n'ai pas mis depuis mes quinze ans et mon short aux couleurs des États-Unis que j'ai cru avoir mis à la poubelle il y a bien longtemps. Ça ne peut être que cet inconnu qui m'a déshabillée pour ne pas connaître mes goûts vestimentaires. Il m'a déshabillée, putain ! Il m'a vue à poil. Enfin en sous-vêtements, mais c'est tout comme. Bref, depuis une semaine, je me triture l'esprit à peser le pour et le contre, à savoir si je dois chercher à le revoir ou pas pour le remercier de m'avoir secouru... ou l'étriper pour m'avoir presque tuée.

En fin de compte, je pense qu'il ne vaut mieux pas que je le revoie après tout, il m'a vue presque toute nue et j'ai déjà été assez humiliée. Non, je vais continuer ma petite vie, comme si cette soirée n'avait jamais existé.

J'arrive au restaurant quinze minutes en avance avec Chelsea. Will est occupé à la caisse, nous le saluons avant de nous diriger vers les vestiaires pour notre service. Nous nous habillons en bavardant.

– Les Devil Angels reviennent ce soir. Leur concert de la semaine dernière a fait péter les chiffres d'affaires du *Starlight,* du coup ils remettent ça. Il faut qu'on y aille, chérie.

— Qui ça ? fais-je, ne comprenant pas de qui elle veut parler.

— Il t'arrive de lire un magazine *people* ou de regarder la télé, parfois ? Les Devil Angels ! Le groupe de beaux gosses qu'on est allé voir la semaine dernière !

— Ah oui, fais-je. Je ne les ai pas regardés… il y avait trop de monde.

Inutile de lui révéler que c'était parce que je me suis enfilé trop de cocktails et que je n'avais plus les yeux en face des trous avant de les avoir remarqués.

— Ce soir, je m'en fais un, décide-t-elle.

Je ris. Je la reconnais bien là.

— Fais ce que tu veux, mais ce sera sans moi. J'ai du boulot.

Elle me regarde avec des yeux comme des soucoupes.

— T'es pas sérieuse ! Ally tu ne peux pas me faire ça, il faut que tu viennes !!

– Je crois que tu as oublié comment on a fini la dernière fois qu'on est allées au *Starlight.*

En tout cas, moi non et c'était la première et dernière fois que j'entrais dans cette boîte de nuit et que je buvais de l'alcool. Chelsea s'appuie sur le rebord du lavabo, me faisant face. Je tente de l'ignorer en me concentrant sur l'élaboration de mon chignon, mais elle est du genre tenace, aussi je finis par la regarder.

— De quoi tu as peur au juste ?

Je fais les gros yeux avant de m'esclaffer et de répondre le plus ironiquement possible.

— Oh je ne sais pas, voyons, de me faire assommer par un abruti et m'endormir à côté de lui sans m'en rendre compte parce que je suis trop bourrée pour avoir conscience de quoi que ce soit ?

Je réalise que j'ai crié sur la fin et la culpabilité m'envahit quand je vois l'air penaud sur le visage de ma meilleure amie. Je l'ai blessée.

— C'est vrai que je n'ai pas été une super amie le week-end dernier. Mais je vais me rattraper, ce soir, je ne bois pas, je te le jure. Viens s'il te plaît !

— Non, fais-je, catégorique.

Ce soir, j'ai prévu de terminer mon chapitre du roman fantastique que je suis en train d'écrire puis me retrouver en tête-à-tête avec Bruce Willis ou Liam Neeson, mes Dieux du septième art. Bon, je ne suis pas spécialement attirée par les hommes mûrs, mais il faut bien avouer que ces deux-là sont plutôt bien conservés.

Chelsea me fait sa petite moue adorable et je sens mes barrières se fissurer. Juste une heure ou deux, peut-être... Non, je me suis promis de ne plus y aller. Et si je revoyais l'autre abruti pseudo-tueur de filles bourrées ? Je n'arrive même pas à me faire ce satané chignon à force de tergiverser. Je soupire, vaincue. Encore.

— Tu m'énerves.

Elle applaudit avec un grand sourire et je dresse mon index devant elle en signe d'avertissement.

– Mais ! On reste deux heures *maximum* !

— Oui, promis !

— Et pas d'alcool pour moi. Ne m'apporte rien.

— Rien du tout, approuve-t-elle. Laisse-moi faire.

Je lui confie donc mes cheveux pour qu'elle me fasse mon chignon qui n'est pas décidé à se laisser faire, ce matin, puis nous sortons pour nous mettre au travail.

Les clients arrivent au compte-gouttes et, alors que je m'apprête à m'emparer des entrées d'une de mes tables, Paloma me retient par le bras et me murmure en me désignant la salle de restaurant où l'on a une vue imprenable depuis la cuisine.

— Ton client préféré est revenu avec ses copains.

Mon ventre se contracte quand je reconnais le mec sur qui j'ai renversé le café, samedi dernier. Aujourd'hui, il n'y a que les cinq jeunes au look rock. Je détaille « mon client préféré » sans vraiment m'en rendre compte. Il a abandonné sa veste en cuir pour un simple T-shirt blanc (bien qu'il ne fasse pas plus de vingt degrés dehors) faisant ressortir le noir de l'encre de ses tatouages sur ses bras musclés. Si ses cheveux bruns étaient coiffés en pics désordonnés la semaine dernière (pourquoi je me souviens de ce détail, moi ?) là, il a opté pour une crête bien droite et structurée. Ça lui va super bien ! Il parle à un de ses potes, à sa droite, un petit blond et ensemble, ils se mettent à rire. Puis soudain, il relève la tête et son regard croise le mien. Son sourire s'efface et, malgré la distance, je peux voir dans ses yeux d'un bleu limpide qu'il se souvient aussi bien que moi de la scène du café. Mon pouls tambourine tellement fort dans mes oreilles que je n'entends pas tout de suite la remarque de Paloma.

— Ally, les assiettes ne vont pas se mettre sur la table toutes seules, ma chérie.

Au même moment, Chelsea débarque dans la cuisine et entre dans mon champ visuel, interrompant mon contact avec Monsieur Malpoli. Je me tourne vers Paloma qui réprime un fou rire et ma meilleure amie s'arrête nette pour nous regarder tour à tour. La chef lui montre la table des garçons et Chelsea se tourne vers moi, la bouche ouverte. Je dois être aussi rouge qu'une tomate au soleil.

— J'y crois pas, tu as complètement craqué pour ce type !

crie-t-elle sans se soucier qu'on puisse l'entendre dans tout le restaurant aussi je lui plaque ma main sur la bouche.

– Arrête de dire n'importe quoi, murmuré-je comme s'*il* pouvait m'entendre et en priant pour que mes joues cessent de me brûler. Ce type est malpoli et... arrogant et... méchant et... calculateur et... prétentieux et...

— Et diablement sexy...

Je lance un regard de reproche à Chelsea. J'avoue, elle n'a pas tort. Mais jamais, ô grand jamais, je ne perdrais mon temps avec un gars comme lui. Voyant que Paloma et Chelsea se retiennent de rire, je prends mes trois assiettes avant qu'elles ne commencent à me chambrer et me dirige vers la table sept, juste à côté de celle des cinq garçons. Je sers la petite famille en priant pour qu'aucun des « rockeurs » ne me demande.

— S'il vous plaît, mademoiselle ?

Je lève les yeux au ciel. C'était trop beau pour être vrai. Je me retourne et souris poliment au blond qui m'a appelé en prenant soin d'ignorer Monsieur Malpoli assis juste à côté.

— Oui ?

— C'est vous qui vous occupez de nous ?

Son regard est rempli de sous-entendus. Dragueur, le petit minet. Je regarde autour de moi dans l'espoir de trouver un de mes collègues libres, mais Chelsea est occupée avec trois tables, Jenny est malade, Joey est au bar, Will a un rendez-vous dans son bureau et Mélissa s'occupe de l'étage. Je me retourne vers mon interlocuteur.

— On dirait que oui. Vous avez commandé ?

Je note les menus de chacun de mon écriture maladroite sur mon calepin et, au moment où je m'apprête à aller en cuisine pour annoncer la commande à Paloma et ses commis, l'un des hommes — un type grand (il dépasse tout le monde d'une tête, même assis) et ultra musclé avec des piercings — m'accoste.

— Au fait, tu t'appelles comment ?

Sa question est plutôt innocente et sans ambiguïté pourtant, je suis surprise et je sens le rouge me monter aux joues. Puis je fais la terrible erreur de croiser *son* regard. Merde, Monsieur Malpoli me fixe. Pas un regard méchant, non, un regard très... intense. Presque sexuel. Là où je devrais ressentir de la peur et me demander si ce mec n'est pas un psychopathe, je ressens une chaleur soudaine dans le ventre et j'ai des frissons. Il hausse un sourcil interrogateur, attendant ma réponse. Rien que ce petit geste suffit à accentuer son sex-appeal déjà bien haut et j'en oublie notre altercation de samedi midi.

— Allyanna, finis-je par avouer.

Ils s'échangent alors des regards avant d'éclater de rire. Sauf Malpoli qui continue à me toiser comme si j'étais une friandise qu'il s'apprête à dévorer. À cette pensée, je me mords les lèvres et mon ventre se contracte. Je n'ai jamais ressenti ça. J'ai chaud, mais j'ai des frissons en même temps.

— *La* Allyanna ? Ally ? me demande le mec aux cheveux longs en face de « Hulk ».

Je le regarde, perplexe.

— On se connaît ?

Je ne comprends pas. Bon, à part la semaine dernière où j'ai renversé le café, je ne les avais jamais vus. Et puis je ne leur ai pas donné mon nom, du moins, je ne m'en souviens pas. Monsieur Malpoli donne un coup de coude à Monsieur Cheveux Longs.

— Ta gueule, Pete.

Son intervention pique ma curiosité. Je me retourne pour vérifier que la petite famille que je viens de servir n'a pas terminé avant de leur demander.

— Comment connaissez-vous mon nom ?

Je vois Malpoli serrer les mâchoires et s'intéresser à la rue à travers la vitre, sur le côté.

— Tu es la fille du *Starlight*, répond le blond. C'est toi qu'on a assommé.

— Que *Kevin* a assommé, tu veux dire, le corrige le dénommé Pete, hilare.

Monsieur Malpoli le fusille du regard avant de soupirer. Soudain, tout s'assemble dans ma tête, comme un puzzle. Les cocktails que je me suis enfilés, ma sortie de la boîte, le choc de la porte contre ma tête, mon vomi, les voix masculines autour de moi et tout ce que Will m'a raconté après que je me sois évanouie dans les bras du type. Je me souviens maintenant qu'il m'a dit que le gars qui m'a percuté et m'a emmené à la maison pour me soigner et me coucher s'appelle Kevin. Le Kevin qui est juste devant moi. Ce même mec qui m'a déshabillée. Qui m'a vue presque *à poil* !! Je me raidis et mon coeur bat la chamade. Putain, non, pas ça ! La vie m'en veut-elle à ce point pour m'humilier de la sorte ? Je savais déjà que je n'avais jamais eu beaucoup de chance dans ma vie, mais alors là, c'est le pompon ! Kevin se retourne vers moi et je sens son regard pénétrer en moi, brûlant et électrisant. Un rictus amusé et moqueur se dessine sur sa magnifique bouche, creusant une fossette sur sa joue que je m'imagine en train d'embrasser. Mais qu'est-ce que je raconte ? Ce connard se repasse sûrement la soirée dans sa tête et se fout littéralement de moi ! Enfoiré ! Je reporte mon attention sur ses copains, bien décidée à ne plus lui accorder un seul regard. Je ne sais pas quoi répondre. Suis-je censée le faire, d'ailleurs ou dois-je m'en aller à toutes jambes ? Je voudrais que le sol se dérobe sous mes pieds et m'engloutisse pour l'éternité. Quelle poisse ! Heureusement, Pete me sauve la mise en intervenant.

— Alors comme ça il n'a pas essayé de coucher avec toi ? C'est une première pour un chaud lapin comme lui.

Ou pas. Tous s'esclaffent sauf Kevin qui répond, provocateur et méprisant.

— C'est pas mon genre et vous le savez très bien.

Trop vexée pour laisser tomber, je me surprends à demander, acide.

— Ah bon, et quel est ton genre ?

Je n'arrive pas à croire que je viens de dire ça, moi qui suis d'ordinaire plutôt encline à éviter de me mettre en avant. C'est raté, ces derniers temps.

Son sourire à tomber s'agrandit et un éclair de malice traverse ses prunelles.

— Disons que je préfère les pastèques plutôt que les œufs sur le plat, répond-il en désignant ma poitrine menue.

Là, c'en est trop. Je déteste définitivement ce mec ainsi que ses copains qui rigolent de plus belle. Mais surtout lui. D'habitude, j'aurais laissé tomber et me serais réfugiée dans la cuisine pour faire mon travail comme si de rien n'était. Mais, je ne sais pas pourquoi, lui a le don de me faire sortir de mes gonds. Alors dans un éclat de colère, j'attrape la carafe d'eau qui trône sur la table voisine et la verse sur la tête de ce minable qui ose se moquer de moi alors qu'on ne se connaît même pas ! Tandis que ses amis les plus proches se reculent en hoquetant de surprise, lui ne bouge pas quand l'eau dégouline sur son visage. Je commence à me retourner pour aller en cuisine, mais je me ravise au dernier moment. L'eau, ça ne tache pas. Je m'empare du gaspacho d'un client assis à la table où j'ai pris la carafe en lui promettant de lui en rapporter un autre puis, sans l'ombre d'une hésitation, je verse la soupe froide de nouveau sur sa tête avant de m'exclamer.

— Et bon appétit. Connard !

Sur ces mots, je retourne en cuisine avec un sourire satisfait sous les regards abasourdis des autres clients présents dans la salle et les rires de ses amis. Même Paloma et Chelsea sont hilares, n'ayant pas raté une miette de la scène.

Quand on me cherche, on me trouve.

Chapitre 4

Kevin

J'y crois pas. Elle a osé ! Personne ne m'avait encore jamais fait un coup pareil. Quelle garce ! Bon d'accord, je l'ai sans doute un peu cherchée, mais elle avait l'air tellement désemparée que j'ai voulu jouer un peu avec elle. Je plaisantais quand j'ai dit qu'elle n'avait pas de seins. Enfin, un peu, c'est vrai que je préfère les montagnes comparées aux dos d'âne, mais elle est mignonne dans son genre. Elle doit faire un petit bonnet B. Avec un soutien-gorge push-up et un petit top moulant et décolleté, ça pourrait la mettre plus en valeur. Je me demande s'ils tiendraient entièrement dans mes mains pendant que je... *Oh non, ne t'aventure pas sur ce terrain-là, Kev !* Bien que je ne l'ai vu que trois fois, je suis très observateur et je peux me dire qu'elle est du genre fleur bleue et réservée. Le genre de gonzesses qui croient encore au prince charmant. Elle doit sûrement attendre des semaines avant de se décider à coucher avec un mec. Elle est le genre stable, tout le contraire de moi, qui ne cherche que le plaisir des parties de jambes en l'air. Rien d'autre. Au grand dam de ma famille à qui je n'ai encore présenté aucune fille. Je suis sûr qu'il vont encore me tanner demain lors du déjeuner familial du dimanche.

Je me frictionne encore les cheveux pour enlever le gaspacho collant qu'Allyanna m'a renversé sur la tête. Ça ne veut pas s'enlever cette merde ! Je déteste cette fille. Je la hais. J'ai envie de l'étriper, de lui faire bouffer de la terre... *Et de lui faire plein d'autres choses,* suggère ma conscience d'une voix coquine. Oui, c'est vrai, je la chevaucherais bien à l'arrière de mon Impala tout de même...

— Kev, magne-toi, je dois pisser !

— J'arrive, morveux ! réponds-je en sortant de la douche.

Je noue une serviette autour de ma taille avant d'ouvrir la porte. Josh se rue sur les toilettes tandis que je pars vite m'enfermer dans ma chambre, un grand sourire aux lèvres. Bientôt, j'entends son hurlement et j'explose de rire en regrettant de ne pas avoir vu sa tête tandis qu'il s'éclaboussait d'urine à cause de la bande de film alimentaire que j'ai discrètement fixée sur la cuvette. Mon petit frère tambourine à la porte en vociférant.

— Enfoiré ! Je vais te tuer ! Tu ne perds rien pour attendre, mon gars !

Je ris de plus belle au point d'en avoir mal aux côtes. Ça lui apprendra à se foutre de ma gueule après qu'Ally m'ait humilié. Depuis qu'on est tout petits, on se fait des farces chaque fois qu'une occasion se présente. La pire crasse que je lui ai faite date de l'année dernière quand je lui ai mis du laxatif dans sa bière alors qu'il était à deux doigts de conclure avec une nana. Il n'est pas sorti des toilettes avant au moins trois heures. Mais j'avais une bonne excuse : il avait engagé une drag-queen quelques semaines auparavant pour me séduire et je ne me suis aperçu de rien jusqu'au moment où ma main a découvert que la nana n'avait pas le bon sexe. Après ça, je n'ai pas réussi à baiser durant deux semaines. Et croyez-moi, deux semaines c'est long pour un mec comme moi. Ma mère n'arrête pas de nous répéter qu'on va passer notre vie à ça. Peut-être, mais ce sont ces petites farces qui nous rapprochent, en dehors du groupe.

Quand je descends à la cuisine après m'être habillé pour le concert de ce soir, mes amis (et colocs) Pete, Billy, Jake et mon frère sont en train de s'empiffrer de pizzas en se moquant de la mésaventure de Josh. Je donne une bourrade à ce dernier et il me répond par un grognement.

— On fait la paix ?

— Rêve, raille-t-il. Je suis en train de réfléchir à ma vengeance.

Je ris en me prenant une part de pizza au fromage. Je la renifle au cas où il aurait mis un truc dedans. R.A.S.

— Vous croyez qu'on va revoir la petite Ally ce soir ? s'enquiert Billy. Elle est plutôt canon.

Je lui lance un regard noir. Pour une raison que j'ignore, je ressens comme un pincement au fond de ma poitrine. Il n'a pas intérêt à la toucher.

— Elle n'a que la peau sur les os, réponds-je, plus pour dissuader mon ami de s'en approcher que par sincérité.

Il y a quelque chose en elle qui m'intrigue. Et qui m'excite, aussi. Sa curiosité ? Son franc-parler ? Son tempérament impulsif ? Ou est-ce son culot de m'avoir foutu la honte, moi, Kevin Reynolds ? Sait-elle au moins qui je suis réellement ? Rien dans son comportement ne l'indique pourtant. À moins qu'elle ne fasse semblant.

On finit de manger en parlant boulot, nanas et sport, comme d'habitude. Puis nous allons répéter dans le garage de notre maison.

La foule nous acclame. Tout le *Starlight* nous attend en hurlant et ça nous rend encore plus fous, plus excités. Pour nous la scène c'est notre seconde maison, notre dose d'adrénaline. Nous ne sommes pas beaucoup connus dans le monde, mais aux États-Unis, nous sommes populaires dans la plupart des États. Deux tournées à notre actif. Nous pourrions jouer dans de plus grandes salles que le *Starlight*, mais cette boîte, c'est celle qui nous a fait connaître il y a quelques années. Le *Starlight* a été notre tremplin. Même si je les connais par coeur, je me répète les paroles des chansons tandis que Jake tapote ses doigts dans le vide, se remémorant ses mesures à la batterie.

— Vous êtes chauds les mecs ? nous crie Mike, notre manager quand il arrive derrière nous.

Mike Grayson a tout juste quarante ans, mais il en parait dix de moins. Il est grand, athlétique, les cheveux bruns toujours bien coiffés en arrière et il mâche constamment des chewing-gums. C'est lui qui nous a repérés.

— Carrément ! approuve Josh, excité comme une puce.

— Vous avez mis le feu, la semaine dernière alors faites-les encore plus suer, ce soir.

Il nous tape dans les mains au moment où le DJ nous annonce.

— Vous les attendez mesdames et messieurs — surtout mesdames — ils sont là pour vous ce soir, ils sont beaux, ils sont chauds, ils sont dans la place, DEVIL ANGEEEEEEEEELS !!!!!!

Le public se met à hurler à pleins poumons tandis que nous entrons sur scène et prenons place. Jake à la batterie, Josh à la guitare, Billy au clavier, Pete à la basse et moi au micro et à la guitare. Jake annonce le tempo de la première chanson. **Freedom**. Je ferme les yeux et commence à me remémorer le jour où j'ai écrit ces paroles. J'avais treize ans, j'étais seul et renfermé sur moi-même. Je voulais être un adolescent normal puis ce moment est arrivé. Le jour où j'ai retrouvé ma liberté, d'où le titre de la chanson. J'ouvre les yeux et parcours la salle. J'embrasse le public du regard. Les fans chantent en même temps que moi. Même s'ils connaissent tous l'histoire de cette chanson, ce que j'ai fait, je trouve cela touchant que des inconnus me soutiennent et reprennent mes chansons en choeur. Je ferme de nouveau les yeux pour donner plus de sensibilité à la musique. Une fois arrivé près de la fin, je les ouvre... et manque de m'étouffer dans mes paroles. Mon coeur fait un bond dans ma poitrine. Ally est juste devant moi. Juste devant la scène, à mes pieds. Elle n'a pas l'air saoule. Elle semble plutôt surprise. Choquée, même. Elle me regarde avec des yeux ronds, bouche bée.

Enfin, elle m'a reconnu !

Ce matin, je me réveille avant que le soleil ne se lève sur Brooklyn. Un petit gémissement accompagné d'un mouvement à côté de moi attire mon attention. La blonde dont je n'ai pas retenu le nom que je me suis envoyé hier soir après le concert a une sale tête au réveil. Elle me sourit, son maquillage coulant à moitié sur son visage, mais ce n'est pas pour ses yeux que je l'ai ramené chez moi pour une nuit torride.

— Salut beau gosse, minaude-t-elle avant de s'étirer de tout son long sans aucune pudeur, me laissant une vue panoramique sur la raison pour laquelle j'ai accepté sa proposition de finir la nuit chez moi.

Je me lève sans répondre et attrape un boxer dans ma commode avant de me tourner vers Barbie.

— Il faut que tu partes, j'ai du boulot.

Puis je sors de la chambre pour aller prendre une douche. Il n'y a pas un bruit à la maison. Ils pioncent tous encore. Je regarde l'heure sur mon portable : 6 h 30. Je fais couler l'eau et entre dans la cabine. Je n'ai pas beaucoup dormi, comme chaque nuit. Je fais toujours ce putain de cauchemar. Je devrais avoir l'habitude depuis toutes ces années, mais celui-là ne veut pas me lâcher la grappe. Puis, pour la première fois, j'ai rêvé d'*elle*. J'ai revu son expression quand elle m'a reconnu sur scène et je me suis alors imaginé mille et un scénarios plus pervers les uns que les autres. Son visage en forme de coeur, sa chevelure flamboyante, ses yeux d'un vert exquis. Et cette bouche, putain ! Je me mets à bander rien qu'en pensant à ce que pourraient me procurer ses magnifiques lèvres autour de ma queue. Il faut que je me l'enlève de la tête. Elle me hait et moi aussi depuis la scène qu'elle m'a faite au restaurant. Elle me rend dingue, bon sang ! Je n'arriverai pas à l'oublier tant que j'aurais la trique. Alors, pour la première fois depuis très longtemps, je me mets à me caresser en imaginant sa bouche à la place de ma main. Je n'ai jamais vraiment eu besoin de me branler. La dernière fois, c'était après le coup du drag-queen de Josh.

J'étais tellement traumatisé que j'ai préféré me soulager tout seul durant les deux semaines qui ont suivi plutôt que de soulever une gonzesse. Les femmes sont à mes pieds. Je n'ai qu'à claquer des doigts pour en avoir trois dans mon plumard. Mais pour une raison que j'ignore, c'est Allyanna qui occupe toutes mes pensées et qui contrôle ma bite inconsciemment depuis que je l'ai rencontré. Depuis que j'ai senti ses petits doigts sur mon entrejambe tandis qu'elle essayait de nettoyer le café sur moi... Même en enfourchant la Barbie hier soir, je n'ai pensé qu'à elle. Et quand j'ai dormi à ses côtés. J'avais tellement envie de la sauter que j'ai dû aller me caresser dans les toilettes. Elle était dans les vapes, je n'allais tout de même pas profiter d'elle. Je savais que je devais partir à ce moment-là. Je ne dors jamais avec une fille que je ne baise pas. Mais elle avait tellement l'air fragile et je me sentais tellement coupable que je n'ai pas résisté à l'envie de la prendre dans mes bras. Je me suis réveillé le lendemain matin et j'ai passé une bonne heure à la regarder dormir en pensant à quel point elle est jolie... et à tous les trucs cochons que je rêve de lui faire. C'est sur l'image de la position de la levrette que je finis par jouir dans un râle presque animal. Bordel, ça fait du bien ! Désormais, je peux commencer ma journée du bon pied.

Quand je reviens dans ma chambre, la bimbo siliconée n'est plus là. Tant mieux, je n'aime pas me répéter. Je m'habille d'une chemise bleu clair et d'un jeans. Ma mère n'adhère pas à mon look total-black. Puis, je descends à la cuisine pour me préparer mon petit-déjeuner de prédilection : des céréales dans mon café noir. Je suis en train de manger tout en lisant *The Mortal Instruments* quand une voix féminine claironne derrière moi.

— Salut toi !

— Je t'ai dit de te barrer, rétorqué-je sans prendre la peine de me retourner, persuadé qu'il s'agit de Barbie Sans Cervelle.

— Euh... on ne s'est pas encore vu...

Elle s'assied en face de moi et je lève les yeux. Cette jolie brune, je la connais. C'est pas vrai, cette nana est décidément partout, même quand elle n'est pas là !

— Tu es Chelsea, la colocataire d'Allyanna ?

Elle sourit. Elle a l'air d'avoir fait des folies toute la nuit avec ses cheveux en pétard... et la chemise de Josh sur le dos.

— Tu t'es tapé mon petit frère ?!

Elle sourit plus largement.

— Ouais. Très performant, d'ailleurs. Vous avez du café ?

Elle se lève et cherche une tasse dans les placards de la cuisine comme si elle était chez elle. Je ne peux réprimer un sourire. Elle est culottée, quand même (au sens figuré bien sûr, car alors qu'elle tend le bras en haut du placard, la chemise se soulève et je peux voir que sa petite culotte est restée près de Josh). Elle se sert en café et revient se rasseoir en face de moi, pas gênée le moins du monde.

— Ally te déteste.

— J'ai remarqué, réponds-je sans lever les yeux de mon bouquin.

— Tu ne l'as pas raté. J'ai vu sa tête, elle avait une bosse de la taille d'un œuf, rajoute-t-elle.

— Elle non plus. J'ai dû me doucher trois fois pour enlever l'odeur du gaspacho et mon T-shirt était bon pour la poubelle.

Chelsea éclate de rire. Je souris de nouveau à ce souvenir. Je pose mon bouquin et croise les bras sur la table.

— C'est quand même un cas, ta copine, fais-je. Elle savait au moins qui j'étais avant de me voir sur scène ?

La jeune femme secoue la tête et boit une gorgée de café.

– Ally n'est pas le genre à s'intéresser à la presse *people*, justifie-t-elle. À part son boulot, sa passion pour la photo et l'écriture de son livre, elle ne vit pour rien d'autre. Je suis d'ailleurs étonnée qu'elle ait accepté de m'accompagner au *Starlight*. Deux fois, en plus.

Un sentiment de curiosité m'envahit. Soudain, j'ai envie d'en savoir plus sur cette fille.

— Quel genre de bouquins écrit-elle ?

— Fantastique, répond Chelsea. Un truc, genre une école

pour les créatures surnaturelles, une guerre entre plusieurs clans, des trucs d'ados, quoi. Si elle n'était pas aussi mâture dans la vie réelle, j'aurais l'impression de vivre avec ma petite sœur. Mais, à part son imagination fantaisiste et farfelue, c'est la fille la plus géniale que je connaisse.

Elle aime les histoires fantastiques. Intéressant...

— Quel âge a-t-elle ?

— Vingt et un ans. J'en ai vingt moi, si jamais tu veux savoir.

Je ris.

— Tu viens de coucher avec mon frère, ne le prends pas mal, mais je n'ai pas l'habitude de passer après lui.

— Oh je disais ça comme ça. Je me dis juste que tu me poses beaucoup de questions sur Allyanna alors que tu prétends ne pas t'intéresser à elle parce qu'elle n'a pas de « pastèques ».

Je lève les yeux au ciel.

— Je voulais simplement plaisanter.

— Ouais bah ça t'a valu un shampooing au gaspacho.

De nouveau un fou rire.

— Elle n'est pas comme ça, d'habitude, la défend Chelsea. Tu as vraiment dû lui taper dans l'œil et briser ses espoirs pour qu'elle ait réagi ainsi.

Je suis surpris. Lui tapé dans l'œil ? Depuis que je l'ai rencontré, il nous est arrivé que des pépins. D'abord, elle me brûle les couilles, je l'assomme, je la vexe et je finis avec de la soupe sur la tête. Je me lève de table, désireux de m'éloigner de cette conversation épineuse et sans intérêt.

— Tu veux que je te ramène chez toi ? On est dimanche, Josh risque de ne pas se lever avant 12 h.

— OK, laisse-moi le temps de m'habiller.

Elle part en direction des chambres. Je range nos tasses dans le lave-vaisselle, le mets en route et passe un coup d'éponge sur la table. J'aime quand tout est propre chez moi. Chelsea revient revêtue de sa robe d'hier et nous nous installons dans mon Impala.

— Kevin Reynolds me ramène chez moi, qui l'eût cru ? s'extasie-t-elle.

— Et tu as couché avec Josh Reynolds, n'oublie pas.

— Ah je ne risque pas avec le pied qu'il m'a fait prendre !

— Épargne-moi les détails s'il te plaît, ris-je.

Je connais le chemin bien que je ne l'ai fait qu'une fois, en pleine nuit et en ne partant pas du même endroit.

— Pourquoi n'as-tu pas dit à Ally qui j'étais quand tu m'as reconnu ?

— Je voulais qu'elle le voie de ses propres yeux. Parfois, j'aime bien lui faire de petites blagues.

Je ris derechef. On dirait Josh et moi.

— Tu ne l'as pas laissée rentrer chez vous bourrée quand même !

Est-ce que Will la Crevette l'a raccompagnée ? Une boule se forme au fond de mon estomac à cette pensée.

— Non, on était avec Mélissa et Joey, nos collègues. Elle est partie dès qu'elle t'a reconnu. Je crois qu'elle nous en veut à tous les deux.

Nous arrivons dans la rue et je me gare devant le grand immeuble.

— Tu veux monter lui dire bonjour ? suggère Chelsea.

— Je ne crois pas que ce soit une bonne idée.

Elle détache ma ceinture de sécurité.

— Allez viens, il faut que vous repartiez sur de bonnes bases, tous les deux.

Je soupire en descendant de voiture et la suis jusqu'à leur appartement.

Quand nous entrons, le silence nous accueille.

— Elle doit sûrement encore dormir, me chuchote Chelsea. Tu veux quelque chose ?

— Ouais. Aller pisser, réponds-je sur le même ton.

J'ai toujours eu une petite vessie. Il me suffit d'une bière ou d'un café pour aller évacuer un quart d'heure après. Une vraie passoire !

— Au fond du couloir à gauche, m'indique-t-elle et je la remercie.

Je me dirige donc vers la salle de bains et, pensant qu'elle est libre, ouvre la porte. J'entends le cri d'Ally avant de la voir. Mais trop tard. Mes yeux restent bloqués sur son corps nu durant la fraction de seconde du choc avant qu'elle n'attrape une serviette et qu'elle se couvre. Je déglutis. Putain ! Mon cœur est parti au quart de tour tandis que ma bite réagit plus vite que mon cerveau principal et se tend immédiatement. Tous mes fantasmes les plus fous assaillent ma tête comme une pluie torrentielle : elle sur moi, moi sur elle, en levrette, debout contre un mur, dans la douche, dans ma voiture, ma tête entre ses cuisses, elle me prenant dans sa bouche...

— Tu vas fermer cette putain de porte, oui ?! s'écrie Allyanna, me faisant sursauter.

Mon envie de pisser m'est vite passée. Désormais, je ne veux qu'une chose, mais ce ne serait pas très intelligent de lui sauter dessus. Putain, il faut que je me barre.

— Dé... Désolé, bredouillé-je avant de refermer la porte, la main tremblante et moite.

Je retourne dans le salon où Chelsea, maintenant vêtue d'un short et d'un débardeur, zappe sur la télé. Elle éclate de rire en me voyant.

— Tu es tout rouge ! Tu sais quand je disais de repartir sur de bonnes bases, je n'incluais pas le fait de la surprendre à poil. Vous allez me tuer, tous les deux !

Elle se tient le ventre à deux mains tellement elle rit.

Je suis encore trop... trop... je n'arrive même plus à penser, tiens ! Faut que je me tire.

— Je crois que... je ferais mieux d'y aller.

Puis sans lui laisser le temps de protester, je sors de l'appartement en courant.

J'arrive avec Josh chez nos parents dans un état second. Quand je suis revenu à la villa, mon petit frère et Jake étaient levés et, à voir ma tête, je n'ai pas pu leur cacher ce qui s'est passé. Bien entendu, je n'ai pas décrit ce corps sublime que j'ai eu sous les yeux pendant un dixième de seconde. Cependant, ça ne les a pas empêchés de se foutre de ma gueule. J'ai dû aller prendre une douche glacée et me branler pendant une heure avant de réussir à faire retomber la pression.

— Ça va aller, frérot, me dit Josh en me donnant une bourrade tandis que nous nous garons devant la maison familiale, située dans un coin résidentiel et calme de New York.

— Ta gueule.

Il sort de la voiture avec le bouquet de fleurs pour Maman, en riant. La maison est grande et magnifique. Je n'y ai pas grandi, mais je me suis toujours senti bien à l'intérieur. Ma mère, Sarah, nous accueille à bras ouverts. Si Josh a hérité de ses cheveux blonds, je tiens mes yeux bleus clairs d'elle. Du haut de son mètre cinquante environ, nous sommes presque obligés de nous plier en deux pour la serrer dans nos bras.

— Vous vous êtes nourris de stéroïdes derrière mon dos ou quoi ? Vous êtes immenses ! s'exclame-t-elle.

— C'est toi qui n'as pas mangé assez de soupe, rétorque Josh, ce qui nous fait rire.

Nous saluons Richard Carter, notre beau-père ainsi que sa fille Rachel et son mari Andrew.

— Tonton Kev, regarde !

Je rattrape la petite tête blonde qui fonce sur moi, un jouet à la main.

— Un jour je serai policier comme toi et papa, s'écrit Nolan, le fils de Rachel et Andrew, âgé de trois ans.

— Tu prendras la relève quand il sera à la retraite, il commence déjà à être sur les rotules après trois kilomètres de course.

— Qui a réussi à casser la voiture de patrouille alors qu'elle n'avait que deux jours ?

— J'ai été surpris !

— Tu t'es pris un arbre !

— Il n'avait qu'à pas être là !

Nous rigolons encore quand nous passons à table. Maman et Rachel ramènent le fabuleux poulet au curry dont je raffole et les discussions commencent.

— Alors, vous avez fini par arrêter le gang des Scorpions Noirs ?

Andrew et moi acquiesçons. Ça faisait trois ans qu'on cherchait à les coincer. Ils ont tué quatre de nos collègues et jusque là, ils nous avaient toujours filé entre les doigts. Mon coéquipier et moi avons fini par leur tendre un piège et ils sont désormais dans une prison de haute sécurité à Atlanta, en Géorgie.

— Et votre tournée, c'est pour quand ? s'enquiert Rachel.

Quand je ne suis pas sur le terrain, je suis sur scène. Je sais qu'un jour je devrais laisser tomber l'un ou l'autre, mais pour l'instant, je préfère ne pas y penser. La combinaison de mon métier et de ma passion est en bon équilibre pour le moment.

— On a signé un gros contrat la semaine dernière avec Miller Records, répond Josh. On a prévu une tournée, mais on n'a pas encore les dates.

— C'est super ça, dit ma mère.

— Mes tontons sont des staaaaars ! claironne Nolan, la bouche pleine et nous rions.

Juste avant le dessert, Andrew et Rachel se lèvent, nous prenant par surprise.

— Nous avons une nouvelle à vous annoncer, commence Andrew.

— Je suis enceinte ! s'écrie sa femme, ne pouvant plus tenir.

Nous les félicitons en les applaudissant et les embrassons.

— Bien joué, mec, dis-je à Andrew avant d'aller embrasser ma sœur.

Tout le monde se remet à sa place pour manger le fraisier de Maman. Sauf Josh qui, lui, reste debout et se racle la gorge.

— Moi aussi j'ai une annonce à faire, dit-il. Enfin, c'est plutôt Kevin lui-même qui devrait l'avouer, mais il craint votre réaction.

La panique me submerge. Qu'est-ce qu'il va raconter encore comme connerie ?

— Josh… le préviens-je.

Mais il me gratifie d'un clin d'œil.

— Kevin a un petit-ami. Il s'appelle David.

Andrew recrache son vin sur la table et Rachel doit lui taper dans le dos pour éviter qu'il s'étouffe. Enfoiré ! Je trouvais bizarre qu'il ne s'était pas vengé de la journée, il a attendu ce moment-là pour le faire. Il se rassied et me chuchote avec un sourire narquois pendant que tout le monde tente de digérer la (fausse) nouvelle.

— Je te l'avais dit que j'aurais ma revanche.

Je me retiens de ne pas lui en claquer une.

— Enfin, vous savez bien que ce n'est pas vrai, me défends-je.

Mais ils me regardent tous bizarrement. Comme si c'était vrai, mais que ce n'était pas grave.

— Je m'en doutais un peu mon chéri, on ne t'as jamais vu nulle part avec une fille, dit ma mère sur un ton bienveillant en me prenant la main.

— On t'aime comme tu es, renchérit Rachel.

Je sens la panique et la colère affluer en moi. Josh réprime un fou rire à côté de moi puis il s'excuse avant de s'éclipser sans doute pour rire en toute liberté dans la salle de bains.

— Non, ce n'est pas ce que vous croyez… tenté-je encore une fois.

Mais personne ne m'écoute. Ils sont tous persuadés que ce que mon frère a dit est vrai. Putain, j'hallucine !

— Il sera le bienvenu à la maison, fiston. C'est vrai que ça fait un choc, sur le coup, mais on t'accepte tel que tu es, déclare Rick.

— Tonton, tu aimes les hommes ?

J'en ai assez. Il faut que je me sorte de ce bordel. Je n'ai rien contre les gays, bien sûr, mais j'aime les femmes ! Josh revient au moment où je m'écrie.

— J'ai une copine !

Tout le monde se tait. Ouf, j'ai enfin attiré leur attention. Ils me regardent bouche bée, y compris mon frère.

— Ça fait… trois ans qu'on est ensemble. Je n'ai jamais parlé d'elle parce que je veux préserver notre vie privée. Mais… on va bientôt se marier. On comptait vous le dire dimanche prochain quand je l'amènerai avec moi.

Tout le long de mon discours, j'ai vu Josh du coin de l'œil me faire les yeux ronds, mais j'étais tout simplement incapable de m'arrêter de mentir. C'était plus fort que moi. Je voulais juste qu'ils arrêtent de me prendre pour ce que je ne suis pas. Ma mère me regarde, les yeux remplis d'étoiles.

— Comment s'appelle cette merveilleuse femme qui a su séduire le cœur de mon bébé ? demande-t-elle.

Josh ne cesse de me chuchoter « non », mais je n'ai pas le choix, je ne peux plus faire machine arrière. Et puis merde, c'est sa faute si je suis dans cette fâcheuse situation. Alors je lâche le premier prénom qui me passe par la tête. Et pas des moindres.

— Allyanna.

Mon frère me lance son regard voulant dire « tu es dans la merde ». C'est le moins que l'on puisse dire.

Je suis dans une grosse *grosse* mouise…

Chapitre 5

Allyanna

Aujourd'hui mercredi, je suis en repos, donc je m'autorise une bonne grasse matinée après un week-end et un début de semaine éprouvants. Apparemment, les fans ont eu vent des passages réguliers des Devil Angels au restaurant, ce qui fait que nous avons beaucoup de clients en ce moment. Je me demande ce qui les pousse à venir ici, alors qu'ils pourraient aller dans n'importe quel autre restaurant plus prestigieux. Ce doit être la cuisine de Paloma qui les a conquis. Je ne vois pas d'autres explications. Cela dit, je ne m'en plains pas. Et Will non plus, d'ailleurs, au contraire. Mais du coup, nous avons besoin de plus de personnel, notamment un barman et on peut dire que jusqu'à maintenant, nous avons fait chou blanc. Jusqu'à ce qu'un ange passe, un soir. Marie. Cette jolie brunette de vingt-quatre ans sort de Julliard après une blessure au genou qui l'empêche de danser. Elle est belle, sait faire les cocktails, souriante, dynamique, polie, rapide, intelligente, bref elle est compétente.

Je sors de mon lit après une nuit de sommeil agitée. En réalité, depuis que je connais Kevin, *toutes* mes nuits sont agitées.

Pile au moment où j'ai pensé que rien ne pouvait m'arriver de pire que d'apprendre qu'il était le leader du groupe de rock le plus populaire du moment (la musique à faire péter les tympans que je déteste), qu'il était l'auteur de ma presque-mort, voilà qu'il me surprend à poil dans la salle de bains. Pendant une demi-seconde, certes, mais ça a suffi pour le mettre dans tous ses états à en juger par la bosse qui s'est soudain formée dans son pantalon avant que je ne lui hurle dessus. Non bien sûr, je n'ai pas regardé. Pas volontairement, du moins. Disons que mes yeux ont réagi plus vite que mon cerveau. En tout cas, je peux le dire, maintenant, je suis maudite jusqu'à la moelle.

Et puis d'abord, qu'est-ce qui lui a pris à Chelsea de coucher avec le frère de Kevin ? Quand je suis sortie de la salle de bains, Kevin n'était plus là, mais Chelsea riait tellement que ses joues étaient noyées de larmes. Je l'avoue, je n'ai pu m'empêcher de l'imiter en me souvenant de sa tête quand il m'a vu. Puis je lui ai demandé la raison de sa présence dans notre appartement. Elle m'avait prévenue qu'elle se ferait l'un d'eux. Elle est incorrigible. Une part au fond de moi est contente que ça n'ait été que Josh.

Je n'ai pas revu Kevin depuis dimanche. Et ça me soulage, même si une infime partie de moi voudrait revoir son visage. Au moins, je suis sûre qu'il ne m'arrivera rien tant que je resterai loin de lui. Enfin, c'est ce que je croyais. Au moment de me rincer les cheveux, plus rien. Plus une goutte d'eau. Je me retrouve seule dans la douche, à poil, frigorifiée, avec de la mousse partout sur la tête. Ce n'est pas Kevin qui me porte la poisse — même s'il y contribue. Non, c'est mon putain de karma qui est comme ça ! Je retire donc le maximum de shampooing collé à mes cheveux à l'aide d'une serviette, m'habille à la hâte, enfile une casquette des Giants de New York de façon à cacher le désastre de mes cheveux et décide d'aller voir Monsieur Simons, le propriétaire de notre immeuble, qui loge au rez-de-chaussée. Court sur pattes, bedonnant et le crâne dégarni, Georges Simons est l'homme le plus gentil du monde. Il était un ami de mes parents et, quand ils sont morts quand j'avais dix-sept ans, il m'a fait emménager dans ce petit appartement afin de m'éviter le foyer durant les quatre mois qui me restaient avant ma majorité. Il refusait que je lui paie un loyer avec l'assurance vie de Papa et Maman — il voulait que je garde l'argent pour mes études de photographie —, mais j'ai tellement insisté qu'il a fini par capituler. Je me sentais redevable. De toute façon, je ne suis pas allée à la fac, car le père de Will est décédé à son tour, il lui fallait donc quelqu'un pour l'aider à tenir le restaurant. Pour rien au monde, je n'aurais laissé mon meilleur ami. Chelsea a emménagé avec moi à son entrée à la NYU.

Quand j'arrive au rez-de-chaussée, Georges est en pleine discussion avec un homme en bleu de travail.

— Salut Joe, qu'est-ce qui se passe, on n'a plus d'eau ?

— Ah salut Ally, une canalisation a pété, j'ai fait appel au service de réparation.

— Matthew Burns, se présente le plombier.

— Allyanna Palmer, réponds-je en lui serrant la main qu'il me tend.

Il est plutôt mignon. Grand, mince, athlétique, les cheveux bruns coupés courts, des yeux noisette qui me regardent avec un certain intérêt. Je me rends compte que dans ma hâte, j'ai oublié de mettre un soutien-gorge. Et merde.

— Bon, eh bien je vais aller terminer ma douche chez Will, lancé-je, embarrassée.

— Très bien, je t'appelle quand c'est fini, ma belle, me dit Georges.

Je dis au revoir à Matthew qui continue à me fixer avec un petit sourire en coin et monte vite mettre un soutif.

Will est dans son bureau quand j'arrive. J'attrape Chelsea en chemin pour lui faire part du problème avant de me diriger vers mon patron.

— Ally, tu n'es pas en repos ?

— Si, mais il y a un souci dans l'immeuble. Plus d'eau. Ça te dérange si je termine ma douche chez toi ? Mes cheveux deviennent de la paille, expliqué-je en retirant la casquette pour qu'il constate les dégâts.

— Ah ouais, en effet, fait-il en souriant.

— Je t'interdis de te moquer de moi.

Mais il éclate de rire et je ne peux m'empêcher de l'imiter.

— Tu es le portrait craché de Cruella d'Enfer, rit-il.

— Oh arrête, elle m'a toujours fait peur.

— Je sais, tu te cachais tout le temps les yeux chaque fois qu'elle apparaissait dans le film.

Will et moi nous connaissons depuis tous petits. On est presque nés ensemble. Il est le frère que je n'ai jamais eu.

— Bon, tu veux bien me prêter tes clés, que je puisse prendre une douche digne de ce nom ?

Il me tend son trousseau, mais se rétracte au moment où je m'apprête à le prendre.

— À condition que tu viennes manger à la maison ce soir. Ça fait longtemps qu'on n'a pas passé un moment ensemble.

— Tu sais bien que tu peux tout me demander dans la limite du raisonnable.

— La limite du raisonnable ? demande-t-il.

— Ne me demande pas de boire de la Javel ou de tuer une de tes ex.

— Non, ne t'inquiète pas. Je ne te demanderai jamais de boire de la Javel.

Nous rions de nouveau et il me laisse ses clés.

— À ce soir, Willy, lancé-je après lui avoir planter un baiser sur la joue pour le remercier.

L'appartement de Will se situe à quelques mètres de mon immeuble. Il est beaucoup plus spacieux et tellement bien rangé que l'on aurait du mal à croire que c'est un homme qui y vit. Je vais dans la salle de bains, me regarde dans le miroir. J'ai une sale tête. Même un zombie est plus en forme que moi. J'ai des cernes, la peau plus blafarde que d'ordinaire et la coupure sur mon front est cicatrisée, mais il me reste tout de même un hématome qui a légèrement jauni. Mes pensées dérivent immédiatement vers *lui*, comme chaque fois que je me rappelle ma première soirée au *Starlight*. Non, il faut que j'arrête de songer à ce crétin. Je ne veux plus jamais le revoir. Ce qui signifie que je ne retournerai plus au *Starlight* et que je l'éviterai quand il viendra au restaurant.

Il est 12 h 35 quand je rentre à l'appartement. Il fait un temps superbe dehors alors j'ai opté pour une petite robe dos nu verte m'arrivant juste au-dessus du genou et décorée d'une petite ceinture en tissu jaune pâle pour marquer la taille. J'ai les cheveux naturellement bouclés et volumineux, aussi je me les attache à moitié avec une pince. J'ai l'air très féminine, ce qui change de d'habitude quand ce n'est pas Chelsea qui décide de m'habiller. Je me prends en photo et l'envoie à ma meilleure amie avec un message :

Tu vois que je peux aussi être féminine :).

Elle qui se plaint toujours que je ne suis ni sexy ni élégante avec mes pantalons trop larges. Je vais ensuite à la cuisine pour me préparer mon repas. Merde, on n'est pas allées faire les courses. Je pioche de quoi me faire un sandwich convenable et mange tout en vérifiant mes mails. Pas de nouvelles des agences de photographies auxquelles j'ai envoyé mon book. Il y a quelques mois, j'ai décidé de chercher un stage à mi-temps chez un photographe. J'ai toujours adoré cet art. Du plus loin que je me souvienne, je prenais tout en photo : mes parents au petit-déjeuner, Will sur son skate-board quand on était ado, les journées barbecue avec les parents de Will, les animaux, et même les insectes. Une fois, j'ai photographié une maman scarabée poussant une crotte de chien avec ses petits qui la suivaient derrière. Je trouve cela magique d'immortaliser chaque instant de notre vie. J'ai voulu faire mes études dans ce domaine.

Mais Will a perdu son père et il avait besoin de moi pour reprendre le restaurant et poursuivre la tradition familiale. Les Chase sont ma deuxième famille. Je passais autant de temps chez eux que chez moi. Il est évident que je n'allais pas laisser tomber Willy, même si j'aurais voulu aller jusqu'au bout de mon rêve. Maintenant que « *Chez Will* » est en bon équilibre, j'ai décidé de reprendre mes études dans la photographie.

Seulement, les agences à qui j'ai envoyé mon book m'ont refusé, car je n'ai pas fait mes études correctement. Mais je ne désespère pas. Je dois attendre encore les deux réponses restantes. Je n'ai pas encore parlé de mon projet à Will, mais j'ai l'intention de le faire ce soir. Je ne l'abandonne pas, bien sûr, mais je ne travaillerai au restaurant qu'à mi-temps. J'espère que d'ici là, les fans des Shadows auront déserté ou que Will aura trouvé de nouveaux employés. Je surfe un peu sur le NET tout en grignotant quand une idée me vient. Bien que je me suis juré de ne pas y penser, c'est plus fort que moi. Je tape son nom sur le moteur de recherches. Je clique sur un lien qui parle de lui et commence à lire.

Kevin Reynolds, né le 1er juillet 1989 à New York est le chanteur et leader du groupe The Shadows qu'il a créé avec son petit frère Joshua, lui-même guitariste, en 2012. En à peine trois ans, The Shadows ont conquis presque tous les States et viennent de signer un gros contrat avec une maison de disque européenne.

Comme nous le savons tous, Kevin a eu une enfance difficile. Après la mort de son père, alors qu'il n'avait que treize ans, il a décidé d'écrire des chansons. Autodidacte et talentueux, il apprend seul la guitare et l'enseigne à son frère de deux ans son cadet, Josh. Ensemble, ils vont tenter de créer un groupe tout en continuant leurs études. Fin 2011, le groupe Devil Angels (littéralement : Les Anges du Diable) *se forme enfin avec l'arrivée de Peter Harper, Billy Redman et Jake Lorens.*

Côté cœur, notre beau rockeur préfère rester discret. Très discret, même, puisque nous n'avons encore jamais vu de femme à son bras. C'est à se demander s'il ne préférerait pas la compagnie des hommes...

Je reste bloquée sur la dernière phrase pendant un long moment. Est-il possible que Kevin soit gay ? Se pourrait-il qu'il m'ait menti sur les fameuses pastèques ? Non, impossible, je revois ses regards séducteurs sur la foule en délire au concert et la façon dont il me regarde, moi. Provocatrice, ardente, sensuelle aussi, je dirais. Ce mec aime les femmes, ça se voit. Bien que je n'ai rien contre l'homosexualité, évidemment, mais je ne sais pas, chez lui rien n'indique qu'il soit homo. Il veut seulement préserver sa vie privée, c'est tout. À moins que je me trompe...

Je décide d'en arrêter là avec mes recherches. Je suis à la limite du harcèlement, là. Je ne sais d'ailleurs pas pourquoi j'ai eu envie de savoir quoi que ce soit sur lui puisque je le déteste. Mon téléphone vibre, annonçant l'arrivée d'un SMS. C'est Chelsea.

Waow ! Tu es trop canon ! Viens, il faut que je voie ça de mes propres yeux !

Je pouffe de rire en lui répondant que j'arriverai après avoir fait quelques courses. Puis je prends mon sac, mes clés et pars pour le supermarché. Au moment où j'ouvre la porte d'entrée, je manque de heurter un énorme bouquet de fleurs.

— Pardon, bonjour, vous êtes Allyanna Palmer ? me demande le coursier.

— Euh oui, fais-je en prenant les lys, mes fleurs préférées qu'il me tend.

Je signe là où il me l'indique avant de s'en aller. Qui a bien pu m'envoyer des fleurs ? Je prends la carte qui se trouve au milieu et lis.

Pardonne-moi.

Pas de signature. Juste ces deux mots. Puis je comprends et envoie un message à Chelsea.

Merci pour les fleurs, mais tu n'étais pas obligée, je ne t'en veux pas pour les Shadows..

Ma meilleure amie m'a laissé penser que Kevin était un parfait inconnu alors qu'elle savait depuis le début qui il est réellement. Bon, sur le coup, je lui en ai voulu. Mais c'est passé. Chelsea me répond dans la seconde et je reste perplexe devant son SMS.

Quelles fleurs ?!

Elle me fait marcher ! À part Will — qui n'a rien à se faire pardonné — elle est la seule à savoir que les lys sont mes fleurs préférées ! Je lui dis qu'on en parlera quand je passerai et m'en vais en courses. En descendant, je croise Georges qui me dit que la canalisation a été réparée et je le remercie.

Durant tout le trajet jusqu'au magasin, je me triture l'esprit, cherchant à savoir qui m'a envoyé ce bouquet. Se peut-il que quelqu'un se soit trompé de destinataire ? À qui dois-je pardonner ? Bordel, ça m'énerve. Je me gare sur le parking blindé du supermarché, vais chercher un chariot et commence mes courses par les fruits et les légumes. Chelsea a tendance à se nourrir que de trucs gras porteurs de cholestérol. Elle se vante qu'elle peut manger ce qu'elle veut sans prendre un gramme, je lui réponds qu'on verra si elle dira toujours la même chose quand elle aura passé le cap des trente ans. Je ne suis pas un cordon bleu, mais je me débrouille et les conseils de Paloma me sont précieux. Je me dirige ensuite vers le rayon viandes — poissons. Puis je vais chercher le café. Merde, les boîtes que nous prenons d'habitude sont sur l'étagère tout en haut. Avec la chance que j'ai, je suis trop petite pour l'atteindre. Je tente quand même le coup, mais il me manque à peine trois centimètres. Si ce n'est pas de la poisse à l'état pur, ça !

— Besoin d'aide ? fait une voix qui m'est familière derrière moi.

Je me retourne pour reconnaître le plombier de ce matin, Matthew Burns, tout sourire. Je descends de mon perchoir, consciente qu'il doit avoir une vue impressionnante sur mon derrière, lui ainsi que tous les clients présents dans le rayon. Super...

— Oui, je veux bien, réponds-je en rougissant, embarrassée.

Il tend le bras et n'a aucun mal à s'emparer de la boîte de café que je convoite. La vie est trop injuste.

— Merci, murmuré-je en remettant une mèche derrière mon oreille.

— Toujours au service d'une jolie demoiselle en détresse.

Je rougis de plus belle. Il est vraiment trop mignon.

— Alors, vous avez fini par réparer la canalisation ?

Je connais déjà la réponse, mais c'est pour meubler la conversation.

— Oui, un petit coup de tournevis et la madame était prête à redémarrer au quart de tour. Au fait, vous êtes parvenue à finir votre douche ?

Nous déambulons dans le magasin, faisant nos courses, tout en discutant et je me rends compte que j'aime vraiment bien cet homme.

— Oui, j'ai emprunté celle de Will. Mon meilleur ami.

Je ne sais pas pourquoi, mais je me suis sentie obligée de le préciser. Tout en passant à la caisse, j'en apprends un peu plus sur Matthew. Il a trente ans, il vient du Queens, il a une sœur jumelle nommée Jenna et il est passionné par le saut en parachute. Il en a déjà effectué sept. Tel un véritable gentleman, il insiste pour porter un sac à moi, en plus du sien.

— Est-ce que j'ai le droit à un dîner ? quémande-t-il tandis que nous plaçons mes achats dans mon coffre. À moins que tu ne sois pas libre.

Prise au dépourvu, je ne réponds pas tout de suite. Alors que je m'apprête à le faire, une voix que je connais que trop bien me coupe dans mon élan derrière moi.

— En effet, elle n'est pas libre. Elle est avec moi.

Je me tourne vers Kevin et le fusille du regard. Lui me sourit de toutes ses dents.

— Oh pardon, s'excuse Matthew devenu soudain pâle, je ne savais pas, elle ne me l'a pas dit.

— On évite de divulguer notre vie privée. Je suis le chanteur du groupe Devil Angels.

Je soupire, agacée. Prétentieux, c'est bien le mot qui le définit. Je décide de mettre un terme à ce petit jeu débile.

— Matthew, ce n'est pas...

Mais avant que je ne puisse poursuivre, Kevin se rue sur mes lèvres. Surprise, je n'ai pas le réflexe de le repousser. Et pour être tout à fait honnête, je n'ai pas envie de le faire. Mon Dieu qu'il embrasse bien ! Bien entendu, j'ai déjà été embrassée. Mais comme ça, jamais. J'adore.

Ses lèvres ont un goût de miel, délicieuses. J'oublie tout autour de nous. Il n'y a plus que Kevin et moi. Mon cœur va exploser et j'ai l'impression qu'un feu d'artifice de millions de papillons éclate dans mon estomac. Je dois faire un effort herculéen pour ne pas lui sauter dessus, là, tout de suite, en plein milieu du parking, devant tout le monde. Devant Matthew.

Merde ! Matthew !

Je me détache — à contrecœur — de Kevin, toute rouge et pantelante. J'ai l'impression d'être une masse de coton.

— Bon, eh bien, je vais vous laisser, annonce Matthew avec un sourire faux.

— Bonne idée, rétorque Kevin, récoltant un coup de coude de ma part.

Puis, avant que je ne puisse le retenir – encore en proie au choc, je crois — le plombier est déjà parti vers sa voiture. Je me tourne vers Kevin, furibonde.

— C'était quoi ce comportement d'homme des cavernes ? explosé-je, ignorant les regards des gens sur nous. Tu m'as cassé mon coup ! Tu m'a suivie ?

— C'était un con. Et je ne t'ai pas suivie, je viens d'arriver.

Et il continue de sourire en plus ! Il se fout de moi !

— Tu ne le connais même pas !

Son regard s'assombrit.

— Toi non plus. Qui te dit que ce n'est pas un psychopathe ?

— Qui me dit que *toi* tu n'es pas un psychopathe. Ou même un meurtrier, tiens !

La colère se lit sur son visage et il s'approche de moi, me regardant droit dans les yeux.

— Ne redis plus jamais ça, gronde-t-il avant de se reculer pour me demander d'une voix plus douce. Tu as reçu les fleurs ?

J'hallucine !

— C'est toi les fleurs ? Mais... comment as-tu su ?

– On peut savoir plein de choses grâce à *Facebook*.

Ah, le bon vieil Internet. Cela dit, je n'ai rien à dire, moi aussi j'ai fait des recherches sur lui.

— Qu'est-ce que tu attends de moi, Kevin ? À chaque fois, que l'on se croise, il nous arrive...

— Épouse-moi.

Un silence religieux règne soudain entre nous. Je le regarde, abasourdie. Ai-je bien entendu ce que je crois avoir entendu ? Son expression à lui est impassible. Il semble attendre une réponse. Mais c'est qu'il est sérieux, en plus. Incapable de me retenir, j'explose de rire. Un sourire furtif se fend sur ses lèvres parfaites. Mais il se reprend vite.

— Ally, j'ai besoin de ton aide, dit-il soudain.

Mon rire se coince alors dans ma gorge. Je hausse un sourcil interrogateur. Kevin a l'air tout à coup gêné. Il se masse la nuque en se balançant d'un pied sur l'autre. Depuis quand un mec comme lui a le trac ?

— Dimanche, j'étais chez mes parents et... c'est complètement débile, mais je ne leur ai jamais présenté de filles. Josh en a profité pour leur raconter que j'étais gay, ce qui est faux. Mais eux ne l'ont pas entendu de cette oreille alors j'ai menti. Je ne sais pas ce qui m'a pris, j'ai dit que j'avais une fiancée et que je la présenterai dimanche.

— Tu as raison. C'est complètement débile. Et je fais quoi, moi, dans l'histoire ?

— J'ai dit que c'était toi, ma fiancée, avoue-t-il et je le vois rougir.

Kevin qui rougit. Je me retiens d'éclater de rire encore une fois.

– Alors si je résume bien, tu m'assommes, tu m'humilies dans *mon* restaurant, tu me caches qui tu es, tu me surprends à poil dans ma douche, tu fais fuir un potentiel petit-ami et tu me demandes de jouer ta fiancée devant Papa et Maman ? Va t'en trouver une autre. Un tas de nanas seraient prêtes à s'appeler Allyanna rien que pour toi.

Je rêve ! Je viens de lui faire une crise de jalousie, là ? Il sourit. Apparemment oui. Et merde.

— Je ne veux pas d'une fille bien foutue...

La colère monte en moi. Je pose mes mains sur mes hanches, la tête penchée sur le côté.

— Qu'est-ce que tu es en train d'insinuer, là ? Tu t'enfonces, Casanova.

Il paraît confus et je souris intérieurement. Je jubile, même. J'aimerais avoir mon appareil photo pour immortaliser ce moment où j'ai embarrassé un homme.

— Non, je veux dire, pas avec de grosses formes...

Putain, mais il le fait exprès ou il est réellement con ?!

— Va te faire foutre, craché-je avant de monter dans ma voiture, furieuse et vexée.

Il me rattrape avant que je ne démarre.

— Attend Ally, s'il te plaît, je ne veux pas d'une femme quelconque. Je veux quelqu'un de naturel, comme toi.

Je me rassérène. Cette dernière révélation agit comme un baume sur mon cœur blessé. Mais il n'en reste pas moins un con.

— Tu veux que je te rende service après tout ce que tu m'as fait ?

— Tu m'en as fait voir aussi, je te signale que j'ai passé des heures dans la salle de bains pour enlever tout le gaspacho. Écoute Ally, soupire-t-il. Je veux passer un marché. Si tu m'aides, je t'aide.

Je fronce les sourcils.

— Et en quoi peux-tu m'aider, toi ? demandé-je, curieuse.

– J'ai appris que tu étais passionnée par la photographie (Merci *Facebook !*) et que tu cherchais désespérément un stage, mais que pour l'instant, tu fais chou blanc (ça, par contre, ce n'est pas un mouchardage d'Internet) alors voilà ce que je te propose. Accepte d'être ma fiancée pour mes parents et les médias, et je t'engage comme photographe pour la promotion de notre prochaine tournée. Sans essai. Et en plus de donner un coup de pouce à ton CV, tu gagnes dix mille dollars.

J'en reste pantoise. Est-ce qu'il vient de m'offrir un job à dix mille dollars ? En échange de ma simple présence dans sa famille en me faisant passer pour sa nana ?

— En gros, tu m'offres de l'argent en échange de mon physique naturel. Tu es un vrai proxénète.

Il se rapproche de moi et pendant un moment, je crois qu'il va m'embrasser comme tout à l'heure. Mais il murmure, le regard sombre.

— Tu sais très bien que je ne vois pas ça comme ça. S'il te plaît, Allyanna.

— Et après quoi ? Tu vas me jeter comme une merde parce que j'aurais rempli ma part du marché ? Je vais faire tes photos et tchao bye bye ? Tu peux toujours rêver mon pote. Et puis je n'ai pas besoin de toi, j'ai deux autres agences qui ne m'ont pas encore répondu.

Puis sans lui laisser le temps de répondre, je démarre pour m'enfuir. Alors que je veux une sortie théâtrale comme dans les films, je lui roule sur le pied en faisant marche arrière. Il se met à hurler des insanités en sautant à cloche-pied, et pendant un moment je me demande si je ne devrais pas aller voir si c'est grave, mais je me ravise. Il l'a bien cherchée.

En rentrant à l'appartement, je m'empare violemment du bouquet de fleurs et le jette à la poubelle. Mes courses ont pris plus de temps que prévu et Chelsea est en cours. Je sais que c'est elle qui a cafardé sur mon projet à Kevin et je compte bien lui en toucher deux mots quand elle rentrera. Je l'attends de pied ferme. J'ouvre mon ordinateur pour vérifier mes mails. Deux messages. Mon Dieu ! C'est les réponses que j'attendais. Mon cœur tambourine à toute allure, mon estomac se noue.

Et mon monde s'écroule quand je découvre que je suis recalée à cause de mon inexpérience professionnelle. Ils sont bien beaux eux, mais pour avoir de l'expérience, il faudrait d'abord que l'on me donne une chance, non ?

J'ai limite envie de pleurer. Mais je ravale mes sanglots en me disant qu'il me reste un dernier espoir. Je prends mon téléphone et envoie un SMS à Chelsea.

Aurais-tu le numéro de Kevin, par hasard ?

Qu'elle demande à Josh, je ne sais pas, mais j'en ai besoin. Puis je ramasse les fleurs pour les replacer dans le vase, sur la table de la salle à manger. Je n'arrive pas à croire que je m'apprête à faire ça.

Je décide de prendre mon appareil photo et de sortir pour immortaliser quelques moments inoubliables avant d'aller retrouver Will pour notre soirée. Il faut que je me change les idées.

Chapitre 6

Kevin

Je suis en train de faire mon jogging matinal quand je reçois un appel de James Woods, mon patron.

— Reynolds, réponds-je en décrochant.

— Rejoins-nous à Central Park, on a un meurtre sur les bras.

— J'arrive.

Je raccroche et tape un sprint jusque chez moi. Je prends une douche digne d'un militaire et, cinq minutes plus tard, je suis déjà en chemin. Quand j'arrive sur la scène de crime, Andrew est déjà là et me fait un rapide débriefing sur la victime tandis que nous passons le périmètre de sécurité.

— Elle s'appelait Elisabeth Talbo, dix-neuf ans, étudiante à la NYU, retrouvée par un promeneur avec son chien.

J'enfile des gants en latex pour pouvoir toucher la victime sans laisser d'empreintes et me penche dessus pour lui tourner légèrement la tête. La première fois que j'ai dû faire face à un cadavre, c'était il y a cinq ans quand je suis sorti de l'école de police et j'ai vomi toutes mes tripes.

Aujourd'hui, je me suis habitué au dégoût. Mais pas à la douleur pour la famille en deuil et encore mois à la haine que j'éprouve pour ces assassins. Pendant que j'examine la jeune femme, le médecin légiste, Kurt, plante une sonde dans son foie afin de déterminer l'heure de sa mort.

— 28,6, déclare-t-il. Et vu la rigidité cadavérique peu avancée, elle est morte entre 23 heures et minuit hier soir.

— Elle a été étranglée, constaté-je en remarquant des traces de strangulation autour de son cou.

— Elle a été torturée la pauvre petite, rajoute le doc en soulevant le T-shirt de la fille ou l'on peut voir des brûlures sur son ventre.

— Il l'a électrocutée au taser ? s'enquiert Andrew en s'accroupissant à côté de nous.

Le Doc acquiesce.

— Tu penses que c'est lui ? me demande mon beau-frère et je hoche la tête.

Le chauffeur de taxi. C'est le même modus operandi que les deux victimes précédentes. Il les enlève dans son taxi, les torture pendant des heures et les tue avant de s'en débarrasser dans des endroits publics, à la vue de tous. La première, nous l'avons retrouvée il y a deux semaines devant une benne derrière un bar. La deuxième a été laissée sur un chantier de construction et celle-ci en plein Central Park. Toutes des jeunes filles à peine sorties de l'adolescence sauf la première qui était une prostituée de vingt-trois ans. Ça ne peut être que lui.

— Trois victimes en deux semaines. Et il ne s'est écoulé que deux jours depuis la deuxième. Il est de plus en plus confiant. Il s'améliore.

— Tu crois qu'on aurait loupé un épisode pendant l'interrogatoire des chauffeurs de taxi ? me demande Andrew.

Je réfléchis en serrant les mâchoires. Je déteste l'idée d'être passé à côté d'un indice. La semaine dernière, nous avons convoqué tous les chauffeurs de taxi de la ville qui travaillaient au moment des disparitions. Mais il s'est avéré que tous avaient un alibi et les compteurs de leurs voitures confirmaient leurs dires.

— Non, on a vérifiés leurs rapports qu'ils doivent effectuer après chaque journée, réponds-je. On a visité tous les itinéraires, il n'y avait pas d'endroit assez discret pour qu'il puisse les torturer et les tuer.

— Ouais, tu as raison, approuve Andrew. Qu'est-ce qui peut pousser ce taré à tuer des jeunes femmes innocentes ?

Je retire les gants en latex et les fourre dans ma poche. Devant nous, la victime se fait mettre dans le fourgon de la morgue. Je réprime mon envie de frapper contre un arbre. Putain. Ces filles avaient quasi l'âge d'Allyanna. Et puis merde, pourquoi je pense à elle à un moment pareil ? Pourquoi je pense à elle *tout le temps* ?

— Je n'en sais rien, mais je commence à en avoir marre de lui courir après. Le promeneur, tu l'as interrogé ?

— Ouais, il n'a rien vu. Son chien s'est sauvé, il a dû sentir l'odeur de la fille.

Je soupire. Aucun indice, aucune empreinte. Aucun témoin. Nous voilà bien avancés. Rien que l'idée d'un homme faisant spécifiquement du mal aux femmes me met dans une hargne féroce. Ayant été témoin de ce genre de violence quasi toute mon enfance, j'ai la rage en pensant que ce fils de pute se promène dans la nature. Nous rentrons au commissariat afin d'éplucher tous les dossiers des compagnies de taxis. Encore. On a forcément loupé quelque chose. Parfois, il suffit d'un minuscule détail anodin pour boucler une enquête.

Il faut qu'on le coince.

On n'a pas le choix.

— J'ai fini, il n'y a vraiment rien, Kev.

Mon bureau ressemble à un vrai champ de bataille. C'est à peine si l'on peut mettre un pied devant l'autre. Nous avons passé la matinée à feuilleter les dossiers encore et encore, les appels téléphoniques de chacun sans rien trouver de suspect. La haine.

Je referme le dossier sur lequel je suis penché depuis une bonne demi-heure et m'enfonce dans mon siège en soupirant bruyamment.

— Toc, toc ! claironne Rachel en entrant dans le bureau, les bras chargés de plats à emporter. J'ai pensé que vous auriez faim. Wôw, moi qui me plains qu'Andrew laisse toujours traîner ses chaussettes, c'est le bordel ici.

Je fais de la place tandis qu'Andrew l'aide à poser la nourriture sur le bureau avant de l'embrasser.

— Ma chérie, tu es un ange.

Ma sœur travaille au commissariat en tant que chargée des pièces à conviction. Elle s'assure qu'elles sont bien sous scellé et les range de façon à ne jamais les perdre. Elle porte l'uniforme, mais ne va pas sur le terrain. Elle s'occupe aussi des dépôts de plainte. C'est ici qu'elle a rencontré Andrew il y a six ans, quand celui-ci est arrivé et m'a été assigné comme coéquipier.

— Je suis allée chez Chino. Ça avance ? Besoin d'aide ? demande-t-elle en montrant le tas de paperasse devant nous.

— Il n'y a que dalle, dis-je la bouche pleine de nouilles chinoises aux épices. On a encore une victime sur le dos et on ne trouve rien.

Andrew et Rachel savent à quel point cela m'affecte. Ils savent l'histoire de mon passé, comme tout le monde. Mais Rachel m'a vu à ma sortie du centre de détention pour mineurs, c'est à ce moment-là qu'on s'est connus.

— Vous avez essayé leurs bases de données ?

— Oui, répond Andrew. Mais tout est nickel. Les techniciens n'ont rien trouvé.

Rachel fronce les sourcils.

— C'est bizarre. Le mec arrive à tuer des femmes tout en travaillant comme n'importe quel chauffeur de taxi. Et s'il avait un complice ?

— Impossible, rétorqué-je. La dernière fois que les victimes ont été vues, elles montaient dans un taxi.

Mais les témoins n'ont pas vu le chauffeur et aucun n'a pensé à relever la plaque, c'est un taxi, après tout. Et puis il est précis et méticuleux, s'il y avait un complice, il y aurait plus de dégâts sur la victime. Non, il est seul. Il a dû connaître la violence d'une femme. Un homme ou un enfant battu par sa mère. Il se cache tout en voulant être remarqué. Il nous provoque.

Nous mangeons en silence pendant un moment jusqu'à ce que Rachel me propose.

— Viens manger à la maison ce soir. Tu n'as qu'à venir avec ta fiancée, ça nous permettra de faire connaissance avant dimanche. Je n'arrive pas à croire que ça fait trois ans que vous êtes ensemble et qu'on ne l'ait jamais vue.

Et merde. Obnubilé par mon travail, je n'ai plus pensé à dimanche qui approche à grands pas. Je n'ai pas vu Allyanna depuis mercredi. Quand je l'ai aperçu avec ce type sur le parking du centre commercial alors que je m'apprêtais à aller chercher un cadeau pour les quatre ans de Nolan, je n'ai pas pu m'empêcher de les rejoindre. Même à mille kilomètres on pouvait voir qu'il lui faisait du rentre-dedans. Stevie Wonder l'aurait vu, lui aussi. La jalousie s'est instantanément emparée de moi. Je ne supportais pas de le voir aussi proche d'elle. Puis sans réfléchir, j'ai fait croire à cet idiot qu'elle était ma copine. J'ai cru qu'Ally allait me gifler quand je l'ai embrassée. Putain que c'était bon ! Pour une fois, je n'ai même pas eu d'idées perverses. J'ai seulement profité du goût de fraises de ses lèvres. Divines, irrésistibles, délicieuses. J'ai cru que mon cœur allait exploser quand j'ai senti qu'elle me rendait mon baiser. Je n'avais même plus les pieds sur Terre. Tous mes soucis se sont envolés en une seconde. On venait de retrouver la deuxième victime et j'avais les nerfs en pelote, alors quand je l'ai embrassé, tous mes soucis, cette matinée de merde que je venais de passer, tout s'est envolé grâce à ce baiser volé.

Je n'avais pas l'intention de lui faire part de ma proposition dans ces circonstances. Je voulais d'abord qu'elle sache pour les fleurs, qu'elle me pardonne de tout ce que je lui ai fait jusque là. Je voulais mettre toutes les chances de mon côté pour qu'elle accepte le marché.

Mais même en lui annonçant la somme astronomique que je lui ai promise, ça n'a pas fonctionné. Elle a même cru que je la prenais pour une prostituée, chose qui ne m'a pas traversé l'esprit une seule seconde. Je n'ai jamais été très doué avec les filles. Déjà avant même de devenir le leader des D-Angels, les nanas se bousculaient pour être dans mon lit. Je n'ai jamais eu besoin de draguer pour parvenir à mes fins. Mais elle, elle est très têtue et elle sait ce qu'elle veut. Et ce qu'elle ne veut pas en l'occurrence. Putain, mais pourquoi j'ai dit son prénom ? J'aurais pu sortir n'importe lequel, non il a fallu que ce soit justement celui-là ! Elle ne viendra jamais et je devrais avouer la vérité. Je n'ai jamais menti à ma famille. On s'est toujours tout dit. Je ne sais pas ce qui m'a pris dimanche. Je voulais juste qu'ils arrêtent leurs insinuations. Si personne (à part les membres du groupe) ne m'a jamais vu avec une fille, c'est parce que je ne reste jamais avec la même plus d'une nuit. Je ne vais quand même pas m'afficher avec une gonzesse que je ne fais que baiser. Je ne doute pas qu'un jour je voudrais me poser, vivre avec une femme. Mais ce n'est pas dans mes plans pour l'instant. Aucune femme ne m'a encore fait d'effets autres que sexuels. *Moi j'en connais une,* raille ma conscience avec un sourire narquois. Non, c'est n'importe quoi. Surtout pas elle.

— Elle ne peut pas venir ce soir. Elle bosse, prétexté-je.

Tu t'enfonces, Kev, tu t'enfonces.

— Ah bon ? Elle fait quoi ?

— Serveuse.

Au moins, ce ne sera pas un mensonge à part entière quand ils sauront la vérité. Soudain, Andrew tape du plat de la main sur la table, nous faisant sursauter Rachel et moi.

— Allyanna ! s'exclame-t-il. Je me disais bien que je connaissais ce nom-là. C'est la jeune serveuse de « Chez Will ». Tu sais chérie, le restaurant du gentil cuisinier qu'on adorait et qui est mort il y a trois ans, je crois. La petite qui avait renversé la crème brûlée sur toi !

Oh non. Elle était aussi maladroite avant de me connaître ? Et elle est *serveuse* ?!

Mais qu'est-ce qui a pris au patron de l'engager ? Il était bourré au moment de l'entretien ou quoi ? Et moi, je suis dans de beaux draps s'ils connaissent Ally. Je crois que ce n'était pas une bonne idée de l'afficher avec moi, avec sa maladresse elle risquerait de faire s'écrouler ma réputation. Et pourtant une partie au fond de moi ne veut personne d'autre qu'elle.

— Ah oui la petite rouquine, toute timide. Elle nous a bien fait rire ce jour-là, se souvient Rachel.

Bordel, mais dans quelle merde je me suis foutu !

Dans l'après-midi, Andrew et moi avons l'obligation d'aller prévenir les parents d'Elisabeth Talbo que leur fille ne reviendra jamais. Parfois je déteste mon boulot. En particulier dans ces moments-là. Bien entendu, Madame Talbo s'effondre dans les bras de son mari. Je n'ose même pas imaginer ce que l'on peut ressentir quand on apprend la mort de notre enfant. C'est l'une des raisons pour laquelle je n'en veux pas. La vie de flic est très dure, émotionnellement. Je me souviens qu'à mes débuts, j'en faisais des cauchemars. Mais j'ai appris à canaliser mes émotions. Et les affaires paient toujours. Lorsque nous réussissons à appréhender les meurtriers, je me dis que j'ai accompli ma mission, que j'ai rendu justice à la famille qui a perdu l'un de ses proches. Comme l'exige le protocole, nous posons des questions à Monsieur et Madame Talbo, leur demandant si leur fille avait des ennemis, un ex-petit ami jaloux... Nous envisageons toutes les hypothèses plausibles. Mais, comme la deuxième victime, la jeune fille était aimée de tous. Hormis l'âge et le sexe, ce type choisit ses victimes complètement au hasard. Il nous mène en bateau. Nous demandons à voir la chambre d'Élisabeth dans l'espoir de trouver une note avec un numéro de taxi, n'importe quoi qui pourrait nous mettre sur une piste exploitable. Mais là encore, nous faisons chou blanc. Il est fort l'enfoiré !

Quand nous revenons à la brigade, on nous confie la sécurité d'un accident de la route sur la 101. Nous sommes chargés de prendre les témoignages et ça me permet de souffler un peu quant à ce fardeau qui me pèse au sujet du chauffeur de taxi.

On ne sait pas quand ni où aura lieu son prochain kidnapping et ça m'agace au plus haut point. Le policier en moi voudrait le voir derrière les barreaux alors que l'homme que je rêve de le contempler en train de griller sur une chaise électrique. Je sais que je ne devrais pas penser cela, mais c'est plus fort que moi.

Un appel du médecin légiste nous fait venir à la morgue. Quand nous arrivons dans le cabinet, la jeune Élisabeth est étendue sur le brancard.

— Qu'est-ce qui se passe, Doc ? s'enquiert Andrew.

— Elle était enceinte, nous révèle-t-il. De cinq ou six semaines je dirais. Et j'ai prélevé des cellules épithéliales sous ses ongles (il nous montre une petite boîte sous scellé). Nous pourrons peut-être en tirer quelque chose.

Elle s'est défendue pour protéger son bébé. Mais ça n'a pas suffi.

— En outre, ajoute le médecin, j'ai relevé un échantillon de fibre dans une contusion de son cou. Sans aucun doute un morceau de la corde avec laquelle elle a été étranglée.

— On peut savoir où elle a été achetée ? demande mon coéquipier.

— Ça, c'est aux experts scientifiques de le découvrir, moi je ne m'occupe que des corps.

— Envoyez-leur les deux indices au plus vite, ordonné-je. Si on trouve le magasin qui a vendu cette corde, on peut mettre la main sur le registre des clients.

L'espoir commence à jaillir en moi. On a peut-être une piste. Nous revenons à la brigade afin d'en informer notre supérieur.

— Génial, on avance les gars, commente James lorsque j'ai fini mon récit sur notre enquête.

Puis il se tourne vers Andrew.

— Tu veux bien nous laisser une minute s'il te plaît ? J'ai besoin de parler à Kevin en privé.

— Bien sûr, accepte l'intéressé en se levant pour partir.

Je lance un regard interrogateur à James.

— Un problème avec l'affaire, patron ? demandé-je, perplexe.

— Non, pas directement, répond-il. Je veux simplement savoir comment tu comptes gérer tout ça. Comment comptes-tu t'organiser avec ta tournée si on n'a pas résolu l'enquête sur le chauffeur de taxi ?

J'y ai déjà réfléchi et pris une décision sans équivoque.

— On n'a pas encore les dates pour la tournée, mais si le tueur n'est pas arrêté d'ici là, on reportera les concerts.

Sauver la vie des gens est plus important pour moi que de leur donner du plaisir avec la musique. Durant les deux premières tournées du groupe, j'ai eu la chance de ne pas être sur de grosses affaires telles que celle-ci. Je sais que si je devais choisir entre la police et la musique — ce que je n'espère pas — j'opterais pour mon métier plutôt que pour ma passion.

— Très bien. Je voulais seulement savoir si tu t'en sortais bien dans les deux domaines.

— T'inquiète chef, pour l'instant tout va bien.

— Après l'affaire du chauffeur de taxi, je te prierai de bien vouloir prendre ces foutues vacances que tu n'arrêtes pas de repousser depuis un an. Tu as besoin de souffler un peu, Kevin, surtout avec cette enquête, tu en rêves la nuit, j'en suis sûr.

Je ricane en me passant la main dans les cheveux. Si seulement il n'y avait que ça, j'ai Allyanna qui s'immisce dans ma tête, aussi. Et ce n'est pas facile. Je me lève, prêt à quitter le bureau.

— Promis, James.

Puis je sors pour aller chez moi me changer avant d'aller dîner chez Rachel et Andrew, ce soir.

À peine j'ouvre la porte d'entrée de la maison que Josh me saute presque dessus en hurlant.

— C'est quoi ton délire avec Chelsea ?

Sur le coup, je recule.

— Quoi ?

— Elle n'arrête pas de me harceler pour avoir ton numéro, tu te l'es tapé dans ta bagnole, c'est ça ?

Je reste sans voix. Qu'est-ce qu'elle a raconté à mon frère celle-là ? Je me doutais qu'elle n'était pas très nette.

– Mais de quoi tu parles ? Déjà, je ne baise *personne* dans ma voiture. Je rêve où tu es jaloux ? Je n'ai rien fait avec elle et je ne ferai jamais rien !

Josh doit voir la sincérité dans mes yeux, car il s'éloigne et se calme.

— Désolé, je croyais que... Elle m'a envoyé des messages toute la journée pour avoir ton numéro de téléphone, mais je refusais à chaque fois parce que...

Il laisse sa phrase en suspens, aussi je termine à sa place avec un grand sourire.

— Parce que tu es jaloux.

— Non pas du tout, réplique-t-il un peu trop rapidement pour être crédible et j'explose de rire.

— Appelle-la, demande-lui pourquoi elle veut mon numéro.

— C'est ce que j'ai fait, mais elle refuse de me le dire.

Je soupire. J'ai déjà eu affaire à des groupies, mais je déteste que cela puisse blesser mon petit frère. Je décide de tirer ça au clair.

— Tu sais quoi ? Il n'est que cinq heures et j'ai fini mon service. On va aller la voir avant qu'elle ne parte bosser d'accord ? Elle va cracher le morceau, j'en suis sûr.

Elle a intérêt. Josh acquiesce et tous deux, nous montons dans ma voiture pour rendre une petite visite à Chelsea.

Et à Allyanna. Je ne sais pas pourquoi, une partie au fond de moi est excitée de revoir cette dernière. Je ne l'ai pas vu depuis deux jours et elle me manque, je crois.

Au fur et à mesure que nous montons l'escalier en colimaçon (quatre étages, je me demande comment elles ont fait pour emménager), mon cœur bat de plus en plus vite. J'espère qu'elle est là au moins. Mais en même temps non, car je sais que si on se revoit, je vais de nouveau m'attirer ses foudres. C'est toujours comme ça quand on y pense. Ça fait presque deux semaines que nous nous sommes rencontrés et nous n'avons encore jamais réussi à nous dire des mots gentils. Pas même une conversation civilisée comme des gens normaux. Donc je décide de faire un effort aujourd'hui. À savoir si elle va coopérer.

Nous arrivons enfin devant la porte et Josh frappe à la porte. C'est Chelsea qui nous ouvre. Elle nous regarde tour à tour, bouche bée. Surpriiiise !

— Oh salut les mecs, qu'est-ce que vous...

Mais elle est interrompue par le cri d'Allyanna derrière elle.

— Will, rends-moi ça putain !

Je vois Will la Crevette traverser le salon en courant, avec un soutien-gorge à la main. Allyanna le poursuit, hilare... et seulement vêtue d'une serviette de bain. Ils s'arrêtent en nous voyant. Ils ont tous les deux les cheveux mouillés comme s'ils... Mon sang ne fait qu'un tour. J'ai l'impression que mon cœur ne bat plus ou que, au contraire, il bat tellement vite que je ne le sens plus et je vois rouge. Je comprends maintenant pourquoi elle a refusé mon offre. Elle se fait sauter par ce connard !

— Kevin ?

Je la regarde dans les yeux de mon air le plus haineux que je possède. Et, croyez-moi, de la haine j'en ai à revendre. Puis avant qu'elle ne puisse ajouter quoi que ce soit d'autre, je tourne les talons pour m'enfuir non sans mettre un énorme coup de poing colérique dans le mur en face.

Je descends les marches quatre à quatre et monte dans ma bagnole avant de démarrer comme un dingue, faisant crisser les pneus sur l'asphalte. Je viens de passer une des pires journées de ma vie à tenter de trouver des infos sur un tueur qui me monte sérieusement au cerveau, j'ai pensé – *espéré* – pouvoir en parler avec Allyanna, mais il a suffi que je la trouve quasi à poil à courir après un mec qui soi-disant « n'a jamais couché avec ». Quel baratineur ! Je dois me retenir pour ne pas faire demi-tour et lui fracasser la gueule.

À la place, je roule sans but précis pendant une demi-heure quand le policier en moi me rappelle qu'il est dangereux de conduire dans cet état là. Je m'arrête donc sur un petit sentier désert et frappe le volant plusieurs fois avant de me prendre la tête entre les mains. Dire que je suis en colère est un euphémisme. Je suis en rage, putain !

Pendant une fraction de seconde j'ai pensé, je ne sais pas moi, qu'il aurait pu se passer un truc bien entre nous. Que j'aurais pu l'embrasser encore une fois ! Avoir le goût de ses lèvres en mémoire ne me suffit pas. J'ai besoin de les *sentir.* Je venais de m'admettre à moi-même qu'elle m'avait manqué pendant ces deux jours. J'hallucine. Mais quel con ! Comment ai-je pu croire une seconde que je l'intéresserais ? Plus idiot que moi, y'a pas. Maintenant que ma colère est un peu retombée, je me rends compte que je me suis bien amoché la main et que ça fait un mal de chien, putain.

Je respire un bon coup avant de reprendre la route. Elle veut jouer ? On va jouer. Je vais baiser dans ma voiture toutes les filles que je croise.

Chapitre 7

Allyanna

Je reste plantée là pendant je ne sais combien de temps. Kevin n'était pas là, il ne vient pas de me voir – une fois n'est pas coutume – presque toute nue en train de courir après Will qui a eu le culot de me piquer un soutien-gorge *Hello Kitty* qui était posé sur mon lit pendant que j'étais sous la douche. Non, il ne vient pas de voir ça.

Et pourtant, si.

Mais pourquoi est-il parti en furie ? Pourquoi a-t-il cogné son poing contre le mur d'en face ? Je me retourne vers Willy qui passe la main dans ses cheveux mouillés, visiblement embarrassé. Puis je comprends. Putain de chiotte !!

— Salut, lance Josh, toujours sur le pas de la porte.

Pourquoi est-il venu ? Je m'étais juré de ne plus revoir Kevin ! Chelsea me devance et pose la question.

— Qu'est ce que tu fais là ?

— Euh, on voulait savoir pourquoi tu tiens tant à avoir le numéro de téléphone de Kevin. Comme tu refusais de me répondre, on a pensé venir ici...

Je lance un regard noir à Chelsea et elle me répond par un sourire timide. Juste après lui avoir envoyé le SMS concernant le numéro de Kevin, je lui en ai renvoyé un autre pour me rétracter. Mais a priori, elle ne m'a pas écoutée et en a fait qu'à sa tête. Elle se retourne vers Josh.

— C'était pour rendre service à Allyanna, se justifie-t-elle.

Furieuse contre ma meilleure amie et contre moi du fait que Kevin m'ait surprise ainsi, je pars m'enfermer dans ma chambre. Je m'habille à la hâte, sans prendre la peine de vérifier si mes fringues s'accordent ou non, quand on frappe à la porte.

— C'est Will, je peux entrer ?

Je m'assieds sur mon lit pour enfiler mes baskets.

— Oui.

Mon meilleur ami rentre et vient me rejoindre. Le lit grince quand il prend place dessus.

— Que se passe-t-il entre toi et Kevin ? me demande-t-il.

— Pour être honnête, je n'en sais rien. Je suis justement en train de me préparer pour le savoir. Ça te dérange si je prends ma soirée ? J'ai besoin de lui parler, de savoir ce qui lui a pris d'agir comme ça.

— À condition que tu me promettes de rattraper tes heures, sourit-il.

— Promis.

Je m'empare de ma veste en jeans dans mon armoire et l'enfile.

— Ally ?

— Oui ?

— J'aurais aimé t'embrasser mercredi, quand tu es venue.

Je laisse tomber ma queue-de-cheval, stupéfaite. J'ai rejoint Willy mercredi au restaurant après ma promenade dans les rues de Brooklyn.

Nous sommes allés chez lui où nous avons cuisiné des macaronis au fromage avant de les manger devant *Non-stop*. J'ai déjà vu ce film une dizaine de fois, mais j'adore Liam Neeson. Nous avons ensuite joué au Monopoly une bonne partie de la nuit avant d'aller dormir.

Ce n'est pas la première fois que je dors avec Will. Mais c'était la première fois que je me sentais mal à l'aise en passant la nuit avec lui. Je n'arrêtais pas de penser à Kevin. Je me demandais ce qu'il faisait, avec qui. Je crois que je m'intéresse un peu trop à lui et ça me fait flipper. Je reviens à l'instant présent et regarde mon meilleur ami.

— Will, je...

— Je sais, me coupe-t-il. On est seulement amis et rien de plus. Je voulais juste vider mon sac. Ça va, t'en fais pas.

La conversation d'il y a deux semaines avec Chelsea dans les vestiaires me revient. Elle avait raison, finalement. Will me voyait davantage que comme une simple amie. C'était le jour où j'ai rencontré Kevin pour la première fois. Cela me paraît tellement loin ! J'ai l'impression de le connaître depuis toujours à l'instar de Willy. Il faut que je sache où il est et pourquoi il s'est mis à péter un boulon. Après tout, je ne suis pas sa copine, je ne lui appartiens pas. On ne s'apprécie même pas, c'est pour dire ! Je me rassieds et prends la main de mon ami.

— Tu es tout ce que j'ai de plus cher au monde, Willy. Tu as toujours été là pour moi avec Chelsea, même quand mes parents nous ont quittés. Tu es le frère que je n'ai jamais eu. Je serai toujours là pour toi et je t'aime. Mais je ne t'aime pas comme tu l'espérais et je suis désolée si je t'ai donné de faux espoirs de quelque façon que ce soit.

Il me sourit franchement même si je décèle une lueur de déception dans ses yeux.

— Tu ne m'a pas donné de faux espoirs, Ally. C'est moi qui ne voyais pas que tu te comportais comme une amie. T'inquiète ça va aller. Je me dis juste que, malgré ta maladresse légendaire, tu es la femme parfaite.

— Je suis sûre que tu trouveras une femme parfaite, et même pas maladroite en plus.

Nous rions et ça fait du bien après ce début de discussion épineux. Je suis soulagée qu'il ne soit pas trop triste. Will a toujours été optimiste et c'est ça qui m'a plu en premier chez lui. Je suis contente qu'il se soit confié à moi. Je me serais détesté si je l'avais fait souffrir. Je suis heureuse qu'il le prenne bien et qu'il comprenne que je l'aime comme mon frère.

— Il faut que j'y aille mon petit Willy.

— Tu sais où il peut être, au moins ?

— Pas la moindre idée. Mais je suppose que Josh pourra me renseigner, c'est son frère, après tout.

Nous sortons de ma chambre pour retrouver Chelsea à califourchon sur Josh, lui-même assis sur le canapé, en train de se rouler des galoches. Je grogne.

— Il y a des chambres pour ça.

Ils ne s'arrêtent pas pour autant.

— Je vais y aller, je dois passer une commande au fournisseur, me dit Will. Salut les amoureux.

Ils se contentent de saluer Will de la main. J'embrasse mon meilleur ami et le raccompagne jusqu'à la porte.

— Encore merci, pour la soirée de libre.

Il me lance un clin d'œil et s'en va. Je ferme la porte et me retourne vers Chelsea et Josh.

— S'il vous plaît, on dirait deux ados prépubères avec les hormones en ébullition. Josh, saurais-tu où peut être Kevin ?

Ils daignent enfin arrêter de s'explorer les amygdales.

— Non, répond-il. Mais tu peux l'attendre chez nous, il y reviendra bien un jour où l'autre. Et si tu peux me déposer en même temps parce que ce con s'est tiré avec la bagnole, je t'en serai reconnaissant.

Chelsea se lève des genoux de Josh. Je fais comme si je ne voyais pas la protubérance dans son pantalon.

— Tu ne viens pas bosser ? s'étonne mon amie.

— Non, Will m'a laissé ma soirée pour parler à Kevin. Il est temps qu'on arrête de se chamailler et qu'on se comporte comme les adultes que nous sommes.

Je m'attache les cheveux en queue-de-cheval. Josh se lève à son tour et tape les fesses de Chelsea qui glousse en allant se refaire une beauté avant son service.

— Tu comptes accepter sa proposition ? s'enquiert Josh.

— Tu es au courant ?

Il lève les yeux au ciel.

— C'est moi qui ai raconté qu'il était gay. Pour ma défense, il avait mis un morceau de film alimentaire sur les chiottes, résultat, je me suis à moitié pissé dessus.

J'éclate de rire.

— Ça vous arrive souvent de vous faire ce genre de blagues ?

— Du plus loin que je me souvienne, ça a toujours été comme ça. La plus grosse crasse que je lui ai faite, c'est le coup de la drag-queen. Dommage que tu n'étais pas avec nous.

— Une drag-queen ?

— Tu lui demanderas, il te racontera mieux que moi. Au fait, tu n'as pas répondu à ma question.

— Je n'en sais rien, Josh, soupiré-je. C'est vrai que je ne peux pas cracher sur le job, ça m'ouvrirait beaucoup de portes professionnelles, mais en même temps, je mentirais à vos parents et je ne veux pas. Enfin, ils ne me connaissent même pas !

— Ce n'est pas à toi qu'ils en voudront. Tu dois agir sous la contrainte, après tout. Si je peux te donner un conseil en tant qu'ami, ne tombe pas amoureuse de lui. Il ne sort jamais avec personne, c'est pour ça qu'aucune fille n'est jamais apparue avec lui dans les magazines. Il est solitaire, je n'ai pas envie qu'il te brise le cœur.

— Ça ne risque pas. On n'arrive déjà pas à s'entendre en temps normal, tu imagines si on était en couple ?

Il se met à rire et je l'imite.

— Je n'ose même pas imaginer, non.

— Et toi avec Chelsea ? On aurait dit un mec super jaloux quand tu es arrivé.

— Pour l'instant ce n'est pas sérieux, je crois. On ne fait que baiser et je l'aime bien, on prend notre pied.

Je me bouche les oreilles en chantant la Macarena. En version incompréhensible, évidemment. Chelsea sort — enfin — de la salle de bains et nous descendons tous les trois de l'immeuble. Je dois attendre cinq minutes supplémentaires, le temps que les « amis avec avantages en nature » se décident à se lâcher.

Sur le chemin, Josh m'indique la route pour aller chez eux. Je ne cesse de penser à Kevin. Où est-il ? Et s'il n'est pas chez lui ? Et s'il est chez lui avec une... Je m'interdis de penser à cela. Même si je flippe face à cette hypothèse. Et s'il lui était arrivé quelque chose, un accident, par exemple ? On a entendu les pneus hurler quand il est parti. Il était en colère, et tout le monde sait qu'il ne faut pas prendre le volant dans cet état. Oh mon Dieu, je n'ose même pas imaginer comment je me sentirais s'il lui arrivait quelque chose de grave. À cause de moi, qui plus est.

— Tu penses trop, Ally, dit Josh, me sortant de mes frayeurs.

— Quoi ?

— Tu as raté l'intersection. Fais demi-tour au prochain carrefour.

Merde. J'obtempère et fais demi-tour avant de tourner à gauche. Nous roulons encore quelques minutes puis il me dit de m'arrêter devant une somptueuse maison sur des colonnes blanches montées sur deux étages et avec une grande baie vitrée et un balcon au premier. Elle fait face à un grand jardin — un parc, devrais-je dire — avec une fontaine en son centre.

— La vache !

— Non, c'est une villa, plaisante Josh. Et tu n'as pas encore vu la piscine et le jacuzzi derrière.

Ma bouche forme un O subjugué.

— Mais vous êtes combien à vivre dans ce palace ?

— Nous cinq. Kevin, Pete, Billy, Jake et moi. Mais Billy va bientôt nous quitter, il fait construire une maison avec sa fiancée. Tu comptes rester là à attendre le déluge ou tu viens ?

— Euh, oui j'arrive.

Je détache ma ceinture de sécurité, prends mon sac à l'arrière et nous descendons de la voiture. Sortant un badge de sa poche, Josh ouvre l'immense portail en fer blanc. On se croirait dans un conte de fées. Sauf que dans celui-là, il n'y a pas de princesses, mais cinq princes charmants rockeurs. Nous longeons l'allée super bien entretenue et je m'arrête juste avant de monter les marches du perron. Mon regard est attiré sur la gauche, où le garage est grand ouvert.

— Elles sont toutes à vous ? m'enquiers-je en m'approchant des trois voitures de sport et des deux motos.

Une Ferrari, une Lotus Elise de 2011, une Audi R8, une Harley Davidson et une superbe Suzuki GSX-R 600. J'effleure la Ferrari rouge pétant du bout des doigts. Il ne manquerait plus que je la raye avec mes ongles.

— C'est nos petits plaisirs, répond-il fièrement.

— Une Ferrari 458 ! m'exclamé-je. Elle doit en avoir sous le capot. Combien de chevaux, 120 ?

— 127. Tu t'y connais ? s'étonne Josh.

— Mon père était mécanicien. Il tenait un garage sur la septième avenue et je passais mon temps libre à l'aider, étant petite.

— Il n'y travaille plus ?

Je secoue la tête en retenant mes larmes.

— Mes parents sont morts dans un accident de voiture il y a quatre ans.

— Oh merde, je suis désolé, je ne voulais pas...

— T'inquiète pas, ce n'est pas grave, tu ne savais pas. On entre ?

Il tend son bras dans un geste de galanterie, m'invitant à passer devant lui.

— Après vous, mademoiselle.

Je le remercie d'un hochement de tête. Puis il m'ouvre la porte de la demeure où un simple escalier nous accueille. Nous montons et je reste bouche bée devant la déco une fois en haut.

Waow, putain ! L'entrée est ultra moderne tout en restant rustique et authentique de par ses meubles anciens et ses tableaux de paysages paradisiaques accrochés aux murs. Josh me fait avancer jusqu'au magnifique salon où trône un canapé en cuir blanc, un meuble de télévision en bois laqué supportant trois consoles de jeux différentes et un écran géant est accroché au mur. À gauche se trouve un long couloir avec différentes portes de chaque côté. À droite un escalier design transparent mène à une mezzanine ou un petit salon avec un baby-foot a été aménagé. Là encore, il y a un couloir avec différentes portes, sans doute les chambres. Sous la mezzanine se situe une cuisine ouverte sur le salon. Elle est cent pour cent Américaine et des lampes sont suspendues au-dessus du comptoir, éclairant la pièce d'une lumière douce. Et — le meilleur pour la fin — la grande baie vitrée que j'ai pu voir de l'extérieur a une vue panoramique sur le pont de Brooklyn. Le Paradis sur Terre. Elle donne sur un petit patio cosy avec une table de jardin et deux chaises longues. Je me rapproche un peu de la vitre et ce que je vois en bas me laisse sans voix. Une piscine creusée et turquoise en forme de guitare et un jacuzzi.

— Et vous osez mettre les pieds dans mon petit appart complètement banal ? m'exclamé-je, émerveillée.

De plus, tout est parfaitement propre. Pas une once de poussière.

Je n'ose pas lui demander si c'est eux qui font le ménage ou s'ils ont une employée pour ça, de peur de le vexer.

— Tu veux boire quelque chose ? Soda, jus d'orange, café, vodka ?

Il dit le dernier mot avec un sourire entendu, se souvenant comme moi de la dernière fois que j'ai bu de l'alcool. Non merci.

— Un jus d'orange s'il te plaît, merci, réponds-je en m'asseyant sur l'un des hauts tabourets au niveau du comptoir.

Il nous sert un verre et nous trinquons.

— À l'avenir !

— À l'avenir, répété-je

Je suis en train de boire quand quelqu'un se met à hurler au niveau des escaliers.

— Qui était censé faire la lessive aujourd'hui ? Je n'ai plus un seul boxer à me foutre sur le cul !

Par réflexe, je me retourne, ayant reconnu la voix de Kevin. Grave erreur. Je recrache mon jus d'orange en voyant sa tenue. Ou plutôt son *absence* de tenue. Mon regard s'attarde immédiatement sur son entrejambe pendant trois secondes. Trois secondes de trop, car, quand je relève les yeux vers le visage de Kevin, il me scrute avec intensité. Son regard bleu est sombre. Pas sombre de colère, cependant. Sombre de passion. Je louche sur son corps mince, tatoué et bronzé, le V d'Apollon parfait, partant de ses hanches à son... Nom de Dieu ! Je ferme les yeux, mortifiée, et me retourne pour m'intéresser au comptoir. Oh ! Il est si propre qu'on peut se voir dedans ! Kevin doit remarquer mon malaise, car il lance, moqueur.

— Quoi, tu n'as jamais vu de mec à poil ? On est quitte comme ça.

Je me sens rougir jusqu'à la racine des cheveux. À vrai dire, non. Je n'avais jamais vu d'homme nu, jusque là. Pas en vrai du moins. Mais ça, il n'est pas obligé de le savoir.

Je suis mal à l'aise, je ne sais plus où me mettre. En revanche, lui n'a pas du tout l'air gêné. Bon, on ne va pas se voiler la face, il n'y a aucune raison à ce que Kevin soit pudique. C'est un Dieu vivant, ce mec ! Et son... enfin sa... Waow. Je l'avoue — je ne sors pas du couvent —, j'ai déjà regardé des films X (plus pour montrer à Chelsea que je ne suis pas une coincée que par intérêt) et malgré la magie des pilules aphrodisiaques, les acteurs semblaient quand même bien fourni à ce niveau de leur anatomie. Mais Kevin, lui, sans stimulant, est vachement bien monté, comme dirait Chelsea. Sexy est un euphémisme pour le décrire. Mon Dieu, il faut que j'arrête de penser à ça. Je dois être aussi rouge qu'une écrevisse, maintenant. Je suis toujours là, à contempler le bar quand, du coin de l'œil, je vois Josh se pencher sur moi.

— Tu penses trop, Ally, respire, me chuchote-t-il, plaisantin.

Je lève les yeux vers lui. Il arbore un sourire jusqu'aux oreilles. Je dois avoir l'air fine avec cette tête-là. Je prends le risque de me retourner et pousse un soupir de soulagement quand je découvre que Kevin n'est plus là. Mon cœur commence à retrouver une allure à peu près normale.

— Est-ce que ça va ? s'inquiète Josh. Tu es tellement rouge que je me demande si je ne devrais pas appeler les pompiers.

— Ça va, t'inquiètes. Il fait chaud ici, réponds-je tout en me cachant derrière mon verre pour boire.

Josh éclate de rire.

— La seule chose qui soit chaude ici c'est ce qui se cache dans ta culotte, surtout depuis que Kevin est arrivé.

Je lui assène une petite claque sur le bras.

— Pourquoi tu es là ?

Je me retourne face au ton tranchant de Kevin derrière moi. Il a entendu ? Je n'espère pas. Je suis soulagée — un peu — de voir qu'il s'est habillé. Il porte un T-shirt bleu marine qui met ses yeux en valeur et un jeans noir bas sur ses hanches. Je déglutis.

Je suis sûre que même avec un sac à patates il resterait sexy à damner une sainte. Pourquoi suis-je venue déjà ? Ah oui.

— Je voulais te parler.

Josh se lève.

— Bon, je vais aller gratter un peu ma guitare, moi.

Son petit frère parti, Kevin s'approche de moi. Il s'assoit sur le tabouret à côté du mien et s'empare de mon verre pour boire une gorgée de jus de fruit. Je me mets à contempler sa pomme d'Adam qui monte et descend au fur et à mesure qu'il avale. C'est con, mais je me rends compte que c'est sexy un homme qui boit. Surtout Kevin. Je donnerais n'importe quoi pour être à la place du verre. Mais qu'est-ce que tu racontes, ma pauvre fille ? me seriné-je. Je suis là uniquement pour discuter avec lui, pas pour fantasmer sur ma réincarnation en verre.

— Pourquoi es-tu venue ? répète-t-il.

— Pour parler.

Ma voix ressemble à celle d'un chaton qui vient de naître. Pathétique.

— Alors, parle.

Sa voix est dure. Est-il en colère ? Contrarié ? Déçu ? À cause de moi ?

— Pourquoi es-tu parti ?

— J'avais un truc urgent à faire.

Il se fout de moi. Je respire calmement. Conversation civilisée. Pas de disputes.

— Tu as mis un coup de poing dans le mur.

— Il l'avait cherché.

Je tends la main pour prendre la sienne dans le but de constater les dégâts, mais il la passe dans ses cheveux mouillés. Bon, ça n'a pas l'air si grave. Comme il ne daigne pas m'expliquer les raisons de sa colère, je décide de prendre les devants.

— Will est comme un frère pour moi. On n'est pas ensemble.

J'ai vu son regard quand il nous a surpris. Déçu, triste et haineux, aussi.

— Je m'en fous. Tu couches avec qui tu veux, on n'est pas ensemble.

Pour une raison que j'ignore, cette pique me blesse. Je décide de ne rien laisser paraître et de jouer dans son jeu.

— C'est vrai, concédé-je. Mais tu veux qu'on le soit pour dimanche.

Bingo ! Il daigne enfin me regarder. Mais ça ne dure pas. Il recommence à m'éviter quand il répond, l'air désinvolte.

— Ça n'a plus d'importance. Je vais leur dire la vérité, ce n'est qu'une blague à la con. Mais si le job t'intéresse toujours, il est disponible.

Je hausse les sourcils de surprise. Il m'offre quand même le poste de photographe ?

— Ce n'est pas Chelsea qui voulait ton numéro. C'est moi.

Il plonge de nouveau son regard dans le mien, ne comprenant pas.

— J'avais l'intention d'accepter ta proposition, m'expliqué-je. Alors j'ai envoyé un message à Chelsea pour lui demander ton numéro, mais je me suis finalement dégonflée. Sauf que Chelsea n'a rien voulu entendre.

Il semble ahuri par mon aveu.

— Tu voulais accepter ?

Je hoche la tête timidement.

— Alors, viens avec moi.

Ses prunelles aussi bleue que l'eau de la piscine me scrutent intensément, désespérément. Elles me supplient.

— Je ne sais pas, Kevin. Ce serait leur mentir et je déteste ça.

— On dira que tu n'as pas eu le choix sinon je te refusais le job.

— Sauf que tu m'engages quoiqu'il arrive.

— Disons que les plans ont changé maintenant que je sais que tu as eu l'intention d'accepter.

J'ouvre la bouche en grand, l'air outragé et fais semblant de le taper.

— Tu es gonflé toi quand même !

— Je plaisante. Mais viens avec moi. S'il te plaît.

Je soupire, pensive. D'un côté, je ne me vois pas mentir et encore moins à des gens que je ne connais pas. Mais d'un autre côté, je suis quelqu'un de généreux et d'altruiste. Quand je sais qu'un de mes proches est dans l'impasse, je fais tout mon possible pour l'aider. En l'occurrence, je peux aider Kevin.

— Je ne veux pas remuer le couteau dans la plaie, mais je t'ai offert des fleurs, des lys en plus, pas n'importe lesquelles pour me racheter de ce que je t'ai fait. Tu ne m'as pas loupé non plus et pourtant...

J'y crois pas !

— Tu es en train de me soudoyer là, je ne rêve pas !

— Appelle ça plutôt un arrangement entre amis, répond-il en me faisant un clin d'œil complice.

— Ah, alors comme ça on est amis ?

Son regard se fait suspicieux, maintenant. Mais il hoche tout de même la tête.

— Alors, raconte-moi l'histoire de la drag-queen. Josh m'a dit que c'était à mourir de rire.

— Oh non, le salaud.

— Il m'a dit que tu saurais me raconter mieux que lui.

— Ally, il va falloir me faire boire beaucoup pour que j'aie le courage de te raconter ça.

— À ce point ?

— Carrément.

Je me lève alors du tabouret et me dirige derrière le bar. J'ouvre un placard et pose la bouteille de vodka sur le comptoir. Kevin éclate de rire.

— Tu es prête à me saouler pour me faire parler ?

— Je suis prête à tout pour connaître cette histoire, répliqué-je et son regard se fait plus ardent.

Mais je ne flanche pas. Finie la petite femme enfant timide. Ce soir, j'ai envie de m'amuser. Ce qui inclus boire de l'alcool.

Je ne sais pas comment, mais, trois heures plus tard, je me retrouve dans le jacuzzi avec Kevin, seulement vêtue de mon ensemble de sous-vêtements *Little Marcel* (j'ai l'air d'une paysanne du Moyen-Âge à côté de lui) Il est en boxer qui moule parfaitement son derrière. Mon Dieu quel cul ! Il est beau à tomber. Il n'est pas loin de 23 heures, les autres membres des Devil Angels sont rentrés vers 21 heures et ils sont occupés à disputer une partie de jeux vidéo, nous laissant un peu d'intimité à Kevin et à moi. On a commandé une pizza qu'on a dévorée avant de barboter dans l'eau. En temps normal, je n'aurais jamais osé faire ça, ne serait-ce que me déshabiller. Surtout pas devant Kevin. Mais je suis trop déchirée pour me soucier de ma pudeur. Et il est dans le même état que moi. Il vient de me raconter que Josh avait engagé une drag-queen pour lui faire une blague lors de la fête pour son anniversaire au *Starlight,* l'été dernier. Kevin était trop bourré pour se rendre compte qu'il roulait des pelles à un homme, jusqu'à ce qu'il mette la main sur son paquet. Je suis encore en train de me tordre de rire en regrettant effectivement d'avoir raté ça. Le pauvre.

— Allez, tu as assez ri à mes dépens, déclare-t-il d'une voix rendue traînante par la bouteille de vodka que nous avons finie et la deuxième que nous venons d'entamer. On va jouer à un jeu. Action ou Vérité ?

— On n'a pas passé l'âge de jouer à ces gamineries ? rétorqué-je en buvant à même la bouteille.

Il y a longtemps que je ne ressens plus la brûlure de

l'alcool dans ma gorge tellement j'ai bu. Je me sens bien, je me sens sereine. Je m'amuse comme jamais je ne me suis amusée.

— J'ai envie d'en savoir plus sur toi.

Sa réponse me désarçonne. Je tente de déceler la farce dans son regard, mais il n'a pas l'air de plaisanter. En quoi ma vie peut-elle l'intéresser ?

— D'accord. Vérité, décidé-je.

J'ai trop peur des défis qu'il risque de me donner.

— Avec combien d'hommes es-tu déjà sortie ? demande-t-il.

Ah ouais, il n'y va pas par quatre chemins, lui. Pas ma date d'anniversaire, pas de question sur ce que j'aime chez lui, non. Direct, mes désastres amoureux.

— Trois.

J'estime que les rencards qui n'ont pas abouti à une relation comptent, après tout je suis *sortie* avec eux.

— Tu as couché avec eux ?

Je me raidis.

— Hey, c'est une seule question par tour.

— Désolé.

Je suis coincée. Je sais déjà quelle sera sa deuxième question Vérité. Et je n'ai aucune envie d'y répondre.

— On devrait arrêter ce jeu, dis-je dans un moment de lucidité.

— On vient de commencer. Tu as la trouille ? me défie-t-il.

— Non. Action ou Vérité ?

— Action.

— Fais-moi ta pire grimace, fais-je, ne sachant pas trop quoi lui demander d'autre.

Je n'ai jamais été très créative à ce jeu. Alors il tire sur le haut de ses oreilles, remonte ses dents du bas de façon à ce qu'elles touchent sa lèvre supérieure tout en louchant et j'explose de rire. Il est vraiment trop drôle. Mais même avec cette tête il a le don de rester sexy.

— À toi, rit-il. Action ou Vérité ?

Je me mords la lèvre inférieure, indécise. J'ai le cul entre deux chaises, comme on dit. Si je dis Vérité, il va me poser la question que je redoute. Et je crains le défi. Tant pis. Je prends mon courage à deux mains.

— Action.

— Embrasse-moi.

Mon cœur bat à tout rompre. On s'est déjà embrassés, certes, mais là c'est différent. Je n'étais pas préparée la dernière fois. Puis une idée me vient, même si c'est puéril et que ça ne fait que retarder l'échéance, parce que je sais qu'il me le demandera plus précisément au prochain tour. Je lui plante un baiser furtif sur la joue. Il grogne, contrarié, tandis que je souris, satisfaite.

— Tu veux te la jouer ainsi, très bien, Vérité.

— Pourquoi es-tu parti tout à l'heure ?

Son visage se ferme et il boit une gorgée de vodka. Visiblement, il ne s'attendait pas à cette question.

— Tu veux la vérité ?

— C'est le but de ce jeu, non ?

— Je vous ai vu sortir de la salle de bains ensemble et j'ai cru que... bref, ça m'a mis en rogne.

Il rougit. C'est tellement mignon !

— Pourquoi ? murmuré-je.

Inconsciemment, nous nous sommes rapprochés. Son bras est posé sur le bord du jacuzzi, juste derrière moi. Nos visages ne sont plus qu'à quelques centimètres l'un de l'autre. J'ai chaud et ce n'est pas à cause de l'eau.

Mes tétons se dressent instantanément dans mon soutien-gorge quand ses doigts effleurent ma joue brûlante.

— Hey, c'est une seule question par tour, réplique-t-il, reprenant mes propres mots. Action ou Vérité ?

Je refuse catégoriquement de répondre à sa question Vérité. Je n'ai plus le choix.

— Action, bégayé-je.

Il tire sur l'élastique de ma queue-de-cheval, faisant tomber mes longs cheveux dans l'eau.

— Je préfère quand ils sont lâchés, murmure-t-il d'une voix suave et sensuelle.

J'ai la bouche sèche. Je sais d'ores et déjà ce qu'il compte me demander. Et, bizarrement, j'en ai envie. Je ne sais pas si c'est l'alcool ou tout simplement *lui* qui me fait cet effet-là, mais j'en crève.

— Embrasse-moi sur la bou...

Il n'a pas le temps de finir sa phrase que je me jette à corps perdu sur ses lèvres. Son goût de miel mélangé à celui de la vodka est divin. Il me rend mon baiser avec passion et ses mains s'emparent avidement de mes fesses. Sans détacher nos lèvres, il me soulève doucement et je me retrouve à califourchon sur lui. Je sens immédiatement la bosse qui témoigne de son désir. Confiante et poussée par mon état d'ébriété qui me donne un courage que je n'aurais jamais cru avoir, je me presse un peu plus contre son érection. Il gémit de plaisir et sa langue s'insinue dans ma bouche pour s'emmêler à la mienne. Mon coeur est sur le point d'exploser. Mon corps est en feu et mes hormones font la fête dans mon ventre. Mes doigts tirent sur ses cheveux pour le rapprocher davantage contre moi. Mes seins sont dressés à l'extrême, je crois. J'ai du mal à respirer. Je le veux. J'ai envie de cet homme entièrement. Sur moi, *en* moi, je le veux partout. Kevin interrompt notre baiser à mon grand désespoir, pour me demander.

— Tu veux qu'on monte dans ma chambre ?

Je fais non de la tête. D'une part parce qu'on sera forcés de passer devant les garçons et je me sentirais trop mal à l'aise à l'idée qu'ils comprennent ce que l'on compte faire une fois là-haut. Et d'autres parts, j'ai trop peur de changer d'avis sur le chemin.

Nous continuons donc à nous embrasser passionnément quand sa main se faufile dans mon soutien-gorge. Il prend mon téton droit entre son pouce et son index, et le caresse. Je pousse un gémissement contre ses lèvres. Je voudrais le caresser, moi aussi, mais j'ai trop peur de mal m'y prendre alors je me contente d'onduler des hanches contre son érection. Sa bouche quitte la mienne pour descendre dans mon cou. Je continue de me frotter contre lui tandis qu'il prend mon sein dans la paume de sa main.

— Putain, Ally, c'est trop bon, gronde-t-il.

Je lui réponds par un gémissement alors qu'il me mord le lobe de l'oreille. Je suis étonnée de constater qu'une zone aussi banale que l'oreille puisse être érogène. Sa main qui tenait mon sein descend rejoindre l'autre sur mes fesses, qu'il pétrit avec force. Je me souviens m'être demandé ce que pourraient bien faire ses grandes mains, la première fois que je l'ai vu. J'ai ma réponse, désormais. Sa bouche parcourt mes clavicules avant de continuer toujours plus au sud, à la naissance de mes seins. Je ne sais plus où je suis ni qui je suis. J'oublie tout. Plus rien n'existe sauf Kevin qui me caresse et m'embrasse encore et encore. Je ne veux pas qu'il s'arrête. Dans ma culotte, c'est presque les chutes du Niagara.

Malgré l'eau, je sens la moiteur de mon désir entre mes cuisses. C'est tellement bon ! Soudain, sans que je m'en rende compte, mon soutien-gorge se relâche sur mes épaules. Kevin me l'a dégrafé et je l'autorise à me le retirer.

À la lumière des petites lampes sur la terrasse, il contemple ma poitrine nue.

— Je n'en ai jamais vu d'aussi beaux, murmure-t-il en prenant mes seins dans ses mains.

Je sais qu'il ment. Il préfère les obus. Mais en cet instant, je m'en moque.

Je veux juste qu'il me prenne, là, dans son jacuzzi. Peu m'importe que ce ne soit pas dans un lit comme je me le suis toujours imaginé. Je m'en fous que les autres garçons à l'étage m'entendent crier. Je veux juste que Kevin assouvisse mon désir.

Je veux qu'il le fasse ce soir.

Il prend mon sein gauche dans sa bouche tout en caressant l'autre. Oh ! Mon Dieu ! Sa main droite passe la barrière de ma culotte. Je regrette de ne pas avoir de lingerie sexy dans mes fringues. Il caresse mon intimité et j'ai un hoquet de surprise. Putain de merde ! Je vais défaillir. Mon coeur cogne tellement dans ma cage thoracique que j'ai l'impression que je vais succomber à une crise cardiaque. *Non, ce n'est pas le moment de mourir. Surtout pas là. Respire, Ally, respire.* Son pouce s'immobilise sur mon clitoris qu'il caresse en de petits mouvements circulaires tout en appuyant légèrement dessus. Doux Jésus ! Je suis au Paradis, là ! Mon ventre se contracte, paré pour une explosion qui ne tarde pas à arriver. Je m'agrippe à Kevin et lui mords l'épaule pour étouffer mon cri de jouissance. Putain. Mon premier orgasme. Une pure merveille. Et il ne m'a presque rien fait...

Je reste accrochée à Kevin, tremblotante. Je suis incapable de bouger. Et je n'en ai aucune envie. Je veux rester comme ça pour toujours, là, contre son torse que je caresse. Je reprends mon souffle peu à peu en déposant une pluie de baisers dans son cou.

— Il faut que je te prenne, bébé, je vais exploser, murmure-t-il. Tu prends la pilule ?

Soudain, sans que je puisse le retenir, un fou rire me prend. Je suis hilare, incapable de m'arrêter. C'est les effets de l'alcool qui exacerbent mes émotions, car je sais que ce n'est pas un sujet à prendre à la rigolade.

— Qu'est-ce qui t'arrive, Ally ? s'étonne-t-il en s'éloignant un peu pour me regarder en face.

Je cesse de rire en prenant conscience que les choses sont réellement sérieuses. Saleté de vodka qui me fait faire des choses inappropriées.

Il tient vraiment à ce que l'on fasse l'amour. Et moi aussi. Sauf qu'il y a un petit détail dont il n'est pas au courant.

— Je suis vierge.

Chapitre 8

Kevin

Au début, je suis persuadé que c'est une blague qu'elle me fait. Mais à voir ses yeux qui m'évitent et sa façon de se mordre la lèvre inférieure, nerveuse je comprends que c'est – malheureusement pour Rocco qui ne fera pas le grand plongeon ce soir – bel et bien la vérité. Je suis dessaoulé direct. J'ai soudain retrouvé toute ma lucidité et je ne sais pas comment réagir face à cette découverte. Enfin merde, elle a vingt et une piges ! Du moins si son profil *Facebook* est vrai, lui, et si Chelsea ne m'a pas menti.

— Tu as vraiment vingt et un ans ?

Je suis conscient que ça va la mettre en colère, mais je préfère vérifier. Si c'est le cas, elle sort d'un couvent, ce n'est pas possible. Si ses yeux étaient des mitrailleuses, je serais criblé de balles. Même mon pire ennemi ne m'a jamais regardé aussi violemment. Elle fulmine à l'intérieur d'elle et, bizarrement, j'aime bien. Elle est mignonne quand elle est en rogne. Mignonne, mais *vierge*, putain ! En dix ans, je ne me suis jamais, *jamais,* tapé de pucelle. Je suis vraiment déçu de ne pas pouvoir la baiser. Il va falloir que j'attende qu'elle ne le soit plus.

Bordel, même l'idée qu'un autre mec la touche me fout les boules ! Pas elle. Je veux que son corps m'appartienne à moi et pas à un autre. Je sais, je suis égoïste, mais je m'en tape. Je la veux. *Ma bite* la veut.

— Ce n'est pas parce que, de nos jours, les filles couchent à quinze ans qu'il n'y en a pas quelques-unes qui se préservent, réplique-t-elle, mauvaise.

Et moi qui étais convaincu que l'on pouvait s'entendre. Il faut toujours que ça finisse en guerre entre elle et moi. Un pas en avant, deux pas en arrière.

— Certes, mais vingt et un ans quand même...

— Je t'emmerde, Kevin

Puis elle sort du jacuzzi en titubant en remettant son soutif au passage. Putain elle est vraiment canon, cette nana. Même avec ses sous-vêtements d'ado. Au moins elle, elle est cent pour cent naturelle. Je soupire en regardant les étoiles dans le ciel. Mon corps est encore imbibé de vodka, mais quand on fait la fête comme moi, on apprend à tenir l'alcool et à en éliminer les effets rapidement. Je bande comme un dingue. Il faut que je baise. Mais pas avec Allyanna. Elle mérite mieux que moi. Je ne sais même pas comment on fait l'amour. Je suis un sauvage, moi ! J'aurais trop peur de lui faire mal. Cependant, je ne supporterais pas de la voir dans le pieu d'un autre mec. Encore moins celui de Will. Je le jure, si j'apprends qu'il l'a déflorée, je lui fais avaler ses dents une par une. *Tu n'as pas le droit, Kev, elle ne t'appartient pas,* me rappelle ma conscience. Fais chier ! J'éteins le jacuzzi et sort à mon tour. Il faut que je me vide la tête. Et les couilles, aussi. Quand j'entre dans le salon, il n'y a plus que Pete et Jake sur le sofa. Billy doit sûrement être parti chez Melany, sa copine. Aucune trace de Josh et Ally.

— Où est Allyanna ? risqué-je, même si je ne crois pas avoir envie d'entendre la réponse.

— En haut avec Josh, répond Jake.

Putain, je m'en doutais. Un élan de possession – *ou de jalousie,* ricane cette foutue conscience – me pousse à courir jusqu'à l'étage.

Je ne sais pas pourquoi, mais je refuse catégoriquement de voir Josh à moins d'un mètre d'Ally. Ni aucun autre homme, mais surtout pas Josh. Et Dieu seul sait ce que je serais capable de lui faire. Mais merde qu'est ce qui m'arrive ? C'est mon frère, bordel, je ne vais tout de même pas lui refaire le portrait à cause d'une nana ! Une nana que je n'aime même pas, qui plus est ! Je m'arrête devant la porte de la chambre de Josh. Elle est fermée entièrement. Mon coeur se serre. C'est un code entre nous : « N'entre pas, je suis en train de baiser ». Une partie de moi a envie de rentrer en trombe. Je suis pathétique. C'est ma faute si elle est partie dans ses bras. Elle n'aurait toutefois pas pu choisir Jake ou Pete à la place de mon petit frère ? Elle m'en veut à mort pour ce qui s'est passé dans le jacuzzi. Moi aussi je m'en veux de l'avoir blessée. Mais je suis un connard et je ne sais pas comment me comporter autrement. Je vais dans ma chambre pour m'habiller. Faut que je prenne l'air. Et puis merde, elle fait ce qu'elle veut, avec qui elle veut, je m'en cogne. Elle ne m'appartient pas et elle ne m'appartiendra jamais. Du moins c'est ce dont j'essaye de me convaincre en quittant la maison pour aller chez Candice.

Mon ancien plan cul habite à quelques rues de chez moi. J'y vais à pied d'une, parce que j'ai encore trop d'alcool dans le sang pour prendre le risque de me faire arrêté par un de mes collègues au volant, et de deux, parce que j'ai besoin de me vider l'esprit, d'effacer toutes traces d'Allyanna en moi. Je ne veux plus rien avoir à faire avec elle. Quitte à ne plus jamais remettre les pieds dans ce restaurant où je mangeais les meilleures joues de bœuf de ma vie (j'y allais surtout pour voir Ally dans son quotidien). Il faut que je l'oublie. Que je fasse une croix dessus. En traversant la dernière rue, une averse me tombe dessus. Je cours et manque de me faire percuter par un taxi. Heureusement, il freine juste à temps et je lui fais un signe de la main pour m'excuser avant de reprendre ma route.

J'arrive chez Candice trempé. L'ayant prévenu que je venais par texto, elle m'accueille dans sa micro nuisette que j'adore, la noire transparente qui fait presque déborder ses énormes seins. Sans vergogne, elle m'attrape le bras et me tire à l'intérieur de son appartement avant de refermer la porte du pied tout en me plaquant contre le mur pour me fourrer sa langue dans ma bouche. Impatiente, elle tire sur ma chemise, faisant sauter les boutons qui tombent sur le parquet. J'ai à peine le temps de la toucher qu'elle a déjà la main dans mon pantalon pour m'empoigner. Comme tout homme, je réagis direct. Putain elle est douée. *Très* douée, même. Candice est de loin la meilleure gonzesse que je n'ai jamais baisée. Elle fait des pipes d'enfer ! Je lui empoigne le cul et la soulève. Elle enserre ses cuisses autour de ma taille tout en continuant à m'embrasser – à me dévorer – et je peux sentir la moiteur de sa chatte contre mon jeans. Elle n'a même pas pris la peine de mettre un string, elle sait que ça ne sert strictement à rien avec moi. La chambre étant trop loin et désireux de baiser au plus vite, je l'allonge sur son canapé rouge et lui enlève sa nuisette. Même si elle s'est fait refaire la poitrine il y a deux ans, je crois, elle reste une belle femme. Blonde, les yeux bleus clairs, pas une once de graisse sur son ventre plat ni de cellulite. Elle se maintient en forme et j'aime ça. Je ne baise pas avec des thons. J'attrape la capote dans la poche de mon pantalon et la pose sur l'accoudoir avant que Candice ne me déshabille. Elle ne cherche pas à comprendre ni à être tendre, elle enlève mon boxer et ça me fait rire.

— Impatiente ?

— Ça faisait deux mois que j'attendais ton putain de texto.

Ouais, ça c'est une de mes règles. Quand je décide d'avoir un plan cul régulier, le contrat ne dure pas plus d'un mois avec la même godiche. J'ai dû oublier de lui en parler. Oups. Connard, je sais.

— Maintenant je suis là, murmuré-je en plongeant directement trois doigts en elle, lui arrachant un cri de plaisir.

Elle est trempée, putain. Je ne suis pas prétentieux – presque pas – mais à voir à quel point je les fais mouiller, je dois être un super bon coup. Même Allyanna n'y a pas échappé. Putain. Pourquoi je pense à elle ? Pas maintenant. Plus jamais. Je suis venu baiser Candice justement pour l'oublier, *elle*.

Je continue les va-et-vient de mes doigts tout en embrassant le cou d'Ally. De Candice, merde. Candice. Je vais baiser Candice. Et je vais la prendre toute la nuit s'il le faut, jusqu'à oublier *son* prénom. *Son* existence. Je fais descendre mes lèvres le long de sa poitrine, titille ses tétons dressés à l'extrême avec ma langue. Elle gémit tout en pressant ma tête pour que j'aille plus bas. Je souris tout en continuant vers le sud et lèche son piercing au nombril. Son intimité est épilée de près. Tant mieux, j'ai toujours détesté les poils qui restent entre les dents, berk. Et puis, il faut le dire, une femme épilée c'est quand même plus beau à voir. Je lape sa moiteur et elle gémit en me tirant les cheveux et en ondulant des hanches pour m'inciter à continuer. Là non plus, on ne va pas se mentir, la cyprine c'est pas super bon, mais c'est à peine si on s'en rend compte avec l'adrénaline et l'excitation. Cela dit, elles non plus elles ne doivent probablement pas aimer notre goût, elles ne se plaignent pas pour autant. Après, je m'en tape royalement.

— Oh putain Kevin, oui !

Elle est au bord du précipice, là, je le sens à sa façon de respirer et de se contracter. On dit toujours qu'un homme doit faire l'alphabet avec sa langue pour faire un bon cunnilingus. C'est faux. J'ai mon petit secret qui les fait monter au septième ciel en moins de temps qu'il n'en faut pour le dire. Et elles m'en redemandent. Je continue encore mon petit jeu de langue sur son clitoris puis introduis deux doigts en elle. Si je les fais bouger comme il faut, elle va jouir en hurlant mon nom.

— Aaaaaaah KEVIN !!!!!

Qu'est ce que je disais ? Son orgasme explose dans ma bouche et je m'empresse de l'avaler avant d'en sentir réellement le goût. Elle tente de reprendre son souffle, mais je ne lui en laisse pas le temps et la retourne sur moi. J'ai mérité une petite gâterie, moi aussi. Candice ne se fait pas prier et attrape ma queue. Je pousse un grognement de plaisir en sentant la chaleur de sa bouche. Elle titille mon gland du bout de sa langue avant de descendre le long de mon sexe jusqu'à ce que je touche le fond de sa gorge et elle remonte mes dix-huit centimètres en aspirant.

Putain que c'est bon !

Je continue à la regarder en train de me pomper quand ma vision me joue des tours. Je débloque complètement, alors. Je suis en train de m'imaginer Allyanna à la place de Candice. Je ne peux pas m'en empêcher, c'est plus fort que moi. Je ne vois plus de chevelure blonde, mais rousse. Oh putain non pas ça, pas maintenant. Je fais retomber ma tête contre l'accoudoir, là où est posée ma capote. Une capote que j'aurais dû utiliser avec Ally au lieu de venir ici. Si elle ne m'avait rien dit, je serais encore en train de la toucher à cette heure-ci. Je serais en train de la baiser pour la cinquième fois au moins. Embrasser sa peau de pêche, ses petites taches de rousseur sur son nez rond, sa bouche si parfaite, ses petits seins merveilleux. Caresser son ventre, mordiller ses hanches étroites, pétrir ses fesses sublimes que je n'ai cessé de mater depuis notre rencontre, sa féminité si douce et pourtant si timide à la fois qui a fini par succomber aux caresses de mon doigt. Je crois que je lui ai donné son premier orgasme. Quand on y pense, elle avait l'air un peu crispée, au début. Comme si elle avait peur que je lui fasse mal. C'est là que j'aurais dû deviner qu'elle était vierge. Mais mon excitation et les effets de l'alcool ont corrompu mon jugement. Je me souviens de ses petits ongles me griffant le dos au moment où elle a joui et ses dents sur mon épaule... Putain, j'ai failli jouir en même temps qu'elle. Je n'ai jamais ressenti ça avec personne avant Allyanna. Elle ne m'a même pas touché et pourtant j'ai ressenti quelque chose d'indescriptible. Si elle avait tenu encore trois secondes, j'aurais été cuit. J'ai envie d'elle. Je donnerai n'importe quoi pour revenir une heure et demie en arrière et baiser Ally sans savoir qu'elle était vierge avant. Putain non, je n'aurais plus pu me regarder dans une glace si je l'avais dépucelée. Je ne suis pas le mec avec qui elle devrait faire ça. Elle aurait eu mal et je m'en serais voulu. Et pourtant, je ne peux m'empêcher de me demander quel goût elle a ! Est-elle aussi bonne que je me l'imagine ? J'hallucine. Même quand je m'apprête à en baiser une autre, cette fille est toujours dans ma tête. Comme si elle était ancrée dans mon cerveau, tel un parasite dont je ne peux pas me débarrasser. Un magnifique parasite dont je ne *veux* pas me débarrasser. Elle a laissé une empreinte indélébile sur moi. Je finis par jouir dans la bouche de Candice en me retenant de crier le prénom qui me hante depuis des jours.

Je reprends à peine mes esprits que déjà, Candice est à califourchon sur moi et roule des hanches sur ma queue pour la faire remonter. J'ai appris que scientifiquement, quand un homme jouit, il reçoit l'équivalent de douze somnifères en même temps. Autrement dit, à la fin on est K. O. Mais quand on baise quasi tous les jours depuis dix ans comme moi, on maintient la cadence. La plupart du temps, je parviens à tenir pendant trois rounds d'affilés. Ensuite, il me faut au moins deux heures pour récupérer. Je ne suis pas Superman non plus.

Mais ce soir, c'est juste pas possible. Je n'y arrive pas. Je pense trop à Allyanna, j'ai envie de la retrouver en espérant qu'elle soit restée chez moi. Et qu'elle n'ait pas couché avec Josh. Car je sais que mon frère en a défloré plus d'une. Il sait être doux, lui, contrairement à moi. On est le jour et la nuit.

Candice continue de me branler, mais je finis par l'arrêter. Ça ne sert à rien de se voiler la face. Ce n'est pas Candice que je veux.

— Désolé, mais il faut que j'y aille.

Je l'enlève d'au-dessus de moi et me rhabille en vitesse. Je ne peux plus rester ici. J'ai l'impression d'avoir fait une connerie vis-à-vis d'Ally alors que tout ce que j'ai fait, c'est baiser. Enfin, presque. On n'est même pas ensemble, merde ! Je suis conscient de décevoir Candice, à en juger par sa mine boudeuse tandis que je remets ma chemise — ce qu'il en reste, du moins — sur mes épaules, mais pour être honnête, je m'en fous. Je veux juste retourner chez moi, retrouver Ally en espérant qu'elle ne se soit pas fait ramener par un des gars sobres et surtout, qu'elle ne soit pas au lit avec mon frère. Je n'ai pas envie de me péter la main, cette fois. Hier, c'était moins une.

— Je te rappelle, lancé-je à Candice, sur le pas de la porte.

Elle sait aussi bien que moi que je ne le ferai pas. Du moins, pas tant qu"Allyanna sera là, dans mes pensées constamment.

Quand j'arrive devant chez moi après un quart d'heure de marche nocturne — heureusement, la pluie a cessé — je suis heureux de constater que la petite Clio rouge d'Allyanna est encore garée devant le portail. Je soupire de soulagement et entre dans la maison. Elle est toujours là, c'est déjà ça. Reste plus qu'à savoir si elle dort avec Josh. Un pincement douloureux au cœur me prend à cette idée. Je reste un moment dans la cuisine à me triturer l'esprit. Je n'ai pas le courage d'aller ouvrir la porte de la chambre de mon frère. Que ferais-je si je les découvrais tous les deux, nus ? La raison me répète que je n'aurais rien à dire, que je n'ai pas le droit d'être en colère. Mon cœur, lui, est persuadé que je péterai un câble. Et je suis de son avis. Me connaissant, c'est ce qui pourrait bien arriver. Et je n'ai aucune envie de m'en prendre à mon petit frère. Alors je prend sur moi et décide de monter à la salle de bains pour me brosser les dents et aller me coucher, seul dans mon lit.

Mais je n'arrive pas à trouver le sommeil. Il est presque trois heures du matin et je suis là, allongé, les bras derrière la tête à contempler le plafond de ma chambre. Savoir qu'Allyanna se trouve à quelques mètres de moi m'empêche de fermer les yeux. D'un côté, je préfère ne pas savoir où elle se trouve, j'ai trop peur d'être déçu. Mais en même temps, je sais que je ne parviendrais pas à m'endormir avant de l'avoir revue. Après tout, c'est peut-être la dernière fois que je serai avec elle. Avec mon comportement de tout à l'heure, elle ne voudra certainement plus me revoir. J'ai envie d'en profiter tant qu'il en est encore temps. Et puis peut-être que, comme la première fois que j'ai dormi avec elle, je ne ferai pas mon cauchemar habituel. Elle est comme un attrape rêve. J'ai été choqué quand je me suis rendu compte que, pour la première fois depuis toutes ces années, j'ai dormi paisiblement.

Je me lève et me dirige vers la chambre de Josh, le cœur battant. Je n'ai jamais ressenti ça avant et je n'aime pas cette sensation d'hésitation et d'incertitude. La porte est entrouverte. Une chance sur deux : soit ils dorment, soit il est seul. Je finis par prendre mon courage à deux mains et ouvre la porte. Je découvre alors Josh étendu en travers de son lit, la bouche ouverte, ronflant légèrement. Pas de trace d'Ally. Je crierais presque de joie.

Je referme doucement la porte en souriants et pars en direction de la chambre d'amis la plus proche. Personne. Et si elle était avec Pete ou Jake ? Mon Dieu il faut que j'évite de penser à ça.

Prenant une grande inspiration, j'ouvre la porte de la seconde chambre libre d'une main tremblante. Mon ego viril en prend un coup. C'est la première fois de ma vie que j'ai le trac. Même en étant sur le point de rentrer sur scène, je suis zen. Mon coeur rate un battement quand je découvre Allyanna paisiblement endormie. Elle est vêtue d'un débardeur noir trop grand pour elle qui lui arrive à mi-cuisses. Merde, c'est à moi ça ! Je ne peux réprimer un sourire ravi. Elle aurait pu emprunter les vêtements de n'importe qui d'entre nous ici pour remplacer ses sous-vêtements mouillés, mais elle a choisi les miens. Elle m'en veut peut-être pas tant que ça, finalement. Putain qu'est ce qu'elle est belle ! Si je n'étais pas aussi fatigué, je resterais planté là, à la contempler toute la nuit. La lumière de la lune éclaire sa peau laiteuse, la rendant presque lumineuse. J'ai envie de la toucher. J'en ai *besoin.* Je veux sentir la douceur de sa peau sous mes mains. Le plus doucement possible pour ne pas la réveiller, je m'avance près du lit et m'allonge tout aussi précautionneusement à côté d'elle. Elle se met à bouger en gémissant des paroles incompréhensibles et je crois avoir entendu mon prénom, mais je ne suis pas sûr. Je m'immobilise. Elle se tourne dos à moi et mon regard dévie vers son cul magnifique. Je rêve ou elle m'a aussi pris un boxer ? Je me colle tout contre elle et, instinctivement, Rocco se tend dans mon caleçon. Il est intelligent le pépère... Lentement, je passe mon bras gauche sous sa tête et le droit repose sur sa hanche. Je meurs d'envie de lui caresser le ventre du bout des doigts, mais je crains de la réveiller alors je reste sage.

Pour l'instant.

Étonnamment, je me sens bien. Là encore, c'était une sensation qui m'était inconnue jusque là. Je ne la touche même pas de façon obscène. Je veux juste dormir avec elle, habillés et serrés l'un contre l'autre, en espérant que le jour ne se lève jamais, car je sais qu'à mon réveil, je ne serai peut-être plus le bienvenu dans sa vie.

Chapitre 9

Allyanna

Ce sont la lumière et la chaleur du soleil qui me réveillent de mon sommeil paisible et rempli de rêves… intéressants. Oui, bon, érotiques. Avec Kevin incarnant le personnage principal. J'ouvre difficilement les paupières. Mes meubles ont été déplacés ? Mes draps n'ont pas la même odeur. Puis des flashs de la nuit dernière me reviennent. Kevin nous surprenant Will et moi, Kevin nu cherchant un boxer, la vodka, le jacuzzi… OH MON Dieu ! J'ai osé faire ça ? Oh non, non, non, non, non ce n'est pas moi ça ! Je ne suis pas comme ça ! Je referme les yeux très fort. J'ai mal à la tête. C'est un rêve. Je vais me réveiller dans *mon* lit, dans *ma* chambre, dans *mon* appartement. Je les rouvre. À mon grand désespoir, le décor n'a pas changé. Je grogne en enfouissant ma tête dans l'oreiller. Qui n'atteint pas l'oreiller en fait, mais plutôt un bras. Je me lève instinctivement sur les coudes pour découvrir Kevin encore endormi, les traits de son visage détendus et la respiration profonde. Mais qu'est ce que cet Adonis fait dans mon lit ? Je veux dire, qu'est ce que ce *connard* fait dans le lit dans lequel Josh m'a aidé à me traîner hier soir après m'avoir consolé pendant des heures dans sa chambre ?

Je sais que je devrais hurler, le pousser où même carrément le frapper après le comportement macho et puéril dont il a fait preuve et pourtant, je ne peux m'empêcher de profiter de son sommeil pour le détailler. Allongé sur le dos, le drap lui couvrant que le bas du corps, je peux contempler à mon aise son torse musclé. Merveilleusement bien sculpté. Sans que mon cerveau ne lui en donne l'ordre au préalable, mon index se met curieusement à caresser la fine ligne de poils qui se situe sous son nombril et qui descend jusqu'à... oh mon Dieu ! Je retire rapidement ma main en découvrant son érection. Je suis consciente que tous les hommes se réveillent en bandant, mais le voir en vrai, c'est autre chose. J'ai l'impression que la température de la pièce a monté de cent degrés, au moins. Ou alors c'est mon corps qui est en feu. Je n'aurais jamais cru un jour, mais j'ai envie de... enfin de le toucher. Le toucher *là*. Juste pour voir comment c'est. Je n'ai jamais touché de sexe masculin – je sais, ça craint – et je me demande quelle texture ça a ! Rugueux ? Doux ? Je rougis violemment en approchant ma main de son bas-ventre. Je n'arrive pas à croire à ce que je m'apprête à faire. Mais la curiosité a toujours été le défaut dominant de ma personnalité. Je vais le toucher du bout des doigts, tout en prenant soin de ne pas le réveiller. Et si je le réveille, au pire des cas, je peux prendre la fuite et m'enfermer dans la salle de bains en me bouchant les oreilles pour ne pas l'entendre se moquer de moi et attendre qu'il parte. Voilà, je vais faire ça si mon plan initial tourne au vinaigre. Après tout, lui m'a bien touchée, pourquoi pas moi ?

Le plus délicatement possible, j'insère mon index dans son boxer tendu. Mon coeur va éclater tellement il cogne dans ma poitrine. Je retiens ma respiration tout en continuant à descendre lentement jusqu'à arriver *là*. Ouah. C'est... particulier. Mais c'est agréable. Ça l'est tellement que j'ajoute mon pouce à côté de mon index et fais de tous petits va-et-vient. Je le frôle à peine et pourtant, je sens mes seins se dresser sous le débardeur qui lui appartient et qui a son odeur divine. Je jette un coup d'oeil à l'intérieur du boxer. Oh putain ! Elle est énorme !

Je continue à toucher maladroitement le sexe érigé de Kevin tout en me demandant s'il me verrait toujours comme une coincée s'il s'apercevait de ce que je suis en train de faire, quand j'entends à côté de moi.

— Tu t'éclates ?

Je sursaute et retire vite ma main. Grillée, je décide de passer au plan B : prendre mes jambes à mon cou et m'enfermer. Mais cela aurait été trop facile. En effet, dans ma torpeur d'avoir été prise sur le fait et ma précipitation, mon pied se coince dans le méli-mélo de draps et je tombe du lit, m'étalant de tout mon long sur le sol. J'ai dû faire quelque chose d'horrible dans une autre vie pour avoir autant de poisse dans celle-là, ce n'est pas possible autrement. Kevin traverse le lit à la vitesse de l'éclair, l'air anxieux.

— Ça va ? Tu t'es pas fait mal ?

— Non, ça va, réponds-je en me libérant le pied d'un geste rageur.

C'est alors qu'il éclate de rire et je lui jette un coussin à la figure. Je suis pathétique et je dois être rouge de honte. Je me rassieds sur le lit et croise les bras sur ma poitrine comme une gamine de cinq ans, boudeuse. Ça m'apprendra, à être trop curieuse. Il continue à rire et je lui lance un regard mauvais.

— Tu as fini, oui ?

J'en ai marre qu'il se moque de moi chaque fois qu'une occasion se présente. Avec ma poisse légendaire, ça signifie tout le temps. OK, je m'y suis mal prise, mais pas la peine de se foutre de ma gueule, merde.

— Tu es tordante.

Agacée, je m'apprête à me lever du lit pour aller me cacher comme je l'ai prévu au départ, mais Kevin me rattrape par le bras et me tire en arrière avec assez de force pour que je me retrouve allongée et, avant que je ne puisse le repousser, il me chatouille entre les côtes. J'explose de rire en me débattant, mais il est trop fort et trop agile. Il bloque mes jambes entre ses genoux, me tient fermement les poignets au-dessus de ma tête avec sa main et de l'autre, il me chatouille partout. Je n'en peux plus, je crie, je hurle, je ris à en avoir des crampes dans le bide, oubliant un instant que je lui en veux à mort et que je le déteste. Je tente de me retourner, mais il est assis sur mes cuisses et mes efforts restent vains.

— Arrête Kevin, je t'en supplie, je n'en peux plus ! On voit ma culotte !

Il s'arrête un moment et son regard se pose un peu plus bas sur mon corps. Un frisson de désir me parcourt en sentant son doigt caresser le vêtement. Il fait chaud dans cette pièce, c'est incroyable !

— *Mon* boxer, tu veux dire, murmure-t-il de sa voix si sexy et en plongeant son regard ténébreux dans le mien. Il te va super bien (il m'embrasse dans le cou et mon coeur s'emballe). Mais il serait mieux par terre.

Une flamme brûlante s'allume dans mon ventre et j'ai du mal à respirer. Il m'embrasse la mâchoire, puis la joue, la commissure de mes lèvres. Il est doux et tendre. Je sens son érection grandir sur ma cuisse et j'ai terriblement envie d'aller là où je ne suis encore jamais allée. Mais je ne suis pas super à l'aise. J'ai peur. L'inconnu me terrifie.

— Kevin, bégayé-je avant que ses lèvres n'atteignent les miennes et il recule un peu pour me regarder dans les yeux.

Son regard pénètre mon âme. Mes mots sont soudain coincés dans ma gorge. Qu'est-ce que je peux bien lui dire ? Que j'en ai envie, mais que j'ai peur ? Lui demander d'y aller doucement ?

— Je crois que... enfin, je ne sais pas si...

Je ferme les yeux pour éviter son regard. Je suis vraiment à chier, comme nana. Il faut le dire, pourquoi perd-il son temps avec moi alors qu'il peut avoir n'importe quelle femme à ses pieds ? À cet instant, j'ai envie de me fondre dans le matelas pour qu'il m'engloutisse.

— Ally, regarde-moi, m'intime Kevin sur un ton rassurant.

Je soupire et finis par ouvrir les yeux. Sa main qui me caressait à travers son caleçon remonte vers ma joue pour essuyer une larme.

Je ne me suis même pas rendue compte que je pleurais. Son autre main libère mon bras et se pose sur l'autre joue. Je suis prise au piège de son regard intense. Je ne peux plus lui échapper. Ni maintenant, ni jamais. Mon Dieu, ce qu'il est beau ! Il me plante un baiser doux et furtif sur la bouche.

— Je ne vais pas coucher avec toi, Allyanna. Mais je ne suis pas contre un petit compromis.

Je fronce les sourcils, ne comprenant pas.

— Tu n'as pas l'intention de coucher avec moi tant que je serai vierge ?

Il laisse tomber sa tête dans mon cou et son souffle me donne des frissons.

— Il faut que tu comprennes, Allyanna. Je ne suis pas le mec avec qui tu devrais faire ça. Je déteste l'idée qu'un autre te touche là où je l'ai fait. Mais je ne sais pas faire l'amour, je ne sais pas être tendre. J'ai trop peur de te faire mal et c'est bien la dernière chose que je veux.

Mon corps refroidit direct. Me faire mal ? Et qu'est-il en train de faire là ? Il ne veut pas de moi. Pas comme moi je le veux. Le Kevin Connard a repris le dessus sur le Kevin Sympa d'il y a cinq minutes. Et je déteste cette facette de sa personnalité. Vexée et énervée, je le repousse sur le côté et me lève pour me rhabiller. Ouf, mes sous-vêtements sont secs, je me voyais mal me trimballer à poil sous mon jeans. Je prends mes fringues et m'enferme dans la salle de bains tout en retenant mes larmes. *Ne pleure pas Ally, tu es forte, tu ne pleures jamais...* Je me répète ce mantra tout en m'habillant et en me passant un coup d'eau fraîche sur le visage. J'arrange mes cheveux de façon à ne pas avoir l'air de sortir du lit même si c'est le cas et reviens dans la chambre pour prendre mon sac et mon portable.

— Allyanna, qu'est-ce que j'ai dit encore ?

— Oh rien, ironisé-je. Tu me prends juste pour une gamine sous prétexte que je suis vierge. Je ne suis pas une petite chose fragile, Kevin. Et puis de toute façon, tu as raison. Je mérite mieux que toi. Je mérite quelqu'un qui me respecte et qui comprenne mes choix.

Ça fait quoi, deux semaines qu'on se connaît, je ne vais certainement pas coucher avec un mec que je déteste au bout de deux semaines ! On n'arrête pas de se battre, tout le temps ! On ne pourra jamais être amis, il ne faut pas rêver. Il vaut mieux que l'on ne se revoit plus. Je dois aller travailler.

Puis je sors en claquant la porte et je l'entends crier « merde ».

Vers 12 h 30, le restaurant est rempli. Les fans des D-Angels affluent aux tables, sans doute pour raconter au monde entier qu'ils mangent dans *leur* restaurant. En revanche, les vedettes ne se montrent pas et j'ai un pincement à la poitrine en comprenant que je l'ai réellement fait fuir... Pourquoi me manque-t-il ? Il passe son temps à m'énerver et pourtant, j'ai encore envie de le revoir. Je dois être masochiste. Ça me gave. Il faut que j'arrête de penser à lui. Pour de bon. Déterminée, je me dirige vers deux jeunes femmes qui viennent d'entrer. Elles sont en uniforme de police et je sens soudain le stress monter. Non que j'ai quoi que ce soit à me reprocher, mais un policier, ça fait toujours flipper. Surtout si, comme dans les films, ils viennent pour vous interroger à propos d'un meurtre. Je leur sers mon plus beau sourire professionnel et leur demande.

— Bonjour, bienvenue, que puis-je faire pour vous ?

Je ne leur propose pas de table comme à nos autres clients, si ça trouve, elles viennent vraiment m'interroger. C'est la petite blonde avec la coupe au carré — super mignonne, d'ailleurs — qui me répond avec un sourire jusqu'aux oreilles.

— Une table pour deux, s'il te plaît.

Les flics tutoient les gens qu'ils ne connaissent pas, maintenant ?

— Très bien. Si vous voulez bien me suivre.

Ouf, pas d'interrogatoire. Je les dirige vers la table sept, la seule vacante. Je leur tends les cartes des menus et la brune me sourit poliment.

— Merci Allyanna.

Je me tourne vers la blonde, surprise.

— Euh, on se connaît ? fais-je, confuse.

Elle me tend sa main.

— Je suis Rachel Evans, la sœur de Kevin. Enfin, scientifiquement non, je suis la fille du mari de sa mère. Bref, considère-moi comme ta future belle-sœur. Je suis ravie de faire enfin ta connaissance, continue-t-elle de sa petite voix fluette.

Je crois que c'est à ce moment que l'air a quitté mes poumons. Je dois être encore plus pâle que d'habitude, car Rachel me demande.

— Ça va ? Tu es bien la Allyanna qui sort avec Kevin Reynolds depuis trois ans et qui va bientôt l'épouser, non ?

Je blêmis davantage. L'épouser ? Genre *l'épouser* ?? Mais qu'est ce qu'il a raconté encore comme connerie, celui-là ? Faire semblant d'être ensemble, oui. Mais se marier, hors de question !

— Vous avez choisi une date ? Je pourrais t'accompagner pour la robe ? Où est ta bague ? Ne me dis pas qu'il ne t'en a pas offert quand il t'a demandé en mariage !

Je vais m'évanouir. Je le sens. Mes jambes ont de plus en plus de mal à me retenir.

— Euh... je... je reviens...

Puis je m'enfuis en cuisine et manque de percuter Chelsea.

— Ça va pas ?! J'ai failli tout lâcher !

— J'ai besoin de toi, je ne sais pas quoi faire, Kevin veut que je l'épouse.

Elle ouvre la bouche en un O parfait de surprise.

— Qui veut que tu l'épouses ? s'intéresse Paloma.

— Enfin non, pas comme ça. Merde, je ne t'ai pas raconté.

Je leur fais alors un topo rapide sur ma situation délicate, ma relation avec Kevin (en omettant bien sûr les touches pipi) et son mensonge à sa famille.

— Oh putain, commente ma meilleure amie.

— Tu es dans le pétrin, bichette, ajoute Paloma.

Je soupire d'exaspération.

— Vous ne m'aidez pas vraiment là, je fais quoi ?

— Dis-lui que tu ne peux pas travailler avec ta bague, suggère la cuisinière.

— Quoi ? Mais...

— Elle a raison, la soutient Chelsea. Joue le jeu. Va au déjeuner de ses parents et fais en lui baver pour le coup de la salle de bains.

— Il s'est passé quoi dans la salle de bains ? s'intéresse Paloma.

— Je t'expliquerai, chef, rit Chelsea avant de partir avec ses trois assiettes.

Je m'empare de celles d'une de mes tables et la suis. Rachel et sa collègue sont toujours là et la première me sourit. Je sers mes clients et, prenant mon courage à deux mains, me dirige vers la table sept.

— Avez-vous fait votre choix ?

J'attrape mon calepin et mon stylo.

— Kevin a oublié la bague n'est ce pas ? C'est tout lui, ça ! Pour le côté gentleman, il peut repasser, râle Rachel.

— Non en fait je... je ne peux pas travailler avec...

Putain, mais dans quoi je m'embarque ? C'est un très, très mauvais plan. Je sens que je vais le regretter. Pile au moment où j'étais déterminée à tirer un trait sur lui, en plus !

— Kevin m'a beaucoup parlé de vous, dis-je pour détourner son attention. Comment va le bébé ?

Je désigne son ventre. J'ai remarqué qu'elle a sorti un test de grossesse et qu'elle l'a montré à son amie avant de sourire, quand je servais mes autres clients. Pourvu qu'elle l'ait déjà annoncé sinon je fais tout capoter. Elle caresse son abdomen tendrement.

— Il va très bien, répond-elle, ravie. J'ai passé ma première échographie hier, a priori j'en suis à dix semaines. Nolan est heureux de bientôt devenir grand frère.

— Félicitations, souris-je, soulagée.

— Et toi alors ? Sarah attend d'être officiellement grand-mère et maintenant qu'elle n'a plus de doute sur l'hétérosexualité de Kevin...

L'air a quitté mes poumons, tout à coup.

— Euh... Il y a Josh, aussi, prétexté-je d'une petite voix.

Rachel lève les yeux au ciel.

— Josh trempe son biscuit partout. On ne compte pas sur lui pour agrandir la famille.

Mais pourquoi j'ai parlé de bébé ? C'est quoi mon problème ? Il faut que je me sorte de là.

— Je suis désolée, mais il faut que je travaille alors si on peut parler de choses personnelles plus tard, pendant le déjeuner demain, par exemple ?

— Parfait alors je vais prendre la salade Caesar, le poulet braisé et ses légumes et la mousse au chocolat, s'il te plaît, décide-t-elle.

Le service touche à sa fin. Ouf. Ce n'est pas que je n'apprécie pas mon boulot, au contraire, j'aime le contact avec les gens, mais aujourd'hui, je stressais à l'idée que Rachel me reparle de choses personnelles, plus précisément de mon couple fictif avec Kevin. Je n'ai rien contre elle. Elle est aimable et sympathique, mais je n'ai pas l'habitude de parler de ma vie à des personnes que je ne connais que depuis dix minutes. Surtout pour parler projet bébé avec un mec qui n'est même pas mon copain. Soudain, l'image d'un bébé brun aux yeux bleus s'invite dans mon esprit et je souris bêtement avant de me reprendre.

N'importe quoi. Je suis fatiguée, je délire complètement. Je termine de débarrasser la table six quand Rachel et sa collègue se lèvent pour partir.

— À demain Allyanna, me sourit la sœur de Kevin.

Je leur fais un signe de la main et elles s'en vont après avoir réglé l'addition. Les derniers clients quittent le restaurant et je retourne aux vestiaires pour me changer. Mes collègues sont partis. J'ai trois messages d'un numéro que je ne connais pas.

Tu me fais toujours la tête ? :(

Dîne avec moi ce soir, j'ai besoin de te parler, Ally.

Est-ce que tu m'accompagnes toujours demain chez mes parents ?

Je reste un moment statufiée. Kevin ?! Pourquoi ai-je le sentiment d'être contente d'avoir son numéro ? J'inspire profondément avant de lui taper une réponse.

Non j'ai passé l'âge de « faire la tête ». Ce qui ne veut pas dire que je ne t'en veux plus. Et puis d'abord, comment as-tu eu mon numéro de téléphone ? Ne me dis pas que tu t'es servi de mon portable pour l'avoir ! Je viens toujours, mais je refuse de mentir encore plus à ta famille. La comédie du couple ça passe, mais pas de mariage ni de bébé ! En plus tu as oublié la bague, j'ai dû trouver un prétexte pour être crédible envers ta soeur. La prochaine fois que tu voudras jouer les acteurs, n'oublie pas les accessoires, abruti !!

Je me rhabille en civil et vais m'asseoir au bar où Marie essuie des verres. Je dois avoir une mine de déterrée, car elle me décapsule une bière.

— Merci, fais-je faiblement.

— Dure journée ?

J'acquiesce.

— Et on en est qu'à la moitié.

— Tu veux en parler ?

— Non, c'est déjà trop glauque pour moi, mais c'est gentil.

J'ai vingt et un ans et je n'ai jamais eu de petit copain. Du moins, je ne restais pas assez longtemps avec pour mériter une bague de fiançailles.

Je me rends compte à présent combien Kevin a raison. Vierge à mon âge, c'est la loose. Mais je refuse de l'admettre devant lui, il serait trop fier. Son problème, c'est qu'il a peur de me faire mal. Le mien, c'est que j'ai peur de tomber amoureuse après ça, ce qui serait vraiment très, très stupide étant donné que Josh m'a fait comprendre que son frère saute tout ce qui a des seins. Tout à coup, une idée me vient. Il ne veut pas coucher avec moi, mais il ne supporterait pas qu'un autre me touche. Quant à moi, je ne veux pas d'un autre homme. Personne n'a jamais autant éveillé de désir en moi. Et je veux savoir jusqu'où ça peut aller.

— Allô la Terre à Allyanna !

Je me rends compte que Marie claque des doigts devant mon nez.

— Est-ce que tu as déjà menti pour rendre service à un mec que tu détestais ? lui demandé-je soudain.

— Non, mais quelque chose me dit que toi, oui.

C'est alors que je me mets à lui raconter cette fâcheuse histoire entre Kevin et moi et ce que je ressens à son égard, à savoir que je le déteste, mais que je veux coucher avec lui. Marie m'écoute d'une oreille attentive et je me sens mieux après avoir dit tout cela. Quant à elle, elle me raconte un peu sa vie, elle est australienne (quand j'y pense, elle a un léger accent), elle a un grand frère, Mike, et elle me laisse entendre que Will ne lui est pas indifférent.

Mmh intéressant tout ça... Je finis par me lever et sors un billet de mon portefeuille pour le glisser sur le comptoir, mais Marie m'arrête.

— C'est pour moi.

— Merci, réponds-je en rangeant mon argent. Et merci de m'avoir écoutée.

— Les amis sont là pour ça.

J'aime vraiment bien cette fille. Je ne la connais que depuis peu de temps, mais je la trouve adorable. En sortant du restaurant, j'attrape mon téléphone. Kevin m'a répondu.

Comment ça pour être crédible envers ma sœur ?! Rachel est venue au restaurant ? Pourquoi tu me parles de bébé ?

Je tape rapidement.

Je t'expliquerai ce soir au dîner.

Tant pis pour mes efforts pour rester loin de lui. De toute façon, ce n'est pas comme si on allait finir la nuit ensemble. Chelsea est partie depuis 13 h 30 pour la fac, je me retrouve donc seule à l'appartement, comme d'habitude. Je décide de faire un peu de ménage. Je n'ai jamais été maniaque comme ma mère, mais j'aime quand c'est propre chez moi. Alors je mets mes écouteurs dans les oreilles et active ma playlist. Mais très vite, Taylor Swift ne m'intéresse plus. Je reprends mon portable et navigue sur Internet pour acheter des nouvelles chansons. Avant que je ne m'en rende vraiment compte, mon cerveau opte pour le dernier album des Devil Angels, sorti le mois dernier, et l'achète. Super, voilà que je me mets à écouter *ses* musiques maintenant. Bah, il doit bien y avoir quelque chose de potable, là-dedans.

Je termine le ménage en écoutant *Freedom* pour la dixième fois, au moins. Le groupe l'a déjà joué la semaine dernière et, en dehors du fait que c'est sur cette chanson que j'ai découvert que Kevin était le chanteur, j'ai adoré cette musique. Surtout les paroles profondes et sensibles qui vous prennent aux tripes. Elles parlent d'un petit garçon malheureux, enfermé dans sa chambre et qui tente d'ignorer les cris de ses parents. Il rêve de sortir jouer dans le jardin, mais il a peur que son père, alcoolique, ne lui mette une raclée. Les années passent sans que le petit garçon puisse sortir. Il voit les ecchymoses sur le visage de sa mère, mais il est jeune, impuissant face à son père. Puis un jour, il assiste aux violences conjugales et c'en est trop. On ne sait pas comment il sauve sa mère. Mais le refrain raconte que le petit garçon devenu grand découvre enfin le goût de la liberté. J'ignore qui des cinq membres écrit les chansons, mais, mon Dieu, j'espère qu'il ne s'agit que d'une histoire fictive. Dans le cas contraire, ce petit a dû vivre un calvaire et je ne peux réprimer mes larmes face à cette idée.

Je décide de m'octroyer une douche et de travailler sur mon manuscrit. Au moment d'entrer dans la cabine, je m'arrête devant le grand miroir. Je ne me suis jamais vraiment trouvée belle. Encore moins nue. Mais je dois avouer que je me sens différente depuis que Kevin m'a touché dans le jacuzzi. Je prends ma douche rapidement, prenant le temps toutefois de me raser les jambes, les aisselles et le maillot. Je suis consciente que personne n'y touchera pour le moment — surtout pas Kevin, après ma révélation — mais j'ai toujours détesté les poils chez une femme. Je ne supporte pas. Je me sèche, m'habille et vais m'installer dans ma chambre avec mon ordinateur portable sur les genoux. Hélas, je ne parviens pas à me concentrer sur mon histoire, mes pensées dérivant encore et toujours vers la même personne : Kevin. Alors je mets mon PC de côté, m'allonge sur mon lit et ferme les yeux. Il est temps de mettre mon idée de tout à l'heure à exécution. Je déboutonne ma chemise tout en imaginant que c'est lui qui le fait. Mon débit cardiaque s'accélère et ma respiration se fait plus saccadée. Je passe la main sous mon soutien-gorge et me caresse le sein. C'est bon. Je me pince le téton en tentant d'être au plus près de la façon dont Kevin me l'a fait. Je ne tarde pas à sentir mon corps chauffer sous l'excitation.

Puis je décide d'aller un peu plus loin dans mon petit jeu solitaire. Je fais glisser mes doigts lentement sur mon ventre pour les glisser dans ma culotte. Il y a encore trois semaines, je n'aurais jamais osé me faire du bien toute seule.

Toute seule.

Je retire ma main de mon pubis et rouvre les yeux. Oh non, je ne peux pas faire ça, c'est dégoûtant ! Pourtant j'ai envie de le faire. J'en ai *besoin*. Je suis comme quelqu'un dans le désert qui a besoin d'eau. Sauf que moi je veux du sexe. Je n'ai plus envie que Kevin me voie comme une vierge effarouchée. Je veux qu'il me voie comme la femme que je suis. Bien que je ne l'apprécie pas spécialement, depuis qu'il m'a fait vivre le moment le plus intense de toute ma vie, je ne peux plus me passer de lui. Je le veux.

Même si ce n'est que pour une nuit.

Et quitte à me déflorer toute seule, je ferai tout pour revivre les mêmes sensations qu'hier soir, voire davantage.

Pour me donner du courage, je m'empare de mon téléphone et, quelques secondes plus tard, mon corps se détend à nouveau en entendant la voix de Kevin résonner dans la pièce. Lentement, je reprends mon exercice en imaginant ses mains à la place des miennes. Mon doigt ne tarde pas à trouver mon point sensible. Je le fais tourner doucement sur ma petite bille de chair et l'excitation envahit mon corps tout entier. J'adopte le rythme de Kevin pour être au plus près du souvenir. Son torse nu, son regard incandescent qui me scrutait, me témoignant de son désir pour moi, ses mains empoignant mes fesses, sa langue titillant mes seins… Oh putain ! Je commence à mouiller. Mais je ne relâche rien. Je veux me montrer à moi-même que je peux le faire. Que je peux me décoincer l'oignon, comme on dit ! Je voudrais que Kevin le sache également, mais déjà que je fais un effort herculéen pour le faire, ce n'est même pas la peine de penser à lui en parler. Les Devil Angels – la voix de Kevin en particulier – emplissent toujours mes oreilles. Je continue de me caresser comme il l'a fait. Je suis en feu, putain ! Je me mords la lèvre pour ne pas gémir. Manquerait plus que mes voisins m'entendent. Puis, de plus en plus confiante, je descends mon doigt jusqu'à l'entrée de mon vagin. J'hésite un moment. J'y vais ? Je n'y vais pas ? Dans la pièce, la voix si sexy de Kevin murmure « Come on ». C'est le titre de la chanson. *Come on.* Vas-y. J'interprète ça comme une invitation. Drôle de coïncidence, vu la situation, non ? Je ferme alors les yeux et me concentre sur le ténor voluptueux et son image au-dessus de moi, son doigt prêt à plonger en moi. Je me lance. Oh mon Dieu ! Je pousse un petit cri entre la douleur et le plaisir. Ça fait un mal de chien. Mais en même temps ça me fait un bien fou. Mon corps est en ébullition. Je bouge lentement mon doigt et me caresse le sein de l'autre main. Ça m'aide à canaliser la douleur. Oh bordel, Kevin ! C'est dingue les sensations que ça procure, pourquoi n'ai-je pas essayé avant ? Je continue tout en me délectant de la voix de mon Apollon. Je vais de plus en plus vite. Je n'arrive plus à respirer, je me cambre sous les effets de l'adrénaline. C'est tellement bon !

Oh ! Je crois que... Doux Jésus je vais... Je suis tout près...

Soudain mon téléphone vibre et les D-Angels sont remplacés par Britney Spears. Je grogne de frustration. Putain, mais qui ose m'appeler dans un moment pareil ?! Ça ne peut être que Chelsea. Elle va m'entendre !

— QUOI ! aboie-je sans même regarder l'identité du criminel.

— Euh... Allyanna ? Ça va ?

Je me relève d'un bond sur mon lit et me drape de ma couverture, comme s'il était en mesure de me voir. J'ai la gorge sèche et le cœur qui bat à tout rompre.

— Oh, salut Kevin... j'étais occupée, je...

Je quoi ? Je me masturbais en pensant à toi ? Bravo Ally, c'est le meilleur moyen pour qu'il se fiche encore plus de toi.

— Ally, tu as une drôle de voix, que faisais-tu au juste, avant que je ne t'appelle ? demande-t-il, le ton plein de sous-entendus.

— De l'exercice. Du sport. Je m'entraînais...

Je m'enfonce, là. Bon, d'un côté, ce n'est pas vraiment un mensonge, c'est comme courir un marathon. Mais je pouvais m'abstenir de répondre ça.

— De l'exercice, hein ? Ally, ne me dis pas que tu étais en train de te mastu...

Je raccroche sans lui laisser le temps de terminer sa phrase. Stop. Fin de la discussion. Mon Dieu pourquoi ça m'excite qu'il se doute de ce que je viens de faire ? Je devrais être morte de honte, mais je me surprends à sourire bêtement. Mon téléphone vibre. C'est Kevin.

Je voulais seulement te demander à quelle heure je viens te chercher ce soir, mais je crois que je t'ai interrompue en pleine séance de « sport » et j'en suis désolé, vraiment... :P

Je me cache le visage entre les mains. Son smiley m'agace. Il se moque de moi. J'ai chaud. Pas à cause de mes caresses (le coup de fil m'a refroidi instantanément), mais parce que Kevin a une idée précise de ce que je faisais. Peut-on être excitée par un simple SMS ? Je décide de répondre partiellement. Il serait trop heureux d'avoir raison.

On peut faire un brunch à partir de tout de suite jusqu'à 17 h 30. Sinon, je finis mon service vers 23 h, mais je pense que ça fait trop tard.

Il répond tout de suite.

Je suis encore au boulot. Je passe te chercher après ton service pour dîner chez moi. Peut-être aurais-je la chance d'assister à un de tes « entraînements » ;)

Ce mec change d'humeur comme de chemise. Il me dit qu'il ne veut pas coucher avec moi, mais qu'il ne serait pas contre un spectacle privé de masturbation.

Il m'énerve.

Mais il m'excite encore plus.

Chapitre 10

Je finis mon service à 18 heures et je tourne en rond dans New York au volant de mon Impala. Je suis dans la merde, je n'ai jamais invité de fille à dîner. Et puis il y a Ralph, le paparazzi qui me suit depuis le début de ma carrière de chanteur, rêvant du cliché qui lui permettrait de se faire des couilles en or. Je suis à chier en matière de séduction. Et en cuisine, aussi. Putain, qu'est-ce que je vais bien pouvoir lui concocter ? Un truc pas trop dur à faire pour ne pas avoir à demander à un chef ou à ma mère. Je veux le faire moi-même. Je m'arrête au centre commercial. On est samedi et j'ai un mal fou à trouver une place de parking. Ralph se gare à quatre voitures à côté de moi. Il est conscient que je l'ai grillé, car il me fait un salut militaire, mais ça ne l'empêche pas de s'armer de son appareil à deux milles dollars et de me prendre en photo tandis que je me dirige vers le Manhattan Mall. J'ai toujours refusé d'avoir un garde du corps à l'instar des autres membres du groupe. Nous ne nous considérons pas comme des stars, juste comme des mecs qui partagent leur passion pour la musique. Et puis mon statut de flics suffit à faire entendre qu'il ne vaut mieux pas me chercher des noises. Le centre est bondé. La plupart des clients sont des adolescentes venues dépenser l'argent de papa dans des fringues hors de prix et, instinctivement, l'affaire sur le chauffeur de taxi me revient en mémoire.

Les cellules épithéliales nous ont amenées sur la piste de Brennan McFeller, l'ex-petit ami d'Elisabeth Talbo et qui s'est avéré être le père du bébé qu'elle attendait. Il a avoué l'avoir agressé parce qu'elle ne voulait pas avorter, mais il a nié le meurtre. Et je le pense également innocent. Il n'a pas le profil du tueur. Nous l'avons quand même gardé « au frais » tant que nous n'avons pas de preuve tangible quant à son alibi.

Je décide de faire abstraction de mon boulot pour le moment et me concentre sur mes emplettes et sur ma soirée à venir avec Allyanna. Penser à elle me fait du bien. Je ne l'ai pas vu depuis ce matin et pourtant, j'ai l'impression que ça fait des jours, voire des semaines. Je crois qu'elle me manque. C'est bizarre, aucune femme que j'ai baisée jusque là ne m'a jamais manqué, je ne les rappelle même pas. Je tire mon coup et basta. Alors qu'Ally, elle, elle reste ancrée dans mon cerveau comme une moule reste accrochée à son rocher. En parlant de moule, je me demande si elle accepterait que je m'occupe de la sienne, ce soir. J'ai établi un petit compromis dans ma tête qui pourrait nous convenir à tous les deux. J'ai voulu en parler à Allyanna ce matin, mais elle ne m'en a pas laissé le temps. Elle m'a gueulé dessus (pour ne pas changer) et s'est tirée, me laissant bandant comme un taureau et en retard pour le boulot. Je sens encore sa main timide et hésitante sur mon monstre et une chaleur me submerge avant de me rappeler que je suis dans un lieu public rempli de monde et qu'il serait déplacé d'y avoir une érection. J'aurais dû me taire, elle aurait peut-être continué... J'entre dans une boucherie sans me soucier le moins du monde de Ralph qui me mitraille loin derrière moi. Je n'ai encore aucune idée du repas que je vais préparer. J'ai la sensation d'être un adolescent en rut qui s'apprête à inviter la fille qu'il convoite depuis longtemps. Et si elle est végétarienne ? Je devrais peut-être prendre un homard ou des huîtres, c'est plus raffiné qu'un filet de boeuf. Mais elle est peut-être allergique aux fruits de mer ? Je soupire d'exaspération. Je me vois mal lui envoyer un texto pour lui demander ce qu'elle aimerait manger. Je me rends soudain compte que je ne connais absolument rien d'elle. Mis à part qu'elle a vingt-et-un ans, qu'elle est d'origine canadienne par sa mère, qu'elle rêvait d'être photographe, mais elle a abandonné pour je ne sais quelle raison, qu'elle adore les lys (merci *Facebook* et *Instagram* pour ces infos), et qu'elle est vierge. Sans compter que je suis sans doute l'homme qu'elle déteste le plus au monde. Tant pis, j'opte pour le boeuf et si elle n'en veut pas, nous passerons directement au dessert, à savoir, mon lit. Là au moins, je sais qu'elle aimera ça.

Derechef, des idées obscènes de toutes les cochonneries que je pourrais lui prodiguer me traversent l'esprit et je sors de la boucherie après avoir réglé mon achat. Je vais ensuite dans une épicerie afin d'y acheter les légumes pour un boeuf bourguignon. Quand j'ai « fouillé » sur son profil *Facebook*, j'ai appris qu'elle rêvait d'aller à Paris. J'ai eu l'occasion de voyager quelques fois en France avec mes potes. Nous avons été invités par un autre groupe à participer à une partie du Hellfest, un rassemblement annuel de quasi tous les groupes métal rock comme nous et j'adore ce pays. La gastronomie y est fabuleuse. Peut-être qu'Allyanna aura la chance d'y aller un jour. Avec moi... Merde, qu'est-ce qui m'arrive ? Je veux juste la *baiser*. Et comme je ne peux pas, je voudrais juste au moins lui faire connaître le Nirvana. À tel point qu'aucun mec sur Terre ne sera jamais capable de la faire jouir autant que moi. Et qu'elle joue ma petite-amie juste le temps que la rumeur sur mon éventuelle homosexualité finisse par s'éteindre. Voilà ce sur quoi je dois me focaliser. Ni plus ni moins.

Je sors du centre commercial, les bras chargés comme jamais ils ne l'ont été. Que ne ferait-on pas pour une gonzesse afin de l'attirer dans notre lit ? Moi, un connard ? Vous n'imaginez pas à quel point vous avez raison. Ralph est parti après m'avoir photographié sortant de la bijouterie. Je crois qu'il a fait l'affaire du siècle. Tant mieux pour lui. Et pour moi. La rumeur va s'atténuer auprès des médias, c'est déjà une bonne chose. Reste plus qu'à convaincre ma famille demain. J'espère qu'Allyanna ne va pas changer d'avis d'ici là. Elle est du genre honnête, franche et généreuse, et je m'en mords les doigts de l'avoir embarquée là-dedans. Mais je ne peux plus faire machine arrière.

Et en toute honnêteté, je ne le veux pas. En tant que

fiancée, elle ne pourra pas me repousser si je décide de l'embrasser, de l'enlacer, lui prendre la main ou lui caresser la cuisse sous la table... Je jubile rien qu'à cette idée tandis que je reprends la route pour retourner chez moi.

J'ai prié les gars de me laisser la maison, ce soir. Ils ont tout de suite compris et se sont foutus de ma gueule, disant qu'Allyanna me mettait à genoux, pouvait faire ce qu'elle veut de moi, me tenait par les couilles... S'ils savaient que c'était moi qui mène la danse ! Je m'active aux fourneaux tout en suivant les recettes du boeuf bourguignon et de la tarte au citron meringuée (même s'il ne s'agit pas là du *vrai* dessert) sur *Youtube*. La dernière fois que j'ai cuisiné un repas aussi sophistiqué et élaboré, j'avais douze ans et mon père était encore en vie. Alors que cela devrait m'amener à me rappeler de mauvais souvenirs, je ne pense qu'à Allyanna. Je l'ai dans la peau, cette nana. Mais c'est seulement parce que je ne peux pas la sauter et que ça me frustre, car j'ai toujours obtenu ce que je voulais. Du moins, c'est ce que je me dis en allumant les bougies au centre de la table et en parsemant l'entrée de pétales de roses rouges. Sans Google et ses « *conseils pour un dîner romantique* », je crois que la soirée aurait été composée d'une pizza et d'une bière devant la télé.

Il est 22 h 45 quand je reçois un SMS d'Ally, me prévenant que son service est (enfin) terminé. Je vérifie une dernière fois la pièce. Boeuf bourguignon : prêt. Vin : au frais. Chandelles : allumées et dégageant une très bonne odeur de vanille. Chaîne stéréo : enclenchée. Je suis excité comme une puce. Mais en même temps, j'ai le trac, putain. Je me claque les joues devant le miroir pour me donner de la contenance. *Allez, Kev, ce n'est qu'une nana que tu rêves de mettre dans ton pieu.* Elle va adorer. Elle ne peut qu'adorer, je me suis donné un mal fou à organiser tout ça. J'ajuste une dernière fois mon pantalon de smoking et ma chemise avant de m'emparer de mes papiers, mes clés, sans oublier le bouquet de lys que j'ai acheté en rentrant. J'appuie sur la télécommande du garage et me mets au volant de la Ferrari. Quitte à lui en mettre plein la vue, autant ne pas le faire à moitié. Puis je roule jusqu'à son restaurant où elle m'attend peut-être nue sous son trench-coat.

Manque de bol pour moi, elle n'a pas de long manteau et elle est encore moins nue. Cependant, elle n'en reste pas moins magnifique dans sa petite robe de printemps couleur crème. Elle porte un petit gilet blanc nacré pour se protéger du petit vent qui souffle, disant que l'on a échappé à l'hiver, mais que l'été n'est pas encore là. Mon regard continue de la détailler tandis qu'elle avance de sa démarche timide et maladroite vers ma voiture. Oh non. Elle n'a pas osé ! Une robe aussi belle avec des *Converses* ?! C'est quoi ce délire ? Bon d'accord, le tout s'accorde étonnamment bien sur elle, mais putain, une femme ça met des *talons* ! Pas des baskets ! En même temps, vu ce que ça a donné la dernière fois qu'elle a enfilé des escarpins, je comprends qu'elle les ait à jamais damnés de sa liste d'objets préférés. Je sors de la voiture pour lui offrir le bouquet de fleurs et son sourire à faire fondre un caramel au soleil illumine son visage d'ange. Elle porte les lys à son nez et en respire l'odeur. Oh, ce qu'elle est belle !

— Tu es magnifique.

Elle relève les yeux sur moi.

— Merci. Tu n'es... pas mal non plus.

Je lui souris avant de lui ouvrir la portière côté passager, tel un véritable gentleman. Josh me verrait, il me traiterait de connard, car il saurait très bien pourquoi je me donne autant de mal. Certes, je meurs d'envie de me la faire dans toutes les positions du kamasutra, et même en inventer d'autres, s'il le faut. Mais en même temps, j'ai vraiment envie d'être galant avec elle. Quand elle m'a sorti qu'elle méritait quelqu'un qui la respecte, un gars mieux que moi, j'ai ressenti comme un coup de couteau dans le cœur. Ça m'a beaucoup affligé. Alors j'ai envie de prendre soin d'elle comme il se doit... et lui faire vivre les meilleurs préliminaires sexuels de sa vie. Je démarre la Ferrari rutilante et m'engage sur la route en direction de la villa où l'attendent un dîner somptueux — j'espère — aux chandelles et une nuit torride à mes côtés.

— Tu n'étais pas obligé de faire ça, tu sais ? déclare-t-elle alors qu'un silence gênant s'était installé entre nous sans que j'ose le briser.

— Comment ça ?

Je fais l'erreur de la regarder et mes yeux sont immédiatement attirés par le bas de sa robe qui se soulève au gré du vent, dévoilant un peu plus ses cuisses. *Ne bande pas, ne bande pas, ne bande pas.* Une tape sur l'épaule me fait relever les yeux vers son visage. Elle n'a pas l'air très contente.

— Tu veux bien arrêter de me mater et écouter quand je te parle ?

— Désolé, ris-je en reportant mon regard sur la route assombrie par la nuit, seulement éclairée par mes feux. Tu disais ?

En fait, je ne suis pas désolé du tout, mais elle n'a pas besoin de le savoir.

— Tout ça. Tu n'étais pas obligé. La Ferrari, les fleurs, le smoking, la galanterie... je ne suis pas très à l'aise avec ce genre de trucs.

Merde. Je voulais faire bonne impression, lui montrer que je peux être un homme, un vrai, et elle n'est pas contente. Ah les bonnes femmes ! On remue ciel et terre pour tenter de les satisfaire et ça ne leur plaît toujours pas ! Voilà pourquoi je me contente de les baiser. Je fais quoi, maintenant ? Je vais quand même à la villa en sachant qu'elle n'aimera pas ce que je lui ai préparé ou je pars à la recherche d'un fast-food dans le coin ? Je vois Ally frissonner. Tout en gardant une main sur le volant, je retire ma veste et lui tends.

— Tiens, je n'ai pas envie que tu meures d'hypothermie avant qu'on arrive.

Elle prend le vêtement et le passe sur ses petites épaules en me jetant un regard dédaigneux. Qu'est-ce que j'ai dit encore ?

— Tiens, le Kevin Connard est revenu, commente-t-elle d'une voix qui suinte le sarcasme.

— Ah parce qu'il y a plusieurs Kevin en moi ? Je serai bien curieux de savoir quels sont les autres.

Elle répond tout en comptant sur ses doigts.

— Pour l'instant je connais le Kevin Sympa, le Kevin Gentleman, le Kevin Obsédé, le Kevin Prétentieux, le Kevin Arrogant et le Kevin Menteur.

— Je ne t'ai jamais menti, me renfrogné-je, piqué au vif.

— Tu m'as caché que tu étais chanteur. Et tu mens à ta famille.

— Je ne t'ai pas menti, on n'a pas abordé le sujet, nuance. Quant à ma famille, ça m'a échappé.

— Tu m'as embarquée là-dedans ! s'écrie-t-elle.

— Tu as accepté de ton plein gré ! réponds-je sur le même ton.

— Parce que sinon je n'ai pas le job !

Je lui lance un regard dubitatif.

— Tu sais très bien que si. On peut arrêter de jouer au chat et la souris pour une fois ? J'ai envie de passer une bonne soirée avec toi.

Et une bonne nuit, surtout...

— Pourquoi ?

— Pourquoi pas ? dis-je en haussant les épaules.

Nous arrivons devant la maison et je rentre la voiture dans le garage. Puis je prends la main d'Allyanna, elle ne se dégage pas. Il y a cette espèce de champ électrique qui me parcourt le corps chaque fois que je la touche c'en est déroutant, mais en même temps plaisant. Nous montons l'escalier et je respire un bon coup avant d'entrer la clé dans la serrure. *Pourvu que ça lui plaise, pourvu que ça lui plaise, pourvu que ça lui plaise... Oh et puis merde, tant pis !* J'ouvre la porte et l'invite à entrer en premier. Elle découvre alors la pièce faiblement éclairée par les bougies et les pétales de roses par terre. Son expression est indéchiffrable.

— Kevin c'est...

C'est quoi ? Too much ? Trop intime ? Trop de chichi ?

— Magnifique, dit-elle, finalement.

Je hausse les sourcils de surprise. Magnifique ? Il y a cinq minutes, elle me disait qu'elle n'aimait pas tout ce qui est luxueux et cliché et là, elle change complètement d'avis. Elle est schizophrène ou quoi ? Je décide de laisser tomber et de ne pas lui en tenir rigueur. Je dépose les fleurs dans le vase sur le bahut de l'entrée et lui retire ma veste et son gilet non sans lui déposer un baiser brûlant sur la base du cou. Sa robe me dit quelque chose... Elle frissonne au contact de mes lèvres, je souris. Puis je la fais avancer vers la table.

— Tu veux peut-être boire quelque chose avant de manger ?

Abruti ! Je ne suis même pas foutu de savoir comment il faut se comporter pendant un rencard. Plus con, tu meurs !

— Non, merci, j'ai une faim de loup.

Je réprime un sourire. *Oh moi aussi j'ai une faim de loup, chérie, mais la nourriture, je m'en tape...* Gentleman jusqu'au bout, je lui tire sa chaise pour qu'elle puisse s'y asseoir puis vais chercher la salade niçoise que j'ai préparée pour l'entrée.

— Alors comme ça ma sœur est venue te voir ? demandé-je histoire de meubler la conversation.

— Oui, comment a-t-elle su que c'était moi, d'ailleurs ?

— Apparemment tu lui as renversé de la crème brûlée dessus, il y a quelques années. Elle t'a reconnue.

Je la vois rougir d'embarras.

— Je me disais bien qu'elle me faisait rappeler quelqu'un. Ta salade est super bonne.

Pas autant que toi. Ouf. Un bon point pour moi.

— Merci. J'ai passé tout mon début de soirée à la cuisine.

Inutile de lui préciser que j'ai dû recommencer quatre fois avant de réussir l'entrée.

— Que t'as raconté Rachel ? m'enquiers-je.

— Ben... que tu étais un connard parce que tu ne m'as pas offert de bague de fiançailles ! Je t'ai défendu en disant que je ne pouvais pas travailler avec. Et je l'ai félicité pour sa grossesse après qu'elle ait montré son test à son amie en espérant qu'elle l'ait annoncé sinon j'aurais été mal et elle m'a demandé quand on allait s'y mettre.

Je m'étouffe à moitié avec mon vin et tousse comme un fou.

— Kevin, ça va ? s'inquiète Allyanna en commençant à se lever, sans doute pour me prodiguer la méthode d'Heimlich.

Je reprends le contrôle de mes poumons avant de répondre.

— Elle t'a demandé quand on allait faire un bébé ?!

Allyanna devient aussi rouge que la nappe.

— En fait, c'est plutôt ta mère. Il lui tarde d'avoir des petits-enfants, apparemment. Même si elle considère ceux de Rachel comme tels, elle voudrait l'être biologiquement.

— Il faudrait s'y mettre alors.

Elle me lance un regard horrifié et j'éclate de rire.

— Je rigole ! Elle peut toujours attendre. J'aime ma mère, mais en ce qui me concerne, elle n'en aura pas.

Le regard d'Ally se fait curieux, à présent.

— Pourquoi ?

Je hausse les épaules.

— Il faut une femme pour ça. Et je n'ai jamais pensé à m'engager. J'aime ma vie comme elle est. Et puis un gamin pendant les tournées... ce n'est pas une vie pour quelqu'un d'aussi jeune.

— Peut-être que tu changeras d'avis un jour.

— Ça m'étonnerait. Toi tu en veux ?

— Bien sûr. J'hésite entre quatre ou cinq.

Je la regarde en haussant les sourcils et un grand sourire moqueur aux lèvres. Elle brandit sa fourchette vers moi, l'air menaçant.

— Je t'interdis de parler de ma virginité.

Je lève les mains en guise de reddition.

— Je n'ai rien dit. Bon, je vais aller chercher le plat.

Je reviens avec le bœuf bourguignon et je vois un million d'étoiles scintillantes dans les yeux d'Allyanna.

— C'est mon plat préféré ! Comment tu as su ?

Je me félicite intérieurement. *Bien joué, mec.*

— Euh, je n'en savais rien, je voulais juste faire un repas typiquement français. J'adore leur cuisine.

Nous mangeons tout en parlant de nos goûts et nos préférences. Bien entendu, je n'ai jamais fait cela avant puisque je ne m'intéresse aucunement à la vie de mes conquêtes, d'habitude. Mais il faut bien que je la connaisse un peu mieux pour être crédible demain. Et j'avoue qu'elle est très captivante. Elle est passionnée d'écriture, aime les sensations fortes, a pratiqué la gymnastique pendant dix ans (intéressant...). Je lui parle de mon métier de flic et je suis étonnée qu'elle me dise qu'elle ne le savait pas puisque tout le monde connaît ma vie sur Internet. Puis nous en venons au livre qu'elle est en train d'écrire.

— Tu me le feras lire ? J'adore le fantastique.

— Bien sûr que non, répond-elle.

— Pourquoi ?

— Je ne fais lire mes écrits à personne. Pas même à Chelsea. C'est mon jardin secret.

— Donc, tu ne comptes pas le faire publier, deviné-je.

Elle secoue la tête.

— Pourquoi ? Ça peut être génial.

— J'écris pour mon propre plaisir. Je n'ai pas confiance en moi.

— Tu as confiance en moi ?

— Certainement pas.

Je ris. La garce ! J'allume la chaîne stéréo. *I don't wanna miss a thing*, d'Aerosmith. J'adore cette chanson.

Je me lève et tends la main vers elle, mais elle ne se décide pas à la prendre.

— Je refuse de me prendre un vent, la préviens-je.

— Je ne sais pas danser.

Je lui attrape la main et la tire pour qu'elle finisse collée à moi. Putain, elle sent divinement bon !

— Comme ça, on est deux.

Puis je l'entraîne sur l'espace que j'ai improvisé comme une piste de danse et nous tournons sur place, tous les deux enlacés. Je ne l'avouerai jamais, mais je me sens incroyablement bien dans ses bras. Je voudrais que le temps s'arrête. Paradoxalement, nous ne nous embrassons pas et je ne cherche même pas à le faire. Je veux juste la tenir dans mes bras. Son parfum est enivrant, naturel. Ses cheveux sentent le caramel. Oh, je ne me passerai plus de son odeur. Hélas, toutes les bonnes choses ont une fin, aussi la musique joue ses dernières notes et nous quittons notre bulle intime pour revenir sur Terre. Quand je la regarde, elle rougit. Elle a aimé ce petit moment, elle aussi.

— Hum... on devrait... passer au dessert, maintenant, bégaye-t-elle, visiblement embarrassée par notre rapprochement.

Je lui fais un sourire en coin. Quel dessert veux-tu, bébé ? Elle me donne une petite tape sur l'épaule en rigolant. Elle capte mes sous-entendus pervers rien qu'en me regardant. Cette fille lit en moi comme dans un livre ouvert. Et j'avoue que ça me fait flipper. Je l'invite à se rasseoir à table et apporte la tarte au citron meringuée. Je nous en coupe une part et nous mangeons ensemble la première bouchée... que nous recrachons aussi sec sans aucune élégance. Bordel, c'est dégueulasse !!

— Je crois que tu t'es trompé d'ingrédient, dit Allyanna en s'essuyant la bouche, morte de rire.

— Je comprends pas, j'ai suivi la recette à la lettre !

— C'est hyper salé !

Je me lève et ouvre le placard de la cuisine.

— Je t'assure que je n'ai mis qu'une pincée de sel !

J'attrape la boîte en métal où est écrit « sucre » dessus et en goûte un doigt.

— Enfoiré de Josh, grondé-je. Il a remplacé le sucre par le sel.

Je comprends maintenant le sens de son « bonne soirée » avant qu'il ne parte avec les autres. Il s'est vengé du coup du seau d'eau glacée que je lui ai jeté cet après-midi alors qu'il jouait de la guitare sur la terrasse. Il va me le payer ! Allyanna rit toujours et je lui lance un regard mauvais, mais tout de même empreint de malice.

— Tu as fini, oui ? maugréé-je.

— Tu es tordant !

Un sentiment de déjà-vu m'envahit. On dirait presque la même scène que ce matin, sauf que le contexte est différent et que les rôles ont été inversés. Alors je pose la boîte de sucre — de sel, plutôt — sur le plan de travail et fonce vers Allyanna. Ayant prévu le coup, elle se lève et cours partout dans la maison, moi à ses trousses. Elle monte à l'étage à toute vitesse et s'enferme dans la chambre où elle a dormi, en face de la mienne. Elle est intelligente, mais pas assez maline. Je passe discrètement par la salle de bains et ouvre la deuxième porte qui mène à sa chambre. Elle a l'oreille collée à la porte devant, aussi elle ne me voit pas arriver à pas de loup derrière elle. Je me retiens de rire. Elle hurle quand je l'attrape par la taille. Elle se débat tandis que je la porte en vrac jusqu'au lit, mais, bien entendu, elle tape comme une gonzesse. Je l'allonge et, la surplombant sans l'écraser, je me mets à la chatouiller. J'adore son rire. Je pourrais l'écouter des heures sans jamais m'en lasser. Il fait vibrer tout mon corps, et surtout mon cœur.

— Arrête Kevin… aaaaaahhhh… tu es un sale tricheur !

Je continue de la torturer tandis qu'elle tente de se débattre, tous deux riant aux éclats.

— Dis : Pardon maître.

— Dans tes rêves ! répond-elle en riant de plus belle quand je repars à l'assaut des chatouilles.

Elle me griffe, me pince, mais je n'arrête pas pour autant. Je remarque qu'elle est plus sensible à l'intérieur des cuisses alors j'insiste sur cette partie-là, la faisant se tordre de rire. Bon d'accord, j'en profite un peu aussi… Soudain, un gros *crac* retentit et on voit des boutons voler autour de nous. Putain ! Elle m'a arraché ma chemise ! Nous arrêtons de chahuter et nous regardons droit dans les yeux.

— Il fallait le dire que j'avais trop de vêtements, lui chuchoté-je de ma voix séductrice, nos visages à quelques centimètres à peine l'un de l'autre.

Puis sans avoir le temps de réagir — l'aurais-je fait, d'ailleurs ? — elle relève la tête et sa bouche s'écrase sur la mienne. Incapable d'en découdre, je lui rends son baiser avec ferveur et m'allonge un peu plus sur elle, en prenant soin de ne pas l'étouffer. C'est incroyable les sensations que ce petit bout de femme est capable de me procurer. J'ai le cœur qui se prend pour Rocky Balboa, des frissons m'électrisant chaque parcelle de mon corps, et Rocco se réveille dans mon boxer. J'ai envie de me fondre en elle. Elle retire ce qu'il reste de ma chemise et me caresse le dos et les épaules de ses petits doigts tout en gémissant contre mes lèvres. Dieu que c'est bon ! J'arrive à peine à respirer. J'ai chaud, putain je crève ! Elle écarte ses jambes et les enserre autour de ma taille de façon à ce que ma queue s'appuie sur son intimité. Je grogne de plaisir. Seuls nos vêtements empêchent leur rencontre. Oh ce que j'ai envie d'elle ! J'ai envie d'assouvir ce désir que je ressens pour elle depuis des semaines. Les branlettes, ça va bien cinq minutes. Mais au même moment, ma conscience me rappelle qu'elle est vierge. La réalité retombe sur moi comme un coup de massue. Je romps notre baiser passionné et enfouis mon visage dans son cou que j'embrasse.

— Pardon Ally, chuchoté-je. J'en ai terriblement envie, c'est juste que…

— Que je suis vierge, je sais, te fatigue pas.

Elle tourne la tête sur le côté pour échapper à mon regard. Je lui attrape alors délicatement le menton et le fais pivoter pour qu'elle me regarde et ce que je vois sur son visage me serre le cœur. Elle pleure. Je déposer un baiser sur ses larmes pour les enlever. Je m'en veux atrocement. La blesser est bien la dernière chose que je souhaite.

Je ne veux plus jamais la voir pleurer.

Plus jamais.

— Ally, ne pleure pas, je ne supporte pas...

— Alors, arrête de me renvoyer tout le temps mon statut de vierge à la figure. J'ai déjà assez honte comme ça.

Honte ?!

— Tu n'as pas à avoir honte, ma belle, au contraire ! Toutes les filles ne se préservent pas forcément, et je trouve admirable que tu le fasses.

Je n'ai jamais été aussi sincère de toute ma vie. Elle doit le voir dans mon regard, car elle sourit timidement.

— Tu es magnifique, Allyanna. N'en doute jamais, dis-je en replaçant une mèche de cheveux qui lui barre le front.

— Tu fais ça souvent ?

— Faire preuve de sincérité ? À vrai dire, non. C'est la première fois avec une femme qui ne fait pas partie de ma famille.

— Non, répond-elle, amadouer une femme pour la mettre dans ton lit. Ce n'était pas toi, ce soir.

Je ris.

— Techniquement, nous ne sommes pas dans mon lit. Et puis je...

— Fais-moi l'amour, Kevin !

J'en reste sans voix pendant un moment. Elle est prête, je le sens, ma queue aussi, elle se tend davantage dans mon pantalon au point que ça en devient douloureux.

— J'en ai envie, Ally, je te le jure, répété-je. J'y pense toute la journée, j'en rêve la nuit... mais je ne fais pas l'amour, je...

Sa main posée sur ma joue me coupe dans mon

explication. Elle ne dit rien, elle caresse juste ma barbe naissante et son regard attendri me désarme complètement. Je me sens comme un agneau face à une lionne. Mais au lieu de vouloir me bouffer comme elle devrait le faire, elle me fait comprendre qu'elle veut prendre soin de moi et qu'elle veut me cajoler. *Tu délires complètement, Kev !* Ce doit être les deux verres de vin.

— D'accord, finis-je par céder.

— Tu veux bien me faire l'amour ?

Pourquoi ces mots sont-ils si sexy dans sa bouche ?

— Non Allyanna. Pas à proprement parlé. Mais on peut se faire du bien mutuellement. Tu te souviens que je t'ai parlé de compromis ?

Elle hoche la tête. Sous moi, sa respiration se fait haletante. Elle me veut. Et je la veux.

— Tu me fais confiance ? demandé-je à nouveau.

Cette fois, elle hausse les épaules et je souris avant de l'embrasser passionnément. Elle emmêle ses doigts dans mes cheveux et, bien qu'elle ne soit pas la première à le faire, elle est la seule à me faire autant d'effets par ce simple geste. Tout doucement pour ne pas la brusquer, je fais descendre mes baisers sur sa mâchoire, son cou, sa clavicule… Je me redresse sur les genoux et la tire par les mains pour la mettre en position assise en face de moi. C'est alors que je me souviens de la robe. Elle la portait le soir où je l'ai assommée, celle qui s'attache avec des nœuds sur les épaules. Je m'étais alors promis de la lui enlever avec les dents, un jour. On dirait bien que ce jour est enfin arrivé et je ne me fais pas prier. Je mords le bout du nœud qui attache son épaule gauche et tire dessus. Allyanna glousse tandis que je m'attaque au deuxième nœud. Puis je fais glisser sa robe le long de son buste, dévoilant son soutien-gorge en coton blanc cassé. Ce n'est pas de la dentelle ni du satin, mais ça lui va bien. Je la rallonge doucement et me lève pour lui enlever sa robe. Elle a une peau tout ce qu'il y a de plus doux. Cette nana est une déesse ! Je remonte pour l'embrasser sur la bouche et reprendre mon petit jeu.

Son soutien-gorge se détache sur le devant, ce qui est franchement bien pratique. Les doigts entre ses petits seins, prêts à lui enlever, je lui lance un regard, lui demandant la permission. Bien que je les aie déjà vus — embrassés, même —, je préfère avoir son total consentement. Elle se mord la lèvre inférieure en souriant. Le soutien-gorge ne fait pas long feu et va rejoindre la robe et nos chaussures qu'on a enlevées en chahutant, sur le sol. J'embrasse ses petites merveilles devant mes yeux avant d'en titiller les tétons avec le bout de ma langue. Ils se dressent tout de suite et elle pousse un gémissement. Elle est très réceptive, j'adore. Elle me caresse le cou tout en se tortillant sous mon cœur, se frottant à ma queue. Si elle continue, je vais jouir dans mon caleçon. Je l'arrête gentiment en mettant ma main sur sa cuisse et lentement, je la glisse dans sa culotte. Elle est trempée, putain !

— Mmmmh ! gémit-elle quand je caresse son point sensible.

Je continue de faire descendre mes baisers encore plus bas sur son corps de femme enfant que je vénère. Je m'attarde autour de son nombril et le taquine subrepticement avec ma langue. Je me délecte de cet instant si fabuleux. Je ne suis encore jamais allé aussi loin avec elle. Elle m'arrête au moment où j'arrive à son pubis, intégralement épilé, comme j'aime.

— Attends, attends, Kevin, dit-elle d'une voix entrecoupée par ses gémissements.

Je relève la tête. Je rêve de plonger ma langue en elle.

— Qu'est-ce que tu comptes faire, là ? demande-t-elle, un peu paniquée.

Oh non, elle ne peut pas me refuser ça !

— Je redeviens le vrai moi. Et je vais te donner l'orgasme que tu n'as pas pu avoir cet après-midi par ma faute.

Elle sourit et, sans hésitation, j'écrase ma bouche sur son sexe et fais tourner ma langue sur son clitoris gonflé par l'excitation. Elle mouille comme une reine ! Ses doigts fourragent derechef dans mes cheveux et ses jambes se relèvent pour me faciliter l'accès et se posent sur mes épaules. Je sens ses orteils s'enfoncer dans ma chair en même temps qu'elle gémit. Elle appuie légèrement sur ma tête avec ses mains pour que je la prenne plus intensément dans ma bouche. Je maintiens ses cuisses d'une poigne de fer tout en lui pétrissant ses fesses sublimes. Je tourne de plus en plus vite. Elle crie, elle hurle, son ventre se contracte. Elle va venir, je le sais, je le sens. Ma queue hurle de désespoir. Je vais défaillir si elle ne jouit pas tout de suite.

— Oh putain, Kevin, oui !!!

Je voudrais lui mettre un doigt, mais je crois qu'il est encore trop tôt. Ce soir, je vais me contenter de jouer avec sa bille de chair que j'adore. Quel délice, putain ! J'ai toujours détesté le goût de la cyprine, mais alors elle, je n'ai jamais rien goûté d'aussi délicieux. Elle continue d'exprimer son plaisir à pleins poumons. On l'entend sûrement dans tout le quartier, mais ce n'est certainement pas moi qui vais m'en plaindre.

— Oui, continue, t'n'arrêtes pas, Kevin, oh bordel !!!

Putain, c'est merveilleux de l'entendre. Elle finit par atteindre le point de non-retour et se cambre pour jouir dans ma bouche en hurlant mon prénom. Ce que c'est bon ! C'est tellement intense que je ne peux plus me retenir et grogne de plaisir. Mon boxer devient soudain humide. Elle m'a fait prendre mon pied sans même me toucher !

Une heure plus tard, nous sommes tous les deux enlacés sur mon lit et nous regardons *Sublimes Créatures*. Nous adorons le fantastique, c'est bien le seul point commun que nous ayons. Nous venons tout juste de prendre une douche et j'avoue que c'est la première fois que je partage ce moment avec une fille. Elle m'en fait faire des premières fois, cette nana. Premier dîner aux chandelles, premier orgasme dans le calbute, première douche à deux. Elle a tenu à me caresser sous la cascade d'eau et je lui ai montré comme j'aime être branlé. Elle s'est super bien débrouillée et j'ai joui une seconde fois. Je sens que nos petits jeux vont devenir un très bon divertissement. Jusqu'à ce qu'elle en ait marre que je ne lui fasse pas l'amour et qu'elle rencontre un mec qui serait ravi de la déflorer, lui. Mon coeur est pris dans un étau.

— Ally ?

— Moui ? fait-elle d'une voix presque endormie.

Tu m'étonnes après la soirée qu'on vient de passer, je suis nase moi aussi. Et avec tout ça, je n'ai même pas eu le temps de lui offrir son cadeau.

— Quelle est ta couleur préférée ?

— Le bleu, depuis quelques semaines. C'est la couleur de tes yeux.

Je reste subjugué par cette révélation pour le moins inattendue.

— Tu me plais vraiment, Allyanna. Je crois que je pourrais bien...

Mais je m'interromps en réalisant qu'elle s'est endormie à en juger par sa respiration lente et régulière. Je la serre un peu plus fort contre moi, sa tête au creux de mon épaule et sa main sur mon ventre nu. Je lui plante un baiser dans les cheveux. Je ferme les yeux en espérant pour la seconde fois que le jour ne se lève jamais.

Chapitre 11

Allyanna

Je fais semblant d'être sa petite-amie jusqu'à ce qu'il parte en tournée, je fais ses photos pour sa promotion la semaine prochaine, on simule une séparation (il m'a trompée) et on ne se revoit plus. Basta. Le deal est aussi clair que de l'eau de roche.

Rien de plus simple.

Alors pourquoi je stresse comme une folle à l'idée de rencontrer ses parents ? Pourquoi j'ai le cœur pris dans un étau quand je pense que je ne le reverrai plus après le vingt-quatre mai, le jour où les Devil Angels ont apparemment prévu leur tournée ? Dans ma main, je tiens toujours le petit mot que Kevin m'a laissé sur son oreiller, ce matin, comme si j'avais peur de le perdre si je le posais. Je le relis pour la énième fois tandis que Chelsea me boucle les cheveux

Allyanna,

J'ai été réveillé par un coup de fil de mon patron. On a une sale affaire sur le dos. Fait comme chez toi, je t'ai préparé du café. J'ai dit à Josh de te ramener.

On se retrouve à ton appartement pour aller chez mes parents.

Kevin.

Je suis déçue qu'il ne m'ait pas parlé de lui la nuit dernière. Il n'a pas aimé mes performances à ce point ? Je suis si nulle que ça ? Je l'ai fait jouir — deux fois, en plus —, je ne comprends pas. À moins qu'il ait pensé à une autre pendant cette nuit. J'ai un frisson d'horreur à cette idée.

— Ally, qu'est-ce qui t'arrive, tu trembles comme une feuille, s'inquiète ma meilleure amie.

Elle arrête de me pomponner en voyant mes larmes qui ont débordé à mon insu. Elle tourne la chaise sur laquelle je suis assise, en face d'elle et s'accroupit à ma hauteur.

— Ma chérie, qu'est-ce qui se passe ? Parle-moi.

Je déteste pleurer. Je déteste montrer mes faiblesses. Je suis quelqu'un de fort et d'indépendant, je n'ai jamais pleuré devant personne, pas même devant Will. Mais l'accumulation de mes soucis ces dernières semaines commence réellement à peser lourd sur ma conscience. Alors je me livre à ma meilleure amie à cœur ouvert.

— Ces deux derniers jours, on est devenus très... intimes, Kevin et moi. Laisse-moi finir, la prié-je alors que je la vois ouvrir les yeux et la bouche en grand. On n'a pas couché ensemble, on s'est seulement servi de nos mains. Et sa bouche en ce qui le concerne (je rougis violemment et mon ventre se contracte au souvenir de la nuit dernière). Il m'a laissé le mot que je t'ai fait lire et je suis déçue parce qu'il n'a pas mentionné notre nuit, j'ai l'impression d'avoir été nullissime, je n'ai aucune expérience, aucune référence masculine sur laquelle prendre exemple ! Je suis pathétique, Chelsea. En plus j'ai accepté de l'accompagner chez ses parents pour jouer sa fiancée. Je vais mentir à sa famille que je ne connais même pas ! On n'arrête pas de se faire la guerre, on va se faire griller. Mais en même temps, hier soir a été la meilleure soirée de toute ma vie. Je n'ai jamais ressenti ça. Il s'est comporté en véritable chevalier servant, avec la Ferrari, le dîner aux chandelles, le repas délicieux - à part le dessert où Josh avait remplacé le sucre par le sel dans le dos de son frère - le slow, nos rires alors qu'il me chatouillait partout. Je lui ai fait comprendre qu'il n'avait pas besoin d'être quelqu'un d'autre qu'il pouvait rester lui-même et puis il m'a embrassée, a posé ses mains et sa bouche partout sur moi... Mon Dieu, Chelsea, je ne suis jamais allée aussi loin avec un mec ! J'en suis encore toute émoustillée. Et ça m'énerve parce que je suis censée le détester après ce mot stupide, mais ce n'est pas le cas. Au contraire, j'ai envie de recommencer. Je veux qu'il me touche. Je veux coucher avec lui, Chelsea.

Un long silence ponctue ma tirade. Waow. Je n'ai jamais parlé autant, encore moins pour raconter que j'ai (presque) goûté au sexe. Je regarde ma meilleure amie qui me scrute comme si j'avais un troisième œil.

— Tu as fini, là ? s'enquiert-elle.

Je hoche la tête.

— Ouah, putain, Ally ! J'aurais donné n'importe quoi pour être à ta place ! Tu viens de vivre l'une des meilleures expériences de ta vie. Je suis sûre qu'il a aimé, les mecs sont comme ça, ils ne parlent pas facilement de leurs sentiments. Tu as fait un premier pas vers les vertus du sexe, ma chérie, c'est normal que tu en deviennes insatiable. Le cul, c'est comme la drogue ; tu y goûtes une fois, tu ne peux plus t'en passer.

— J'ai honte de ne pas avoir d'expérience.

— Tu n'as pas à avoir honte, m'apaise Chelsea. Tu sais les hommes sont comme des chacals entre eux. C'est pour ça que Kevin doit être fou de joie d'avoir été le premier à te faire jouir.

Entendre l'explication de Chelsea me rassérène. Elle a sûrement raison. Ce n'est pas une traînée non plus, mais elle s'y connaît en matière de mecs. Kevin a certainement dû être déstabilisé par la tournure qu'a prise notre relation en l'espace de trois semaines.

— Tu regrettes de l'avoir laissé te toucher ? me demande-t-elle en replaçant mes cheveux sur mes épaules pour finaliser ma coiffure.

— Non, et c'est bien ça le problème, réponds-je. Je pensais que mon désir pour lui s'éteindrait après qu'il m'ait fait... enfin tu sais quoi...

– Un putain de cunni qui tue la mort ! Il va falloir que tu apprennes à appeler un chat *un chat*, Ally.

Je lève les yeux au ciel.

— Oui, bon, bref, tu as compris. Mais en fait, ça a produit l'effet inverse, j'ai encore plus envie de lui. Ça craint.

— Non, ça ne craint pas, ma belle, tu te découvres et c'est normal, me rassure Chelsea. Tu veux que je t'apprenne à faire des pipes qui le feront grimper aux rideaux ?

— CHELSEA !!!!

Et elle rigole en m'entraînant dans la cuisine. Elle m'ordonne de m'asseoir sur l'un des tabourets du comptoir et allume la chaîne hi-fi. Bien sûr, Devil Angels. Elle me met une banane sous le nez et je la regarde d'un air dubitatif.

— Non merci, je n'ai pas faim, décliné-je.

Chelsea lève les yeux au ciel avant de me fourrer le fruit dans la main et d'en prendre un deuxième.

— La banane est l'aliment qui ressemble le plus à la bite d'un mec.

Euh, je suis larguée, là.

– Attends, tu étais sérieuse, tout à l'heure ? Tu veux réellement m'apprendre à faire des... *fellations* ?!

– Alleluia, elle a prononcé un mot salace ! s'exclame-t-elle en levant les bras en l'air. Et pour répondre à ta question, oui, je vais réellement t'apprendre à *sucer* !

Je ne peux réprimer un fou rire. On a l'air de deux ados complètement ridicules.

— Tu es folle, je ne vais pas faire ça.

Je repose la banane dans la corbeille à fruits.

— Tu veux que Kevin te traite encore de coincée ?

Je la regarde sans flancher. Je ne céderai pas.

— S'il te demande de le faire et que tu refuses, que crois-tu qu'il va penser de toi ? continue-t-elle.

Je détourne la tête. Elle ne m'aura pas...

— Tu as aimé le cunni ? Bien sûr que oui, enchaîne-t-elle, consciente qu'elle est en train de briser mes défenses. Et s'il ne te le fait plus tant que tu ne lui auras pas fait la plus profonde, la plus langoureuse, la plus humide des pi...

— OK, OK ! Ça va ! Tu as gagné. Montre-moi comment on fait.

Voilà une heure que Chelsea et moi sommes explosée de rire avec notre banane en bouche. C'est la troisième pour moi. La première s'est littéralement liquéfiée à cause de ma salive.

— Ne la mouille pas autant, tu vas lui inonder le zoub ! m'a alerté Chelsea.

La deuxième m'a fait vomir. Ma meilleure amie a tenté de m'apprendre la gorge profonde. Ce n'est pas encore pour moi, ce truc-là.

Nous sommes toujours aux éclats quand on frappe à la porte. Ça doit être Will, il est le seul à avoir le badge du bas à part Chelsea et moi. Il vient passer l'après-midi avec elle. Ma banane toujours en main, je vais ouvrir. Avant que je n'atteigne la porte, Chelsea fait aller et venir sa banane dans sa bouche.

— Aspire et titille son gland, me chuchote-t-elle ensuite.

Je fais les gestes qu'elle m'a appris sans me rendre compte que j'ai appuyé sur la poignée en même temps et que la porte s'ouvre alors que je continue de faire tourner ma langue autour du fruit. Quand je tourne la tête pour voir notre visiteur, je manque de m'évanouir sur place. Ce n'est pas Will. C'est Kevin. Et son regard fait la navette entre la banane et ma bouche avec un sourire qui veut tout dire.

Il a capté mon petit tour de langue. Oh mon Dieu, la honte ! Je croque dans le fruit pour faire diversion.

— Chalut, lancé-je, la bouche pleine en l'invitant à entrer.

— On s'amuse bien, apparemment ici, commente-t-il. Salut Chelsea !

Mon amie le salue de la main et court dans sa chambre sans doute pour éclater de rire librement. Je vais l'étriper ! Je jette la banane à la poubelle et fais face à Kevin, toujours hilare. Il a abandonné ses jeans et T-shirt noirs pour un pantalon élégant et cintré et une chemise à manches longues bleu pâle qui fait ressortir ses yeux. Et dire que cet Apollon avait sa tête entre mes cuisses pas plus tard qu'hier soir !

— Comment es-tu entré ?

— Un voisin sortait au moment où je m'apprêtais à sonner.

— Tu veux boire quelque chose ?

— Non merci, il faut y aller, on va être en retard.

Je vais chercher mon sac et mes clés puis le suis jusqu'à la sortie du bâtiment. Sur le parking, nous rencontrons Will qui descend de sa voiture.

— Salut Willy, claironné-je en le serrant dans mes bras.

Dans mon dos, je sens le regard prédateur de Kevin. Qu'est-ce qui lui arrive ?

— Salut, princesse. Kevin, salue-t-il mon cavalier.

— William, répond celui-ci sur un ton que je ne qualifierai pas d'amical.

Ils sont tous les deux en train de se regarder en chiens de faïence. Lequel des deux va céder ?

— Bon, on se voit demain, Ally ? Bonne journée, dit finalement Will avant d'entrer dans l'immeuble sans même m'enlacer.

J'en reste hébétée. Et furieuse contre Kevin.

— C'était quoi, ça ? m'énervé-je alors que nous nous dirigeons vers sa voiture.

Je m'arrête nette en reconnaissant le véhicule.

— Une Chevrolet Impala de 1967 ? En route, Dean Winchester ! m'exclamé-je en montant à l'intérieur.

— Tu connais *Supernatural* ?

— J'ai toujours rêvé de monter dans sa bagnole. Je comprends maintenant pourquoi il l'adore.

J'allonge le dossier et mets mes pieds sur le tableau de bord en fermant les yeux. Mais Kevin, assis au volant, les balaie d'un coup de main.

— Oh, mais c'est que tu te comportes comme lui, en plus ! Dean Winchester, sors de ce corps !

Il rit en même temps que moi.

— Arrête de te foutre de ma gueule. C'est juste que c'est mon bijou.

— Ah les hommes et leurs joujoux, soupiré-je tandis qu'il s'engage sur la route en direction de New York.

— Vous en avez bien, vous les femmes, rétorque-t-il avec un clin d'œil sexuellement significatif.

Je lève les yeux au ciel en guise de réponse. Le temps est maussade. Il va pleuvoir d'une minute à l'autre. Heureusement que j'ai mis un collant opaque sous ma jupe.

— Qu'est-ce qui s'est passé avec Will ?

Kevin soupire.

— Il te regarde comme si tu étais une friandise. Et il t'a appelé « princesse ».

Je penche la tête sur le côté.

— N'est-ce pas ce que tu fais, toi ? Me regarder comme si j'étais une friandise ?

— Ce n'est pas pareil. Moi j'ai le droit.

La bonne blague !

— Tu ne serais pas un peu jaloux, par hasard ?

Il me jette un coup d'œil en biais furtif avant de se concentrer de nouveau sur la route.

— N'importe quoi. Pourquoi le serais-je, on n'est même pas ensemble.

Il a raison. Et pourtant, la sensation face à cette réalité me percute de plein fouet, telle une gifle. Je contemple le paysage sans rien dire. Il finit par briser le silence, mais pas pour s'excuser, comme je l'espérais. Connard !

— À quoi t'entraînais-tu cette fois avec la banane ?

Je ferme les yeux. Pitié non pas ça, pourquoi se rappelle-t-il de cet épisode embarrassant ?

— J'avais un petit creux.

— Mais bien sûr. Tu as une drôle de façon de manger une banane.

Je le tape sur l'épaule et il rit.

— Chelsea avait raison. Vous voyez une femme avec une banane dans la bouche et vous ne pensez qu'à ça !

Il rit de plus belle. Mon Dieu, ce que j'adore ce son !

— Sauf que toi tu ne la mangeais pas, tu la *suçais* !

— Rrrrrh ! Tu m'énerves !

Il rigole tellement que la voiture tangue un peu sur le côté.

— Tu ne veux pas que je conduise ? Je n'ai pas envie de me retrouver encastrée dans le cul de la voiture de devant.

— Personne ne conduit mon bébé, répond-il. Et ne change pas de sujet : avoue que Chelsea t'apprenait à faire des fellations.

— N'importe quoi, boudé-je en croisant mes bras sur ma poitrine.

— Admets-le.

Il pose sa main sur ma cuisse et me gratifie de son sourire si séduisant. Ah ! S'il n'était pas en train de conduire, je... Merde. Je repousse sa main et il s'esclaffe derechef. Pourquoi faut-il *toujours* qu'il se pointe pile au moment où il ne le faut pas ?

Au *Starlight* quand il m'a assommée, dans la salle de bains, sur le parking du supermarché, chez moi quand Will m'a piqué mon soutien-gorge, quand j'étais chez lui et qu'il est apparu à poil (bon, là, je ne vais pas me plaindre), son réveil alors que je le touchais *là*, au moment où je me caressais, et là, alors que je m'entraînais à...

Putain, je n'ai jamais vécu autant de situations gênantes en vingt et un ans que depuis ces trois dernières semaines.

— Tais-toi et conduis, maugréé-je tandis qu'il continue à rire comme un gamin.

Nous traversons la cinquième avenue de New York puis tournons sur Broadway. Nous finissons par nous éloigner un peu de la ville et roulons sur une longue route bordée par les arbres.

— Pourquoi t'es-tu énervé quand tu nous as surpris, Will et moi ?

— Je croyais que je devais me taire et conduire.

— Tu as seulement le droit de répondre à mes questions.

— Ben voyons. Tu ne serais pas un peu maniaque du contrôle sur les bords, par hasard ?

Je hausse les épaules en répondant.

— J'aime quand les choses vont dans mon sens.

Il sourit. Je meurs d'envie de lui mordre la bouche, là, tout de suite.

— C'est bien ce que je dis : une vraie névrosée.

Tout compte fait, je meurs d'envie de lui casser la gueule.

— Réponds à ma question.

— J'avais passé une sale journée, on a un tueur en série dans la nature et je voulais passer un bon moment avec toi pour ne plus penser à ce merdier, mais je t'ai vu avec lui et ça m'a mis en rogne.

Je le scrute intensément, pas dupe.

— Quelque chose me dit que ta journée merdique n'était pas la seule raison.

Kevin grogne. J'adore avoir raison.

— Ça l'était en partie. Tu n'as pas besoin d'en savoir davantage.

Je rêve où je le vois rougir ?!

— Je suis allé dans un pub pour finir la nuit avec une nana. Ou deux... Mais je suis sorti aussitôt rentré et je me suis contenté d'un footing. Je venais de rentrer quand tu m'as surpris.

Je sens la chaleur du désir envahir mon corps à ce souvenir. Je déglutis.

— Pourquoi tu n'as pas... enfin avec une nana... ou deux ?

Pourquoi ai-je tant de mal à sortir des mots à caractères sexuels de ma bouche, bordel ??!

— Je n'en sais rien, Ally ! s'emporte-t-il, me faisant sursauter. Tout ce que je sais, c'est que je n'ai encore pénétré aucune femme depuis que je t'ai rencontré. Je n'en ai pas envie. Et ça m'énerve parce que d'habitude, je ne suis pas comme ça. Tu me fais devenir quelqu'un d'autre et ça me fout les jetons.

Je ne sais plus quoi dire, tout à coup. Est-ce qu'il est possible qu'il éprouve du désir pour moi ? À tel point qu'il n'arrive pas à faire l'amour – pardon, *baiser* – parce que je hante ses pensées ?

— On est arrivés, annonce-t-il, me tirant de ma rêverie. Tu as compris ? On ne change rien de l'histoire de notre vraie rencontre, à part que ça s'est passé il y a trois ans, et qu'on a eu le fameux coup de foudre.

— Euh, oui.

Il se gare devant une immense bâtisse de type victorien. Elle est magnifique et une grande terrasse fleurie occupe la largeur de la façade du premier étage.

— Waow, murmuré-je impressionnée, tandis que nous descendons de l'Impala.

Il vient me rejoindre et s'empare de ma main. Chaque fois qu'il me touche, un frisson électrique envahit tout mon corps. C'est agréable. Je commence à avancer, mais il m'arrête.

— Attends, Ally, dit-il sur un ton hésitant, comme si... comme s'il avait le trac.

Il sort un objet de la poche de son pantalon. Un écrin. Oh putain ! Il l'ouvre devant mes yeux et j'en reste bouche bée. Mon coeur s'accélère en voyant l'anneau en or blanc serti d'une magnifique émeraude et quelques diamants incrustés discrètement autour de la pierre. Oh nom de Dieu de merde ! Alors c'est ça qu'on ressent quand l'homme qu'on aime nous fait sa demande en mariage ? J'ai des milliers – des *millions* – d'étoiles dans les yeux. Pas parce que la bague est sublime, qu'elle vient de chez Tiffany & Co et donc qu'elle a dû lui coûter une blinde, non. Parce qu'en fait, c'est Kevin qui me l'offre. Lui et pas un autre. Il sort le bijou de son étui et me le passe à l'annulaire droit. Je pouffe de rire.

— Quoi ? s'étonne-t-il.

— C'est sur la main gauche, la bague, pas la droite.

— Ah merde.

Question romantisme, il peut repasser ! Il me la met donc autour de l'annulaire gauche et c'est en le regardant faire que je me rends compte d'une chose. Une chose primordiale que je refoule en fait depuis trois semaines.

Je suis dingue de Kevin.

— Qu'est-ce qu'il y a, tu es toute rouge ? J'ai repensé à ton message et, en effet, on a l'air plus crédibles avec une bague. Pardon de l'avoir oubliée.

Correction : question romantisme, il peut carrément aller se coucher. Toutefois, il a raison. J'ignore pourquoi je me suis mise à imaginer que cette scène pouvait être vraie. Ça doit être le stress de rencontrer sa famille. Et de leur mentir sur ma relation avec Kevin, de surcroît.

— Tu aurais pu m'offrir une bague que tu aurais eue dans une pochette surprise pour enfants. Ça a dû te coûter un bras, ce truc.

Bon, d'accord, j'en rajoute un peu trop en insultant cette merveille de « truc ». Mais dans les minutes à venir, nous allons devoir être très proches et il ne faut pas que je dérape. Ce n'est rien de plus que de la comédie. Kevin lève les yeux au ciel. Mon Dieu j'ai tellement la trouille que je sens que je vais me faire pipi dessus. Kevin me tient par les épaules et se baisse à la hauteur de mon visage. Soudain, toutes mes pensées négatives, toutes mes craintes, s'envolent quand mes yeux plongent dans le bleu des siens, si envoûtants. Je ne vais pas faire de gaffe, je ne vais pas trébucher, tout va parfaitement bien se passer.

— Arrête de stresser, Allyanna. On s'en tient au plan et ça va marcher comme sur des roulettes. Je ne sais toujours pas pourquoi tu fais tout cela pour moi, mais je t'en remercie.

Moi non plus je ne sais pas pourquoi je fais ça, figure-toi.

Soudain, la porte s'ouvre et nous nous tournons vers Josh sur le perron.

— Alors les amoureux, c'est pour aujourd'hui ou pour demain, on vous attend ! s'exclame-t-il avec un sourire significatif.

Nous le fusillons du regard avant de le rejoindre dans la somptueuse demeure familiale, Kevin me serrant la main pour me donner du courage. C'est sa mère qui nous accueille en premier. Un peu plus petite que moi, elle a les cheveux blonds cendrés lui descendant sur les épaules, lisses et brillants. Une peau sans défauts ni aucune ride avec un maquillage parfait et des yeux d'un bleu intense. Les mêmes que ceux de Kevin. Si celui-ci ne l'avait pas salué d'un « bonjour, maman », j'aurais pensé que cette femme était sa soeur. Elle est tellement bien habillée avec son tailleur beige que j'ai l'impression de sortir tout droit d'un épisode de *The Walking Dead* avec mon pull léger pourpre et ma jupe noire.

— Allyanna ! Enfin je rencontre la femme qui fait battre le cœur de mon grand bébé ! s'exclame-t-elle en me prenant dans ses bras.

Prise au dépourvu, je lance un coup d'œil à Kevin à côté de moi qui a l'air aussi surpris par l'enthousiasme de sa mère. Je lui rends tout de même son étreinte par politesse.

— Sarah, chérie, lâche-la, tu vas finir par l'étouffer, s'esclaffe un grand homme brun, derrière elle.

Je me souviens de ma conversation avec Rachel, au restaurant. C'est sûrement monsieur Evans, son père. Donc le mari de madame Reynolds et le beau-père de Kevin. Hou, quelle famille !

Elle finit par s'éloigner de moi et me fixe, comme si j'étais une merveille du monde. Je ne peux m'empêcher de rougir.

— Tu es magnifique, ma chérie. Je comprends pourquoi Kevin n'a pas voulu te partager avec nous.

— Merci, madame Reynolds.

— Oh non, moi c'est madame Carter, la femme de Richard Carter, explique-t-elle en désignant l'homme qui a calmé ses ardeurs, un peu plus tôt. Mais je t'en prie, appelle-moi Sarah.

— Enchanté, Allyanna. Tu as un bien joli prénom. Appelle-moi Rick.

— Enchantée, réponds-je, timidement en lui serrant la main qu'il me tend. Donc monsieur Evans...

Je suis complètement perdue, je l'avoue.

— C'est moi, intervient un autre grand brun, mais plus jeune que Rick — à peu près l'âge de Kevin. Je suis Andrew.

Il enlace la taille de Rachel. Je comprends mieux.

— D'accord, donc vous êtes la maman de Kevin et Josh, résumé-je à l'adresse de Sarah. La femme de Rick qui est le père de Rachel Evans, mariée elle-même à Andrew.

— Qui est mon coéquipier, renchérit Kevin.

— Tonton Kev !!!!!!

Un éclair blond traverse le salon pour se jeter dans les bras ouverts de mon « fiancé ».

— Et voici Nolan, notre fils de trois ans, m'informe Rachel.

— Tonton, c'est qui, elle ? demande le petit garçon en me désignant du doigt.

— Déjà, on ne montre pas les gens du doigt, répond son oncle. Je te présente ma chérie, Allyanna.

Il dit cela avec une telle aisance que ça a l'air vrai. Un pincement au cœur me tiraille. Ce n'était pas dans notre contrat de mentir à un gamin de trois ans. J'ai deux mots à lui dire à mon « chéri ».

— Elle est sublime ! Elle fait ressortir le vert de tes yeux, s'extasie Rachel en me prenant la main pour admirer ma bague de fiançailles.

Kevin se racle la gorge. Pff ! Il est jaloux parce qu'on s'intéresse à moi.

— Vous avez fini de l'examiner sous toutes les coutures ou vous voulez une analyse d'urine, tant qu'on y est ?

Je lui lance un regard noir. S'il n'y avait pas sa famille, je lui foutrais une droite.

— Toujours aussi charmant avec les femmes, me défend Josh, le seul au courant de notre comédie — et le principal fautif, aussi. Il doit jubiler dans sa petite tête à nous voir ainsi, comme deux cons.

— Tu as du courage pour le supporter, renchérit Rachel. Si tu savais toutes les conneries qu'il nous faisait étant petits !

Ah, c'est donc lui qui a lancé les hostilités avec les farces. Ils en ont, de l'imagination, depuis toutes ces années.

— Oh, je me défends bien.

— Elle est pire que moi, pouffe Kevin.

Je le fusille du regard. « Fais-en lui baver », m'a conseillé Chelsea. Ma conscience se frotte les mains diaboliquement. Il ne va pas être déçu de son voyage.

Le poulet au curry de Sarah est un délice pour les papilles. Nous discutons jovialement et j'en apprends plus sur la famille de mon pseudo-fiancé. Rick est un policier à la retraite (décidément, ce métier c'est de famille !) et Sarah travaille dans le cosmétique. Elle est à la tête d'une petite entreprise de maquillage et de crèmes diverses. Nous ne parlons pas du père de Kevin. Google m'a appris qu'il était mort sans entrer dans les détails. Ça doit être un sujet tabou pour eux alors j'évite de l'aborder. De leur côté, ils ne me parlent pas de mes parents et je leur en suis reconnaissante.

— Alors, vous n'êtes toujours pas installés ensemble ? Vous attendez d'être mariés ? s'enquiert Rachel.

Je m'étouffe à moitié dans mon verre d'eau et je vois Josh se marrer discrètement.

— On ne compte pas se marier, réponds-je du tac au tac avant de sentir une petite claque sur ma cuisse qui me fait sursauter et je lance un regard noir à Kevin.

— Pas maintenant, du moins, corrige-t-il. Nous sommes en train de chercher une maison.

Je soupire. Le mensonge commence à devenir pesant et je déteste ça.

— Je ne suis pas encore prête à ramasser ses chaussettes et ses caleçons par terre.

Qu'est-ce que je n'ai pas dit là ? Ma pique le tique et il me pince la cuisse avant de la caresser... dangereusement. L'enfoiré, il profite du fait que je ne peux pas le repousser pour me toucher. Sa main remonte sous ma jupe et malgré mon collant, je le sens dans chaque cellule de mon corps. Mon cœur bat beaucoup trop fort. Je déglutis et il me scrute avec son sourire en coin si sexy. Je le hais !

— Ah, ça avec les hommes, on ne peut pas y échapper, rit Rachel.

— Alors comment vous êtes-vous rencontrés ? s'intéresse Rick.

Je m'apprête à répondre, mais Kevin me devance.

— Elle m'a renversé du café sur le pantalon.

Je fulmine intérieurement. Il ne s'en tient pas au plan. J'ai stipulé qu'on s'était rencontré dans le restaurant, sans avoir été maladroite ! J'ai l'air de quoi, moi maintenant ? Il veut jouer ? On va jouer.

— Je lui ai balancé du gaspacho sur la tête parce qu'il a insulté ma poitrine, la semaine suivante.

Tout le monde rit autour de nous, mais Kevin continue, décidé à me faire passer pour la plus abrutie de nous deux.

— Je l'ai surprise à poil dans la salle de bains.

— Il m'a fait une crise de jalousie, enchaîné-je, lui rappelant la scène avec Will.

Ça a l'effet escompté. Il se tait, serrant les mâchoires. Ah, on fait moins le malin, là, hein ?

— Eh bien, ça a bien chauffé entre vous, au début, commente Sarah.

— Oui, mais on est vite tombés amoureux, hein ma choupinette ?

Choupinette ? Sérieusement ?! Et avant que je ne puisse répondre, sa bouche est déjà sur la mienne. Ce contact intime me fait tout oublier autour de nous. On est seuls au monde. Dans cette petite bulle invisible rien qu'à nous. Sa main posée sur ma cuisse remonte jusqu'à atteindre mon intimité. Oh putain ! Il doit sûrement sentir ma moiteur, même à travers mes vêtements. Je romps notre baiser fulgurant — à contrecœur — et m'excuse auprès de sa famille.

— Pardon… je peux utiliser vos toilettes s'il vous plaît ?

— Oui, c'est au bout du couloir, la porte à droite, m'indique Sarah.

Kevin se lève en même temps que moi.

— Je vais te montrer.

Je m'apprête à lui répondre que je peux très bien me débrouiller toute seule, mais il me lance un tel regard que je n'ose pas discuter et me contente de le suivre. Comme je m'y attendais, il rentre avec moi dans la salle de bains. Je me tourne vers lui, bien décidée à lui envoyer ses quatre vérités à la figure.

— C'est quoi ton pro...

Je n'ai pas le temps de terminer ma phrase qu'il écrase littéralement ses lèvres contre les miennes. Il est brutal et sauvage. Dans la même seconde, je me retrouve assise sur le lave-linge, mon collant et ma culotte en bas des chevilles. Je n'ai aucune idée de ce qui est en train de se passer. Et je n'ai aucun contrôle sur la situation non plus. Tout ce que je sais, c'est que je veux qu'il me prenne là, tout de suite. J'enroule mes jambes autour de sa taille et m'agrippe à ses épaules tandis qu'il me caresse le clitoris sans ménagement, déjà gonflé de désir pour lui. Alors qu'il insère un doigt en moi et je sursaute en retenant un cri de plaisir. Oh mon Dieu ! Je me bénis moi-même de m'être entraînée à ce jeu-là aussi, sinon je suis sûre que je n'aurais pas crié de plaisir, mais de douleur tellement il est bestial. Il tient fermement ma hanche de son autre main pour m'empêcher de gigoter et fait tourner son doigt en moi tout en continuant à explorer ma bouche avec sa langue dans un baiser furieux, mais passionné à la fois. Oh ce que c'est bon ! Je n'arrête pas de gémir contre lui, mon corps n'est plus qu'une flamme de désir qui n'est pas décidé à se consumer. Putain, je vais jouir ! Il fait ça tellement bien ! Je veux me fondre en lui, ne faire plus qu'un avec lui. Mon ventre se contracte. Je suis tout près... Oh mon Dieu, mon Dieu, mon Dieu !!!!!! J'abandonne ses lèvres et mords son épaule pour atténuer mon cri de jouissance tandis que mon orgasme explose autour de son doigt. Il s'éloigne de moi et libère mon vagin pour se laver les mains. Je me sens vide. Je suis encore sous le choc de cet acte impromptu pour pouvoir bouger.

J'ai peur de m'effondrer si je prends le risque de descendre. Je tente de reprendre ma respiration et de faire ralentir mon cœur fou.

— Oh mon Dieu, murmuré-je, ne réalisant toujours pas que je viens de me faire masturber dans la salle de bains des parents de mon fiancé qui n'est même pas mon fiancé.

— Tu peux aussi m'appeler Kevin, sourit-il en se baissant pour ramasser ma culotte qu'il porte à son nez avant d'en inhaler l'odeur. Mmmh, dit-il. Celle-là, je la garde.

Puis, me gratifiant d'un clin d'œil, il fourre mon sous-vêtement dans la poche de son pantalon et s'en va, me laissant plantée là, encore toute pantelante... et sans culotte. Putain, mais c'était quoi ça ???

Nous repartons, avec Kevin, après avoir dégusté un délicieux moelleux au chocolat — dont Sarah m'a donné la recette — et un café. Personne n'a eu l'air de se douter de ce qui s'est passé dans la salle de bains. En même temps, ça n'a pas duré plus de deux minutes. Personne, sauf Josh qui n'a pas arrêté de nous lancer des regards en coin emplis de sous-entendus pendant la fin du repas. Puis nous nous sommes enlacés en guise d'au revoir, tous ravis d'avoir fait ma connaissance. Et c'est réciproque. Ils m'adorent, et je les adore. Mais la culpabilité me submerge telle une gifle quand je réalise de nouveau que tout cela n'est pas réel. Que notre histoire d'amour repose sur un ignoble mensonge bidon. Qu'il n'y aura jamais de « nous » entre Kevin et moi. Que je ne serai jamais la belle-fille de Sarah ! Mon cœur se brise face à cette triste réalité. Parce que, pendant ce repas, je n'ai pratiquement pas pensé à jouer la comédie. Je me laissais aller dans les bras de Kevin, je lui tenais la main, on a même dansé ensemble, ce qui m'a rappelé le dîner d'hier soir, je lui rendais chaque baiser avec passion et beaucoup de sentiments. Pour la première fois de ma vie, je me suis sentie vivante. Et savoir que c'est fini me donne envie de pleurer.

— Ça ne va pas Ally ?

Je reviens à l'instant présent et me tourne vers Kevin qui conduit, l'air inquiet. Je me triture nerveusement les doigts en pensant à ce que je m'apprête à lui dire. Les explications de Chelsea me reviennent en mémoire. « Les hommes aiment être surpris, sexuellement. N'hésite pas à le prendre d'aplomb, il n'en sera que très heureux.

Prends les devants, ne te pose pas de questions ». Prenant une longue inspiration, je me décide à répondre.

— Ça m'a fait du bien ce que tu m'as fait dans la salle de bains et... comment dire... j'ai envie de te rendre la pareille.

Courage, Ally, tu peux le faire. Il me regarde en haussant les sourcils, visiblement surpris, et sourit.

— OK, chez toi ou chez moi ?

— Ici. Et maintenant.

Puis, sans lui laisser le temps de protester — dans le cas où il en aurait eu l'intention —, je détache ma ceinture de sécurité et me penche vers son pantalon pour lui tirer la braguette. J'ai trop peur de changer d'avis si on attend d'être chez l'un ou l'autre. Il se raidit en comprenant ce que je m'apprête à lui faire, mais je ne relâche pas, je tire sur son boxer, dévoilant sa queue déjà bien érigée pour moi.

— Ally, attends je...

Mais trop tard. Ma bouche a déjà enveloppé son sexe et il pousse un râle de contentement. Je sens que la voiture s'arrête, mais je ne cesse pas pour autant mon va-et-vient. Je suis folle de joie à l'idée d'être l'objet de son plaisir. Parce que c'est mon objectif de l'instant : lui donner autant de plaisir qu'il m'en a donné il y a une heure. Il gémit en synchronisation avec mes descentes et mes remontées le long de sa queue. Qu'est-ce qu'elle est grosse et goûteuse ! Je m'applique à la tâche en me focalisant sur la leçon que Chelsea m'a donnée pas plus tard que ce matin avec les bananes. J'aspire en montant et je descends en faisant tourner ma langue. Tout cela sur un rythme ni trop lent, ni trop rapide et titillant son gland de temps à autre. J'évite toutefois les gorges profondes, je viens de manger et je n'ai aucune envie de dégobiller comme je l'ai fait avec le fruit. Kevin a l'air d'apprécier, car il me caresse les cheveux en gémissant.

— Oh oui bébé... c'est bien, ma belle... continue... Oh putain la vache, c'est bon !

L'entendre m'encourage encore plus, aussi je me sens plus confiante et j'accélère la cadence.

Il gronde et sa respiration se fait plus rapide. Sa virilité gonfle dans ma bouche. Je crois qu'il va venir et il me le confirme.

— Bébé, retire-toi si tu ne veux pas que je jouisse dans ta bouche.

Mais je suis trop accro pour m'enlever. Je continue mon va-et-vient de plus en plus vite en pressant un peu plus mes lèvres autour de sa verge. J'entends Kevin siffler entre ses dents et son ventre se contracter sous ma main gauche. À l'aide la droite, je caresse son sexe tout en continuant à le pomper sans relâche. C'est le geste de trop.

— Oh Allyyyyyyy !!!! crie-t-il en jouissant.

Son sperme se répand dans ma bouche, chaud et sucré. Mais on ne peut pas être parfait sur tous les points. Je m'étouffe un peu et en fais dégouliner la moitié sur son pantalon. Et merde. Je me relève et remballe sa queue en refermant la braguette. Il a la tête posée sur l'appui-tête et tente de recouvrer son calme. Il est en sueur.

— Ça, c'est de la pipe, soupire-t-il.

— Je t'en ai mis partout, fais-je timidement.

Il regarde les traces blanches sur son pantalon avant de se tourner vers moi, tout sourire.

— Ce n'est pas grave. Tu as été géniale, bébé. Viens là.

Il me tend ses bras et je ne me fais pas prier pour m'y blottir et enfouis mon nez dans son cou, inhalant son odeur musquée et naturelle. Il a tout de même eu le temps de se garer sur un petit sentier désert, à l'abri des regards indiscrets.

— J'aime ta spontanéité, me félicite-t-il en me caressant l'épaule, me faisant frémir.

— J'avais envie de le faire et j'avais peur de changer d'avis si on attendait d'être dans un lit, me justifié-je.

Il rit et me dépose un doux baiser sur les cheveux.

— Je vais t'avouer que c'est la première fois que je fais ce genre de choses dans ma voiture.

Je souris jusqu'aux oreilles.

— Contente de t'avoir fait vivre une première fois. Je commençais à me dire que tu avais déjà tout vécu dans ce domaine et j'avoue que je désespérais.

Il me serre plus fort contre lui et je peux sentir son cœur battre à tout rompre. Sans nul doute le contrecoup de l'orgasme qu'il vient d'avoir.

— Je peux te poser une question ?

— Tout ce que tu voudras après ce que tu viens de me faire.

— Tu appelles toutes les femmes avec qui tu couches « bébé » ?

Il paraît désarçonné par ma question et me fait face, sourcils froncés.

— Euh, oui...

— Alors, arrête de m'appeler comme ça. Je n'ai pas couché avec toi, moi.

À mon grand regret, d'ailleurs. Il m'embrasse le bout du nez et sourit.

— Pas de problème, choupinette.

— Ah non ! m'écrié-je et il éclate de rire avant de redémarrer.

Nous roulons en silence depuis quelques minutes quand je dis.

— Ta famille est vraiment charmante.

Je sais que je risque de me faire rembarrer en disant cela, car, en effet, ça ne va pas durer, mais je suis sincère.

— Ma mère t'adore.

Je pousse un soupir de soulagement et ma conscience ne peut s'empêcher de se dire qu'il y a peut-être un espoir qu'un jour, je devienne réellement la belle-fille de Sarah. Pff, n'importe quoi !

— Tu me présenteras à tes parents, toi aussi ? me demande-t-il, me tirant de mes pensées.

Mon cœur se déchire et ma respiration reste bloquée dans mes poumons. Je n'ai jamais pensé à cette perspective.

— Euh… ce sont tes parents que nous sommes censés convaincre de ton hétérosexualité, pas les miens.

Je ne suis pas prête pour cette confrontation. Pas maintenant. Peut-être même *jamais* ! Kevin hausse les épaules.

— Je me disais simplement que ça pourrait être sympa de connaître la famille de mon amie — fausse — petite-amie.

Je ne réponds pas pendant un moment. Je n'ai jamais parlé de mes parents à quiconque mis à part Will et Chelsea qui ont assisté à mes dépressions. Cependant, une partie de moi a envie que Kevin les rencontre. Au sens figuré, bien entendu.

— D'accord, réponds-je, finalement. Samedi, c'est l'anniversaire de ma mère, on pourrait aller les voir ensemble, si tu veux.

— Chouette, s'exclame-t-il en entrant dans les rues de Brooklyn.

Puis il me ramène chez moi, m'embrasse langoureusement avant de repartir pour répéter avec les autres membres du groupe. Will reste encore une demi-heure avec nous avant de partir à son tour, car demain il a rendez-vous avec un fournisseur à 8 heures et je passe la soirée à tout raconter à Chelsea dans les moindres détails — bah quoi ? C'est ma meilleure amie ! Je finis par me coucher après avoir avancé dans l'écriture de mon livre et je m'endors en priant pour que Kevin ne me rejette pas quand il comprendra pour mes parents, et surtout, quand il apprendra que c'est de ma faute.

Chapitre 12

Kevin

Josh me regarde comme si je venais de lui dire que je venais de braquer une banque.

— Dans l'Impala ? Elle t'a sucé dans l'Impala ? Putain, je ne la voyais pas aussi cochonne, ta rouquine !

Je lui lance un regard noir.

— Insulte-la et je te fais bouffer ta guitare.

Josh se marre en buvant une gorgée de sa bière. Nous sommes dans notre loge du *Starlight* et je me prépare à entrer sur scène devant le public en délire. Je me demande encore pourquoi je leur ai raconté, à lui et aux autres membres du groupe, ce qu'il s'est passé il y a cinq jours avec Allyanna.

Cinq jours.

Ça fait cinq putains de jours que je ne l'ai pas vue et j'ai l'impression que l'on m'a retiré un poumon. Elle me manque. Terriblement. Bon, on a fait la séance photo pour la promotion de la tournée et j'avoue qu'elle a fait du bon boulot.

Mike est même prêt à l'engager, mais je lui ai répondu que je lui en parlerai peut-être. Elle tient sûrement à rester travailler au restaurant et puis je ne sais pas si c'est une bonne idée de bosser ensemble. Hélas, je n'ai pas pu lui parler comme je l'aurais voulu, car une horde de journalistes était agglutinée devant le local que nous avons loué pour l'occasion et elle a dû partir tôt pour son service. Bien sûr, nous communiquons par SMS, mais ce n'est pas pareil. Nos messages restent basiques, elle ne me parle pas de nos « aventures intimes » et je n'ose pas faire le premier pas, de peur de l'effrayer. J'ai envie de la toucher, de la caresser, de l'embrasser... de lui faire l'amour. Putain, même ça j'en ai envie ! J'ai pensé plusieurs fois à manger dans son restaurant, mais avec le travail et la tournée qui approche, j'ai à peine le temps de me nourrir. Et puis j'ai trop peur de ne pas pouvoir me contenir en voyant son merveilleux petit cul sous sa jupe noire se tortiller sous mon nez tandis qu'elle déambulerait entre les tables. Je n'ai pas envie qu'elle se fasse virer parce qu'elle a baisé avec un client dans les toilettes, même si elle connaît personnellement le patron.

Ça aussi ça me fout les boules. Bien que je sois persuadé qu'il ne se passe rien entre elle et Will, je ne peux m'empêcher de broyer du noir en pensant qu'il pourrait la convaincre de lui donner une chance d'être avec lui. Il la connaît depuis beaucoup plus longtemps que moi. Après tout, elle a goûté au sexe et je sais combien nous devenons insatiables après une première expérience. Elle a peut-être envie de connaître d'autres choses. Elle doit se sentir frustrée que je ne l'aie pas dépucelée. Will la Crevette n'hésitera pas à s'en charger si elle le lui demandait, si tant est qu'elle ne l'ait pas déjà fait depuis ces cinq derniers jours. Je me prends la tête entre les mains. Dans la salle, la foule hurle mon nom, mais je l'entends à peine, trop rongé par le manque et la jalousie. Oui, je suis jaloux. Je n'ai jamais voulu l'admettre jusque là, mais au point où j'en suis maintenant, je m'en branle. Je suis jaloux de savoir qu'elle passe plus de temps avec *lui* qu'avec moi.

Ça m'énerve.

Et ça m'énerve de me prendre la tête pour une chose sur laquelle je n'ai aucun pouvoir. Je n'ai aucun droit sur son cœur. On n'est pas ensemble, putain ! Elle a le droit de faire ce qu'elle veut avec qui elle veut. Je n'ai rien à dire, je ne la mérite pas. Ma tête va exploser à force de tergiverser. Je regarde l'heure. Nous entrons en scène dans deux minutes.

— Elle suce mieux que Candice ? me pique gentiment mon petit frère.

Mille fois mieux.

— Allyanna est incomparable, avoué-je.

Les réminiscences de dimanche refont surface dans ma mémoire et aussitôt, ma bite se tend dans mon pantalon. Je n'ai jamais pris un tel pied de toute ma vie. Et le fait qu'elle se soit entraînée avec une banane me fait me sentir comme privilégié. J'aime me dire qu'elle l'a fait pour moi et j'espère que c'est le cas.

— Elle te plaît, hein ? devine Pete.

Je secoue la tête en souriant, mal à l'aise.

— Je tiens plus à elle qu'à mes couilles. Je n'ai pas baisé une seule fois depuis que je l'ai rencontrée.

Putain, même moi j'ai honte de l'admettre. Un homme plus que quiconque peut comprendre que je ne suis pas normal. Il y a encore un mois, j'avais toute ma vie en main. Je baisais tout ce qui avait des nichons. J'ai même failli sauter une drag-queen tellement je suis un chaud lapin. Je ne sais pas pourquoi ni comment elle arrive à me faire perdre les pédales ainsi. Je n'ai jamais soigné la plaie d'une nana, je ne leur ai jamais offert de fleurs, je ne les ai jamais ramenées chez elles sans les baiser, je ne leur ai jamais fait de dîner et encore moins avec des chandelles et des pétales de roses. Je n'en ai jamais présenté aucune à ma famille ! Alors pourquoi ai-je fait tout ça avec elle ? *Pour* elle ? D'autant plus que j'ai terriblement envie de lui faire l'amour, que je m'efforce de garder la tête sur les épaules chaque fois que je la touche, alors que les vierges ne m'ont jamais attiré. Je suis censé être un homme à femmes.

Et pourtant je n'arrive pas à m'envoyer en l'air, car Allyanna obstrue toutes mes pensées. Ma queue est une épave, depuis cinq jours. Jamais je ne me suis préservé autant. Et ça me fout les nerfs en pelote. Il faut que je la baise. Ça ira mieux ensuite. J'en suis sûr.

La tournée ne sera pas annulée, nous avons réussi à établir un portrait — robot du chauffeur de taxi grâce à la déposition d'un témoin oculaire et nous avons appréhendé le tueur cet après-midi. Évidemment, il a pris soin de se débarrasser du taxi qu'il avait volé, mais nous continuons les recherches afin de le retrouver.

Une fois en tournée, j'appellerai mes parents pour leur annoncer notre « séparation » avec Allyanna (à cause de la distance ou le fait qu'elle ne supporte plus mes absences, je verrai en temps voulu) et basta. Je ne la revois plus. Elle fait sa vie, je fais la mienne. Aïe, pourquoi ai-je mal dans la poitrine à cette idée, tout à coup ? Je n'ai pas à culpabiliser. Elle me fait devenir quelqu'un que je ne veux pas être, à savoir un mec posé qui veut s'engager. Je ne suis pas comme ça, ce n'est pas moi. Dans le micro, le DJ s'apprête à nous annoncer. Mike arrive dans notre loge.

— Allez les gars, c'est à vous, faites-moi mouiller les petites culottes, ce soir !

Nous traversons les coulisses et le public hurle en nous voyant entrer sur scène. Instinctivement, je parcours la boîte de nuit des yeux, à la recherche de la chevelure rousse qui me bouleverse tant. Je suis surpris de la voir dans un coin, près du bar, aux côtés de Marie. Elle connaît la sœur de Mike ? Comme si je l'avais appelée, son regard flamboyant se tourne vers moi et mon cœur manque un battement. Qu'est-ce qu'elle est belle ! À chaque fois, c'est comme si je la voyais pour la première fois. Comme si ma mémoire effaçait sa beauté et que celle-ci réapparaissait quand je retrouvais Ally. Je m'empare alors du micro et commence à chanter sans cesser de regarder cette femme. Et je ne décroche pas mes yeux d'elle durant tout le concert.

Ce matin, je me réveille avec la boule au ventre. Et seul dans mon lit.

Terriblement seul. Allyanna est partie juste après notre dernière chanson sans que je sache pourquoi. Est-ce à cause de moi ? Parce qu'elle a deviné que je chantais pour elle ? Je me lève tant bien que mal pour aller me doucher... et me masturber en pensant à elle.

On est samedi, aujourd'hui. J'ai rendez-vous à midi avec Allyanna pour rencontrer ses parents. C'est d'ailleurs la cause de ma crampe abdominale. J'ai le trac, je stresse. Vont-ils m'apprécier ? Devrais-je leur répondre que je suis fiancée à leur fille s'ils me demandent la nature de notre relation ? Allyanna leur a-t-elle parlé de moi ? Suis-je seulement un ami ou beaucoup plus ? Je comprends à présent comme ça a dû être difficile pour elle de mentir à ma famille. Parce que c'est exactement ce que l'on fait : on ment. Et je déteste ça. Au début, ce n'était qu'un jeu pour moi. Mais maintenant que les rôles sont inversés, je n'ai plus envie de jouer du tout.

Mon téléphone sonne au moment où je mets mes céréales dans mon café. Pendant une seconde, j'ai l'espoir que c'est Allyanna. Mais c'est James.

— Reynolds.

— Amène-toi sur le pont, on a une tentative de suicide.

Puis il raccroche. Mon patron est comme ça : pas de bonjour, pas d'au revoir. Mais je ne lui en tiens pas rigueur, il est très professionnel et j'ai résolu un bon nombre d'affaires avec lui. C'est un vieil ami de Rick et c'est dans son unité que j'ai commencé mon métier à ma sortie de l'école de police. Je termine de me préparer et me mets au volant de mon Impala pour rejoindre mon équipe sur le pont de Brooklyn. À peine descendu de ma voiture, Andrew m'explique la situation. Il ne dort jamais, lui ?

— Ça fait une heure qu'il a les pieds dans le vide, il ne veut rien nous dire, mais il n'arrête pas de pleurer en répétant qu'elle ne reviendra jamais.

Je m'avance en tentant de me frayer un chemin parmi les curieux venus voir la scène et passe les barrières du périmètre de sécurité. L'homme est assis sur la rambarde du pont et regarde l'East River qui s'étale sous ses pieds.

S'il saute, il se tue. Pas forcément à cause de la chute vertigineuse, mais il risque la noyade à cause du courant qui déferle dans l'eau. Il faut être très prudent, les suicidaires sont très fragiles. Un mot de travers peut les décider à sauter. C'est dans ces moments-là que nos cours de psychologie nous sont utiles.

— Andrew, trouve-moi deux bières, ordonné-je à mon coéquipier.

— Pardon ?

— Fais ce que je te dis. Et vite.

Puis je m'avance vers l'homme tout en lui parlant.

— Monsieur, je m'appelle Kevin Reynolds…

— N'approche pas ou je saute ! s'écrit-il en me voyant.

Je m'arrête net et lève les mains pour lui faire comprendre que je ne tenterai rien.

— OK, d'accord, tempéré-je. Regarde, je pose mon arme et ma plaque sur le sol (je me baisse tout doucement pour ne pas l'effrayer sans le quitter des yeux, puis me relève tout aussi lentement). Voilà, je ne suis plus le flic. Je suis un homme ordinaire, comme toi.

Il me regarde avec méfiance, mais je vois tout de même dans ses yeux qu'il ne serait pas impossible qu'il accepte de me parler. Je m'appuie avec les bras sur la rambarde, à trois mètres à côté de lui et admire la vue sur Manhattan.

— Tu as un putain de panorama, commenté-je comme si je faisais la conversation à un vieil ami. Si je n'avais pas le vertige, je crois que je m'assiérais là, moi aussi. Surtout la nuit pour admirer les lumières de la ville.

Je fais l'erreur de regarder en bas. La vache, c'est haut !

— Pourquoi t'es là ?

— Pour parler avec toi autour d'une bière. Ah, tiens les voilà, m'exclamé-je tandis qu'Andrew s'approche de moi pour me donner les boissons.

— Tu es grand malade, me murmure celui-ci. James va te tuer.

— Écoute, je préfère me prendre une ronflée par le patron parce que j'ai bu de l'alcool en service plutôt que d'avoir la mort d'un homme sur la conscience.

— Essaie de faire vite, les journalistes arrivent et ils pourraient bien l'effrayer.

Je lui réponds par un clin d'œil et me tourne vers le pauvre homme malheureux.

— J'espère que tu aimes les blondes. Personnellement, je préfère les rousses, mais je ne parle pas de bières là.

Je lui tends sa bouteille et il me jauge du regard avant de la prendre.

— Merci, répond-il. Éloigne-toi, s'il te plaît.

J'obtempère et me décale de trois pas, toujours appuyé contre le pont.

— C'est quoi ton nom ? m'enquiers-je avant de boire.

— Johnny. Johnny Tucker.

Nous sommes obligés d'élever la voix pour nous entendre à cause de la distance, aussi je lui demande si je peux m'asseoir à côté de lui en lui répétant que je ne tenterai rien. Il hoche la tête et je lui donne ma bière le temps de passer par-dessus la rambarde et m'y asseoir. J'ai le cœur qui bat à mille à l'heure. Putain c'est haut ! J'ai la vue qui se brouille, mais je reste impassible et m'accroche de toutes mes forces à la barre tandis que je reprends ma bière de l'autre. Je sens les regards apeurés de mes collègues derrière nous, aussi je tourne la tête et lève le pouce pour les rassurer.

— Pourquoi es-tu là ?

— Pourquoi *toi* tu es là ? Tu risques de tomber et pourtant, tu n'as pas peur.

Je ris en portant la bouteille à mes lèvres.

— Crois-moi, Johnny, je suis à deux doigts de me pisser dessus. Mais je vois que tu as besoin d'un ami et j'avoue que j'ai besoin de me confier, moi aussi.

Je pourrais très bien me livrer à mes potes où à Andrew, mais j'ai besoin de le faire avec quelqu'un d'impartial. Un inconnu comme Johnny Tucker.

— Qu'est-ce qui t'arrive ? me demande-t-il.

— À toi l'honneur. Ce n'est pas moi qui suis malheureux au point de me foutre en l'air.

J'entends les journalistes arriver comme des fourmis, mais je ne me déconcentre pas.

— Elle s'appelle Stacy, se dévoile-t-il enfin. Ça faisait deux ans qu'on était ensemble et du jour au lendemain, elle est partie. Sans un mot. La veille de son départ, je l'ai vu près d'un restaurant en train d'enlacer un mec. Elle me manque. Je ne peux pas vivre sans elle.

Je me racle la gorge en analysant la situation.

— Qui te dit que c'était son amant ? demandé-je. Elle l'a embrassé ?

— Non, mais elle m'aurait parlé de lui si elle n'avait rien à se reprocher.

Ouais, là il marque un point. Moi aussi à sa place, je serais en furie. Nous buvons en silence pendant un moment.

— Et toi ? Pourquoi tu veux te confier ?

— Une nana aussi, réponds-je avec amertume. Elle s'appelle Allyanna. Elle est belle à tomber, sa maladresse m'agaçait au début, mais au fur et à mesure que j'ai appris à la connaître, je la trouve hilarante. Elle est naturelle, agaçante, maniaque du contrôle, têtue, parfois elle m'horripile tellement que j'ai envie de l'étriper…

— Mais tu es amoureux d'elle, m'interromps Johnny.

La peur doit se lire sur mon visage, car mon confident se marre en se moquant.

— Tu verrais ta tronche.

— Et si on appelait Stacy ? proposé-je pour donner le change. On peut peut-être la convaincre de se pointer et t'expliquer pourquoi elle s'est tirée.

Johnny ne répond rien pendant un moment puis finit par hocher la tête.

— Je n'ai pas mon téléphone.

— Prends le mien, dis-je en lui tendant mon portable.

— Merci.

Il compose le numéro de sa copine et j'en profite pour me retourner vers mes collègues pour leur répéter que tout va bien. Les journalistes ont leurs caméras et leurs perches avec un micro au bout braquées sur nous. J'espère qu'ils n'ont pas enregistré mon petit discours sur Allyanna. Je n'ai pas envie qu'elle sache ce que je ressens pour elle. Johnny raccroche, me rend mon téléphone avec un sourire radieux aux lèvres.

— Elle vient, dit-il. Elle regardait les infos et elle était sur le chemin quand je l'ai appelée.

— On devrait descendre, tu ne crois pas ?

Pitié, je veux descendre !

— Non, si elle ne veut plus de moi, je n'ai plus de raison de vivre. Elle va sûrement venir pour me dire qu'elle est désolée, mais qu'elle ne reviendra pas avec moi.

Je soupire. La partie est loin d'être gagnée.

— Elle est vierge, lui chuchoté-je pour ne pas être entendu par les journalistes.

— Qui ça ?

— Allyanna. Et moi, je suis du genre coureur de jupons, j'ai peur de faire l'amour avec elle. Je crains de lui faire mal, autant physiquement que moralement, parce que je n'ai jamais été capable de rester avec une même fille plus de deux soirs. Elle est tellement sensible que j'ai peur qu'elle finisse par tomber amoureuse et que je lui brise le cœur. Mais en même temps, je suis terrifié à l'idée qu'un autre la touche, son meilleur ami, par exemple.

Johnny médite ma révélation pendant un moment. Je ne sais pas pourquoi je parle de ça à un mec que je ne connais ni d'Ève ni d'Adam. Et au bord du suicide, en plus. Mais j'ai un terrible besoin de me confier.

— Tu as envie de coucher avec elle ?

— Tout le temps.

— Alors fais-toi confiance et fais lui passer la meilleure nuit de sa vie. Stacy était vierge quand on s'est connu. Et moi j'étais comme toi. Après, on ne s'est plus quittés. Jusqu'à aujourd'hui, ajoute-t-il avec mélancolie.

Je me passe la main dans les cheveux, manie que j'ai adopté quand je suis nerveux.

— Justement, c'est ça le problème. Allyanna me change. J'ai l'habitude de contrôler ma vie, mais avec elle, je suis comme une marionnette dont elle tire les ficelles. Je suis pathétique.

— Non, me rassure Johnny en posant une main réconfortante sur mon épaule. Tu es amoureux.

— Impossible. Je n'ai jamais été amoureux, je ne sais pas ce que c'est.

— Alors, découvre-le. Laisse-toi aller.

Je fronce les sourcils en le regardant.

— Attends, n'est-ce pas moi qui suis censé te réconforter pour t'éviter de faire la plus grosse connerie de ta vie ? dis-je en regardant l'East River en dessous.

J'ai le coeur au bord des lèvres. *Putain, Kev, ne regarde pas en bas* ! Johnny rit.

— Je crois que tu en avais plus besoin que moi. Tu devrais descendre, t'es au bord de l'infarctus.

Je secoue la tête.

— Mon métier est de protéger les gens.

— Tu sais je ne suis pas suicidaire, révèle-t-il. J'ai agi sur le coup de la colère, j'ai trop la trouille pour sauter, en fin de compte.

— JOHNNY !

Nous nous tournons vers la voix féminine qui l'a interpellé. Waow ! Elle est belle. Petite, mince... on dirait Allyanna en blonde. Je comprends maintenant pourquoi il est si malheureux. Ses yeux brillent en voyant son fiancé, mais on peut y voir la peur, également. Elle est encore amoureuse de lui, ça se voit.

— Johnny, reviens s'il te plaît, chéri, le supplie Stacy. J'ai fait une bêtise. Je n'aurais pas dû te quitter je t'aime.

Mais Johnny n'est pas convaincu. Moi non plus. On se croirait dans *Les Feux de l'amour.*

— Qui est le mec avec qui je t'ai vu ? demande-t-il. Tu m'as trompé et tu m'as laissé sans un mot.

Stacy a l'air surpris. Prise la main dans le sac. J'ai mal pour Johnny. Je ne supporterais pas qu'Ally me fasse ce coup-là. Putain, c'est reparti, je repense à elle !

— Ce n'est pas mon amant, chéri. C'est Derek, mon demi-frère dont je viens d'apprendre l'existence. Johnny, je suis enceinte. Et comme tu ne voulais pas d'enfants, j'ai préféré m'en aller.

Je rattrape Johnny de justesse. Sous le choc de la nouvelle, il a failli tomber. Ah bah si je m'attendais à ça ! Puis il descend de la rambarde et fonce dans les bras de sa fiancée, sous les applaudissements des badauds. Ouf, au moins tout se finit bien pour l'un de nous deux.

— N'oublie pas ce que j'ai dit, me rappelle Johnny tandis que je passe devant lui pour aller retrouver mes collègues et surtout James qui m'attend de pied ferme.

Aussitôt, les journalistes s'agglutinent autour de moi.

— Vous avez risqué votre vie, qu'avez-vous ressenti ?

— Comment l'avez-vous convaincu ?

— De qui parliez-vous à cet homme ?

Cette dernière question m'interpelle. Je regarde la caméra braquée sur moi. *Allez, dis-le. Prononce son prénom.*

— Personne.

Pff ! Dégonflé ! Je rejoins James et Andrew sans rien ajouter.

— Mais qu'est-ce qui t'a pris ? Tu aurais pu te tuer !

Je range mon arme et ma plaque que j'ai ramassées en chemin.

— J'ai fait ce qui m'a paru être la meilleure chose à faire. Il avait besoin d'un ami et j'ai été là. Il est en vie, non ? Maintenant, je voudrais rentrer à la brigade et faire mon rapport.

Puis je m'en vais au volant de ma voiture en les laissant plantés là.

J'arrive chez Allyanna en avance. Elle m'a tellement manqué que j'ai déserté le bureau aussitôt mon rapport posé sur le bureau de mon patron sans avoir pris le temps de rentrer chez moi pour me changer. Elle m'ouvre la porte de son appartement et je reste bouche bée devant sa tenue. Une petite robe rouge à pois blancs toute simple, mais qui la rend encore plus belle qu'elle ne l'est déjà.

— Salut, s'exclame-t-elle. Je t'en prie, entre.

Je passe à côté d'elle et lui frôle l'épaule. La décharge électrique habituelle me parcourt le corps entier.

— Désolée, je ne suis pas prête, je n'arrive pas à me décider sur ma tenue.

Même avec le déguisement d'un épouvantail, tu resterais aussi sexy.

— Tu es parfaite, avoué-je, ne me résignant pas à détourner mon regard de sa silhouette.

Elle doit lire mon admiration pour elle dans mes yeux, car elle hausse les sourcils de surprise. Merde, je suis gêné. Je me racle la gorge.

— Il faudrait y aller, je reprends le boulot dans deux heures, m'empressé-je de lui signaler.

Je suis conscient que le « Kevin Connard », comme elle

aime appeler mes différentes humeurs, est revenu, mais je ne suis pas prêt à ce qu'elle voie ce que je ressens pour elle.

— Ils sont au courant que je viens, au moins tes parents ? m'enquiers-je tandis que nous sommes sur la route et que je suis l'itinéraire qu'elle m'indique.

Étant policier, je connais bien la ville, mais elle a refusé de me donner l'adresse exacte de la maison de ses parents sans que je sache pourquoi.

— Ils habitent près du cimetière ? demandé-je en me rendant compte que nous nous dirigeons dans cette direction.

— Non. Pas exactement.

Je fronce les sourcils en me tournant vers elle. Elle semble bouleversée.

— Ça ne va pas ? m'inquiété-je.

— Arrête-toi.

Je freine devant les grandes portes du cimetière et mon cœur se serre. C'est là où est enterré mon père. Je n'y ai pas mis les pieds depuis l'enterrement. Je me sens trop coupable. Allyanna descend de la voiture et je la rejoins pour lui tenir la main. Nous entrons dans le cimetière et j'ai la chair de poule. N'aurions-nous pas pu faire le tour avec la voiture au lieu de le traverser ? Je n'ose pas lui demander.

— Tu sais, j'appréhende ce moment depuis que tu m'en as fait la proposition, avoue-t-elle en avançant entre les tombes que j'évite de regarder. Mais je crois qu'en tant qu'ami, tu as le droit de connaître mon histoire.

Je sens une boule se coincer dans ma gorge. Je suis un ami pour elle. Et c'est ce qu'elle devrait être pour moi. Alors pourquoi je me sens si mal à l'idée d'être un ami ? Soudain, Allyanna s'arrête et je suis son regard.

Nous sommes devant deux pierres tombales. Oh mon Dieu ! Je m'attendais à tout sauf à ça.

— Kevin, je te présente mes parents, Abigail et Christopher Palmer. Papa, maman : Kevin Reynolds, mon... ami.

Elle a buté sur le dernier mot. Comme si elle voulait dire autre chose, mais qu'elle s'est ravisée au dernier moment. Si ç'avait été quelqu'un d'autre à la place d'Ally, je l'aurais prise pour une folle à parler des défunts. Mais pas Allyanna, non. À contrario, je trouve son comportement touchant. Elle leur parle comme s'ils étaient encore vivants. Il émane d'elle tellement d'amour que je ne peux m'empêcher de sourire comme un con.

— Bonjour, fais-je en m'adressant aux parents d'Ally. Votre fille est formidable. Je ne sais pas duquel de vous deux elle tient sa maladresse, mais elle est tordante.

Elle me frappe l'épaule en riant et je remarque qu'elle porte toujours la bague de fiançailles que je lui ai offerte dimanche. Will lui a donné son midi pour pouvoir le passer avec moi auprès de ses parents et elle ne l'a pas enlevé pour autant. Elle dépose le bouquet de roses rouges que nous avons acheté en chemin et reprend le précédent qui a fané pour le mettre dans la benne à quelques pas de là.

— Joyeux anniversaire, Maman.

— Joyeux anniversaire, madame Palmer.

Ally me lance un regard en coin.

— Si elle était là, elle te dirait de l'appeler Abby.

— Oh, OK, Abby, ris-je.

Nous restons là un moment à contempler ces deux morceaux de pierres grises, indiquant l'endroit où sont enfermés pour toujours les deux êtres qui comptaient le plus pour Ally. Perdre un parent c'est déjà dur à supporter. Mais les deux... comment fait-elle pour tenir le coup ? Je la tiens par la taille et elle a la tête posée au creux de mon épaule. On est bien là. Tellement bien que je n'ose pas lui demander la cause des décès pour ne pas plomber l'ambiance paisible.

— C'est de ma faute s'ils sont là.

Quand je dis qu'elle lit en moi comme dans un livre ouvert !

— C'était quelques jours avant Noël, il y a quatre ans, continue-t-elle. L'hiver était particulièrement froid et la route glissante. J'étais sortie faire du shopping avec les copines et on a mis plus de temps que prévu. Quand on est ressorties, il faisait nuit et je me suis rendu compte que les pneus n'avaient pas les chaînes. Mon père me l'avait dit le matin même, mais j'ai oublié.

Je la sens trembler contre moi, aussi je la fais s'asseoir avec moi sur le sol. Elle s'installe entre mes jambes, le dos contre ma poitrine. Je la serre un peu plus et son odeur divine me monte au nez. Je ferme les yeux et inhale ses cheveux avant de me pencher à son oreille pour lui murmurer.

— Ce n'était pas ta faute, princesse.

Je sens qu'elle pleure et mon cœur se déchire. Je déteste vraiment la voir pleurer. Je la berce tout doucement d'avant en arrière, comme une enfant.

— Si je ne les avais pas appelés pour venir me chercher, ils seraient encore là, aujourd'hui, sanglote-t-elle

— Si tu étais partie seule dans cette neige, c'est toi qui aurais sûrement eu l'accident. Ne t'en veux pas, ma puce. Tu n'as pas à te sentir coupable.

Soudain, elle se retourne et me lance un regard inquisiteur.

— Quoi ? m'étonné-je.

— « Ma puce » ? Tu ne m'as jamais appelée comme ça.

Merde. Premier dérapage. *Ressaisis-toi, Kev.*

— Ça m'a échappé, mens-je.

— Comme ce que tu as dit à cet homme ce matin sur le pont ?

Re-merde. Je deviens aussi rouge que les roses, je crois.

— Je croyais que tu ne regardais jamais la télé ?

Elle hausse les épaules.

— Je n'avais rien à faire, ce matin, répond-elle, et il y a eu ce flash spécial. J'ai vraiment eu peur toi, Kevin.

— Crois-moi, je n'étais pas rassuré non plus, lui confié-je.

— Tu es très courageux.

Je secoue la tête.

— Non, Ally, je suis loin d'être courageux.

— Pourquoi dis-tu cela ? Tu risques ta vie tous les jours pour sauver des gens. Comme ce tueur en taxi que tu as arrêté. Sans toi et ton équipe, il serait encore dans la nature.

— Ally, je ne fais pas mon métier seulement pour rétablir l'ordre public. Je le fais parce que j'ai fait une chose horrible quand j'avais treize ans et je m'en veux terriblement. Elle n'a pas l'air de saisir et je la comprends. Elle n'a pas creusé ses recherches sur moi. Elle veut vraiment me connaître.

— Tu m'as dévoilé quelque chose de ton passé. À mon tour. Je préfère te prévenir, Allyanna. Si tu ne veux plus me revoir après ce que je t'aurais dit, je comprendrai.

— Kevin, tu me fais peur. Dis-moi.

Je me lève et lui tends la main pour l'aider à se relever. Elle ne me lâche pas jusqu'à ce que nous arrivions sur la tombe de mon père, un peu plus loin. J'ai mal au ventre et je sens les larmes me monter aux yeux.

— Ton père.

J'acquiesce bien que ce ne soit pas une question.

— Il était alcoolique, commencé-je d'une voix mal assurée. Je ne me souviens pas d'un jour où il m'aurait fait ne serait-ce qu'un câlin. Il passait ses journées au bar et rentrait tard le soir. Ma mère était obligée d'avoir deux emplois pour subvenir à nos besoins à Josh et moi. Elle rentrait toujours avant mon père. Elle avait peur qu'il s'en prenne à nous. Il lui dilapidait presque ses deux salaires en alcool, à tel point qu'elle peinait à nous acheter à manger. Parfois, elle jeûnait pendant des jours pour que l'on ait de la nourriture dans nos assiettes.

J'ai du mal à respirer. Je n'ai jamais raconté cette histoire à personne. La presse sait ce que j'ai fait, pas pourquoi. Mais j'ai confiance en elle, aussi bizarre que cela puisse paraître.

— Mon père cognait ma mère. Je l'entendais pleurer tous les soirs au-dessus de moi alors qu'elle pensait que j'étais endormi. Un jour, n'en pouvant plus de l'entendre, je me suis retourné pour la prendre dans mes bras et lui ai promis que l'enfer que mon père nous faisait subir allait prendre fin. Elle avait trop peur des représailles pour porter plainte contre lui. Quand j'avais treize ans, un soir, ma mère a oublié de mettre du parmesan dans le plat de mon père. Il lui a jeté l'assiette à la figure avant de la mettre à terre pour la rouer de coups.

Je m'arrête un instant pour respirer un bon coup et laisser mes larmes couler. Allyanna est dans le même état que moi. Mais je ne peux plus m'arrêter. Il faut qu'elle sache quel monstre je suis réellement.

Au risque de la perdre pour toujours...

— Ma mère me criait de m'en aller. Elle ne voulait pas que j'assiste à cette violence inouïe. Alors je suis parti. Mais je suis revenu une minute après. Mon père avait jeté ma mère à travers la table et elle semblait à moitié dans les vapes. J'ai braqué le fusil de mon père que j'étais allé chercher sur lui, en lui criant de lâcher ma mère. Il m'a ri au nez avant de la lâcher. Elle avait le visage tuméfié. Il a foncé sur moi pour me mettre une raclée. Tout s'est passé très vite et pourtant, je le voyais venir au ralenti. Tu n'imagines pas à quel point j'avais peur, Allyanna. J'étais terrifié. Je voyais dans ses yeux qu'il voulait tous nous tuer. Alors j'ai tiré. La balle lui a perforé le cœur et la crosse m'a déboîté l'épaule. C'est Rick qui s'est occupé de l'affaire à l'époque. J'ai bien sûr été jugé, mais j'ai été acquitté puisqu'il s'agissait d'un cas de légitime défense. Mon casier est redevenu vierge à ma majorité et c'est après ce drame que j'ai décidé de devenir policier, afin d'éviter à de petits garçons comme moi de subir ce que j'ai vécu. J'ai tué mon propre père, Allyanna.

Chapitre 13

Allyanna

Je reste statufiée devant l'histoire de Kevin. Je suis terrifiée. Pas par lui ni par son acte. Mais parce que cette nuit-là a dû être un enfer pour Sarah et ses deux enfants. Je n'ai pas pu retenir mes larmes en me rappelant ce petit bout de femme – tellement gentille et joviale – défigurée sous les coups de son ex-mari. Mon histoire n'est rien qu'un petit grain de sable à côté de la sienne. Il a vécu bien pire que moi. La chanson *Freedom* prend tout son sens désormais dans mon esprit.

– Tu as écrit *Freedom* à cause de ton père ?

Il hoche la tête.

— Avec Josh, nous sommes allés dans un foyer d'accueil pendant que ma mère était à l'hôpital. Puis Rick, qui était chargé de l'affaire, est tombé amoureux d'elle et il nous a pris sous son aile. Trois mois plus tard, nous formions une nouvelle famille et célébrions leur mariage.

— Pourquoi te sens-tu coupable ?

— J'ai assassiné mon père de sang-froid, Ally ! répond-il en me regardant comme si j'étais une demeurée.

— Tu as sauvé ta famille, insisté-je. C'était vous ou lui. Tu es un héros à leurs yeux, Kevin. Et aux miens aussi.

Je lui prends le visage entre les mains et le regarde dans les yeux, lui témoignant toute mon admiration que j'éprouve face à son acte courageux.

— Cesse de culpabiliser alors que tu as sauvé les deux personnes qui te sont le plus chères, lui murmuré-je.

Il pose la main sur ma joue.

— Cesse de culpabiliser pour la mort de tes parents, réplique-t-il. Tu n'y es pour rien, ça aurait pu t'arriver à toi.

Je hoche la tête puis me hisse sur la pointe des pieds pour lui déposer un baiser sur les lèvres qu'il me rend de bon cœur et avec passion. C'est tellement bon d'être près de lui ! Je suis inlassablement amoureuse de cet homme têtu et arrogant. Mais bien entendu, je ne lui avouerai jamais au risque de souffrir. Il prendrait peur et alors je le perdrais, ce que je ne souhaite pour rien au monde. Je préfère n'être qu'une amie pour lui que rien du tout. Une amie avec services mutuels en nature...

— On devrait y aller si on veut manger avant que je retourne travailler, murmure-t-il en rompant notre baiser.

Je regarde ma montre : 13 h 02. Ah oui en effet.

— Viens, je vais t'emmener quelque part, tu m'en diras des nouvelles.

Il nous conduit donc jusqu'à Chinatown, un quartier exclusivement asiatique de Manhattan. Il s'arrête sur un petit parking puis nous nous dirigeons vers un stand ambulant. J'adore cet endroit où la cuisine chinoise y est maîtresse. Hélas, je n'ai pas toujours le temps de m'y rendre.

– Tu aimes les *Jiang Bing* ? me demande Kevin.

— Les quoi ?

Il rit et je le pince entre les côtes. Une énorme complicité s'est installée entre nous depuis que nous avons vidé notre sac concernant notre passé. Ça fait du bien.

On a dévoilé chacun notre secret le plus profond de notre esprit et je me sens mieux.

Plus sereine.

Moins coupable.

Kevin s'adresse au marchand ambulant en chinois. Ai-je bien entendu ?!

— Tu parles leur langue ?

Il se contente de hausser les épaules. Ah tiens, depuis quand joue-t-il le modeste ?

— J'ai choisi le mandarin comme enseignement de détermination à la fac.

Je suis impressionnée !

— Y a-t-il une chose que tu ne saches pas faire ?

— Cuisiner ?

— Ton repas français était délicieux, le contredis-je.

Le commerçant nous tend nos crêpes bien garnies et colorées et Kevin lui donne un billet, puis nous roulons jusqu'à Central Park, où nous dégustons notre *Jiang Bing*.

— Alors, c'est comment ? me demande Kevin, la bouche pleine.

— Épicé, mais c'est un délice. Comment as-tu connu ça ?

– Ma mère nous emmenait tout le temps chez ce marchand quand elle pouvait et, comme nous, nous dégustions tous les trois notre *Jiang Bing* dans Central Park.

Le fait qu'il partage un moment aussi intime et chargé de bons souvenirs d'enfance avec moi me touche au plus profond de mon cœur. Je me sens privilégiée.

— Tu n'as pas répondu à ma question, tout à l'heure, fais-je remarquer.

— Laquelle ?

— Il y a bien une chose que tu ne saches pas faire, laquelle ?

Il met un moment avant de répondre, prenant tout son temps pour mâcher.

— Tu vas te moquer de moi.

— Je te promets que non.

Il me regarde, la tête penchée sur le côté, l'air de dire « à d'autres ».

— Nager, soupire-t-il. Je ne sais pas nager et j'ai peur de l'eau.

— Oh.

— Ouais. Pathétique, hein ?

— Non, réponds-je, sincèrement. Tout le monde a peur de quelque chose. Moi j'ai dormi avec mon ours en peluche jusqu'à mes dix-huit ans. Aujourd'hui, je me contente d'une veilleuse parce que j'ai peur du noir. Et je dors avec Chelsea quand il y a de l'orage.

— Ah, ça va, je ne suis pas le plus froussard de nous deux, rit-il en finissant sa crêpe chinoise.

Kevin me ramène chez moi avant de repartir à la brigade. Je me sens terriblement seule tout à coup, dans l'appartement. J'envoie un SMS à Kevin.

Merci pour ce midi. C'était très important pour moi.

Il me répond de suite.

Merci à toi de m'avoir consacré du temps malgré ton travail et de m'avoir écouté. J'étais heureux d'avoir une si jolie femme à mon bras.

Je fonds littéralement. Tout compte fait, il peut se montrer romantique quand il veut.

Je décide de ranger un peu et d'avancer dans mon manuscrit. Depuis ma rencontre avec Kevin, je me sens plus en confiance et je parviens à mieux décrire les sentiments de mes personnages. Je m'octroie ensuite un bain avant de prendre mon service.

Quand j'y pense, je me rends compte que c'est la première fois que nous sommes parvenus à partager un moment ensemble sans nous entre-tuer ni nous toucher sexuellement. Nous avons été intimes sans l'être vraiment. Non que j'en sois soulagée, j'aime qu'il me touche, mais nous étions comme… un couple. Oui, Kevin a été tendre et rassurant. Compréhensif et à l'écoute. Je crois que ce rencard a été une réussite. J'ai pu faire plus ample connaissance avec lui… et avec ses démons. Je crois que je tiens beaucoup plus à Kevin que je ne veux bien l'admettre.

Le service du soir est particulièrement dynamique. Les groupies des Devil Angels sont toujours là, dans l'espoir de pouvoir croiser leurs idoles. Ça fait un moment que les stars ne sont pas venues. Et j'avoue que ça me manque de ne plus pouvoir épier Kevin à son insu, cachée dans la cuisine. Même si désormais, je n'ai plus besoin de le faire puisqu'il est au courant qu'il me plaît, mais j'aime garder mon petit côté mystérieux.

Il est minuit passé, je suis chargée de la fermeture du restaurant et j'ai dit à Chelsea qu'elle pouvait rentrer, que je prendrai un taxi. La pauvre, elle prépare ses examens, elle stresse à mort et ses révisions la fatiguent énormément. Will lui a proposé un congé, mais elle a refusé en répondant que travailler lui permettait de se relaxer.

Je suis dans la réserve en train de faire l'inventaire du bar quand une main se plaque sur ma bouche pour m'empêcher de crier et qu'un torse musclé se colle à mon dos. Instinctivement, je mets un grand coup de coude dans les côtes de mon agresseur. Je profite qu'il soit plié en deux pour me retourner et lui mettre un crochet du droit au menton avant de voir son visage… et de me rendre compte de son identité.

— Merde ! Kevin, ça va ?

Assis par terre, il tente de se remettre de mon attaque. Je m'accroupis à sa hauteur et prends son visage entre mes mains pour constater les dégâts. Putain, je lui ai fendu la lèvre.

— Je suis désolée, j'ai cru que c'était un cambrioleur…

Soudain, il éclate de rire et je l'imite.

— Rappelle-moi de ne plus te prendre par surprise. La vache, tu ne m'a pas loupé !

— Tu n'es pas censé être flic ? Tu aurais pu anticiper. Viens, on va soigner ça, tu vas te vider de ton sang, sinon.

Je l'emmène aux vestiaires et attrape la trousse de premiers soins dans la cuisine sur le chemin. Je le fais asseoir sur la chaise dont nous nous servons pour poser nos affaires et imbibe une compresse d'alcool.

— Je t'interdis de raconter ça, me menace-t-il avec son regard de braise. Aïe !

— Chochotte, me moqué-je.

Je me sens coupable. Pas de l'avoir cogné, après tout, il l'a bien mérité il m'a fait une trouille bleue. Non, je culpabilise par rapport à sa lèvre si parfaite que je viens d'amocher. Je voudrais y déposer un baiser, mais j'ai peur qu'il prenne cet acte comme une avance. Alors je n'ose pas. Je me contente de tapoter sa bouche avec la compresse et un frisson brûlant m'envahit en voyant ses yeux me fixer si intensément. J'en perds mon souffle. Les hommes aussi beaux que Kevin devraient être jetés en prison, ne serait-ce que pour rendre service aux pauvres filles telles que moi. *Et tu changeras alors de métier pour devenir gardienne de cellule,* me chuchote ma conscience d'une voix coquine avec son rouge à lèvres pétant, style Betty Boop. Hum… Pas faux.

— Arrête, murmuré-je sur un ton mal assuré.

— Quoi ? répond-il suavement.

Et il fait l'innocent, en plus, le saligaud !!

— De me regarder comme ça. Ça me perturbe.

Son sourire est tellement éclatant qu'il pourrait rendre jaloux tous les lampadaires de la ville, qui s'éteindraient d'humiliation.

— Et ça, ça te perturbe ? demande-t-il de sa voix si sexy et prête à satisfaire tous mes désirs.

Sa main caresse le long de ma jambe et mon cœur part au quart de tour. La pièce semble avoir considérablement monté en température. Il remonte sous ma jupe jusqu'à atteindre le tissu de ma culotte sur ma hanche. Je jure intérieurement. Pourquoi ai-je mis cette simple culotte en coton blanc ? Le feu du désir décime mon corps. Je veux qu'il me prenne, je n'en peux plus de nos petits jeux. Certes, ils nous mènent tous les deux jusqu'à l'orgasme, mais j'en veux davantage. Je veux le sentir en moi, ne faire plus qu'un avec lui. Ses mains pétrissent mes fesses. J'ai chaud, j'ai terriblement chaud. Je me baisse à sa hauteur pour l'embrasser. Ses lèvres ont le goût du sang mélangé à l'antiseptique, mais je m'en fiche, j'adore cette bouche, je la vénère. Sans savoir comment, je me retrouve à califourchon sur lui et nos langues se mêlent l'une à l'autre. Je presse son visage un peu plus contre le mien et il pousse un grognement plaintif. Merde.

— Pardon, dis-je. Je crois que tu vas devoir limiter les baisers pour ménager ta lèvre. Il ne faudrait pas qu'elle s'ouvre.

— Mmmh, tu ferais une merveilleuse infirmière, susurre-t-il avant de me mordiller le lobe de l'oreille.

Mon cœur va exploser. Sa bouche trouve la mienne et je ne peux m'empêcher de lui rendre son baiser, tout en restant prudente.

— Mais je ne suis pas très enclin à l'obéissance, chuchote-t-il entre deux baisers dans mon cou. Surtout pas quand il s'agit de te donner du plaisir.

Hou là là, il fait si chaud dans cette pièce ! Je passe mes mains sous sa chemise et caresse ses tablettes de chocolat ainsi que son torse doux que j'aime tant. Je parsème son cou de petits baisers langoureux en me déhanchant doucement sur ses cuisses. Son érection est perceptible et nos respirations s'accélèrent. Il en a envie autant que moi. Je sens son désir d'aller plus loin dans chaque cellule de mon corps. Sa main se fraye un chemin dans ma culotte.

— Tu es trempée, ma puce. J'adore.

Je gémis en continuant de l'embrasser derrière l'oreille.

Je suis prête pour lui. J'ai envie qu'il me fasse l'amour toute la nuit. Fort ou doucement, je m'en contrefiche. Je veux juste qu'il s'immisce en moi, qu'il fasse de moi une vraie femme. La douleur, on verra ça demain, je n'ai pas envie d'y penser maintenant. Je l'embrasse sur la bouche. C'est un baiser qui le supplie. Qui le supplie de prendre mon corps, ma virginité. Je veux tout lui donner, absolument tout. Mes baisers, mon corps... même mon cœur. Mes mains abandonnent ses cheveux pour lui enlever la ceinture de son jeans. Je le veux tout entier. Je commence à retirer le bouton de son pantalon, prête à l'accueillir dans mon corps, mais il m'arrête.

— Attends, ma puce...

La déception me refroidit. Il ne peut pas me faire ça, pas après l'espoir qu'il a fait naître en moi ! Je le regarde désespérément. Je suis prête, Kevin. Je t'en supplie. Laisse-toi aller.

— J'ai une surprise pour toi, m'annonce-t-il. Tu as fini ton travail ?

Je hoche la tête, les larmes au bord des yeux.

— Oui, mais moi je veux...

Il pose un doigt sur ma bouche pour me faire taire.

— Je sais ce que tu veux. Viens avec moi.

Nous nous levons et il me prend la main pour sortir du restaurant que je n'oublie pas de fermer à clé.

Le trajet est incroyablement long. Nous passons le pont de Brooklyn pour arriver à New York. Je regarde les rues défiler par la vitre tandis que nous tournons sur Broadway. Il est presque une heure du matin et pourtant, il y a encore pas mal de New-Yorkais qui déambulent. New York, la Grosse Pomme, la ville qui ne dort jamais. Comme si mon cerveau désapprouvait cette dernière pensée, je me mets à bâiller. Kevin me sourit en posant une main sur ma cuisse.

— Tu devrais dormir un peu, la nuit va être longue pour nous deux.

Il ponctue sa promesse par son sourire craquant à faire mouiller les petites culottes, la mienne en premier. Davantage pour que le temps passe plus vite que pour lui obéir réellement, je ferme les yeux et le sommeil ne tarde pas à avoir raison de moi.

Je sens que l'on me porte. Je devrais ouvrir les yeux, ne serait-ce que pour savoir où l'on est, mais je n'en ai pas le courage. Je me love un peu plus contre Kevin et enfouis mon nez dans son cou, respirant son odeur enivrante, me laissant porter où bon lui semble. Je me fiche de l'endroit où il m'emmène tant que je suis avec lui.

Je me réveille dans un lit qui n'est pas le mien. Ce n'est pas l'odeur de chez moi. J'ouvre les paupières pour voir le plus bel homme qu'il m'ait été donné de voir, penché au-dessus de moi et arborant un grand sourire.

— La Belle au Bois dormant a fini par se réveiller ?

Je me lève sur les coudes et regarde autour de moi. Je suis dans une chambre minuscule. Sur le mur à côté, il y a un hublot. Je regarde au travers et, malgré l'obscurité de la nuit, je reconnais l'endroit pour l'avoir vu plein de fois à la télé. Waow !

— Tu m'as emmené sur Liberty Island en bateau ?

– Ce n'est pas un simple bateau. C'est *Freedom*. Mon bateau.

Je crois que mes sourcils touchent le plafond.

— Tu possèdes un bateau, clarifié-je, pour être sûre de ne pas rêver.

Il acquiesce.

— Viens, j'ai quelque chose pour toi.

Je me lève tant bien que mal en prenant sa main. J'ai dû dormir longtemps dans la même position.

— Quelle heure est-il ? demandé-je tandis qu'il me fait monter un petit escalier de la cabine.

— Pas loin de 6 heures du matin.

— Tu n'as pas dormi ?!

— Si. Avec toi.

Mon Dieu comment est-ce possible qu'un simple sourire fasse autant d'effets ? À moins que ce soit moi qui ne suis pas très clair dans le ciboulot. Kevin m'entraîne sur le côté du bateau pour contourner la cabine de pilotage. Il me serre la main quand nous devons nous pencher au-dessus de l'Hudson. Je me rends alors compte du courage dont il fait preuve. Il a peur de l'eau, mais il est prêt à l'affronter pour moi. Nous arrivons sur l'avant du bateau où un somptueux petit-déjeuner nous fait de l'œil. Devant nous se tient la Statue de la Liberté dans toute sa splendeur.

— J'ai entendu dire que tu ne l'avais jamais vu d'aussi près. Viens, asseyons-nous, le soleil va bientôt se lever.

Je m'installe sur les coussins et les couvertures qu'il a disposés pour plus de confort. Nous sommes donc assis là, nous donnant la becquée de temps à autre.

— C'est Chelsea qui t'a dit que je n'avais jamais vu Liberty ?

— Non, c'est Will. Je l'ai sous-estimé, il est plutôt sympa, même si je suis toujours jaloux quand je sais qu'il est avec toi.

— Tu es jaloux ?

Il rougit violemment, comme s'il n'avait pas eu l'intention de le dire tout haut. Il se laisse tomber sur le dos en riant.

— Merde, j'ai pensé trop fort, on dirait.

Je m'allonge à côté de lui et il passe son bras sous ma tête. Nous contemplons ensemble le soleil se lever sur la Statue de la Liberté, l'illuminant de tous ses rayons et faisant briller la flamme de sa torche. Je reste bouche bée devant ce spectacle impressionnant.

— Waow, c'est magnifique.

Je n'arrive pas à croire que j'assiste à ça. Que je suis sur le bateau de Kevin, avec lui, tous les deux enlacés comme deux véritables amoureux.

Il attrape ma main dans la sienne et dépose un baiser sur la bague de fiançailles.

— Tu l'as gardé depuis que je te l'ai offerte, remarque-t-il.

Mon pouls s'accélère.

— On ne sait jamais si ta sœur revient au restaurant, prétexté-je.

— Pourtant, tu es censée enlever tes bijoux quand tu travailles, non ?

Merde. Se doute-t-il que je la garde à mon doigt parce que j'éprouve des sentiments pour lui ? Et s'il me rejette ?

— Je l'aime bien, réponds-je en essayant d'être nonchalante.

— Moi aussi. Elle te va bien.

Puis il se lève sur un coude et me regarde fixement. Ses cheveux bruns baignent dans la lueur rose-orangé du soleil levant, formant un halo autour de lui. On dirait un ange. Ses prunelles saphir sont empreintes de sincérité et, si ça n'avait pas été Kevin Reynolds au-dessus de moi, j'aurais même dit qu'elles sont empreintes d'amour. Mais c'est de Kevin dont on parle. Et Kevin ne tombe pas amoureux.

— Ally, si je t'ai emmené ici, c'est pour une bonne raison.

Son regard est si intense que j'en oublie de respirer. *Du calme, Allyanna, ne meurs pas tout de suite, ce n'est pas le moment.*

— Tu sais comme on appelle également la Statue de la Liberté ? me demande-t-il.

Je fais non de la tête, incapable d'articuler le moindre son.

— La Liberté éclairant le monde, dit-il. Je t'ai amenée ici pour deux raisons, en fait. La première, c'est pour te dire que tu es ma Liberty à moi. Tu éclaires mon monde, Allyanna. Là où tout était noir dans ma vie, tu es apparue tel un soleil. Quand je suis avec toi, je me sens revivre. Je me sens moi. Au début, j'ai cru que tu me faisais devenir quelqu'un d'autre et j'ai eu peur. Mais depuis ce que Johnny m'a dit hier matin sur le pont et notre rendez-vous le midi, j'ai compris que tu combattais tous mes démons pour faire ressortir tout ce qu'il y a de meilleur en moi. J'ai longtemps pensé que j'étais une mauvaise personne après ce que j'ai fait à mon père. Mais toi, avec ton naturel et ta joie de vivre, ton tempérament impulsif et ta ténacité, tu m'as fait comprendre que je suis quelqu'un de bien. Ce qui m'amène a la deuxième raison pour laquelle nous sommes ici. Je veux te faire découvrir un peu plus le monde. Pour te remercier de faire de moi un homme heureux, mais aussi parce que j'en ai terriblement envie depuis que mes yeux se sont posés sur toi pour la première fois, je veux te faire l'amour, Allyanna. Je veux te faire vivre l'une des plus importantes expériences de ta vie, ici, dans ce décor aussi magnifique que toi. Je veux être le seul homme dont tu rêves. Enfin, si tu es d'acc...

Il n'a pas le temps de finir sa phrase que déjà, ma bouche s'écrase sur la sienne. Mon visage tout contre le sien, je laisse libre-cours à mes larmes. Ce ne sont pas des larmes de tristesse ni de peur, cependant. Ce sont des larmes de joie. Il vient de me dire exactement ce que je rêvais d'entendre depuis un mois.

J'aime cet homme.

Je l'aime de tout mon cœur, de toute mon âme.

Kevin s'allonge sur moi et je me laisse faire. Je veux qu'il me possède. Je veux lui appartenir et je veux qu'il m'appartienne. Il ramène la couverture sur nous et je lui enlève sa chemise pour caresser son torse musclé. Son rythme cardiaque cogne comme un fou contre ma main. J'aime savoir que je suis la cause de cette tachycardie. Il déboutonne mon chemisier (je n'ai même pas pensé à retirer mon uniforme de serveuse).

— Tu es tellement belle, me murmure-t-il en embrassant ma poitrine.

Il détache mon soutien-gorge par devant et me redresse en position assise pour m'en débarrasser. Le feu se répand en moi à la vitesse de la lumière. J'ai envie qu'il aille plus vite. Je le veux partout ! J'ai *besoin* de le sentir partout sur moi. Je détache fébrilement la ceinture et le bouton de son pantalon.

Puis je prends son membre dur comme un roc dans ma main. Il enfouis son visage dans mon cou en soupirant de plaisir. Sa main glisse le long de mon ventre, me procurant de petites décharges électriques sur son passage. Je le ressens dans chaque atome qui constitue mon corps. Il défait la fermeture éclair de ma jupe et la descend en même temps que ma culotte.

Ça y est. Nous sommes nus tous les deux. Il est allongé sur moi, sa queue titillant mon clitoris. Ses baisers embrasent mon corps jusqu'au plus profond de mes entrailles. Tout en douceur, il caresse mon intimité et insère un doigt en moi, m'arrachant un gémissement. Bordel, ce que c'est bon ! Je continue mon va-et-vient le long de son sexe tandis qu'il fait entrer un second doigt dans mon antre humide. Je sursaute. Hou là. Kevin se redresse pour me regarder, l'air inquiet.

— Tu as mal ?

— C'est supportable. Je t'en prie, ne t'arrête pas, le supplié-je d'une voix rendue rauque par le désir.

À un rythme lent et régulier, il fait entrer et sortir ses doigts pour permettre à mon vagin de s'habituer. Avec son pouce, il taquine ma bille de chair si sensible et j'enserre mes jambes autour de sa taille en geignant derechef. Oui ! Mes seins se dressent à l'extrême quand je sens sa langue tourner autour. Je ne réponds plus de rien. Je ne sais plus qui je ne suis ni où je me trouve. Plus rien n'existe autour de nous. Il n'y a plus que Kevin et moi dans notre petite bulle intime. Le feu m'engloutit tout entière, j'ai du mal à respirer, mais je me sens tellement bien ! J'emmêle mes doigts dans ses cheveux et les tire doucement, il grogne. Surtout qu'il ne s'arrête pas, qu'il ne s'arrête jamais, c'est tellement bon, putain !!! Je me mords la lèvre en gémissant de plus en plus fort. S'il continue, je vais jouir, là, tout de suite.

Il retire doucement ses doigts de ma féminité et plante son regard incandescent dans le mien avant de les mettre dans sa bouche pour en déguster mon nectar. Seigneur, je n'aurais jamais pensé qu'un tel geste puisse être aussi érotique et sensuel.

Et avec ce regard qui en dit long sur ses intentions… je vais défaillir. Il m'embrasse longuement, d'un baiser ardent et empli de promesses. Puis il descend petit à petit dans mon cou, sur ma poitrine, mon ventre, mes cuisses… Il me torture. J'ai envie qu'il aille droit au but, mais en même temps, j'aime qu'il fasse durer le plaisir.

— Kevin, s'il te plaît…

Je n'en peux plus. Le feu me consume de l'intérieur.

— Que veux-tu, mon cœur ?

Il le fait exprès. Ma conscience a envie de le gifler pour jouer avec moi ainsi, mais mon corps ne veut pas qu'il arrête. Je décide de laisser parler celui-ci.

— Prends-moi dans ta bouche.

Il ne se fait pas prier. L'instant d'après, sa langue tourne frénétiquement autour de mon point sensible et un doigt entre en moi. D'instinct, je me cambre en criant. Oh la vache !! Il continue encore et encore, sans relâche. L'adrénaline obstrue toute mon anatomie, je ne suis plus rien d'autre qu'une masse de désir brûlante. Oh oui ! Pitié, faites que le temps s'arrête ! Mes cris l'encouragent et il devient de plus en plus rapide et sauvage. Mon corps tremble. Je vais jouir, je le sens, je suis tout près…

— Oh oui, oui ! Continue !

Mon ventre se contracte. L'orgasme monte, monte, ça vient ! Mais Kevin retire son doigt et se relève pour me surplomber sans m'écraser. Il est sérieux ?! J'ai bien envie d'écouter ma conscience et de lui foutre une baffe majestueuse, là, tout de suite. Je le regarde d'un air sévère et il me gratifie d'un sourire.

— Je n'ai pas envie de te faire jouir de cette façon.

Il prend quelque chose posé au-dessus de ma tête. Une capote. Oh putain ! Ça devient vraiment sérieux, alors. Il veut vraiment le faire. L'appréhension me submerge, soudain. Et si je suis nulle ? Et s'il reste coincé en moi et qu'on finit à l'hôpital dans la position du missionnaire comme dans un épisode de *Grey's Anatomy* ?

Avec la chance que j'ai, ça pourrait très bien m'arriver.

— Ally, qu'est-ce qu'il y a ? Tu as changé d'avis ? Dis-le-moi, je ne t'en voudrais pas, j'attendrai...

Kevin doit voir la panique peinte sur mon visage. Mais pas pour la raison qui me met dans cet état, il est bien loin du compte.

— Non, c'est juste que... tu es sûr que ça va rentrer ? Je n'ai pas envie qu'on reste coincés...

Il explose de rire contre ma poitrine, visiblement soulagé que je ne me défile pas. Si vous voulez plomber l'ambiance lors d'un rapport sexuel, surtout, appelez-moi... Kevin relève la tête, reprenant son sérieux.

— Crois-moi, chérie, elle a été conçue rien que pour toi.

Je souris. J'adore quand il m'appelle ainsi.

— Tu es sûre d'être prête ?

— Je n'ai jamais été aussi sûre de ma vie.

— Tu as peur ?

— À part de rester coincés, non. Je n'ai pas peur. Je me sens en sécurité dans tes bras.

Il déchire l'emballage du préservatif et l'adrénaline grimpe de nouveau sournoisement en moi. Je m'apprête à passer une grande étape de ma vie. Je ne veux pas de barrière entre nous.

— Attends, Kevin... je voudrais te sentir tout entier... peau contre peau, bégayé-je, ne sachant pas trop comment formuler ma phrase.

Il me scrute, visiblement surpris.

— Ne pousse pas mes limites trop loin, ma puce. J'ai déjà eu du mal à me faire à l'idée que j'allais certainement te faire l'amour en préparant tout cela, une chose que j'appréhende presque autant que toi. Faire l'amour, c'est une première pour moi aussi. Alors s'il te plaît, laisse-moi au moins la certitude qu'il n'y aura pas de conséquences.

Cette dernière phrase me blesse. Mais il faut relativiser. Il ne veut pas d'enfants, il me l'a dit. Et puis il vient tout juste de me déclarer sa flamme. On est encore jeunes. Il fait un effort olympien pour accepter de me faire l'amour alors que je suis vierge et qu'il est brutal. Je hoche finalement la tête et il me montre comment enfiler une capote. Il reste immobile au-dessus de moi, son sexe a quelques millimètres du mien. *Respire, Ally, respire, c'est ton moment de gloire.*

— Tu peux toujours changer d'avis, me prévient Kevin.

— Non. Et toi ?

Il secoue la tête.

— Regarde-moi. Ne pense pas à ce qui se passe en bas. Garde tes yeux dans les miens. Regarde le paysage, je l'ai choisi pour te rassurer si tu as trop peur. C'est ta liberté. Tu me fais confiance ?

— Totalement, soufflé-je.

Et c'est vrai. Je suis prête à lui offrir ma virginité sur un plateau d'argent. Alors, le plus doucement possible, il s'insinue à l'intérieur de moi. Le feu reprend du poil de la bête et m'incendie. La douleur est là, mais je retiens ma plainte. Je ne veux pas qu'il pense que je veux arrêter. Il me fixe tout en s'enfonçant en moi, jaugeant ma réaction. Mon ventre se délecte de l'ascension du sexe de Kevin au plus profond de moi. Il me pénètre jusqu'à la garde et je le sens jusqu'aux tréfonds de mon utérus. Il s'immobilise et enfouis son visage dans mon cou en soupirant d'aise. Pendant un instant, j'ai peur qu'il ne souhaite abandonner la partie.

— Kevin… Ça ne va pas ? risqué-je.

Ma respiration est haletante et mon cœur a enfilé de nouveau la cape de Rocky Balboa.

— Ça va super bien, répond-il de sa voix rocailleuse et sexy. C'est juste que tu es… étroite… C'est trop bon. Laisse-moi quelques secondes de répit, s'il te plaît.

Je souris de satisfaction. J'ai entendu dire que pour un homme, plus le vagin est étroit, plus c'est jouissif pour eux. Il finit par se relever sur les coudes et commence son va-et-vient lent et prudent. Bientôt, la douleur n'existe plus et seuls le désir et la passion que j'éprouve pour Kevin m'emportent au septième ciel.

Au fur et à mesure que les minutes passent et que mon corps s'habitue au coup de butoir de Kevin, je commence à crier. Les sensations sont exceptionnelles. Je le sens partout. Dans chaque cellule de mon corps. Je brûle pour lui. Je crie, je hurle, nous sommes en sueur. J'enserre ses hanches dans l'étau de mes jambes, le faisant plonger plus profondément. Je n'ai jamais connu autant de plaisir, pas même en me caressant. Je lui griffe les épaules, le dos, il grogne en accélérant la cadence. Ce n'est plus un incendie, c'est carrément un feu d'artifice qui crépite en moi, prêt à exploser.

— Tu aimes, ma princesse ?

— Oui, continue... Oh Kevin... Je vais...

Mes paroles deviennent incohérentes. Ma tête est en ébullition, des larmes coulent le long de mes joues. J'en veux encore, putain. Je veux aller plus haut, plus loin, je veux qu'il m'emporte.

— Je sais, chérie. Jouis avec moi, feule-t-il entre chaque coup de reins.

Comme pour illustrer ses dires, sa queue gonfle en moi, me témoignant de son orgasme imminent. Ses coups deviennent plus forts et j'écarte les jambes pour lui faciliter l'accès et s'enfoncer encore plus. Nous crions ensemble le prénom de l'autre et nous explosons tous les deux dans l'orgasme le plus dévastateur, le plus ravageur de toute l'histoire des orgasmes.

Nous tentons de reprendre notre respiration et Kevin m'embrasse sur le bout du nez.

— Tu vas me tuer, rit-il, à bout de souffle.

— Merci.

Merci pour cette escapade. Merci de m'avoir fait confiance. Merci d'avoir fait de moi une femme. Merci de m'aimer comme je t'aime.

— Nous devrions rentrer, des touristes pourraient nous surprendre.

J'acquiesce et il m'aide à me relever. Ce que je vois sur la couverture qui enveloppe mon corps nu me terrifie. Du sang. Kevin a dû détecter mon désarroi, car il me prend dans ses bras réconfortants et chauds.

— Ne t'inquiète pas, ma puce. C'est normal. Ça ira mieux les prochaines fois.

Les prochaines fois. Cette simple promesse suffit à me rasséréner et je sens les larmes me monter aux yeux. Je renifle, ce qui inquiète Kevin.

— Tu pleures ? devine-t-il en voyant mon visage humide. Tu as mal ?

Maintenant qu'il le dit, j'avoue que la douleur est plus intense qu'au début.

— Oui, mais en fait, je pleure de joie. Je suis tellement heureuse de ta surprise, Kevin. Je n'aurais pas rêvé mieux.

Il me donne un baiser que je lui rends avec bon cœur.

— Allons nous reposer. On en a bien besoin.

Là-dessus, je ne vais pas le contredire, j'ai l'impression d'avoir couru cent kilomètres. Sur les mains, en plus. Nous revenons dans la petite chambre et je m'assieds sur le lit pendant que Kevin jette la capote à la poubelle et mets le plaid taché de sang dans un sac pour le laver chez lui. Puis il enlève la couverture qui lui couvrait le bas de son anatomie et me rejoint dans le lit. Je me love contre lui, ma tête sur son torse, mes seins contre ses côtes et sa queue sous ma cuisse que j'ai remontée sur lui. Quant à lui, il a la main posée sur mon épaule et il m'embrasse le sommet du crâne.

— Repose-toi, mon cœur.

Puis bientôt, sa respiration s'apaise et il émet un petit ronflement. Je me redresse sur le coude et lui vole un baiser sur les lèvres.

— Je t'aime, lui chuchoté-je contre sa bouche, avant de reprendre ma place sur sa poitrine et fermer les yeux pour que Morphée m'accueille dans ses bras grands ouverts.

Chapitre 14 : Kevin

J'ai une sensation bizarre dans le bas-ventre. Je suis encore dans la phase de sommeil profond, ça ne peut être qu'un rêve. Pourtant, ça m'a l'air si réel ! De temps à autre, je sens un petit truc humide entrer en contact avec ma peau, sur mes hanches et je frissonne. Je n'arrive pas à me réveiller. Je suis encore ancré dans mon rêve cochon avec Allyanna. Mmh, je suis en train de la prendre dans ma loge, putain, c'est trop bon ! Elle jouit comme une reine, elle hurle mon prénom et c'est le son le plus merveilleux qui soit. Elle a cette voix si sexy quand elle atteint le point de non-retour ! Même un homme tel que moi ne peut résister.

Soudain, dans mon rêve, Ally se baisse à genoux devant moi, ma queue dressée face à elle. J'adore la voir ainsi vulnérable et prête à assouvir tous mes désirs. Ne me jetez pas la pierre en me traitant de macho, tous les hommes aiment ça, on n'y peut rien, c'est dans nos gènes.

On est des dominants.

Allyanna me regarde avec cette lueur de désir dans ses iris verts. Cette petite lueur perverse qui me promet que Rocco va tellement être chouchoutée que je vais m'en rappeler toute ma vie. Puis je sens l'humidité et la chaleur de la bouche d'Ally autour de mon sexe. Je pousse un râle. C'est exactement les mêmes sensations que dans la réalité. Si je ne savais pas que je suis en train de dormir, je penserais qu'Allyanna me suce réellement. Je ne sais pas comment elle a fait pour être aussi douée en si peu de temps. Il faut pas mal d'expériences pour parvenir à faire des fellations aussi merveilleuses que les siennes. Il faudrait que je lui demande depuis combien de temps elle s'entraînait avec des bananes. Parce que même Candice ne lui arrive pas à la cheville, putain ! Elle fait tourner sa langue avec une telle dextérité et une telle précision que je jouirais tout de suite si je n'avais pas autant de maîtrise sur mon corps. Elle me fait planer. Je suis en feu.

Je ne me retiens pas pour grogner de plaisir, de toute façon, on est seuls dans mon rêve. Personne ne peut nous entendre tant que mon subconscient ne l'aura pas décidé. Ally me pompe de plus en plus vite et plus fort. Oh, nom d'un petit bonhomme, je vois des étoiles. C'est trop bon ! Mon flux sanguin monte jusqu'à ma queue à une vitesse vertigineuse. *T'arrête pas, bébé... Continue... Oh putain...* Tout à coup, je sens comme un bourdonnement en écho. Non, pas un bourdonnement. Un vibreur. Le vibreur de mon téléphone. Quel est le connard qui ose m'appeler maintenant ? Il faut que je me réveille, pas le choix. Je vais le regretter pendant longtemps de quitter ce rêve, mais il se peut que ce soit James. J'espère que c'est lui sinon j'étripe le criminel qui ose interrompre un moment aussi magique. *Allez, Kev, bouge-toi un peu.* Je sors de mon sommeil à contrecoeur, mais je sens toujours les sensations de mon rêve. J'ouvre les yeux et relève un peu la tête pour découvrir une masse de cheveux roux sur mon pubis. Je fais tomber ma tête sur l'oreiller en grondant.

— Putain, c'était pas un rêve.

La loge a été remplacée par la chambre minuscule de mon bateau, mais Allyanna est vraiment en train de me pomper. Je la regarde s'affairer et le feu en moi me brûle de nouveau.

— J'adore ces réveils-là, gémis-je, la respiration saccadée. Oh ma puce...

Je gonfle comme un dingue dans sa bouche. L'orgasme est imminent, surtout qu'elle vient d'ajouter sa main et qu'elle me branle tout en me suçant. Je n'arrive plus à respirer. Ah ! Je serais prêt à épouser cette femme si elle m'offre sa bouche tous les matins comme ça. Encore le son du vibreur. Merde, on ne peut pas être tranquille cinq minutes ! Je cherche mon smartphone sous mon oreiller. Je l'attrape enfin et décroche sans même vérifier l'identité de mon interlocuteur. Au même moment, Ally aspire ma queue. Oh seigneur !

— Allôôôô, gémis-je, submergé par le désir.

— Mon chéri ?

Je fais un bond dans le lit, faisant sursauter Allyanna. Elle me regarde avec des yeux ronds, mais je la prie de se taire.

— Maman, m'exclamé-je d'une voix un peu trop enjouée pour être crédible et en fusillant Ally du regard qui rit dans son coussin.

— Ça ne va pas mon cœur ? Tu as une petite voix.

Putain, pourquoi j'ai décroché ? Allyanna repart à l'assaut de ma bite. Oh ! Elle veut ma mort ou quoi ?

— Ça va très bien, maman, grogné-je tandis qu'Ally continue d'aller et venir avec sa magnifique bouche. Ça va super bien... Je ne peux pas te parler maintenant, maman... Oh putain...

Ma tête et mon cœur vont exploser. Mon ventre se contracte, je sens mon pouls battre à tout rompre dans ma queue. Je gémis, j'ai chaud... ça vient, bordel.

— Oh, je vois, fait la voix de ma mère après un moment de silence, sans doute le temps qu'elle comprenne qu'elle tombe vraiment mal. Je voulais juste te dire que tu es en retard pour le déjeuner et qu'on vous attend. Bref, finissez... enfin je veux dire à tout à l'heure.

Elle raccroche et mon orgasme explose aussitôt dans la bouche d'Allyanna.

Nous faisons un détour à l'appartement d'Ally afin qu'elle puisse se doucher et se changer. Je suis assis au comptoir de sa cuisine en l'attendant. Je ne vais pas vous mentir, elle chante comme une casserole. Je crois qu'elle n'a pas conscience que je l'entends et je me mets à rire tout seul. À côté de moi trône son ordinateur portable ouvert sur un logiciel de traitement de texte. Est-ce qu'elle m'engueulerait si je lisais un passage du roman qu'elle est en train d'écrire ? Ou vais-je la rejoindre sous la douche ? Si je choisis la seconde option, je ne pourrais pas résister à mon envie de la prendre et ce ne serait pas une bonne idée après ce matin. Elle doit encore avoir mal. Je m'en veux putain, j'aurais dû y aller plus doucement, plus tendrement.

Je parcours le texte des yeux. Ça parle d'une guerre entre les Anges et les Vampires. Ils ont chacun une Académie où les élèves apprennent à gérer leurs pouvoirs et en découvrir d'autres.

L'un des Anges — une fille — se retrouve dans l'Académie des Vampires sans qu'elle sache pourquoi. Plongé dans l'histoire, je sursaute quand une main rabat le clapet de l'ordinateur.

— Ne pense même pas à le lire, me menace Allyanna en me lançant un regard noir.

— Tu as beaucoup de potentiel. J'adore.

— Personne ne lit ce que j'écris.

Elle est visiblement très en colère. Elle est trop mignonne quand elle est en rogne.

— Pourquoi ? m'enquiers-je.

— Parce que.

Elle s'empare de son ordi et s'en va en furie dans sa chambre où je l'y rejoins. Elle me fait vraiment la gueule. Je m'assois à côté d'elle sur son lit qui se met à grincer sous mon poids.

— Je suis désolé, m'excusé-je, sincèrement. Je ne pensais pas que ça te dérangerait tant que ça.

— Je déteste quand on s'immisce dans ma tête. Surtout quand je m'inspire de...

Elle laisse sa phrase en suspens un moment et se lève pour se faire une queue-de-cheval.

— Il faut qu'on y aille, on est déjà en retard.

Je regarde mon téléphone. Ah oui, on a une demi-heure de retard. Je me lève à mon tour et retire l'élastique de ses cheveux en lui murmurant à l'oreille.

— Tu es tellement jolie quand tu es naturelle.

Je vois sa bouche s'entrouvrir dans le miroir. Je lui fais de l'effet. Je lui dépose un baiser dans le cou puis je remonte pour lui mordiller le lobe de l'oreille. Elle ferme les yeux, je le vois dans son reflet. Je passe mes bras autour de sa taille et la colle contre moi pour qu'elle sente mon érection qui commence à se former. Je glisse mes mains sous son T-shirt, caressant son ventre plat pour remonter jusqu'à sa poitrine.

Elle pose sa tête sur mon épaule et tourne la tête, me réclamant un baiser que je lui donne sans hésitation et avec ferveur. Je ne me lasserai jamais de la toucher, de la caresser, de la *posséder*. Elle a laissé son empreinte indélébile partout sur moi. Putain, je suis dingue de cette fille. Elle se retourne face à moi et me saute littéralement dessus, me faisant tomber sur son lit... qui ne supporte pas le choc. Dans un cri d'Ally, nous nous retrouvons écrasé sur le matelas, par terre, le cadre du lit en bois cassé en deux autour de nous.

— Putain, je suis bonne pour dormir sur le canapé, maintenant.

Nous éclatons de rire. Bordel, quand on y pense il nous arrive que des pépins ! Je la retourne sur le dos pour la dominer puis l'embrasse à pleine bouche. Ce goût de fraise que j'aime tant. Cette bouche a été faite pour moi ! Son cœur bat à tout rompre tandis que je lui pelote les seins à travers son vêtement. Je frotte ma queue tendue contre son intimité et nous haletons sous l'effet du désir qui nous lie l'un à l'autre. Je continue de l'embrasser plus intensément, me délectant de sa langue autour de la mienne. Puis je fais courir mes lèvres sur sa mâchoire, dans son cou...

— Kevin, bégaye Allyanna. On n'a pas le temps... Tes parents nous attendent...

Son corps se cambre sous mes baisers. Elle n'a pas envie de partir et moi non plus. Ils ont bien attendu une demi-heure, ils ne sont pas à dix minutes près. Je ne m'arrête pas et continue à descendre le long de son ventre que j'ai dénudé partiellement. J'embrasse ses jambes nues, douces et incroyablement soyeuses. Je relève sa jupe et lui mordille l'intérieur de la cuisse droite, puis la gauche. Elle gémit et emmêle ses doigts dans ma crête. Je vais bientôt arriver au point culminant. Je ne vais pas la pénétrer, je vais seulement prendre tellement soin de son clitoris qu'elle va hurler à en faire trembler les murs. J'adore l'entendre crier au moment de l'orgasme.

Mon téléphone sonne dans la poche arrière de mon pantalon.

J'ai un karma à chier. Je me relève non sans m'allonger sur Allyanna et décroche en regardant sa magnifique lèvre se coincer sous sa dent.

— Ouais, Josh.

— Vous avez remis ça ? Il faudrait peut-être penser à venir un jour, tu ne crois pas ?

Ally entend la voix de mon frère, car elle sourit de toutes ses dents en hochant la tête, lui donnant raison.

— On arrive.

Puis je raccroche sans lui laisser le temps de protester. Je m'apprête à l'embrasser, mais elle me repousse en posant un doigt sur ma bouche.

— Il faut qu'on y aille.

Je laisse tomber ma tête dans son cou en grognant. Je finis par me résigner à me lever et ensemble, nous partons pour la maison de mes parents.

Durant le trajet, je ne cesse de me demander ce que ressent vraiment Allyanna pour moi. Suis-je quelqu'un d'important pour elle ou seulement un moyen de la « divertir » ? Elle n'a rien répondu quand je lui ai fait mon discours sur mes sentiments ce dont, au passage, je ne réalise pas encore avoir fait. Je ne me connaissais pas comme ça. J'étais comme un condamné à la chaise électrique, mais qui se fait innocenté au dernier moment.

Nous arrivons enfin chez mes parents et, comme à son habitude, ma mère et sa bonne humeur contagieuse nous accueillent. Elle saute de suite sur Ally.

— Oh ma chérie, tu deviens de plus en plus belle, s'exclame-t-elle en la serrant dans ses bras.

Allyanna n'est pas encore habituée à l'enthousiasme prononcé de ma mère aussi, elle lui rend timidement son étreinte. Viennent ensuite Rachel et Andrew accompagné de Nolan, Rick et Josh. Avec une femme à son bras. Et pas n'importe quelle femme.

— Chelsea ? s'étonne Ally en voyant sa meilleure amie. Mais que fais-tu là ?

— Je n'avais pas envie d'être le seul con de la famille à venir sans cavalière, répond Josh. Chelsea a accepté de m'accompagner.

— Vous vous connaissez ? demande ma sœur.

— On est coloc, répondent les deux amies en chœur, ce qui engendre un éclat de rire général.

— Bon, moi, si ça ne vous dérange pas, je vais aller me changer, on n'a pas eu le temps de faire un saut à la villa, annoncé-je.

— Ouais, tu m'étonnes, se moque Josh en tirant la langue signifiant qu'il connaît la raison de notre retard.

Je lui réponds avec un majestueux doigt d'honneur, dépose un baiser sur la joue d'Allyanna et file à l'étage pour me doucher. Je profite de ce moment de solitude pour me remettre les idées en place. Et faire le point sur mes sentiments pour Allyanna. Est-ce qu'elle me plaît ? Totalement. Est-ce que j'aime lui faire l'amour ? Carrément. Est-ce que je l'aime sincèrement ? Je tiens à elle. Beaucoup. Mais, au fond, c'est quoi l'amour ? Je n'ai jamais aimé personne d'autre que ma famille. Et ce n'est pas pareil qu'aimer quelqu'un qui n'a pas le même sang que soi. Je pensais réellement ce que je lui ai dit ce matin sur le bateau. Mais, elle, l'a-t-elle compris ? Et si elle voulait seulement s'envoyer en l'air avec moi ? Pourquoi ça me dérange autant qu'elle se serve de moi alors que moi, je n'ai fait que ça avec les filles ?

— Cendrillon, tu as fini ? On va passer à table !

— Ta gueule, Josh, j'arrive.

Est-ce que je dois avouer à mes parents que mon couple avec Allyanna n'a rien de vrai ? Je n'en ai pas envie pour l'instant, je veux savoir ce qu'elle en pense de son côté, si elle veut faire un bout de chemin avec moi ou pas. Et si moi — dans l'hypothèse où on décide de se mettre ensemble — je serais capable de garder ma bite dans mon pantalon et lui rester fidèle.

Bien entendu, je ne suis pas polygame, étant donné que je n'ai jamais entretenu de relation stable, mais dans la mesure où je décide de me mettre avec Ally, j'ai peur que la routine s'installe et de me lasser. Les couples, ça se passe toujours comme ça : au début on est jeunes, on est beaux on est amoureux, on se découvre, on se faits des sorties... Puis viennent l'installation à deux, le mariage, les enfants...

Oh putain, je me fais peur tout seul.

Ça ne marchera pas. Je ne suis pas prêt pour tout ça. Je veux ma liberté, être le seul responsable de mes choix. Et puis même concrètement, Ally et moi, on se verra jamais rien que tous les deux à cause de nos boulots respectifs. Elle est serveuse, elle bosse quand je suis en pause et vice versa. De plus, mon métier de chanteur ne lui conviendra pas. Je serai en concert, en tournée, à l'autre bout du monde... Ça ne peut se finir que sur un échec. Il faut que je prenne de la distance avec elle, qu'elle ne pense pas que je veuille aller plus loin que le sexe et l'amitié avec elle. Bien sûr, je voudrais aller plus loin, mais ça me fait trop peur, je suis un solitaire. Elle me fait évoluer. Mais je ne veux pas qu'elle pousse trop mes limites. Je veux bien devenir quelqu'un de meilleur. Cependant, je ne veux ni être le mari parfait, ni père de famille. Et si on continue sur cette route, tous les deux, c'est ce qu'elle va finir par m'imposer un jour ou l'autre. Un jet d'eau glaciale s'abat sur moi, me tirant de mes pensées pessimistes. Je fais un bon dans la cabine de douche et parviens tant bien que mal à fermer le robinet.

— Josh, tu as intérêt à te planquer !!! hurlé-je, persuadé que mon petit frère a coupé l'eau chaude.

Je sors de la douche, me sèche et m'habille de vêtements propres que j'ai stockés dans la chambre de mon enfance au cas où avant de sortir en trombe de la salle de bains. Quand j'arrive dans le salon, Josh est en grande discussion autour d'une bière avec Andrew. Je fonce vers lui.

— Ça t'amuse ?

Il fronce les sourcils, l'air surpris.

— De quoi tu parles ?

— Ne fais pas l'ignorant, tu ne perds rien pour attendre, le menaçai-je sur un ton de défi.

Que vais-je bien pouvoir lui faire ? Lui rayer sa moto ? Non, même moi j'y tiens à son bijou. Lui planquer tous ses vêtements ? Il serait capable de se trimballer à poil dans la rue sans aucune gêne. Je vais bien trouver un truc.

— Je te jure, je ne t'ai rien fait, Kevin !

Derrière moi, j'entends glousser. Je me retourne pour voir Rachel, Chelsea et Allyanna en train de ricaner comme des lycéennes. Je fusille cette dernière du regard.

— C'est toi, n'est-ce pas ? deviné-je en m'approchant dangereusement d'elle.

— Je ne vois pas de quoi tu parles, répond-elle en papillonnant des cils.

Je lui fais mon regard qui la fait fondre et mon sourire séducteur, puis me penche à son oreille.

– Prépare-toi à me supplier… *bébé*.

Nous passons enfin à table et je prends place à côté de ma « fiancée ». Les conversations vont bon train jusqu'à ce que ma mère s'intéresse à la vie personnelle d'Allyanna.

— Dis-moi Allyanna, que font tes parents dans la vie ? On pourrait peut-être les inviter à déjeuner dimanche prochain, qu'est-ce que tu en dis Rick ?

— C'est une très bonne idée, approuve celui-ci.

Je jette un coup d'œil à Ally qui a pâli d'un coup. Elle retient ses larmes, je le vois dans ses yeux et je m'en veux de ne pas avoir dit à mes parents de s'abstenir de ce genre de questions. Un long silence religieux s'installe autour de la table et je pose ma main sur la cuisse d'Ally. Rien de provocateur là-dedans, je veux juste lui faire savoir que je suis là.

— Les parents d'Ally ne sont… pas là, hésité-je.

— Ils sont morts, dit Allyanna d'une voix triste.

Le visage de ma mère devient livide. Elle est mortifiée.

— Pardon ma chérie, je ne savais pas... nous ne savions pas... Oh mon Dieu, je suis confuse...

Un sourire rassurant, mais forcé fend les lèvres d'Ally.

— Ce n'est pas grave, vous ne pouviez pas savoir. Ils ont eu un accident de voiture il y a quatre ans.

Un autre silence se fait et la tension et la tristesse sont palpables dans l'air. Il faut détendre l'atmosphère.

— Allyanna écrit un livre, lancé-je subitement, récoltant un coup de talon sous la table.

Outch ! Elle m'a défoncé le tibia !

— Ah oui ? s'intéresse Rachel. J'adore lire, c'est quel genre ? Tu vas le faire publier ?

Les joues d'Ally prennent une teinte cramoisie et ça me fait sourire. Elle n'a pas l'habitude d'être le centre de l'attention, visiblement. *Raison de plus pour ne pas t'engager dans une relation avec elle, elle n'aimera pas être sous les feux des projecteurs*, raille ma conscience que je fais taire à coup de guitare sur la tête.

— C'est juste une histoire comme ça, répond-elle en balayant l'air de la main, l'air désinvolte. C'est pour les ados, une histoire fantastique. Je ne compte pas la publier, j'écris pour mon propre plaisir.

Trop modeste, la petite.

— J'en ai lu un bout et je trouve ça génial, moi. Tu devrais en faire un bouquin.

Nouveau coup de chaussure. Putain, je vais me lever, ma jambe va rester sous la table si ça continue !

— Alors lui a droit de lire et même pas moi ?! s'écrie Chelsea, l'air outré.

— Il n'était pas censé le lire, grogne Allyanna en me lançant un regard meurtrier. Il en a profité pendant que j'étais sous la douche.

Soudain mes pensées divaguent. Ally sous la douche... avec moi... lui savonnant le corps... la prenant fort contre le mur... ses jambes autour de mes hanches... me griffant le dos... jouissant en hurlant mon nom...

— Qu'est-ce qu'il t'arrive, Kevin, tu es tout rouge !

Je relève la tête vers Andrew et remarque que tout le monde m'observe. Merde, j'ai pas l'air con.

— Rien, j'étais juste perdu dans mes pensées, je...

Mon téléphone sonne dans ma poche. Ouf, sauvé par le gong. Je m'excuse avant de me lever pour répondre à James. Ça sent pas bon.

— Reynolds.

— Pardon de te déranger, mais tu devrais venir avec Andrew, on est sur Water Street, sur la rive gauche du pont. J'ai bien peur que l'on n'ait pas fini avec ça.

Il raccroche, me laissant perplexe. Comment ça « J'ai bien peur que l'on n'ait pas fini avec ça » ? Qu'est-ce que ça veut dire ?

Je retourne au salon pour annoncer notre départ.

— James vient de m'appeler. Andrew et moi sommes convoqués pour une affaire apparemment. Désolé, Allyanna, je ne vais pas pouvoir te ramener.

— T'inquiète, je la ramènerai avec Chelsea, propose Josh.

Je le remercie, embrasse Allyanna (après tout, on est censés être un vrai couple, hein !) et ma mère en la remerciant pour son fabuleux festin, comme toujours. Je prends Nolan dans mes bras en lui promettant de revenir pour sa super fête d'anniversaire jeudi puis j'emboîte le pas d'Andrew. Nous prenons chacun notre voiture et il me suit jusqu'au bord de l'Hudson, juste en dessous du pont de Brooklyn. James nous rejoint tandis que nous descendons de nos véhicules.

— Vous n'allez pas être contents, fait-il alors que nous le suivons jusqu'à la rive.

Je n'ai pas le temps de lui demander pourquoi, que je vois déjà le corps. Une jeune femme d'à peine vingt ans.

Présentant des traces de brûlures dues à des décharges de taser partout sur le corps. Sauf que cette fois, la victime a la gorge tranchée.

C'est pas vrai... Pas encore...

— Comment savoir que c'est lui ? demandé-je.

James brandit un sachet transparent que l'on utilise pour préserver les pièces à conviction et j'examine la voiture jaune miniature à l'intérieur. Un taxi.

— Et on a retrouvé ça à côté, ajoute mon patron en me tendant une feuille de papier. Je n'ai pas encore compris ce que cela signifie, mais je suis certain que c'est ce fumier de chauffeur de taxi. On s'est gouré de gars.

J'examine les paroles de cette chanson que je connais par cœur.

You run, you run (Tu cours, tu cours)

But I have an edge (Mais j'ai une longueur d'avance)

I already know how it will end (Je sais déjà comment ça va finir)

You are determined, me too (Tu es déterminée, moi aussi)

Catch Me If You Can (Attrape-moi si tu peux)

Catch Me If You Can (Attrape-moi si tu peux)

Je n'en peux plus. Je rends la feuille à James et vais vomir un peu plus loin, derrière un arbre. Mon patron et mon équipier viennent à mon secours. J'ai la poitrine qui m'oppresse, les larmes me piquent les yeux. Putain, je n'y crois pas, ce n'est pas possible. Pourquoi moi ?

— Hey Kevin, ça ne va pas ? Qu'est-ce qui se passe ? s'inquiète Andrew.

Je me relève tant bien que mal en m'essuyant la bouche.

— Ce sont les paroles que j'ai écrites pour l'album qu'on vient de sortir. Ce mec... ce mec m'en veut. Tous ces meurtres, c'est pour attirer mon attention. Tout ça, c'est à cause de moi.

Chapitre 15 : Allyanna.

J'aide Sarah à débarrasser la table malgré ses protestations sous prétexte que je suis une invitée. Mais j'ai besoin de me vider la tête. De penser à autre chose qu'à lui. Depuis quelque temps, je me rends compte qu'il prend énormément de place dans ma vie et dans mon coeur, et j'ai peur des conséquences. Bien sûr, j'ai adoré sa déclaration sur le bateau, elle m'a profondément touchée. Mais pensait-il vraiment tous ces mots ? Ou était-ce un moyen de me mettre en confiance pour parvenir à ses fins ? Notre relation a pris un tournant à trois cent soixante degrés. Où en est-on, aujourd'hui ? Sommes-nous un couple ou seulement un *sex friends* ? Kevin n'est pas le genre à s'engager, j'en suis consciente. Mais regarde-t-il toutes ses conquêtes comme il me regarde moi ? Suis-je uniquement un nom de plus sur son tableau de chasse ? Nous n'avons pas les mêmes projets d'avenir. Il veut garder sa liberté, ne pas s'encombrer avec une femme et continuer à accumuler les histoires d'un soir. Or, moi, je suis le contraire, je veux connaître l'amour avec un grand A. Je n'ai jamais été attirée par les plans cul. Mais avec Kevin, c'est différent. J'aimerais qu'il y ait plus entre nous, mais je peux me contenter de ce qu'il me donne… pour l'instant.

— Tu sais, dit Sarah tandis que nous nous occupons de la vaisselle, Kevin a eu une enfance pas comme les autres. Je ne sais pas s'il t'a raconté ce qu'il s'est passé avec son père.

— Oui, il me l'a dit. Ça a dû être atroce pour lui. Et pour vous.

— Au début, je lui en ai voulu. C'était son père et, malgré les coups, une partie au fond de moi continuait à l'aimer et espérait qu'il changerait. Mais Kevin a compris avant moi que Bart ne s'arrêterait jamais. Quand j'ai vu la haine et la peur dans les yeux de mon fils ce soir-là, j'ai su qu'il allait le faire. Qu'il allait mettre fin à tout cela, comme il me l'avait promis ! Bien entendu, son acte n'était pas prémédité. Quand il m'a fait sa promesse, il pensait à nous enfuir loin pendant une absence de son père. Je n'oublierai jamais la nuit où Kevin nous a sauvés, tous les trois. Cela aurait pu mal tourné pour nous, Bart était déterminé à nous tuer, il avait atteint le summum de sa colère.

Sans que je sache à quel moment nous avons bougé, je réalise que nous sommes assises au comptoir de la cuisine et je l'écoute d'une oreille attentive. J'ai les larmes qui me montent aux yeux.

— Bart et moi nous sommes rencontrés au lycée, continue-t-elle. Je me rappelle que j'ai dû me battre bec et ongles pour l'avoir alors que toutes les filles étaient à ses pieds. Il était l'homme le plus romantique que je n'avais jamais rencontré. J'étais heureuse avec lui. Nous nous sommes installés ensemble après nos études, nous avons décidé de ne pas entrer à l'Université, ce qui a mis mes parents dans une colère noire. Ils étaient persuadés que Bart n'était pas pour moi. Quand je suis tombée enceinte de Maggie, il était heureux. Je n'ai jamais vu un homme aussi fou de son enfant que Bart avec notre fille.

— Kevin ne m'a jamais qu'il avait une grande sœur, dis-je, un peu perplexe.

— Il n'aime pas parler d'elle, répond Sarah en reniflant pour refouler ses larmes qui perlent dans ses yeux. Maggie est morte quand elle avait neuf ans. Je venais d'avoir Kevin. Bart était parti emmener Margaret à l'école, mon accouchement de Kevin a été difficile, nous avons failli y laisser la vie tous les deux. Sur le chemin, un pneu s'est crevé. Bart s'est garé sur le bas-côté pour changer la roue. Le trafic était dense, les gens partaient au travail ou emmenaient leurs enfants à l'école. Maggie était du genre curieuse. Il fallait toujours qu'elle regarde ce que faisait son père. Ce jour-là, Bart lui a dit de ne pas sortir de la voiture.

J'ai le cœur au bord des lèvres et les larmes me montent aux yeux. Je connais déjà la fin de cette terrible histoire. Mon Dieu, la vie n'a pas épargné la famille Reynolds. C'est affreux...

— Vous n'êtes pas obligé de continuer, la rassuré-je en la serrant dans mes bras pour la réconforter. J'imagine à quel point ça doit être dur.

— Maggie était la muse de Bart. Il faisait partie d'un groupe de musique — ce dont ont hérité Kevin et Josh — et ça ne marchait plus, il n'arrivait plus à composer, jusqu'à ce que Maggie arrive au monde. Elle était sa merveille. Je crois qu'il l'aimait plus que moi, d'ailleurs. Alors quand elle s'est fait percuter par la voiture, le monde de Bart s'est effondré. Il était devenu quelqu'un d'autre, il a abandonné le groupe, ses amis ne lui parlaient plus, il passait son temps dans les bars à se noyer dans l'alcool. Il ne vivait plus. Il n'est même pas venu pour la naissance de Josh. Il s'absentait pendant des journées entières, parfois il découchait. Je sais que j'aurais dû en profiter pour partir avec les enfants, mais j'avais toujours cet espoir de retrouver l'homme que j'ai épousé. Il est devenu de plus en plus violent. J'allais toujours le récupérer au poste de police parce qu'il cherchait toujours les bagarres dans les bars. J'ai tenté de le convaincre d'aller aux réunions d'alcooliques anonymes, mais il n'a jamais rien voulu entendre. Sa Maggie était partie, il était devenu une épave. Ses garçons ne comptaient pas pour lui. Il voulait sa fille. Ça a duré treize ans. Je me demande encore comment j'ai pu le supporter durant toutes ces années.

Je prends la main de Sarah dans la mienne. Je m'en veux de lui mentir à propos de ma relation avec son fils. J'ai envie de jeter cette bague et de lui dire que tout cela n'est qu'un canular. Je n'étais pas la personne à qui elle devait se confier parce que je ne serai jamais sa belle-fille.

— Tout ça pour te dire, ma chérie, que je suis étonnée, mais aussi ravie que Kevin ait trouvé quelqu'un. Je suis étonnée parce qu'après ce qui est arrivé, j'ai cru que j'avais perdu mon fils. Il s'est construit une carapace, on ne le reconnaissait plus, il était devenu amorphe, blasé de la vie. Il aurait pu mal tourner, plonger dans la drogue ou je ne sais quoi d'illégal, mais il se contentait de faire ses études avant de décider d'entrer en école de police. Seulement, ce n'était plus vraiment mon fils. Une part de lui est partie avec son père. Mais depuis qu'il t'a présenté à nous, j'ai l'impression qu'il a changé. Il est plus heureux, plus vivant. Tu m'as rendu mon fils qui était parti, Allyanna. Et je t'en serai éternellement reconnaissante.

Je tente de digérer ces paroles. Est-il réellement possible que j'aie réussi à briser le mur de granit qui enveloppait le cœur de Kevin ? Je n'ai rien fait d'extraordinaire, pourtant, mis à part lui faire assez confiance pour lui offrir ma virginité.

— Vous savez, Kevin aussi m'a changée, avoué-je. Je n'avais aucune confiance en moi, je doutais sur tout. Je me reprochais l'accident de mes parents parce que c'est moi qui les ai appelés pour qu'ils viennent me chercher. Grâce à Kevin, j'ai appris à canaliser cette culpabilité et je ne ressens plus le poids du fardeau. Je suis amoureuse de votre fils, Sarah.

Une boule obstrue ma gorge. Je n'avais pas l'intention de lui dire cette dernière phrase. Et si elle le répète à Kevin ? Il va me jeter comme un vulgaire déchet, j'en suis certaine. Mais en même temps, je n'ai pas pu m'empêcher de lui confier la vérité. Il fallait que ça sorte. Ça avait l'air complètement irréel dans ma tête, comme si je me faisais des films. Sarah me gratifie d'un sourire bienveillant et maternel.

— Ça se voit ma chérie. Il faudrait être aveugle pour ne pas voir que tu es folle de lui. Je ne te connais pas depuis longtemps, mais je sais reconnaître l'amour quand il est là.

Je deviens livide. Merde, ça se voit tant que ça ? Et si Kevin l'avait remarqué ? Je n'ai pas envie de le faire fuir. Je ne veux pas le perdre.

C'est atroce. Kevin me manque terriblement. Je suis dans ma chambre, devant mon chapitre en cours de mon roman et je patine. Je n'arrive pas à me concentrer. Dans la voiture de Josh déjà, Chelsea a dû me secouer plusieurs fois tellement j'étais perdue dans mes pensées. Pas un message depuis qu'il est parti ce midi. Je suis inquiète. Je revois son visage quand il est revenu après son coup de téléphone. Il était bizarre. Je n'ai pas cherché à comprendre sur le moment, mais j'avoue que ça me trotte dans la tête. Je décide de laisser tomber mon roman pour ce soir et m'affale sur le canapé pour regarder la télé. Je tombe directement sur les informations.

J'aurais changé de chaîne si je n'avais pas aperçu Kevin en arrière-plan, en train de discuter avec Andrew et un autre homme que je suppose être son patron. La voix de la journaliste attire mon attention.

— C'est une nouvelle découverte macabre que la police a faite aujourd'hui. Je me trouve juste au bord de l'Hudson où le corps d'une jeune fille de vingt-deux ans, Sheila Morton, a été retrouvé, dans des circonstances monstrueuses. Elle était portée disparue depuis une semaine alors qu'elle sortait de l'Université de New York. Le mode opératoire est le même que celui du chauffeur de taxi. La police se serait-elle trompé de suspect ?

Derrière elle, Kevin passe la bande du périmètre de sécurité. Il n'a pas l'air bien. La journaliste se jette aussitôt sur lui.

— Lieutenant Reynolds, s'agit-il de l'œuvre du chauffeur de taxi ? Auriez-vous arrêté un innocent ?

Kevin s'arrête pour la regarder méchamment.

— Vous avez vu dans quel état est cette fille ? Elle n'a rien d'une « œuvre », comme vous dites. Je ne peux rien dire sur l'enquête pour l'instant, une conférence de presse sera mise en place cet après-midi avec notre chargé de communication. (Il se tourne vers la caméra et la regarde fixement) En attendant, ne sortez pas de chez vous ou alors faites-vous accompagner. Il s'attaque à des étudiantes, des jeunes femmes entre vingt et trente ans. Nous allons arrêter le vrai coupable.

Puis il quitte le champ de la caméra. Je m'empare de la télécommande et éteins la télé avant de courir rejoindre Chelsea dans sa chambre en train de réviser pour son MBA.

— Tu ne va plus à la fac toute seule, asséné-je sans préambule.

Elle sursaute.

— Tu es con, tu m'as fait peur. Qu'est-ce qui se passe ?

— Le tueur en série. Le chauffeur de taxi, tu sais ? Il vient de tuer une fille, encore.

— Kevin et son équipe ne l'ont pas arrêté ? s'étonne ma meilleure amie.

— Apparemment, ce n'est pas le bon. Tu ne sors plus toute seule, Chelsea, c'est clair ? Demande à un de tes camarades de t'emmener à la fac, je ne sais pas, mais il est hors de question que l'on sorte seule. Pigé ?

— Euh ouais. Ça vaut pour toi aussi, tu le sais ?

— Will me ramènera à la maison après chaque service. Il faut vraiment arrêter ce malade.

Cette affaire commence sérieusement à me faire flipper.

Il est 22 h 15 quand je reçois enfin des nouvelles de Kevin.

Est-ce que je peux passer ?

Je tape rapidement.

Oui, bien sûr.

Je bondis du canapé et cours à la salle de bains pour arranger mes cheveux qui ressemblent à un nid d'oiseau et applique une couche d'anticernes. Je file dans ma chambre pour remplacer mon pyjama *Bugs Bunny* par un pantalon de yoga et un débardeur vert. Voilà, ça fait à peu près l'affaire.

Kevin arrive dix minutes plus tard. Il est dans un sale état, le pauvre.

— Ça ne va pas ? lui demandé-je en l'invitant à entrer à l'intérieur de l'appartement.

Il secoue la tête. Il a l'air vraiment affligé par cette enquête.

— C'est à cause de moi, Ally. Ces meurtres, c'est ma faute, ce salopard m'en veut.

Puis soudain, il s'effondre sur mon épaule et se met à pleurer. Mon cœur se déchire. Je n'ai jamais vu d'homme pleurer et je n'aurais jamais cru que Kevin en serait capable, lui si fort et si confiant. Je le laisse évacuer le stress qui l'habite depuis le début de cette affaire et le serre dans mes bras en lui caressant les cheveux. Je ne crois pas un seul mot de ce qu'il vient de dire. Ce n'est pas sa faute, pourquoi ça le serait ? Pourquoi ce tueur lui en voudrait-il ?

Je ne comprends pas, mais peu importe. Tout ce dont Kevin a besoin, là, maintenant, c'est de réconfort et du soutien. Je lui en donne donc. Nous restons ainsi pendant quelques minutes puis il finit par desserrer notre étreinte. Il prend mon visage en coupe dans ses mains et plonge son regard dans le mien. J'essuie ses larmes sur sa joue avec mon pouce et il écrase sa bouche contre la mienne. Ce baiser est différent de tous les baisers qu'il m'a donnés. Celui-ci est un appel à l'aide. Une supplication. Une demande de pardon. Tout cela à la fois. Je lui rends son baiser avec ferveur, tirant sur ses cheveux et il me plaque contre lui. Un frisson énorme me parcourt le corps quand il retire mon débardeur. Je n'ai pas pris la peine de mettre de soutien-gorge, aussi prend-il immédiatement mes seins dans ses mains et me colle contre le mur, me coupant le souffle. Il m'embrasse encore tout aussi sauvagement. Il est rapide et avide, j'ai à peine le temps de le suivre. Sans savoir à quel moment, mon pantalon et ma culotte se retrouvent gisants sur le sol. Il retire sa ceinture et fais descendre son pantalon et son boxer avant de me soulever en empoignant mes fesses et de m'empaler sur son sexe dur et tendu comme un arc. Je pousse un cri de douleur face à la vitesse à laquelle il est entré en moi. Mais il me pénètre encore et encore, très fort, trop fort, ignorant mes gémissements plaintifs. Il me fait mal, il va trop vite. Je voudrais lui dire, mais les mots ne sortent pas. Il besoin de ça. Il a besoin d'évacuer sa colère et je veux l'aider à y remédier.

J'essaie de ne pas trop faire de bruit pour ne pas réveiller Chelsea qui dort dans sa chambre, à quelques mètres de nous. Manquerait plus qu'elle nous surprenne en pleine action… Kevin continue de me pilonner sans relâche, je sens l'orgasme monter en dépit de la douleur. Je le sens grossir en moi et ça m'excite. Je plante mes ongles dans la chair de ses épaules et étouffe mon cri de jouissance dans son cou. Mon corps tremble sous l'explosion de mon désir. Kevin me donne encore quelques coups de reins avant de se laisser ravager par l'orgasme, lui aussi. Il s'immobilise et crie mon prénom sans se cacher, insouciant de l'arrivée potentielle de mon amie. Il reste en moi pour reprendre ses esprits puis finis par me reposer à terre.

J'ai les jambes en coton, j'ai l'impression d'être une guimauve. Je pose mon front contre le sien et lui caresse la nuque.

— Ça va mieux ? lui murmuré-je.

— Oui, merci, répond-il. Je suis désolé d'avoir été trop... brutal. Est-ce que je peux... je peux rester ici cette nuit ?

— Si tu ne crains pas de dormir sur un simple matelas, souris-je. Quelqu'un a saccagé mon lit.

Il me rend mon sourire et je suis soulagée de savoir qu'il lui reste un semblant de joie malgré sa mélancolie. Je lui prends la main et nous entraîne dans la salle de bains pour une douche bien méritée. L'eau détend nos muscles engourdis par l'effort et je le savonne, caressant chaque parcelle de son corps. Quand j'arrive sur son sexe, celui-ci se tend immédiatement. Son regard est empli de désir. Il s'empare de mes seins entre ses dents et je gémis. Mon Dieu je suis insatiable ! Il vient à peine de me faire jouir à la puissance dix et je suis déjà prête pour un deuxième round. Il se redresse pour me retourner de façon à être dos à lui. Il embrasse mon cou de milliers de baisers électrisant. Avec la cascade d'eau qui me tombe sur la nuque, l'effet est immédiat. Je suis déjà parée à jouir. Son doigt titille mon clitoris tandis qu'il me mordille les épaules, le dos. Le feu du désir ravage tout sur son passage. J'ai du mal à tenir sur mes jambes. Il s'accroupit et tient fermement mes cuisses avant de mordre dans la chair de mes fesses. Oh putain ! Ça non plus, je ne savais pas que ça pouvait être autant érogène. Il n'arrête pas de faire tourner son doigt sur mon bouton de rose et je gémis. C'est trop bon. Il continue de me mordiller et je sens le plaisir monter, je commence à crier. Je suis consciente que Chelsea pourrait nous entendre, mais je ne peux me taire. C'est impossible de rester stoïque quand un homme tel que Kevin vous fait l'amour.

— Oh oui Kevin...

Mon corps s'enflamme, mon cœur s'amuse aux montagnes russes. J'en veux encore plus, toujours plus. Oh mon Dieu, oui ! Je vais bientôt atteindre le point de non-retour, je suis tout près. Mmh, la vache ! Je ne veux pas qu'il s'arrête !

Je crépite de l'intérieur, mes hormones font des étincelles, oh c'est divin !

— Mmh, oui, plus vite… grogné-je.

Le doigt de Kevin s'active encore et encore de plus en plus rapidement et j'atteins le summum en un temps record. Mon ventre se contracte et je finis par jouir en hurlant son nom. Kevin se relève et m'enlace tendrement. Je ferme les yeux et jouis de cette proximité dont je ne veux m'éloigner pour rien au monde. Il coince mon oreille entre ses dents et je geins de plaisir.

— Prends-moi dans ta bouche, quémande-t-il.

Je hoche la tête et me retourne afin de m'agenouiller devant lui. Son gland est déjà luisant de désir. Je le prends en entier sans hésitation et il pousse un long soupir de satisfaction. Sur le coup, mon estomac remonte, mais je me concentre sur cette première gorge profonde. Je l'aspire, je le pompe en gardant le rythme. J'adore son goût. Il me prend la tête et me baise la bouche un peu plus vite. Il ne veut pas être tendre, ce soir. Il a besoin que je lui efface cette journée de merde de sa mémoire.

— Oh putain Ally !

Je continue mes va-et-vient frénétiques et Kevin ne tarde pas à être au supplice. Il siffle entre ses dents et me dit des mots salaces, me complimente sur ma façon de faire les fellations. Si ça n'avait pas été Kevin, j'aurais trouvé le mec bizarre. Mais tout ce qui sort de la bouche de Kevin est plaisant à entendre. Je le sens grossir un peu plus dans ma bouche, il va décharger, je le sens. À force de le prendre tout entier, j'ai les larmes qui me montent aux yeux. C'est prouvé scientifiquement. Il faut finir en larmes pour constater qu'on a fait une bonne fellation. C'est Chelsea qui me l'a dit.

— Oh, continue, ma puce… c'est bon, c'est tellement bon… Aaaaah !

Je sens le liquide chaud et maintenant familier couler dans ma bouche aussi je me dépêche de l'avaler avant d'en mettre à côté. Je le nettoie jusqu'à la dernière goutte avant de me relever.

Il essuie mes larmes avant de me serrer dans ses bras. Il me remercie. Je crois que j'ai réussi à lui faire oublier cette journée, même pendant un court instant. J'ai envie de lui dire que je l'aime. Mais je me ravise, me disant que ce n'est peut-être pas le bon moment. Ce soir, je veux juste le prendre dans mes bras. Le faire se sentir bien. Nous restons dans les bras l'un de l'autre jusqu'à ce que l'eau se refroidisse. Grelottant tous les deux, nous sortons de la douche. Nous nous enveloppons chacun dans une serviette de bain et je reste un instant immobile, admirant le corps de Kevin. On dirait qu'un sculpteur renommé l'a façonné dans du marbre. Non, même Rodin n'aurait pas été capable de reproduire le corps de Kevin.

Nous récupérons nos vêtements dans le couloir et les enfilons avant de nous poser devant un film comique, *Jackpot*. Je commence à piquer du nez vers la fin, mais je lutte. J'ai pour mission de m'assurer que Kevin s'endorme bien donc je ne dois pas sombrer avant lui. Je voudrais qu'il me parle de sa journée, qu'il me dise pourquoi a-t-elle été aussi merdique, le mettant dans cet état. Mais je ne veux pas le brusquer. Il m'expliquera peut-être demain. Quand il sera prêt.

— Merci pour ce soir, me murmure mon Apollon.

— La nuit n'est pas encore finie, lui signalé-je avec ma voix de téléphone rose.

Il affiche un sourire triste.

— Je t'ai fait mal. Il faut que Pussy se repose.

— Tu as donné un surnom à mon vagin ?

Cette fois, son sourire est franc et atteint ses yeux.

— Bien sûr. J'ai surnommé ma queue Rocco. Tu comprends pourquoi ?

Je pars dans un éclat de rire tonitruant. Nom d'une licorne palmée, je n'arrive plus à m'arrêter !

— Comment un mec comme toi peut-il surnommer son sexe ?

— Tu n'imagines pas combien d'hommes le font. Allez, arrête de te foutre de ma gueule et allons nous coucher.

Nous passons à la salle de bains pour nous brosser les dents (il me pique la mienne, bien sûr) puis nous nous allongeons sur mon lit, serrés l'un contre l'autre en position de la cuillère.

— Je suis désolé, me chuchote Kevin à l'oreille.

— Ne t'en fait pas, ce n'est pas grave, le rassurai-je.

Certes, j'ai mal à mon intimité, mais je suis contente d'avoir pu le soulager de son fardeau, lui. Sa respiration finit par s'apaiser, dans mon dos et je sombre dans le sommeil à mon tour.

La lumière du jour me réveille. Les yeux toujours fermés, je cherche la présence de Kevin à tâtons. Mais l'autre côté du lit est froid. J'ouvre les yeux et me retourne pour découvrir un papier sous une fleur de lys. Je me lève et m'empare de la feuille. Je reconnais aussitôt l'écriture de Kevin. Avant même de commencer à lire, mon cœur se déchire.

Allyanna,

Paulo Coelho a dit : « Restez avec un amour qui vous donne des réponses et non des problèmes, de la sécurité et non de la peur, de la confiance et non des doutes ».

Ne me cherche pas. Je ne serai sans doute plus à New York quand tu liras cette lettre. Je ne suis pas celui qu'il te faut. J'ai tenté de me convaincre du contraire, de laisser aller mes sentiments pour toi. Mais j'ai échoué. J'ai trop peur, Ally. Tu n'es pas en sécurité avec moi. Je me rends compte aujourd'hui que j'ai beaucoup plus d'ennemis que tu ne crois. Le chauffeur de taxi, c'est après moi qu'il en a. Pourquoi ? Quelle est sa motivation ? Son but ? Je n'en sais foutre rien. Mais je ne veux pas prendre le risque qu'il s'en prenne à toi, ma puce. Je tiens à toi plus qu'à n'importe qui. J'ai trouvé un trésor dans ce restaurant. Je ne regrette absolument rien. Mais je ne ferais que te ralentir dans ta vie. Et puis j'ai peur, également. J'ai peur des sentiments que j'éprouve pour toi. Je ne suis pas habitué à ce genre de relation.

J'ai l'impression d'être au bord d'un précipice. Je ne sais pas s'il faut que je saute où que je reste coincé sur la rive. Le précipice c'est toi. Je ne suis pas courageux. Tu mérite tellement mieux que moi ! Je suis désolé de t'avoir monopolisée. Je ne voulais que ton bien. Mais je me suis rendu compte que je te faisais plus de mal qu'autre chose.

Je suis sincèrement désolé, Allyanna. Mais une chose est sûre : je ne t'oublierai jamais. Prends soin de toi et fais attention.

Kevin.

La feuille devient humide avant que je ne me rende compte que l'eau provient de mes larmes qui tombent dessus. Je n'y crois pas. Ce n'est pas possible. Il ne peut pas me faire ça, pas après ce que nous avons vécu. Il a bien vu que je l'aimais, non ? De quoi a-t-il peur ? Qu'est-ce que le tueur en série fait entre nous ? J'ai l'impression que mon cœur s'est fait la malle. Non, pire. Il est en train de se faire torturer par Kevin. Il l'a pris dans sa main et l'a serré si fort qu'il est en train de saigner, il meurt à petit feu. Mon pauvre cœur… J'ai du mal à respirer… Je suffoque… Qu'est-ce que j'ai fait pour le faire fuir ? Qu'est-ce qui ne va pas chez moi ? Pourquoi me suis-je endormie ? Je vois Chelsea entrer en trombe dans ma chambre, alarmée. J'ai dû crier, mais je ne m'en suis pas rendu compte. J'ai à peine entendu la porte se fracasser contre le mur tellement mon cœur bat dans mes oreilles. J'entends à peine ma meilleure amie me demander pourquoi j'ai hurlé. Elle parcourt des yeux la lettre que je tiens de ma main tremblante et me serre alors dans ses bras. Elle me berce comme un bébé. J'ai mal. Jamais je n'aurais cru avoir autant mal un jour. Ce n'est pas que psychologique un chagrin d'amour. Ça fait mal au cœur, aux poumons, au ventre, aux yeux à force de pleurer. La dernière fois que j'ai eu autant mal, c'est au moment où j'ai appris que mes parents ne viendraient jamais me chercher sur ce putain de parking. Quand il m'a dit qu'il était désolé, sur le moment j'ai cru qu'il s'excusait de m'avoir fait mal pendant qu'on faisait l'amour, mais en réalité, il s'excusait d'être entré dans ma vie. Il avait prémédité son départ.

Il m'a quitté.
Il ne reviendra jamais.
C'est fini.
Je suis finie.

Chapitre 16

Kevin

5 semaines. 35 jours. 840 heures. C'est le temps qui s'est écoulé depuis que je l'ai quitté. Ça fait 5 semaines que j'ai cette putain de douleur dans la poitrine, comme si mon cœur était comprimé dans un étau. Mes nuits sont peuplées de cauchemars encore plus terribles que ceux que je faisais d'habitude. Ils ne concernent plus la nuit où j'ai tué mon père. Il concerne Allyanna. Je rêve que je suis appelé sur le lieu d'un meurtre et que le corps appartient à Ally. Je hurle dans le bus à tel point que je réveille les autres membres du groupe à chaque fois.

James m'a retiré l'affaire, le soir où j'ai passé ma dernière nuit avec Allyanna. Je suis trop impliqué. Bien entendu, j'ai pété un plomb, j'ai tout cassé dans mon bureau, mon ordinateur n'est plus qu'un tas de ferraille en miettes. Les collègues ont dû me faire sortir. Je n'ai rien pu faire. Plus d'arme, plus de plaque, plus d'informations, je ne peux pas arrêter cet enfoiré. Du coup, j'ai dû me résigner à partir en tournée avec les gars, comme prévu. Mais j'ai accepté plus pour me changer les idées que par passion.

Nous avons déjà fait six villes et durant ces six concerts, j'ai fait plus de fausses notes que dans toute ma carrière de chanteur. Je suis sur scène, mais mon esprit est resté à New York. Je suis là sans être là. Je flippe à mort pour Ally. J'ai chargé Andrew de veiller sur elle sans qu'elle le voie. C'est mieux pour elle qu'elle ne voit plus aucune personne proche de moi. Il faut qu'elle change de vie. Une vie sans moi et sans mes putains de problèmes. Je préfère sortir de sa vie plutôt que de la retrouver morte, tuée par ce fumier.

Je pleure chaque fois que je suis seul. Je regarde nos photos sur mon portable. Sur Central Park, sur mon bateau, pendant qu'elle dormait... Ça me fait mal, mais ça me fait du bien en même temps de savoir que j'ai été amoureux au moins une fois dans ma vie. Elle a marqué mon cœur au fer rouge de son empreinte. Il lui appartient. Aucune autre femme ne pourra s'en emparer, il est à elle.

Andrew m'envoie des textos constamment. « *Elle va bien* », « *Elle est bien rentrée chez elle* », « *Will garde un œil sur elle* ». J'ai aussi pris Will à part avant de partir pour Los Angeles. Je l'ai prié de prendre soin de ma Allyanna, qu'il fallait toujours qu'il la raccompagne avec Chelsea, qu'il ne fallait pas les laisser seules à cause du chauffeur de taxi. Il n'a pas hésité à accepter, il tient à elle autant que moi. La jalousie me déchire. Will est presque aussi fou d'elle que moi. Il n'aura aucune difficulté à l'attirer dans ces bras. Et qui sait, peut-être sont-ils ensemble, maintenant ? Mon coeur saigne davantage à cette idée. Mais je n'ai pas le droit d'être jaloux. Je suis parti comme un voleur au petit matin. Elle m'en veut à mort ça, c'est certain. J'ai évacué ma colère et ma haine en elle et je suis parti en lui laissant une lettre d'adieu. Je ne suis qu'un putain de lâche. Une merde.

Je suis devant mon steak que j'ai à peine touché. Je ne mange plus, je ne fais plus la fête, je ne drague plus. Mike ne cesse de me prévenir que le groupe va s'écrouler si je ne me reprends pas en main. Sur scène, j'essaie d'être un D-Angel et non Kevin. J'essaie de me fondre dans mon personnage de scène, mais mon esprit a du mal à suivre. Il faut que je me ressaisisse. Allyanna va bien, c'est tout ce qui compte. Bien sûr, j'ai envie que l'on me remette sur l'affaire, mais James a été catégorique. Je suis trop impliqué personnellement, je n'ai donc pas le droit de demander d'informations. Je ne peux me contenter que des informations à la télé. C'est comme ça d'ailleurs que j'ai découvert qu'il avait tué six autres jeunes femmes depuis cinq semaines. Il est de plus en plus rapide. Il sait que je ne suis plus sur l'enquête et ça l'énerve. J'ai pu établir un certain profil psychologique : il doit être à peine plus âgé que moi, il est assez jeune et en forme pour transporter les corps à mains nus. Il a dû subir des sévices corporels étant enfants par sa mère où une quelque autre femme pour torturer ses victimes à ce point. Il ne doit pas avoir beaucoup de moyens financiers sinon il aurait également tué ici, à Los Angeles, pour attirer mon attention, mais il reste à New York. Il a sûrement payé le patron d'une casse pour que celui-ci lui procure un taxi. C'est une voiture anodine, il y en a des milliers à New York, ce salopard sait qu'on ne peut pas le retrouver avec ce genre de bagnole. Ce que je ne comprends toujours pas, c'est mon rôle dans cette histoire. Pourquoi m'en veut-il ? Que lui ai-je fait ?

— On va répéter, tu viens ? dit Josh en se levant de table avec les autres.

— J'arrive dans une minute.

Je me lève à mon tour, jette mon repas à peine entamé, place mon assiette dans le lave-vaisselle avant de prendre mon ordinateur portable pour vérifier mes mails. Je pensais qu'elle me harcèlerait de messages, exigeant des explications quant à mon départ pendant son sommeil, me traitant de connard, de lâche, de couille molle... mais non. Pas un mail. Pas un SMS. Rien. Nada. Que dalle. Je soupire de frustration. Une partie de moi se dit que c'est mieux comme ça, qu'elle m'a oublié et que je n'ai que ce que je mérite. Mais l'autre partie tourne en rond comme un lion en cage. Elle est énervée qu'Ally ne me contacte pas.

Je me sens vide, putain. Je ne me suis jamais senti aussi seul de ma vie. Où est passée ma vie d'avant ? Avant que je ne rencontre Allyanna ? Où est le Kevin confiant, insouciant et libre de ses choix ? Pourquoi le Kevin de maintenant a envie de tout retourner parce qu'une fille ne l'a pas rappelé ?

Je referme le clapet de mon PC un peu plus fort que nécessaire et me lève pour rejoindre mes potes qui m'attendent dans notre salle de concert.

The Roxy Theatre est un club célèbre de West Hollywood pour avoir accueilli les Guns N' Roses, David Bowie et Bob Marley. C'est la première fois que nous y jouons. Des milliers de personnes y assistent, les fans ont fait exploser les billetteries. À l'intérieur, les ingénieurs finalisent la mise en place des lumières, des projecteurs, des micros... Mike vient à notre rencontre.

— Bon, les gars, jusque là, c'était de la rigolade, nous dit-il. Ce soir il y a des producteurs allemands et français qui pourraient nous acheter les droits de quelques-unes de vos chansons pour leurs pays alors il faut leur en mettre plein les yeux. Kevin, ressaisis-toi, fiston, pas une fausse note, tu restes dans ton jeu, tu séduis le public, pigé ? Je veux des putains de strings sur la scène.

Je hoche la tête. Il faut que j'arrête de me torturer l'esprit. Au moins pour ce soir. Puis nous montons sur scène, chacun derrière notre instrument et nous commençons à répéter. Je me plonge dans mes paroles, dans mon personnage de séducteur. Les musiques s'enchaînent, on est bien. Quand arrive *Freedom* je ne peux m'empêcher de penser à Allyanna et je rate le premier couplet.

— Désolé, les gars. On reprend.

Je me concentre sur la musique. Heureusement, j'ai décidé de retirer *Catch Me If You Can* de la playlist de la tournée. Je n'aurais pas pu la chanter étant donné que c'est de cette chanson qu'a été tiré le message du tueur.

La salle est pleine à craquer. Le public scande notre groupe à pleins poumons.

— DEVIL ANGELS ! DEVIL ANGELS ! DEVIL ANGELS !!

Les gars sont excités comme des puces. Moi aussi, même si une partie de moi reste mélancolique, je suis content d'être là. C'est une opportunité de dingue que nous avons là. Cette tournée peut nous amener au sommet. On nous dit d'y aller. C'est à nous. J'entre en premier suivi de mes amis en file indienne. Le premier rang est rempli de filles. Instinctivement et comme je l'ai fait à chaque concert depuis le début, je cherche Allyanna du regard. On ne sait jamais, cette nana est pleine de surprise. Mais à ma plus grande déception, il n'y a aucune trace de son visage de poupée. Elle me manque, putain. J'ai hâte que tout ça soit terminé, que ce connard soit derrière les barreaux afin de la retrouver, tout lui expliquer et regagner sa confiance. J'ai besoin d'elle. Son absence me réduit à néant.

Nous prenons place et le concert commence. Je suis concentré, je chante à la perfection, aucune fausse note pendant nos duos de guitare avec Josh, on s'amuse, on s'éclate, j'oublie tout pendant ce moment. Je le fais pour mes potes. Ils méritent le sommet de la gloire. On a travaillé pendant des années d'arrache-pied pour en arriver là. Le public en redemande. Pendant nos pauses, ils nous acclament, hurle nos noms. C'est une sensation de bonheur qui nous habite. Il y a encore deux ans, nous n'étions qu'un groupe de jeunes qui jouait dans les bars de New York. Aujourd'hui, nous avons déjà pas mal de tournées à notre actif.

Il est une heure du matin quand notre concert prend fin. On est sur les rotules. Mais putain, c'était un de nos plus beaux concerts. Nous avons réussi à taper dans l'oeil d'un producteur français et il nous invite dans ses studios à Paris afin d'établir un contrat pour les droits d'auteurs sur notre musique. Comme d'habitude, Josh se ramène dans le bus avec une fille. Enfin, là en l'occurrence, il en a une dans chaque bras. Pete et Jake se disputent une partie de *Battlefield* sur la console, Billy batifole avec Melany dans sa couchette. Quant à moi, je me dirige vers la cabine de douche à l'arrière de notre énorme bus aménagé que notre maison de disques a fait construire pour nous. Une fois seul, je laisse libre-cours à mon désarroi et à mes larmes quotidiennes. Je déteste pleurer, mais ça fait du bien de me vider un peu. Mon coeur la réclame, mon corps réclame le sien, je souffre comme jamais je n'ai souffert de ma vie. C'est atroce cette sensation qu'on vous a retiré vos organes, vous ne pouvez plus respirer, vous êtes vide et amorphe... Je me demande encore comment je parviens à assurer les concerts.

Si je n'étais pas en tournée, je serais affalé sur mon canapé, crasseux, la barbe pouvant rivaliser avec celle du père Noël, une bouteille de whisky à la main que je boirai au goulot...

Je décide d'appeler Andrew. Il m'a donné des nouvelles d'Ally, je ne m'inquiète pas pour elle (pas trop), mais il me faut d'autres réponses, ça me trotte dans la tête depuis trop longtemps.

— Allô ?

— Salut Andrew, c'est Kevin.

— Kevin ? Mais t'as vu l'heure ? Il est 4 heures du matin à New York.

Je m'insulte intérieurement. Quel con, je n'ai pas fait gaffe à l'heure.

— Merde, désolé. Je te rappelle demain, enfin tout à l'heure.

— Qu'est-ce qui te tracasse, Kev ?

Je l'entends qu'il se lève et une porte grincer. Il s'éloigne pour ne pas réveiller Rachel.

— C'est Allyanna ? Je t'ai dit qu'elle allait bien, on veille sur elle.

— Je sais... Mais elle me manque... Je vais t'avouer un truc, ça ne va peut-être pas te plaire (je me masse la nuque, nerveux). On vous a menti. Enfin, j'ai menti et j'ai entraîné Ally là-dedans. On n'a jamais été fiancés elle et moi. On n'était même pas ensemble. J'ai paniqué quand vous avez cru que j'étais... enfin bref, j'avais rencontré Ally quelques jours avant et j'ai pensé à elle sur le coup. Au début, j'ai pris ça pour un jeu...

— Kev.

— Mais je ne pensais pas que ça allait prendre autant d'ampleur...

— Kevin !

— Quoi ?

— On le sait.

Je marque un temps de silence.

— Pardon ? m'étonné-je.

— On est au courant que vous n'étiez pas fiancés. On l'a deviné à la façon dont vous vous regardiez comme si c'était la première fois, comme si vous vous connaissiez à peine.

Je n'en reviens pas. Pendant tout ce temps, ils avaient vu notre petit jeu.

— Pourquoi vous n'avez rien dit ? m'enquiers-je.

Andrew se met à rire.

— Tu es tellement aveugle, mon pote ! Est-ce que tu es conscient de la façon dont elle te regardait ? Et toi ? Tu es complètement dingue de cette fille. Elle te manque hein ?

Je rougis jusqu'à la racine des cheveux. Mes sentiments pour elle se voyaient-ils tant que ça ? Les voyait-elle, elle ?

— Tu ne peux même pas imaginer à quel point elle me manque, avoué-je. J'ai envie de tout plaquer ici pour la retrouver. Mais je sais que ça ne servira à rien. Je l'ai largué comme si elle ne valait rien, alors qu'au contraire, elle compte pour moi. Et puis, je ne peux pas planter les mecs, ils m'en voudraient jusqu'à la fin de nos vies.

— Propose-lui de te rejoindre.

— Tu as entendu ce que je viens de te dire ? Elle m'en veut à mort, elle n'a pas cherché à me contacter ni à me voir, elle m'a déjà oublié, qui sait si elle ne s'est pas mise avec Will ?

— Elle n'est pas avec lui, Kev.

— Qu'est-ce que tu en sais ?

— Tu garderais ta bague de fiançailles au doigt toi, si tu étais avec quelqu'un d'autre ?

Mon cœur rate un battement. Elle a gardé ma bague après ce que je lui ai fait ?

— Tu devrais faire le premier pas, Kev. Je la surveille tous les jours en dehors du boulot et je peux te dire qu'elle souffre. Elle ne le montre pas, mais je le vois.

Ses sourires sont faux. Dis-lui de venir, parlez-vous, mais s'il te plaît, arrêtez de vous faire souffrir.

Je ne sais pas quoi dire. Que dois-je répondre ? Que pourrais-je lui dire à elle ? Elle va m'envoyer péter, j'en suis sûr. Et elle aura raison, je ne suis qu'un con. Mais d'un autre côté, je veux la protéger contre moi. Contre ce taré. En parlant de lui…

— Vous avez du nouveau concernant le chauffeur de taxi ?

Andrew soupire à l'autre bout du fil. Je ne suis pas censé lui poser ce genre de questions, mais j'ai besoin de savoir.

— Je n'ai pas le droit de te parler de l'affaire, Kev. Mais on patine. C'est un fantôme, ce mec.

Je gronde d'exaspération. Je déteste savoir que cette ordure est toujours dans la nature. Je lui parle de mes réflexions, du profil que j'ai établi et lui dit d'aller creuser la piste des ferrailleurs spécialisés dans les voitures, l'un d'eux lui a peut-être vendu illégalement un taxi.

— OK, je vais voir ça. Et toi occupe-toi de ton cœur et de ta tournée. Bonne nuit, Kevin.

— Bonne nuit.

Je m'allonge sur ma couchette en tentant d'ignorer les gémissements qui proviennent de celle de Josh. Veinard. Je donnerai n'importe quoi pour retrouver le corps d'Allyanna et lui procurer tous les plaisirs qu'il mérite. J'attrape mon téléphone et commence à taper un texto.

Je suis un con. Un crétin, un lâche, tout ce que tu veux. Je t'ai laissée tomber sans aucune explication et je m'en mords les doigts. Je ne cesse de penser à toi. Tu me manques, Ally. Mais je dois te protéger. Rester avec moi t'aurait mise en danger. Quand tout sera fini, permets-moi de tout t'expliquer, je te dois bien ça. Pour le moment, il faut que tu restes loin de moi. Je t'aime, Allyanna.

Puis je lui envoie le SMS… après avoir effacé la dernière phrase. Je ferme les yeux en espérant que cette nuit soit moins pire que les précédentes…

Chapitre 17

Allyanna

Je ne veux pas ouvrir les yeux. Je ne veux plus me réveiller chaque matin, plus jamais. C'est trop dur d'affronter les journées avec le cœur brisé. Ça fait mal, c'est horrible. On ne surmonte pas une rupture quand on est vraiment amoureux. On y survit. On se force. On se force à sourire, on se force à se lever du canapé, on se force à manger, on se force à rester aimable alors que tout ce dont on a envie, c'est de tout péter autour de soi. On se force à sortir pour ne pas sombrer dans la dépression.

Je repense à ma soirée d'hier. Pourquoi j'ai fait ça ? J'aime Kevin, c'est indéniable. Mais j'étais en colère, j'avais le cœur en miettes. Et Matthew a été là pour me consoler. J'ai revu le plombier avec qui j'ai eu l'occasion d'échanger un peu (avant que Kevin ne me donne mon premier baiser) complètement par hasard la semaine dernière au restaurant où il déjeunait avec un ami.

Pourquoi ai-je accepté son invitation à dîner ? Sans doute me sentais-je trop seule. Bien sûr, je peux parler à Chelsea ou Will, mais ils connaissent la raison de ma tristesse et j'ai l'impression qu'ils ont pitié de moi.

Je voulais sortir avec quelqu'un qui ne savait rien. Matthew m'a emmené dans un restaurant chic. Il est venu me chercher avec un bouquet de roses rouges. Je ne lui ai pas fait de remarque, après tout, il n'est pas censé savoir que je déteste les roses. Nous avons parlé de tout et de rien, il m'a fait rire, m'a fait danser... Évidemment, j'ai repensé à mon dîner avec Kevin, à notre danse. Mais je me suis efforcée de me concentrer sur ma soirée avec Matt.

Pourquoi l'ai-je invité à boire un dernier verre chez moi ? Chelsea n'était pas là, elle est sortie faire la fête au *Starlight* avec ses camarades de la fac afin de célébrer le début de leurs examens. Quoi qu'il en soit, j'avais besoin de me confier, de vider mon sac. Nous nous sommes assis sur mon canapé et je lui ai tout raconté. En omettant volontairement les détails intimes, bien sûr. Matthew m'a alors pris les mains et a plongé son regard noisette dans le mien.

— Il ne te méritait pas, Allyanna, m'a-t-il dit. Jamais je ne te laisserai tomber comme il l'a fait.

Et enfin, troisième « pourquoi » et pas des moindres : Pourquoi l'ai-je laissé m'embrasser ?! Un baiser que je lui ai *rendu*, qui plus est ! J'avais les yeux fermés et, pendant cet instant, je me suis imaginé Kevin à la place de Matthew. Je l'ai espéré du plus profond de mon coeur. Mais j'ai réalisé – trop tard – que Kevin ne serait plus qu'un fantasme pour moi. Que je n'avais plus aucun espoir de me remettre avec lui. Et je n'étais pas prête à entamer une nouvelle relation. Ni hier ni aujourd'hui ni jamais, d'ailleurs. Kevin a été mon premier amour et je n'en veux pas d'autre. Du moins, si les sentiments que j'avais – que j'ai toujours – pour lui étaient réciproques. Apparemment non, alors peut-on parler d'amour dans ces cas-là ?

J'ai fini par repousser Matthew en lui expliquant que c'était trop tôt. Bien que je sache que je ne reverrai sans doute jamais Kevin, j'ai toutefois eu la désagréable sensation de le tromper. Matt s'est confondu en excuses et je l'ai cordialement flanqué à la porte parce que, au fond de moi, je craignais que Kevin n'ait décidé de revenir pour me demander pardon et qu'il nous surprenne. Ça arrive dans quatre-vingt-dix pour cent des films romantiques.

Une fois seule, je me suis octroyé un bain avec ma tablette pour un peu de lecture avec de la musique dans les oreilles. Récemment, je me suis prise d'affection pour un site destiné aux jeunes écrivains en herbe tels que moi : Wattpad. Je ne me suis pas encore décidée à mettre mon roman en ligne, j'ai trop peur de ne pas être à la hauteur, surtout face à ce roman que j'aime tout particulièrement, *Ne ferme pas ta porte.* D'après mes recherches, il s'agirait d'une jeune Française qui en est l'auteure et elle l'a fait traduire en anglais. Même si ce Dévin – l'un des personnages principaux de l'histoire – est drôlement similaire à Kevin de par son côté bad boy et part la consonance de leur prénom, je ne peux m'empêcher de continuer à me plonger dans l'histoire. Je suis consciente que je devrais arrêter de me faire du mal ainsi et me mettre dans un bouquin de Stephen King plutôt, mais Dévin et Emily me captivent, c'est plus fort que moi.

J'ai fini par aller me coucher avec la boule au ventre et la migraine comme chaque soir depuis cinq semaines.

Je finis par ouvrir les yeux à contrecoeur. Pas le choix, il faut que j'aille travailler. Comme si la météo était connectée à mon humeur massacrante, il a plu énormément ces trente-six derniers jours. Et il fait encore frais, le matin, c'est limite s'il ne faut pas rallumer la cheminée. Le soleil du mois de juin ne daigne pas nous faire profiter de sa lumière. Je me lève et me dirige vers la cuisine d'un pas traînant pour aller me faire du café. C'est devenu ma boisson de prédilection pour garder les yeux ouverts toute la journée à cause de mes nuits agitées. Je déjeune tout en regardant les informations matinales à la télé. Le tueur au taxi n'a toujours pas été retrouvé. J'ai découvert par Chelsea – accro aux magazines *people* – que Kevin avait été retiré de l'affaire et que son patron l'a forcé à partir en tournée, comme prévu. Je me demande dans quelle ville ils sont en ce moment. Chelsea n'a pas de nouvelles de Josh non plus, elle m'a dit qu'ils n'avaient couchés que quelques fois ensemble, qu'il n'y a rien entre eux donc ils ne voient pas l'intérêt de se donner des nouvelles. J'ai tout de même perçu une pointe de jalousie dans son regard quand elle m'a avoué qu'il pouvait se taper qui il voulait. Mais bon, ce ne sont pas mes oignons.

— Ton portable n'arrête pas de sonner dans ta chambre, m'annonce ma meilleure amie qui vient de se lever. Putain, j'ai un de ces mal de crâne !

— Tu es rentrée à quelle heure ?

— Trois heures, par là. J'ai appelé Will pour me ramener, je n'ai pas pris de taxi, ne t'inquiète pas, ajoute-t-elle en voyant mon regard inquisiteur.

Je suis consciente d'être surprotectrice et d'agir comme une mère poule avec Chelsea, mais cette histoire de meurtres en séries me fait flipper. Des corps ont été retrouvés malgré la mise en garde de Kevin, à la télé. Des suicidaires, visiblement...

J'arrive dans ma chambre et un pincement me tiraille le ventre en voyant ce qu'il reste de mon lit et les souvenirs qui s'y accrochent. Je n'ai pas encore daigné m'en racheter un. Je vais peut-être paraître folle à lier, mais j'ai peur que, si je reprends un nouveau cadre de lit, le souvenir de Kevin — son odeur de musc sur mes draps — s'envole avec l'ancien. Refoulant mes larmes, je débranche mon téléphone que j'ai mis en charge hier soir. Il sonne au même moment et je décroche en voyant le nom de Will affiché sur l'écran.

— Salut Willy, pas trop dure la nuit ?

— Salut, oh elle ronflait sur la banquette arrière, je l'ai monté et je suis reparti pour aller embrasser mon pieu. Dis, j'ai un rendez-vous sur Manhattan avec un de nos fournisseurs, ça ne te dérange pas de faire la patronne pendant mon absence ? Je vais en avoir pour un moment, il faudrait faire les calculs des recettes et des dépenses du mois dernier, tu veux bien ?

— Pas de problèmes, je vais faire ça.

N'importe quoi pourvu que ça m'empêche de penser à lui.

— Merci, tu es la meilleure.

Il raccroche et je m'aperçois alors que j'ai un texto. Mon cœur cesse de battre. C'est Kevin. Je dois relire le message trois fois avant d'en saisir les mots tellement mes yeux sont embués de larmes. Il ne m'a pas oubliée. Il pense à moi, il souhaite me revoir afin de m'expliquer la raison de son départ. Il m'a envoyé ce SMS à 1 h 47 du matin. Il pensais à moi, je lui manquais alors que j'étais en compagnie de Matthew. J'étais la source de ses pensées pendant que ma bouche était collée à celle de Matt. La bile me monte à la gorge. Je l'ai trompé. Je suis une personne horrible. Mon estomac se retourne. Je lâche mon téléphone et j'atteins la cuvette des toilettes pile au bon moment. Je vomis toutes mes tripes tout en sanglotant. Mais qu'est-ce que j'ai fait ? Je m'en veux tellement, je regrette au plus haut point.

— Ally !

Chelsea accoure à moi et me tient les cheveux tandis que je vomis encore et encore. Je ne m'arrête plus pourtant je n'ai rien avalé, j'ai des spasmes, mais rien ne tombe. Ça fait un mal de chien, putain ! J'ai mal partout. Au ventre, à l'estomac, au cœur... J'aimerais tellement que ma mère soit encore là. Elle saurait me dire les mots qu'il faut, elle. Maman, tu me manques tellement !

— Là ça suffit, s'écrie Chelsea en me tendant une serviette pour que je m'essuie. Ça fait des semaines que tu te rends malade pour lui, tu es une vraie loque et tu n'arrêtes pas de gerber. Aujourd'hui, tu ne vas pas travailler, je t'emmène chez le Docteur Stone.

Je me rince la bouche et me tourne vers ma meilleure amie. J'ai la tête qui tourne, je suis fatiguée.

— Non, s'il te plaît, Chelsea. Il faut que je bosse, c'est le seul moyen pour moi de ne pas penser à lui. Si je reste là, je vais ruminer comme une malade. Je ne veux pas être toute seule, je t'en prie. Et puis Will a besoin de moi pour la comptabilité.

Je la supplie du regard et elle finit par soupirer.

— OK, mais si ça ne va pas, tu le dis et on t'emmène direct, sans chichi, sans blabla.

— Oui, promis.

— Tiens, avale ça, c'est un anti-vomitif, dit-elle en prenant une boîte de pilule dans l'armoire à pharmacie et en me tendant un cachet.

Je le prends avec bon cœur, en espérant qu'il fasse effet rapidement, j'en ai marre de dégobiller tous les matins.

Nous arrivons au restaurant sous la pluie. Will n'étant pas là, j'ouvre la porte avec le double de ses clés qu'il m'a confié et nous entrons.

— Putain, on est censé être en juin, merde ! râle Chelsea en se secouant sur le tapis.

— Dans le monde des superstitions, ça signifie un mauvais présage.

— Tu es superstitieuse, toi ? s'étonne mon amie.

— Non. Je disais ça comme ça.

Nous allumons les lumières, trions les cartes des menus, comptons les bouteilles de vin en réserve, faisons la mise en place des tables selon les réservations. Les cuisiniers arrivent peu de temps après nous, suivis de Jenny, Joey, Mélissa et Marie. J'ai appris que Marie était la sœur de Mike, le manager des D-Angels. Elle me l'a dit le dernier soir où j'ai assisté à un de ses concerts. La dernière fois que je l'ai entendu chanter. Le soir où je me suis rendu compte qu'il chantait pour moi et que j'ai paniqué parce que c'est à ce moment-là que mes sentiments pour lui se sont révélé. Nous mangeons juste avant l'ouverture. Ayant l'estomac dans les talons, je me contente que d'une pomme pour seul repas.

Nous avons beaucoup moins de clients depuis que le groupe de rock est parti en tournée. Heureusement, nous avons toujours nos clients habitués du temps de William Senior.

— Salut Charlie, qu'est-ce que je te sers aujourd'hui ? demandé-je avec mon plus beau sourire forcé.

Charlie est un routier d'une cinquantaine d'années qui nous a vu grandir, Will et moi. Il était le meilleur ami de Papa William.

— La salade, le plat du jour et une crème brûlée, s'il te plaît.

Je le regarde, perplexe. Il n'est pas comme d'habitude. Lui qui est toujours jovial avec moi, plaisantin et rieur, j'ai l'impression que là, il n'a qu'une envie, c'est de prendre ses jambes à son cou. Je décide de mettre ça sur le compte de la météo désastreuse, ça a tendance à mettre les gens de mauvais poil. J'entre en cuisine pour annoncer la commande et m'apprête à repartir afin de m'occuper des autres clients qui arrivent.

— Bonjour, bienvenue, puis-je vous débarrasser ? m'enquis-je en venant à l'encontre de deux jeunes femmes.

— Non merci, nous préférons que ce soit une de vos collègues qui s'occupe de nous, répond sèchement l'une des femmes.

La pique me blesse. Quoi ? Mais, qu'est-ce que j'ai fait ? Je me tourne vers la salle de restaurant et voit que l'on me dévisage avec mépris et amertume. Ai-je l'air si malade que cela ? J'aurais peut-être mieux fait d'écouter Chelsea, tout compte fait. Celle-ci arrive derrière moi et me prend par les épaules pour me mettre à l'écart.

— Attends-moi au bar, j'arrive tout de suite, me chuchote-t-elle sur un ton sans équivoque.

Je hoche la tête et m'en vais derrière le bar dans un état second. Je ne me sens pas trop fiévreuse pourtant. Je regarde mon reflet dans le miroir où sont posées les bouteilles d'alcool. J'ai l'air normale, je ne suis pas plus blanche que d'habitude, pourtant. Je ne comprends vraiment rien, aujourd'hui. Marie est à côté de moi en train d'essuyer des verres. Je l'interroge.

— Est-ce que j'ai quelque chose qui cloche ?

Elle me gratifie d'un sourire compatissant avant de répondre.

— Je suis désolée, ce n'est pas ta faute, me rassure-t-elle.

Quoi ? Mais je comprends rien, est-ce que quelqu'un va m'expliquer ce qui se passe, oui ?!

Chelsea arrive vers moi et me serre dans ses bras.

— Je suis désolée ma belle, tu ne vas pas aimer ce que je vais te montrer, mais il faut que tu saches. Sache qu'on est là pour te soutenir, d'accord.

— Chelsea, dis-moi ce qui se trame avec les clients, tu me fait flipper, là.

Elle se mord les lèvres avant de se baisser pour prendre quelque chose dans un placard du bar. Un magazine de potins. Je soupire. Je sais déjà ce qu'il y a dedans.

— Arrête, Chelsea. Pas la peine, je me doute déjà que je vais voir Kevin avec une nana dans ce truc, maugréé-je, le cœur au bord des lèvres et les larmes aux yeux.

— Non, Ally. C'est toi qu'il y a dedans.

Surprise, j'ouvre la revue et la feuillette jusqu'à tomber sur... Oh mon Dieu. C'est une photo de Kevin et moi. Sur son bateau. Sous la Statue de la Liberté. En train de faire l'amour... On voit nos visages. D'autres photos, beaucoup plus petites, nous montrent lui et moi en train de batifoler. Oh non... Pas ça... Tout s'écroule soudain autour de moi. J'ai le cœur qui se déchire en lambeaux. J'ai encore envie de vomir. Mais je n'en ai pas le temps, car ma tête se met à tourner et je m'écroule au milieu du restaurant.

Une lumière vive reflète la barrière de mes paupières. J'entends des voix en écho, très lointaines. Puis elles se font de plus en plus audibles.

— Mademoiselle Palmer, vous m'entendez ?

Je bats des cils pour voir que l'on agite une petite lampe à lumière vive dans les yeux. Aïe, ma tête ! Je vois un homme penché au-dessus de moi. Il porte un stéthoscope autour du cou. Merde, je suis où ? Je tente de me lever, mais mon corps pèse trois tonnes. Le médecin me dissuade de continuer.

— Ne vous levez pas, mademoiselle, vous avez subi une légère commotion, me dit-il. Savez-vous où vous êtes ?

Je regarde autour de moi. Ma vue est encore un peu trouble, mais elle devient nette peu à peu. Tout est blanc.

Ça sent l'antiseptique et le désinfectant.

— À l'hôpital, je suppose, réponds d'une voix pâteuse.

— Savez-vous quel jour sommes-nous ? enchaîne le médecin.

— Euh, le seize juin ?

— Bien. Ça n'a pas l'air trop grave. C'est une bonne chose.

— Qu'est-ce qu'il s'est passé ? m'enquiers-je.

— Vous avez fait un malaise. Votre amie m'a dit que vous étiez malade depuis quelques jours, je vais vous faire faire une prise de sang, je crains que vous ne manquiez de fer et de magnésium dans votre sang. Vous mangez suffisamment ?

— Pas en ce moment, avoué-je. En ce moment j'ai… des problèmes.

— Je comprends mademoiselle, mais vos soucis ne doivent pas altérer à votre santé. Nous allons vous emmener au laboratoire pour votre examen. En attendant, je vous prescris de l'homéopathie pour la douleur à la tête et pour vous aider à dormir, je vois que vous ne dormez pas assez non plus. Si vous avez des troubles de la vision ou des vertiges, n'hésitez pas à revenir pour un scanner.

Il déchire l'ordonnance sur laquelle il vient de noter les médicaments puis je suis dirigée vers un autre bâtiment. Chelsea est dans le couloir avec Marie et Paloma.

— Chelsea, mais tu n'es pas censée être en cours ? m'étonné-je.

— J'étais trop inquiète pour toi. Comment tu vas ?

— Ça va, j'ai une petite commotion. Il faut que j'aille faire une prise de sang pour voir mon taux de fer.

— Retourne en cours, Chelsea, je ramènerai Ally chez elle, je resterai avec elle, propose Marie.

Je hoche la tête pour confirmer et Chelsea m'embrasse la joue.

— Tu m'appelles si tu as le moindre souci, compris ?

— Oui, maman, souris-je.

Elle part et on me fait entrer dans une salle. Je vois des seringues partout. Oh mon Dieu, je vais tourner de l'œil. L'infirmière arrive et installe le matériel. Un, deux, trois... six tubes !!! Oh putain, mais elle va me vider de mon sang !!! Elle me met le garrot et je détourne le regard pour ne pas voir l'aiguille. Je sursaute en sentant la piqûre. Elle me dit de desserrer le poing et j'obtempère. À chaque prise de sang, ma mère me disait toujours de penser à quelque chose de beau, de joyeux. Aujourd'hui, la seule personne à qui je pense, c'est Kevin. Et il se foutrait bien de ma gueule s'il me voyait faire la grimace ainsi, alors je m'efforce de me détendre. Je pense à Kevin et à nos bons moments ensemble. Je tente d'oublier les photos dans le magazine et sa trahison.

— Terminé ! annonce l'infirmière. Restez ci, nous allons analyser vos prélèvements, je reviens vers vous d'ici un quart d'heure/une demi-heure.

— D'accord, merci.

Elle me met un coton sur la petite plaie et s'en va. Je soupire en me laissant aller contre le dossier. Quelle journée de merde ! Et avec tout ça, je n'ai même pas le temps de rendre service à Will. Je suis énervée. Atrocement en rogne. Il m'a bien eue l'enfoiré ! Remontée à cran, j'extirpe mon téléphone de la poche de mon jeans et tape un texto à ce connard.

Bien joué. Tu as bien réussi ton coup, salaud. Garde tes salades pour une autre conne. Moi c'est terminé, je ne suis plus ton jouet. Je ne veux plus jamais te revoir. Va te faire foutre, Kevin.

J'ajoute le lien Internet du magazine où figure la photo principale en pièce jointe et lui envoie. Qu'il aille au Diable, lui et sa putain de bite !

Le médecin qui m'a examiné tout à l'heure revient avec les résultats de ma prise de sang, vingt minutes plus tard. Il me regarde bizarrement.

— Il y a un problème avec mon sang ? m'enquiers-je, inquiète.

— Non, tout va bien de ce côté, répond-il. En revanche, il y a du changement au niveau de vos hormones, mademoiselle Palmer.

— Je ne comprends pas docteur...

Je vais mourir ? J'ai un problème d'ovaire ? Oh non, je suis stérile ! Putain, je n'aurais jamais d'enfants !!!

— Vous êtes enceinte. Vous allez avoir un bébé.

Chapitre 18 : Kevin

Nous avons quitté Los Angeles et ses plages de la côte ouest pour nous mettre en route en direction de Las Vegas, dans le Nevada. Nous sommes en train de composer une musique pour notre nouvel album quand mon téléphone m'annonce un texto. Je saute dessus comme s'il s'était agi du dernier morceau de chocolat sur Terre en espérant de tout cœur que ce soit Allyanna.

— OUAIS !!! m'écrie-je en me levant et Josh a le réflexe de rattraper ma guitare.

Ils me regardent tous comme si j'étais atteint. S'ils savaient à quel point je le suis !

— C'est Allyanna. Putain, elle m'a envoyé un texto.

Les mecs abandonnent leurs instruments pour se pencher sur mon épaule. Ils aiment bien Ally, même s'ils ne la connaissent pas autant que moi. J'ouvre le message et je reste interdit devant ses mots. *Je ne veux plus être ton jouet. Va te faire foutre.* Sur le coup, je ne comprends pas et mes potes non plus. J'ai bien réussi mon coup ? Mais quel coup, putain ? Il y a une pièce jointe, je l'ouvre. La surprise m'envahit en premier. Puis la colère. Mais qu'est-ce que ce connard foutait là ?!

Et enfin la tristesse. Allyanna doit être anéantie après avoir vu ça. Malgré que je sois blessé par ce que ces enfoirés ont publié, je ne peux m'empêcher d'admirer son si beau visage. Qu'est-ce qu'elle est belle quand elle jouit ! Je reviens à l'instant présent et compose le numéro d'Allyanna. Il faut que je lui parle, qu'elle comprenne que je n'ai jamais voulu ça. Ça ne devait pas se passer comme ça. Elle ne répond pas. Je décide de lui laisser un message vocal.

— Ally, je t'en supplie, réponds-moi, il faut que je t'explique. Laisse-moi te parler, s'il te plaît, bébé. Tu me manques, je t'… je t'en prie.

Je raccroche et je balance mon téléphone à travers le bus. Il rebondit sur un canapé et évite la mort. Crétin. Connard. Abruti. Imbécile. Je suis tout ça à la fois. Et encore, je remplirai toutes les définitions d'un dictionnaire d'insultes. Le bus s'arrête pour une pause. Ouf, j'en ai besoin. Je récupère mon portable que je fourre dans la poche arrière de mon jeans et descends à la suite des gars et nous nous dirigeons vers une boutique ouverte vingt-quatre heures sur vingt-quatre pendant que Ken, notre chauffeur remplit le réservoir d'essence. Je m'achète une bouteille d'eau et sors du magasin pour me diriger vers la petite aire de jeux, juste à côté. J'ai envie de me retrouver un peu seul. J'extirpe mon téléphone de ma poche et m'assois sur la balançoire. J'ai un SMS de Josh.

Qu'est-ce que tu fous là-bas, viens.

Envie d'être un peu seul. Désolé.

Je bois une gorgée d'eau. J'ai envie de pleurer, mais je crois que j'ai versé trop de larmes ces trente-six dernières nuits, seul dans mon plumard. Trente-six jours. Je les compte comme si je n'avais pas déjà ma dose de douleur à être loin d'elle. En trente-six jours, je n'ai pas couché avec une seule femme. C'est Allyanna que je veux. Les autres me paraissent fades à côté de ma pétillante Ally. J'ai envie de hurler. Je regrette tellement de ne pas lui avoir dit que je l'aimais ! J'ai bien failli en lui laissant le message tout à l'heure, mais je me suis dégonflé au dernier moment. Elle n'est pas prête à l'entendre. Ça lui ferait plus de mal qu'autre chose. Seigneur, je l'aime à en crever. Je meurs chaque minute de son absence à mes côtés. Je regrette tellement ce que j'ai fait, putain je m'en mords les doigts jusqu'à l'os. Avec le recul, je me dis que j'aurais dû l'emmener avec moi, nous aurions été sur la route constamment, ensemble et en sécurité. Au lieu de ça, je l'ai laissé dans la ville du tueur, livrée à elle-même.

Je rêve de la retrouver. Son visage me manque. Sa voix fluette me manque. Je veux goûter de nouveau à ses lèvres. Caresser son corps sous la lumière de la lune. Je veux me chamailler avec elle, qu'elle me traite de con, qu'elle me frappe parce que je me moque de sa maladresse légendaire. Je veux sentir son parfum de vanille. Elle est la seule femme capable d'annihiler tous mes soucis de la journée et mes pensées négatives d'un seul de ses sourires. Ce sourire qui a fait bondir mon cœur dans ma poitrine la première fois que je l'ai vue. Ce simple sourire naturel qui illuminerait la Terre entière si celle-ci venait à s'éteindre. J'ai mal, putain. C'est comme si mon esprit était dans ce bus, mais que mon cœur était avec elle. Je suis là sans être là.

— Ah ! Saperlipopette !!

Je me retourne vers le bruit qui a attiré mon attention. Une fille à peine plus âgée qu'Allyanna vient de casser le talon de sa chaussure. Elle est petite et brune, mais elle a les mêmes yeux verts que ma princesse. Elle est magnifique, putain... et habillée en robe de mariée. Je regarde un peu plus loin derrière elle en fronçant les sourcils, perplexe.

— Hum où est votre mari ? m'enquiers-je.

– Entre les cuisses de ma meilleure amie, répond-elle en claudiquant avec sa chaussure cassée à la main. Enfin, *ex meilleure-amie* et *ex-fiancé*.

Je serre les dents. J'ai toujours détesté les gens infidèles. Mon père l'était et ça me mettait toujours hors de moi. C'est d'ailleurs pour ça que je n'ai jamais eu de relations stables. J'ai toujours peur de tromper ma copine. Sauf Allyanna. Je ne me vois pas coucher avec une autre qu'elle. Je ne sais pas pourquoi, pourtant c'est connu qu'un homme pense avec sa queue. Mais la mienne ne pense qu'à Ally.

Et je suis d'accord avec elle.

— Donc tu t'es enfuie de ton mariage, si je comprends bien.

— Ouais, j'ai piqué la voiture qui devait nous emmener à l'aéroport pour nous envoler vers Venise, mais ce con a oublié de faire la vidange et elle a pété. Du coup je fais du stop. T'as une voiture ? Tu es libre ?

Je ne peux m'empêcher de rire. Elle est trop marrante. Comme Ally...

— Tu montes avec des inconnus ?

— Tu es Kevin Reynolds, le leader des Devil Angels, dit-elle. Moi c'est Ashley. Ashley Newton.

Je lui serre la main qu'elle me tend.

— Maintenant qu'on s'est présenté, je peux monter avec toi ?

— En fait, je n'ai pas une voiture, mais un bus. On est en tournée avec le groupe. Où veux-tu aller ?

— N'importe où pourvu que je sois loin de ce crétin que j'ai failli épouser.

Je l'invite à me suivre et nous montons dans le bus. Josh me regarde, incrédule et je lui fais un clin d'œil. Je présente Ashley aux autres membres du groupe et à Melany, qui accompagne Billy partout.

— Trop cool une deuxième fille, je m'ennuierai moins comme ça, rit-elle.

— C'est pas ce que tu dis la nuit, rétorque Billy, ce qui lui vaut un coup de poing dans l'épaule.

Ils se sont bien trouvé ces deux-là. Je les envie. J'aimerais pouvoir en dire autant d'Allyanna et moi. Ashley leur raconte sa terrible découverte alors qu'elle cherchait sa demoiselle d'honneur partout et nous tombons tous d'accord pour lui faire avaler ses couilles si jamais il arrive à retrouver Ashley et qu'il l'approche. Melany parvient à lui trouver des vêtements (heureusement elles ont presque la même taille) et c'est ainsi que nous arrivons dans le Nevada à sept au lieu de six.

Le Cosmopolitan of Las Vegas est vraiment un putain de paradis pour les concerts. C'est immense ! Des coulisses, on peut voir la salle pleine à craquer de fans qui hurlent nos noms. Ça me fait toujours les mêmes sensations. De l'excitation mêlée au trac. Je suis encore un peu psychologiquement fragile, aussi j'ai peur de faire une fausse note, de merder.

— Waow putain, vous vivez un truc de malade ! s'exclame Ashley en se hissant sur la pointe des pieds, s'accrochant à mon épaule pour voir la salle.

Finalement, elle n'a pas voulu faire sa route en solitaire. Je ne me plains pas, elle est super amusante. Mais elle me colle un peu trop, je trouve.

— Tu es qui toi ?

Nous nous tournons vers Mike qui vient d'arriver, mâchant un chewing-gum, comme d'habitude. Ashley le toise de haut en bas. Je décide d'intervenir, Mike n'aime pas se faire prendre de haut.

— Ashley, voici Mike, notre manager. Mike, Ashley. Une amie.

— Mmh, maugrée-t-il. Tu comptes participer aux frais de la tournée, j'espère. L'essence ne se trouve pas dans les puits.

— Elle participe, oui, confirmai-je. Elle nous fait même la cuisine.

Je lance un clin d'œil discret à la petite brune qui a l'air surprise. Mike la toise une dernière fois avant de nous encourager pour ce soir et nous mettre un peu la pression, comme d'ordinaire. Une fois parti, Ashley se tourne vers moi pour me murmurer.

— Je ne sais même pas faire cuire un œuf.

Nous éclatons de rire avant que l'on nous dise que c'est à nous. Au moment d'avancer, Ashley me claque les fesses en criant en même temps que le public de l'autre côté. Je lui lance un regard gêné.

Je n'aime pas trop le comportement qu'elle a avec moi depuis qu'on s'est rencontré, mais c'est peut-être sa façon d'oublier qu'elle a été cocue le jour de son mariage alors je ne lui en tiens pas rigueur. Pour pas changer, je scrute la salle à la recherche de ma chevelure flamboyante qui hante mes pensées et mes rêves. Je n'y peux rien, c'est un réflexe. Elle ne m'a pas rappelé, pas un message. J'ai tenté de l'appeler plusieurs fois, mais elle ne répond pas. Elle pense vraiment que j'y suis pour quelque chose dans cette histoire de photos. Je chante et assure le concert tout en m'imaginant qu'elle est là, quelque part dans la salle, à me regarder avec ses yeux de braise.

Je chante pour elle.

Rien que pour elle.

Le concert terminé, nous sortons sur un tapis rouge et signons des autographes, nous faisons prendre en photo par des journalistes.

– On est des stars les gars !!!!! hurle Jake en sautant en l'air tandis que nous rejoignons notre bus pour aller dormir dans le palace qu'on a réservé pour la nuit (autant nos couchettes sont confortables, mais parfois c'est bien de dormir dans un vrai lit *king size*).

Si Melany a l'habitude avec Billy, Ashley est encore tout émoustillée de notre soirée. Elle vient s'affaler sur le canapé à côté de moi en soupirant.

— Putain, j'ai jamais vécu ça de ma vie, jubile-t-elle. C'est un truc de dingue. Merci.

— Le plaisir est pour nous, réponds-je en bâillant.

— Fatigué ?

— Ouais. Mes nuits sont agitées.

Pourvu qu'elle ne me demande pas pourquoi !

— Pourquoi ?

Je me lève en soupirant.

— Tu veux une bière ?

Elle hoche la tête et je lui tends une bouteille. Nous allumons la télé qui diffuse un film d'horreur, *Scream*. Pff vu, vu et revu.

Je sens que le bus s'arrête et j'ouvre les yeux. Merde, je me suis endormi. Ashley n'est plus à côté de moi, mais tient compagnie à Jake qui est en train de jouer à la console. Josh et Pete jouent une partie de cartes et Billy et Melany doivent être quelque part à batifoler. Nous descendons du bus avec nos valises et entrons dans le palace. Ashley a des étoiles dans les yeux. Je crois qu'elle vit le rêve de toutes les fans. Bien entendu, elle n'est pas enregistrée alors je décide de lui payer une chambre à côté de la mienne.

— Désolé monsieur Reynolds, mais vous avez réservé et le palace est complet, me dit la réceptionniste.

— Sérieusement ? Vous n'avez plus une seule chambre ?

La nana secoue la tête. Fait chier. Ashley se tourne vers moi.

— Ce n'est pas grave, Kev, je vais bien me trouver une chambre d'hôtel quelque part.

Je ne sais pas quoi faire, je me mords la joue. Je la vois mal tenir la chandelle entre Melany et Billy et Pete et Jake sont dans la même chambre et ils risquent de l'emmerder. Je soupire.

— T'en fais pas. Je dormirai sur le canapé, j'ai une suite.

Adieu le bon lit king size ! Mais bon, c'est pour la bonne cause, après tout, elle est sympa et elle tient compagnie à Melany.

Nous gagnons chacun notre chambre et je décide de m'octroyer un bain de minuit dans la piscine privée avant d'aller dormir, histoire de me vider un peu la tête. Je préviens Ashley et descends. Allyanna ne m'a toujours pas répondu. Je lui ai envoyé une tonne de messages, l'ai appelé plusieurs fois à tel point qu'elle pourrait porter plainte pour harcèlement. J'ai hâte que cette tournée prenne fin, que je puisse la retrouver. Le principal, c'est qu'elle aille bien. Andrew me donne des nouvelles.

Bizarrement, ce matin, Josh m'a demandé des nouvelles d'Ally et de Chelsea. Ça m'a paru étrange venant de mon frère, lui qui dit ne faire que coucher avec celle-ci. Enfin bref, ce ne sont pas mes oignons. J'ai assez de soucis amoureux de mon côté. Je m'assois sur les escaliers immergés dans l'eau et pose ma tête sur le rebord, jouissant de la nuit étoilée juste au-dessus de moi. Il fait chaud dans l'ouest du pays. C'est agréable. Je ferme les yeux et me vide l'esprit. Soudain, quelque chose de moelleux tombe sur mon visage et j'entends un gros plouf dans la piscine. Je retire la serviette que l'on m'a jetée et découvre Ashley, au milieu de la piscine... complètement nue. Automatiquement et sans que mon cerveau ne puisse l'en empêcher, Rocco se tend dans mon maillot de bain. Je ne me résigne pas à fermer les yeux. Elle est belle. Des seins bien ronds, bien galbés, un ventre plat... waow. Je me demande pourquoi son mec l'a trompée.

Elle se rapproche de moi à la nage. Je suis paralysé. Mon corps ne répond plus. Ça fait cinq semaines que je n'ai pas baisé et le manque est tout de même là. Ashley me mord le lobe de l'oreille et je retiens ma respiration. Oh putain. Elle se frotte contre moi, sa main frôlant ma queue sous l'eau. J'ai envie de bouger, je *dois* bouger. Mais c'est comme si mon esprit était détaché de mon corps. Elle m'embrasse dans le cou. Oh, ce que c'est bon ! Je déglutis. J'ai la tête qui tourne et la respiration saccadée.

— Tu me plais, Kevin, me murmure-t-elle suavement dans l'oreille. Prends-moi.

J'en ai envie. Je ne vais pas vous mentir, l'envie de baiser me dévore de l'intérieur. Ma queue en a marre que ce soit ma main qui s'occupe d'elle. Mais je ne veux personne d'autre qu'Allyanna. Mon corps lui appartient à elle, tout comme mon cœur. Ashley écrase sa bouche contre la mienne avant que je ne puisse l'en empêcher. Qu'est-ce que je fais, là ? Mon cerveau est aux abonnés absents, je suis complètement à l'ouest. Je n'ai pas envie de toucher ses seins pour la repousser, elle croira sûrement que je l'invite à aller plus loin. Mais en même temps, c'est agréable, ça faisait longtemps que personne ne m'avait embrassé aussi passionnément. Elle embrasse presque aussi bien qu'Ally. Putain ! Ally !

J'attrape les épaules d'Ashley et l'éloigne de moi.

— Désolé, dis-je, essoufflé. Mais mon cœur est déjà pris… enfin non, mais… c'est compliqué. On ne peut pas faire ça.

Soudain, elle se met à pleurer. Merde ! Je déteste vraiment voir une femme pleurer, ça me rappelle ma mère durant mon enfance. Une enfance que j'ai en horreur. Je prends Ashley dans mes bras, sans me soucier de sa nudité. Il n'y a rien de sexuel, je veux juste la réconforter. Je lui murmure que je suis désolé, que je n'ai rien contre elle, qu'elle est super belle.

— J'aime encore ce connard, je ne sais pas comment m'en débarrasser, sanglote-t-elle. Je suis anéantie, Kevin, il me manque, putain. Il m'a cocufiée avec ma meilleure amie et demoiselle d'honneur, mais je continue à l'aimer, je suis vraiment pathétique !

— Mais non, ne dis pas ça. Tu as eu raison de t'enfuir, la rassurai-je. À ta place, je lui aurais fait avaler le bouquet de fleurs. Ou l'alliance, il se serait étouffé, comme ça.

Elle se met à rire. Cool, c'est bon signe.

— T'es pas censé être flic, toi ?

— Mais tu sais garder un secret, n'est-ce pas ? plaisanté-je avec un clin d'œil.

Je la sens trembler contre moi.

— On devrait rentrer, viens.

Je l'aide à s'extirper de la piscine, lui enroule la serviette autour du corps et nous entraîne dans l'escalier extérieur privé qui mène à la terrasse de notre suite. Nous nous séchons et nous rhabillons puis je m'installe dans mon lit provisoire : le canapé. Je suis prêt à m'endormir quand Ashley me tapote l'épaule. Elle est en débardeur et je peux voir ses tétons pointés à travers le tissu. Je déglutis. *Putain, Kev arrête ça* !

— Tu veux bien dormir avec moi, s'il te plaît ? Je me sens vraiment mal. Je te promets que je ne te mettrai pas la main au panier.

J'hésite un instant puis soupire.

— OK, accepté-je, finalement. Mais seulement en tant qu'amis et, s'il te plaît, enfile un gilet pour dormir. Je suis un mec, je te rappelle.

Elle rit et je la suis dans la chambre où elle se glisse dans une petite veste légère. Nous nous installons chacun d'un côté. Je n'arrive pas à croire que je suis dans un lit avec une presque inconnue qui vient juste de me chauffer dans la piscine d'un palace. Je n'arrive pas à croire que je suis à des milliers de kilomètres d'Allyanna. Il y a encore deux mois et demi, je refusais catégoriquement de dormir avec une fille. Mais aujourd'hui, grâce à Ally, je me suis rendu compte que je pouvais être un confident. Quelqu'un sur qui l'a peut compter. Une épaule sur laquelle on peut pleurer. Je me suis rendu compte que je suis réellement et indéniablement amoureux d'Allyanna.

Malgré qu'il ne soit que cinq heures du matin à New York, je décide de lui envoyer un dernier texto en espérant qu'elle ait mis son téléphone en silencieux. Et en espérant qu'elle ne m'envoie pas sur les roses, cette fois.

Tu me manques. Je t'aime Allyanna.

J'appuie sur « Envoyer »... sans effacer aucun mot.

Chapitre 19 : Allyanna

Avortement.

Je dois avouer que ce mot et les conséquences qu'il engendre m'ont traversé l'esprit. Je n'arrive toujours pas à croire à ce qui m'arrive. J'ai une vie en moi. Je ne sais pas quoi faire, je suis perdue. Nous n'étions ensemble que depuis un mois. Je ne sais même pas si nous étions ensemble, d'ailleurs, il ne m'a jamais dit les mots que je voulais entendre, nous n'avons jamais fait ce que les couples normaux font. Certes, il m'a fait un dîner, mais ce n'était qu'un rencard, ça n'avait rien d'un dîner en amoureux. Il m'a pris la main quand on se promenait, ça ne signifiait pas qu'il voulait faire sa vie avec moi.

Un enfant est le fruit d'un amour entre deux personnes.

Mais que faire quand les deux personnes en question se sont déchirées ? Je rêve de le dire à Kevin. J'en crève d'envie. J'ai tenté maintes et maintes fois de lui envoyer un message. Mais il a été catégorique là-dessus. Pas d'enfant. Ni maintenant, ni jamais. Il m'en voudra toute sa vie, il croira que je lui ai fait un gamin dans le dos, que je l'ai manipulé. Et puis de toute façon, je n'ai plus de téléphone. Je l'ai explosé à force de tergiverser sur la façon de lui annoncer la nouvelle, il est en mille morceaux. C'est peut-être mieux comme ça. Plus de contact. Plus d'avenir avec lui. Plus rien. Le vide total.

J'étais déjà victime d'insomnies quand j'ai compris que Kevin ne reviendra jamais, mais depuis l'annonce de ma grossesse, il y a deux jours, j'accumule les nuits blanches. Le garder ? Ne pas le garder ? Je me pose sans cesse cette question. Dans mes rêves, je m'imagine avec un bébé brun aux yeux bleus dans les bras et je me réveille en pleurant. Je ne me suis jamais demandé quel était l'âge idéal pour avoir des enfants. Mais vingt et un ans, c'est trop jeune. Je ne suis pas prête à accueillir un bébé. J'ai un travail qui ne serait pas compatible à cause des horaires, j'habite en colocation dans un appartement minuscule et je serai seule pour l'élever. Je n'imagine pas mon bébé vivre dans ces conditions.

Je n'ai encore parlé de ma grossesse à personne. J'attends d'avoir pris ma décision quant à le garder ou pas. Je pourrais toujours le faire adopter, mais j'ai trop peur de trop m'attacher à lui et de changer d'avis au dernier moment. Ça me brise le cœur d'en être arrivée là. Je ne compte plus les larmes qui tombent de mes joues. Je n'ai jamais été aussi malheureuse de toute ma vie. Notamment parce que je dois faire un choix horrible, mais aussi parce que Kevin me manque terriblement. Ses bras me manquent, sa bouche, son corps... J'ai tout perdu. Et le pire, c'est que je ne sais même pas pourquoi. J'étais prête à lui pardonner, à écouter ses explications. Mais quand j'ai vu ces photos de lui et moi et que j'ai compris qu'il avait contacté un paparazzi pour prouver son hétérosexualité (et peut-être même faire valoir son sex-appeal), je me suis sentie tellement minable ! Jamais je n'ai soupçonné qu'il aurait pu me faire un truc pareil. J'avais confiance en lui. Je lui ai donné ce qui restait encore de pur en moi.

Il est cinq heures du matin et je suis encore là, dans la cuisine à pleurer toutes les larmes de mon corps. Je suis une vraie fontaine. J'en ai marre de tout ça. J'en veux au monde entier. J'en veux à Kevin de m'avoir trahi. J'en veux à Will de l'avoir fait monter à la maison le jour de notre rencontre. J'en veux à Chelsea de m'avoir traînée au *Starlight*, ce soir-là. J'en veux à Josh d'avoir poussé son frère à raconter ce mensonge. J'en veux à sa famille d'avoir été si gentille avec moi et de m'avoir incitée à m'attacher à eux. Je m'en veux à moi d'être tombée amoureuse de ce crétin ! Le visage du neveu de Kevin me traverse l'esprit. Je n'aurais sans doute jamais de petit Nolan. Je m'en veux d'hésiter. Je voudrais que la vie soit moins cruelle avec moi.

Je voudrais ne jamais avoir rencontré Kevin. Je ne serais pas dans cet état-là, aujourd'hui. Je serais peut-être avec Matthew, en ce moment. Ah Matthew. Je regrette de lui avoir fait du mal. Mais ça allait beaucoup trop vite à mon goût. Je viens seulement de perdre Kevin, et puis j'attends son enfant. Qui voudrait d'une femme enceinte d'un autre ? C'est un bâillement à gorge déployée qui m'incite à aller me recoucher. Je retrouve mon canapé et ferme les yeux en espérant ne pas trop m'agiter, cette fois.

C'est l'odeur du café chaud qui me réveille. Alors que d'habitude je la trouve agréable, me donnant envie de me jeter sur la cafetière, là, je cours, mais direction les toilettes. Me voyant courir comme une furie, Chelsea qui était assise dans la cuisine me rejoint et s'appuie contre le chambranle de la porte, les bras croisés contre sa poitrine et me regardant, dubitative.

— Au début, je pensais à une indigestion ou une gastro, dit-elle. Mais ça fait un peu long, quand même. J'ai une petite idée de ce qui se trame dans ton corps, mais je veux t'entendre me le dire.

— Je ne vois pas de quoi tu parles, feins-je en me relevant pour me rincer la bouche.

Elle hausse un sourcil, pas le moins du monde convaincue. Elle bloque la sortie, je suis coincée.

— Ça sert à quoi que je te le dise, tu le sais déjà.

— Dis-le.

— Non.

— Dis-le.

— Arrête, Chelsea.

— Dis-le.

— JE SUIS ENCEINTE !! hurlé-je, les larmes au bord des yeux.

Elle ouvre la bouche en grand et ses yeux pétillent de joie.

— Nom d'un panda plumé !! s'exclame-t-elle. Tu comptais me le dire quand ?!

Je déglutis et mon cœur se déchire un peu plus. Je détourne le regard en répondant d'une voix à peine audible.

— Jamais.

— T'es rigolote toi, de toute façon je l'aurais su tôt ou tard dans quelques mois tu va ressembler à une jolie baleine.

— Chelsea…

— Oh putain, tu attends le bébé de Kevin !

— Chelsea !

— Il est au courant au moins ?

Elle m'agace putain !!!

— Je ne compte pas le garder !

Ma meilleure amie se raidit comme un piquet, statufiée. Elle me regarde avec des yeux ronds. Je regrette ce que je viens de dire et pourtant, je me dis que c'est la meilleure chose à faire. Je lui rendrais service à ce bébé. Son père est un taré fini, imbu de lui-même, narcissique et qui saute tout ce qui bouge. Quant à moi, je n'arriverai pas à l'élever. Je ne suis pas assez responsable. C'est à peine si j'arrive à m'occuper de moi alors prendre soin d'un bébé… Non, il faut que je me rende à l'évidence. Il va souffrir si je le garde. Il souffrira de l'absence de son père, des problèmes financiers potentiels… Il faut être deux pour subvenir aux besoins d'un bébé.

— C'est une blague que tu me fais, Ally.

Je secoue la tête.

— Je n'y arriverai pas, Chelsea. Je suis incapable d'élever un bébé seule. Je ne suis pas prête, pleuré-je.

Ma meilleure amie me serre dans ses bras et je laisse aller mon chagrin et mon désespoir. Je me sens si coupable de devoir faire ce choix, mais je pense à ce bébé. Je ne veux pas qu'il grandisse sans son père. Je n'ai aucune expérience de la maternité, je ne me suis encore jamais intéressée à ça. Il y a encore deux mois, j'étais vierge !

— Je suis là, ma belle, me console Chelsea. On sera toujours là pour toi et on te soutiendra dans cette épreuve.

Mon travail au restaurant est monotone. Les gens me regardent encore avec amertume, comme si j'avais la peste. Mais heureusement, ils s'abstiennent de toutes remarques et je fais mon service comme si de rien n'était. Nous avons plus de travail, car Joey, qui joue au football s'est fait une luxation à la clavicule et est donc en arrêt. J'annonce la nouvelle à Will après que tous les clients soient partis et lui fais part de ma décision. À l'instar de Chelsea, il me réconforte et me promet de me soutenir.

Je me rends compte aujourd'hui que ma vie a pris un sacré tournant depuis que j'ai rencontré Kevin. Je rentre chez moi dans un état second et m'affale sur le canapé devant la télé. Je n'ai même plus le courage de continuer l'écriture de mon roman. J'avais modifié mon personnage principal pour le décrire comme Kevin. Il fut un temps où tout me ramenait à lui. Mon monde ne tournait que pour lui. Maintenant, c'est le néant. Je n'ai plus goût à rien.

L'émission d'actu people qui est diffusée parle de la tournée des Devil Angels. Bien que je devrais zapper sur une autre chaîne, je ne me résigne pas à le faire. J'ai besoin de le voir. Une dernière fois. Depuis qu'il est parti, je me suis efforcée de ne plus regarder nos photos et j'ai esquivé les magazines qui parlaient de lui. Mais aujourd'hui, j'ai un besoin viscéral de le voir, de me prouver que je n'ai pas imaginé son visage, ses yeux, son corps, sa voix...

Ils sont à Denver, dans le Colorado, apparemment. Ils reviennent dans deux semaines. C'est long parce qu'il me manque, mais c'est court parce que j'ai peur de le revoir. Dans deux semaines, je ne serai plus enceinte. Et je devrai lui avouer ce que j'ai fait. En dépit de ses actes, il mérite de savoir.

Une femme était sur scène avec eux, hier soir. Il s'agit de la chanteuse, Alicia Toad. Elle fait fureur avec son nouvel album *Frozen*. Les D-Angels l'ont invité pour faire une partie avec eux. Un sentiment de jalousie me tord les tripes. Cette fille est un canon. Blonde à forte poitrine, pantalon en cuir moulant ses formes parfaites... Le démon en moi me dit qu'il se l'est tapée. Mais je lui mets une balle dans la tête et reprends mes esprits. Kevin ne m'appartient pas. Il fait ce qu'il veut avec qui il veut. Je m'en contrefiche. Menteuse, raille ma conscience. À elle aussi, je lui tire une balle.

Je décide d'appeler l'hôpital. Plus vite ce sera fini, mieux ce sera. Enfin, j'espère. Ça a l'air tellement facile quand on ne vit pas ma situation ! Mais je me sens terriblement mal. J'ai peur. Je n'aurais jamais pensé faire ça un jour. Je sais que c'est la meilleure des solutions et pourtant, je me dis que je suis une future meurtrière. Je m'apprête à demander à ce que l'on tue mon bébé... Je suis ignoble. Mais je le fais pour ce petit. Il mérite une vie meilleure, dans un monde meilleur. J'attrape le téléphone fixe et compose le numéro.

— Hôpital de Brooklyn, bonjour, fait la voix de la réceptionniste.

— Euh... bonjour, je voudrais prendre rendez-vous avec un gynécologue, dis-je, la voix chevrotante.

Les larmes roulent sur mes joues. Je suis étonnée de ne pas être complètement asséchée au vu de toutes les fois où j'ai pleuré.

— Bien sûr, c'est à quel sujet ? me demande la femme.

— Pour... un... avortement.

J'ai une boule dans la gorge atrocement douloureuse. J'ai la tête qui tourne. J'ai mal au cœur.

— Très bien, à combien de semaines êtes-vous ?

— Je... je n'en sais rien, je n'y comprends rien...

Mon Dieu, faites que la culpabilité et la douleur ne durent qu'un temps !

— On vous fera une échographie avant de vous donner la pilule, alors. Il est important de savoir à quel stade vous en êtes. De quand datent vos dernières règles ?

Elle me pose de ces questions ! Je n'en sais rien, moi, je n'ai jamais eu besoin de compter, je n'avais aucun rapport sexuel jusque là !

— Euh, le six mai, il me semble...

Je l'entends taper sur son ordinateur.

— Très bien, je peux vous proposer un rendez-vous pour le vingt, si ça vous convient.

— Très bien, accepté-je. Merci, au revoir.

— Au revoir.

Trois jours. Dans trois jours, je ne serai plus enceinte. Je serai vide, autant dans mon ventre que dans mon cœur. J'ai l'impression de condamner mon bébé. Non. Je condamne mon bébé. Il ne lui reste plus que trois jours avant de devenir un ange. J'ai mal au ventre, au cœur. J'ai tellement mal, bordel ! Je me laisse glisser contre le mur de ma chambre, le seul endroit où le souvenir de Kevin est encore intact et je hurle de désespoir en pleurant encore et encore.

Je pleure Kevin.

Je pleure notre bébé.

C'est Chelsea qui s'occupe de m'emmener à l'hôpital. Je suis trop mal pour pouvoir conduire. J'ai noyé le canapé de larmes toutes les nuits depuis trois jours. J'ai évité de toucher mon ventre, ça ne m'aurait fait que plus mal encore. Je vis un enfer. Chelsea et Will me réconfortent du mieux qu'ils peuvent, mais je suis une larve. Je sais que ça part d'une bonne intention, mais leur compassion ne me sert à rien, je ne la mérite pas. Je mérite de finir ma vie seule et paumée.

Je ne mérite même pas de vivre. Je descends tant bien que mal de la voiture et nous rejoignons Will qui nous attend devant le bâtiment, avec Marie. Ils sont venus pour me soutenir et je leur en suis reconnaissante bien que, encore une fois, je ne le mérite guère. J'annonce mon nom à la réceptionniste et nous attendons quelques minutes dans une salle avant que je ne sois appelé par un médecin. Mes amis me serrent dans leurs bras et je finis par suivre le docteur. Nous longeons un grand couloir blanc — je ne peux m'empêcher de penser que c'est le couloir de la mort de mon bébé — et il me fait entrer dans un bureau.

— Je vais prendre quelques informations avant de vous examiner, si vous voulez bien, dit-il en m'invitant à m'asseoir.

Ai-je le choix ? J'obtempère et il me fait face, les mains croisées. Il me pose des questions sur les maladies potentielles dans ma famille, me demande si je suis allergique à certains composants de médicaments, si j'ai eu des douleurs récemment (oui, j'ai mal au cœur, docteur !!! Je souffre psychologiquement !) de quand datent mes dernières règles... Je réponds à ses questions de la façon la plus neutre possible.

— Et le papa ?

— Pas là, dis-je, simplement.

Arrêtez, je n'ai aucune envie de parler de Kevin. Faites ce qu'il y a à faire, laissez-moi souffrir seule et en silence ! Il prend des notes avant de se lever et je le suis jusqu'à une salle d'examens.

— Déshabillez-vous, s'il vous plaît, me prie-t-il en s'asseyant devant l'écran de l'échographie.

— Entièrement ?

— Juste le bas, ça ira. Il y a un problème ?

— C'est que... je ne suis jamais allé chez un gynécologue...

Aucun homme ne m'a vue nue à part Kevin, en fait.

— Mademoiselle, je suis gynécologue. Je vois des vagins tous les jours, ce n'est pas le vôtre qui va me faire peur.

Pour la première fois depuis cinq semaines, j'ai envie de rire. Il est rassurant ce docteur. Je retire mon pantalon et ma culotte et m'allonge sur le brancard. Il positionne mes jambes de façon à les écarter. Je rougis jusqu'à la racine des cheveux lorsque je me rends compte qu'il fait face à mon intimité. Respire, Ally, c'est son métier. Puis il s'empare d'un truc ressemblant à un godemichet énorme et long. J'ouvre des yeux comme des soucoupes et le médecin perçoit ma panique.

— Je ne peux pas vous faire d'échographie abdominale, explique-t-il. À ce stade de votre grossesse, il est beaucoup trop petit pour que la sonde le distingue à travers votre ventre. On va opter pour l'échographie pelvienne.

Il enfile un préservatif sur la sonde et se déplace jusqu'à mon entrejambe sur sa chaise à roulettes.

— Respirez profondément, dit-il. J'y vais.

La sonde entre alors en moi et je retiens un hoquet de surprise. C'est... bizarre. Je n'ai pas les mêmes sensations que si c'était le sexe de Kevin.

— Ah le voilà, dit le gynécologue. Il est bien dans l'utérus, le cordon a l'air bien accroché, placenta parfait... (il tape de temps en temps sur le clavier de l'ordinateur pour zoomer) Je dirai que vous en êtes dans votre cinquième semaine.

— J'avais deviné, je n'ai couché qu'avec un seul homme, ne puis-je m'empêcher de répondre avec amertume.

— Je préférais vérifier. Voulez-vous le voir ?

Si je veux le voir ? Si je veux voir mon bébé que je m'apprête à supprimer ? Non. Certainement pas. Je me sentirai encore plus coupable que je ne le suis déjà. C'est une mauvaise idée. Une très, très mauvaise idée... Mais en même temps, mon cœur me dit de tourner la tête. De regarder ce petit être qui ne demande qu'à vivre et à être aimé.

— J'ai l'impression que vous n'êtes pas sûre de vouloir avorter, continue le médecin.

Le chagrin me reprend et les larmes coulent. Je ne sais pas quoi faire. C'est tellement dur ! Je veux ce bébé. Mais je ne suis pas sûre de pouvoir l'élever seule. C'est plus fort que moi, il faut que je le voie. Je veux voir mon mini-Kevin. Alors lentement, très lentement, je tourne la tête vers la droite… et je pleure de plus belle. On dirait une toute petite crevette. On ne s'en rend pas compte au début, mais maintenant que je le vois de mes propres yeux, je réalise vraiment qu'un bébé grandit en moi. D'autres larmes coulent. Mais cette fois, ce sont des larmes de joie. Le gynécologue appuie sur le clavier et nous entendons un boum boum très rapide et régulier. Je le regarde, surprise.

— Ce sont les battements de son cœur, me dit-il.

J'ai l'impression de revivre. Je me sens forte tout à coup. Je me rends compte que je ferais la pire erreur de ma vie si j'avortais. Parce que je veux ce bébé. Peu m'importe si je dois l'élever sans papa. Peu m'importe si je dois changer de boulot. Je me fiche de devoir prendre un appartement seule pour l'accueillir. Je ferai deux boulots s'il le faut, je travaillerai jour et nuit pour qu'il puisse avoir ce qu'il faudra. Je ferai absolument tout. Mais je désire ce bébé. Et tant pis si Kevin m'en veut. Je me tourne vers le docteur, les yeux larmoyants de bonheur.

— Laissez-moi mon bébé, murmuré-je.

Le médecin acquiesce et retire la sonde de mon vagin. Il imprime une photo de ma crevette que je glisse dans mon porte-feuille, tout sourire. Je me sens plus vivante que jamais. Je suis déterminée à élever ce petit bout de chou. Le gynécologue me donne rendez-vous dans deux mois pour la prochaine échographie, me prescrit des vitamines prénatales puis je sors du cabinet et cours comme une folle pour me jeter dans les bras de ma meilleure amie.

— Je ne veux pas avorter, sangloté-je. Je veux garder ce bébé.

Chapitre 20

Kevin

Je me lève avec un mal de crâne horrible. Nous avons fait la bringue toute la nuit. Le bus est arrêté près de Kansas City à en juger par les panneaux dehors. Tout le monde dort encore, visiblement. Je regarde l'heure sur mon portable : 9 h 02. Ah ouais il est trop tôt pour nous. Je n'ai aucun message d'Allyanna depuis qu'elle m'a incendié il y a une semaine. Ça me désole. Je crois que mon aveu l'a fait fuir, ce que je peux comprendre après ce que je lui ai fait. Je soupire. Bordel, elle me manque. Ça fait deux mois que je ne l'ai pas vue, j'ai l'impression que ça fait toute une éternité. Nous rentrons dans pile une semaine, le jour de mon anniversaire, j'espère qu'elle aura la gentillesse de me faire cadeau de sa présence lors de notre arrivée. C'est tout ce que je demande. Même si elle ne me regarde pas, si elle ne m'adresse pas la parole, je m'en fous, je veux juste la voir. Savoir qu'elle va bien par le biais d'Andrew, c'est bien, c'est rassurant, mais j'ai besoin de le voir de mes propres yeux. Et, si par miracle, elle accepte de me reprendre, je jure que je vais lui faire passer une nuit nuptiale merveilleuse dont elle se souviendra toute sa vie. Rocco en a marre de ma main.

Je prends une douche vite fait et m'habille pour aller chercher de quoi me faire un petit-déjeuner au supermarché, à côté. En mettant mes chaussures, j'entends des gémissements provenant de la cabine de Jake et je lève les yeux au ciel. Après s'être rendu compte que je n'étais vraiment pas libre pour elle, Ashley s'est rabattue sur Jake. Et, depuis une semaine, ça a l'air de bien marcher entre eux. Bon, elle m'a confié qu'elle se contentait de coucher avec lui parce qu'elle n'est pas prête à s'engager de nouveau dans une relation durable. Mais comme on dit, il n'y a que les imbéciles qui ne changent pas d'avis. Elle compte habiter quelque temps avec nous en attendant de se retourner dans sa vie.

Je déambule entre les rayons de l'épicerie et prends ce dont nous aurons besoin aujourd'hui. Puis je me dirige vers le rayon des livres et des magazines, dans l'intention d'acheter un nouveau bouquin. Ayant fini *The Mortal Instrument*, j'ai besoin d'un autre livre pour m'empêcher de continuer à surveiller mon téléphone, dans l'espoir de trouver un SMS d'Ally. J'arrête mon choix sur *Hunger Games* quand du coin de l'oeil, j'aperçois la couverture d'un magazine qui me glace sur place. C'est une photo de moi. Avec Ashley. Dans la piscine. Mon sang ne fait qu'un tour et je bouillonne de l'intérieur. Il faut que j'appelle ces putains de magazines, ils vont m'entendre. D'abord Allyanna, ensuite Ashley... Mais qu'ont-ils après moi ? Il faut d'abord que j'appelle Ally. Qu'elle ne croit surtout pas à ce torchon ! Ils n'ont pas pris la photo la moins suggestive en plus. Ashley est contre moi et on voit ses seins pressés contre mon torse. À première vue, on pourrait croire que nous sommes en pleine action. C'est un cauchemar. Comment je vais faire pour ne serait-ce qu'espérer récupérer mon Allyanna avec toutes ces merdes ?! Je me bats déjà avec acharnement en lui envoyant des tonnes de messages, mais là, c'est le pompon. Je ne vais jamais m'en sortir.

Je retourne au bus avec mes achats et sur les nerfs plus que jamais. Enfoiré de paparazzi. Je suis sûr que c'est un coup de Ralph ! J'entends un hurlement viril. Ah, Josh s'est levé et les tapettes à souris l'ont bien accueilli apparemment.

— KEVIIIIIIIIIIIN !!!!!!! JE VAIS TE TUER !!!!! Ah putain, ça fait mal !!!

J'aurais ri s'il s'était levé une demi-heure plus tôt. Mais après ce que je viens de voir, je ne bronche pas en le voyant ouvrir sa porte avec fracas, réveillant tout le monde au passage, un piège à souris refermé sur son orteil.

— Je ne t'ai rien fait putain !!!!! hurle-t-il.

— C'est pour le coup de la tarte au citron meringuée salée, répliqué-je.

— C'était il y a deux mois !!

— Je suis patient, réponds-je en haussant les épaules.

Josh fronce les sourcils en se rendant soudain compte que je ne suis plus vraiment sur Terre.

— Il y a un problème ? s'enquiert-il.

Je m'affale sur le canapé et me passe la main sur le visage, désemparé. Les autres arrivent, la tête encore à moitié endormie et me pose la même question. Je jette alors le magazine que j'ai acheté sur la table basse. Ashley plaque sa main sur sa bouche, mortifiée.

— Je ne sais pas comment je vais pouvoir récupérer Ally après ça. Je suis foutu. Je vais tuer tous ces connards.

— Fais gaffe, poto, tu es en train de te corrompre, fait remarquer Jake.

— Je suis désolée, Kev, je ne savais pas, je te jure, s'excuse Ashley.

Je lui lance un sourire triste.

— Je me doute, ce n'est pas ta faute. L'hôtel était censé être privé.

— Tu devrais l'appeler, suggère Pete. Je ne veux pas enfoncer le couteau dans la plaie, mais tu es une épave depuis que vous n'êtes plus ensemble, dit Billy.

Je ne le contredis pas là-dessus. Je ne ressemble à rien, à l'intérieur de moi.

— Je tombe directement sur sa boîte vocale. Elle a dû bloquer mon numéro. Elle ne veut plus rien à voir à faire avec moi. Et puis, nous n'étions pas vraiment ensemble, enfin ce n'était pas encore concret…

Je ne saurais même pas comment définir notre relation. *Sex-friends* ? Début d'une relation qui n'a finalement pas marché ? C'est lamentable. Et je suis lamentable, là, assis sur ce foutu canapé à des centaines de kilomètres d'elle. Il faut que je la voie !!! Je n'en peux plus de cette situation !!

— Je veux retourner à New York.

Les gars (et les deux filles) me regardent comme si je leur avais dit que j'étais homo.

— Quoi ? fait Josh.

— Les mecs, j'en peux plus d'être loin d'elle ! Elle me manque c'est atroce, je n'arrive pas à me concentrer correctement, je ne dors plus, je ne mange plus. Je veux annuler nos six derniers concerts et aller la retrouver.

— Et si elle ne te donne pas d'autre chance ? On aura annulé pour rien.

Je grogne. Josh a raison. Il faut que je reste ici et qu'on assure la fin de la tournée.

— Je vais faire un tour, annonce Josh sur un ton qui laisse entendre que je viens de le vexer.

Je soupire de nouveau. Je ne fais que ça, en ce moment. Soupirer, soupirer, soupirer. J'ai envie de retrouver Ally. Tout lui raconter, lui demander pardon pour tout ce que j'ai fait. Et pour tout ce que je n'ai pas fait, surtout. Je m'enferme dans ma « chambre » et tente d'appeler Allyanna pour la énième fois. Encore sa messagerie.

— Ally… s'il te plaît, réponds. Tu as certainement dû voir la couverture du dernier magazine, mais je jure devant Dieu que ce n'est pas ce que tu crois. Laisse-moi te voir pour tout t'expliquer. Tu me manques. J'ai envie de partir de la tournée pour te rejoindre. Mais je ne sais pas si ça vaut le coup si jamais tu ne me pardonnes pas. Je voudrais que tu viennes, ne serait-ce que pour mon anniversaire, le premier.

Tu serais mon plus beau cadeau. Je t'aime ma puce.

C'est la première fois de ma vie que je prononce ces mots à quelqu'un qui n'est pas de ma famille. Ça fait bizarre. Mais j'aime la sensation que ça m'a procurée quand je l'ai dit. Mon cœur s'est ouvert telle une fleur en plein essor. Je reçois un appel d'Andrew, comme chaque jour depuis que je suis parti.

— Salut, fais-je.

— Tu te fous de ma gueule ?! explose-t-il. Tu veux reconquérir Ally et on te retrouve en page de couverture à poil dans une piscine avec une autre ??!

Et merde. Si Andrew est au courant, c'est que le magazine est déjà en vente à New York. Ally est forcément tombée dessus, même par hasard. Je trouve étonnant qu'elle ne m'ait pas envoyé de message hystérique comme elle l'a fait avec le précédent. Enfin, je ne me plains pas.

— Andrew, ce n'est pas ce que tu crois... commencé-je.

— Ce n'est pas ce que je crois ? La photo est assez explicite, pourtant ! Je ne comprends pas pourquoi je continue à t'aider alors que tu te fous royalement d'elle. Elle est adorable, cette fille. Elle ne te mérite pas.

— Ce n'est pas ma faute putain ! crié-je à mon tour, las d'avoir tout le monde sur mon dos. C'est une mariée qu'on a ramassée sur la route, j'étais tout seul dans cette foutue piscine, mais Ashley s'est fait de fausses idées et a cru que je l'avais autorisé à venir pour baiser. Je lui ai bien fait comprendre que je ne voulais pas d'elle. Elle souffrait du fait que son mec s'est tapé sa meilleure amie le jour de leur mariage. Voilà, point. Il ne s'est strictement rien passé entre elle et moi. C'est Allyanna que je veux.

Un silence ponctue ma tirade. Puis Andrew semble rassuré.

— OK, je te crois. Et elle est où cette Ashley ?

— Avec nous dans le bus. Elle se tape Jake.

Je réponds ça comme si je parlais du beau temps.

— Bon. Allyanna va bien. Enfin aussi bien qu'elle peut l'être dans son état. Mais elle est en pétard, elle a vu la photo, tu as encore plus baissé dans son estime, si tant est qu'elle en avait encore pour toi.

— Comment ça dans son état ? m'enquiers-je, perplexe.

Andrew ne répond pas tout de suite et ça m'inquiète.

— Drew ?

— Elle va bien, répond-il. Il faudra juste que vous réussissiez à parler, tous les deux. Je crois que vous avez un tas de choses à vous dire. Surtout elle.

Je ne comprends rien. Elle aurait quelque chose à me dire ? Elle me cache quelque chose ? C'est pour ça qu'elle fait l'autruche ? Oh non. Elle n'a pas rencontré quelqu'un d'autre, j'espère. Et si elle revoyait ce mec avec qui je l'ai vu sur le parking il y a deux mois ?

Putain, si ce fumier ose la toucher… Je décide de mettre ses questions dans un coin de ma tête. J'ai encore plus envie de la voir, putain. Pourvu qu'elle soit toujours libre.

— Et sinon, l'affaire, ça avance ?

— Kevin, s'exaspère mon beau-frère.

— Je sais, tu ne peux rien me dire, mais dis-moi seulement si vous avancez, au moins. Juste pour me rassurer. Vous avez trouvé le lien avec moi ?

— On a réussi à relever un numéro, soupire Andrew. Tu sais que chaque taxi porte un numéro permettant aux compagnies de taxis de l'identifier. Celui qu'on recherche porte le numéro 8220. Il appartenait à une compagnie de la ville que l'on a interrogée. Le patron est mis en examen, mais apparemment, il l'aurait déposé dans un garage pour un check-up et il aurait disparu. On pense qu'un des employés du garage l'a vendu anticonstitutionnellement à un ferrailleur qui l'a refilé au tueur.

— Le patron a déclaré le vol ?

— Ouais il y a cinq mois environ. On a retrouvé les archives de la déclaration. Il dit la vérité, mais impossible de retrouver la trace du véhicule.

— Et l'employé ?

— Il nie, mais on ne lâche rien.

— Il faudrait faire des raids nocturnes, suggéré-je. S'il sait qu'on a le numéro de son taxi, il ne devra sortir que la nuit.

— Je sais, Kev. Mais on croule déjà sous les affaires en cours à cause de celle-là. On ne peut pas monopoliser tout le monde.

Je m'allonge sur mon lit et passe mon bras sur mes yeux.

— Si seulement je pouvais reprendre du service. Je lui ferai cracher le morceau à cet employé.

Andrew se met à rire.

— Je n'en doute pas.

Je décide de changer de sujet de conversation. Ils avancent, ça me rassure. Un peu… Je pourrais me reposer sur mes lauriers que lorsque ce salaud sera derrière les barreaux.

— Alors, mon filleul, comment va-t-il ? Et le futur bébé, vous savez le sexe ?

Andrew se met à exploser de rire à l'autre bout du fil. Qu'est-ce que j'ai dit ?

— C'est marrant que tu me poses ce genre de questions, surtout la dernière, se justifie-t-il. Bref, Nolan est pressé de retourner à l'école alors qu'il n'est en vacances que depuis le six. Quant au bébé, on ne sait pas encore, Rachel entame son quatrième mois seulement. Et toi, ta tournée ?

— Je me fais chier quand je ne suis pas sur scène, réponds-je lascivement. Bon, les mecs sont assez divertissants, surtout Josh à qui j'ai fait une bonne farce, ce matin. Mais je crois que la sienne va être pire alors je me méfie.

— Vous n'allez jamais vous arrêter tous les deux, rit Andrew. Votre mère a raison, vous allez devenir vieux que vous vous tirerez encore dans les pattes.

— À la vie à la mort, claironné-je. J'aime avoir le dernier mot.

— Bon, je dois retourner au boulot. Ally va bien, ne t'en fais pas. On se voit pour ton anniversaire ?

— Pas de problème. Maman prépare quelque chose ?

— Non, tu as dit que tu l'appellerais pour en discuter avec elle.

— Oui, je vais l'appeler, là. À plus, Andrew. Merci.

— Salut.

Ma mère décroche à la première sonnerie et je dois éloigner le téléphone de mon oreille tellement elle hurle.

— Tu joues à quoi, Kevin ? C'est quoi cette photo de toi et cette brune dans la piscine ??!

Je grogne en levant les yeux au ciel. Elle finit par me laisser en placer une et je lui répète mot pour mot ce que j'ai dit à Andrew.

— Oh, fit-elle après un moment de silence. Pardon mon chéri, mais tu sais que je ne connais pas bien ton comportement avec les jeunes femmes. Nous ne t'avions encore jamais vu avec quelqu'un alors tu comprends... Allyanna est une fille bien.

— Je sais maman, c'est pour ça que je veux la reconquérir. Mais pour ça, il faut que je la contacte. Elle ne répond à aucun de mes messages et ça m'énerve.

— Elle n'a plus de téléphone. D'après ta sœur, elle l'aurait fracassé contre un mur parce que... Enfin, elle n'en a plus.

— Parce que quoi ? Et comment ça se fait qu'elle voie Rachel ? Je ne suis jamais au courant de rien, moi !

— Tu ne vas tout de même pas empêcher ta sœur d'aller au restaurant ! Elles s'entendent très bien. Et, même si vous n'êtes plus ensemble, Ally est la bienvenue à la maison.

— Elle est venue déjeuner chez vous depuis ? m'étonné-je.

— Non, répond ma mère d'une voix qui suinte la déception. Elle refuse à chaque fois que Rachel lui propose. Je pense qu'elle est encore très affectée par ton départ. Andrew m'a expliqué pourquoi tu l'as quitté. Es-tu sûr que c'était pour la protéger ou parce que tu avais peur d'un avenir avec elle ? Nous avons remarqué que vous ne vous connaissiez pas depuis trois ans. Mais on a joué le jeu. Tu es parti parce que tu t'es rendu compte que tu tombais amoureux, n'est-ce pas ? Tu as choisi le renoncement plutôt que l'affrontement de l'avenir.

Je retiens les larmes qui menacent de couler et je sens la culpabilité, armée d'un couteau de combat, m'ouvrir le cœur très lentement. Je déglutis avec difficulté à cause de la boule de remords qui me coince la gorge, puis avoue.

— Je crois que c'est ça, oui. Mais je n'arrive pas à vivre sans elle, maman. Elle me manque. C'est pour cela que je voudrais que tu organises une fête d'anniversaire, comme je ne rentre que le jour même, il faut envoyer les invitations. Envoie des cartons à tout le monde. Dis-leur que le thème est un bal masqué. Il faut venir impérativement avec un masque.

— D'accord. Donne-moi l'adresse d'Allyanna.

— Non, Ally, je m'en occupe. Merci, maman. Je t'aime.

— Je t'aime aussi mon bébé. Fais ce qu'il faut pour récupérer cette fille, ne la laisse surtout pas filer.

— Je tâcherai de m'en souvenir. À la semaine prochaine.

Je raccroche et me laisse tomber sur mon lit. Le bus a repris la route pour le concert de ce soir à Kansas City. Je vais me donner à fond. Mon idée va marcher, j'en suis sûr. La porte s'ouvre à la volée et un truc énorme et moelleux m'atterrit sur la tronche. Josh s'en va en riant aux éclats. Je regarde les deux objets et sors de ma cabine à sa poursuite.

— Un ours en peluche et un traversin ? C'est ça ta vengeance ? Moi qui pensais que tu allais mettre du poisson pourri dans mes chaussures, enfin quelque chose de plus... emmerdant. Sérieusement, Josh, qu'est-ce qui t'a pris d'acheter ses trucs, c'est débile !

Le groupe explose de rire. Je ne comprends rien à leur délire.

— Ce n'est pas un traversin, c'est un coussin d'allaitement ! m'éclaire Melany, assise sur les genoux de Billy.

Je regarde le truc comme s'il s'agissait d'un extra-terrestre et m'éclate à le mettre sur mon torse, comme un soutien-gorge.

— Où tu passes tes seins, là-dedans ? fais-je, ne comprenant pas comment on se sert de ce machin sans queue ni tête.

Ashley rit tellement qu'elle en pleure. Elle m'informe ensuite que c'est pour caler le dos de la maman confortablement afin qu'elle puisse donner correctement le sein à son bébé. Ah oui, là je comprends mieux.

— Pourquoi as-tu acheté ça, Josh ? J'ai pas grossi pourtant, si ? ris-je en me mettant de profil et en soulevant mon T-shirt pour faire voir mes tablettes de chocolat. Et puis t'as eu ça où, j'ai pas vu de magasins de maternité par ici.

— C'est parce que tu ne regardes pas, rétorque mon frère. Tu comprendras plus tard pourquoi je t'ai acheté ça. Eh oui, c'est ma vengeance. Ça aussi tu comprendras plus tard.

Je lance un regard dubitatif à tout le monde dans l'espoir que l'un d'eux éclaire ma lanterne. Mais personne n'a l'air de vouloir m'en dire plus. Je décide de laisser tomber et de me concentrer sur ce que je m'apprêtais à faire avant que mon abruti de petit frère ne vienne m'interrompre. Je retourne dans ma couchette, m'allonge sur mon lit en calant le coussin d'allaitement derrière ma tête (c'est vrai que c'est confortable !) et navigue sur mon PC portable afin d'acheter un nouveau téléphone. Je tape l'adresse d'Allyanna comme adresse de livraison.

Voilà. Nouveau téléphone. Nouvelle relation. Je vais voir si elle résiste où si, au contraire elle va succomber à la tentation.

Chapitre 21

Allyanna

Je suis en train de me documenter sur la façon dont on prépare un biberon quand on frappe à la porte.

— Chelsea, tu peux aller ouvrir ? crie-je à ma meilleure amie qui prépare un cheese-cake dans la cuisine, musique à fond.

— Hey cocotte, tu n'es pas encore énorme au point de ne plus pouvoir marcher alors profites-en pour aller voir, me rabroue-t-elle en léchant la cuillère de sa préparation.

Je lève les yeux au ciel et me résigne à me lever du canapé que je n'ai quitté que pour aller vomir, faire pipi et manger. Je ne suis enceinte que de deux mois et pourtant, je mange comme deux vaches. La grossesse c'est bien, mais ce n'est pas une sinécure. Génial, la vie de future maman... J'ouvre la porte sur un coursier qui tient un petit carton.

— Bonjour, mademoiselle Palmer ? me demande le bonhomme.

— Euh oui, fais-je en fronçant les sourcils.

Il me tend le paquet que je prends et me demande de signer sur la tablette tactile. Je referme la porte derrière lui, ne comprenant pas ce que contient ce paquet et surtout, qui me l'envoie.

— Oh, tu as commandé des petites chaussures de bébé ? s'extasie déjà Chelsea en accourant vers moi tandis que je pose le carton sur la table.

— N'importe quoi, dis-je. Tu sais bien que ça porte malheur d'acheter le matériel avant les sept mois de grossesse.

— Tu es superstitieuse, c'est bien ce que je dis !

— Mais non, j'ai vu ça sur un article et du coup je préfère ne pas prendre de risques. Je suis prévoyante.

— Tu es parano, chérie. Je meurs d'envie d'acheter des petites robes roses, et des serre-tête et des...

— On ne sait même pas si c'est une fille ou un garçon ! Pour l'instant, c'est une crevette ! Bon, je peux ouvrir le paquet ?

— Qui te l'envoie ? s'enquiert-elle tandis que je déchire l'emballage.

— Je n'en sais rien, il n'y a pas le nom de l'expéditeur.

J'ouvre le carton et y découvre un iPhone flambant neuf. Waow, cette personne n'a pas pris le moins cher.

— C'est quoi ce délire ? s'étonne Chelsea par-dessus mon épaule.

— Peut-être une erreur, hasardé-je.

— Il ne t'aurait pas fait signer, greluche.

Je hausse les épaules. Pas faux. Je reste perplexe devant ce cadeau. Qui a bien pu m'envoyer ça ?

— Bah qu'est-ce que tu attends pour l'allumer ?!

— Mais je ne vais quand même pas m'en servir, je ne sais même pas de qui c'est ! Et si c'est un taré ?

— Oui bon, il est peut-être taré, mais je voudrais bien que tous les tarés soient aussi gentils, moi. Allez, allume-le.

J'insère ma puce dans le téléphone et le mets en marche. Aussitôt, je suis assaillie de messages textes et vocaux. Il ne s'arrête plus de sonner ! Je regarde. Ils viennent quasiment tous de Kevin. Mon cœur en prend un coup. Sans prendre la peine de lire ni d'écouter, je les efface. Je suis encore plus blessée depuis que je l'ai vu en page de couverture du magazine alors que je faisais tranquillement mes courses. Avec cette bombasse, nus dans cette piscine. J'ai lâché mon chariot et je suis partie en larmes. Moi qui pensais à lui pardonner, là, c'est fini. Kevin n'existe plus pour moi. J'ai fait définitivement une croix sur lui. Il peut toujours courir pour me reconquérir. Maintenant, je ne veux plus me consacrer qu'à mon bébé. Et pour pouvoir l'élever dans les meilleures conditions, j'ai décidé de chercher un travail plus flexible au niveau des horaires et me dégoter un appartement assez spacieux afin d'accueillir mon futur bébé. J'ai renvoyé des CV, des lettres de motivations et mon book à des agences de photographies, dans l'espoir que l'un des patrons accepte ma candidature en dépit de mon manque d'expérience professionnelle. J'ai même contacté des agences du New Jersey. Quitte à partir de New York, je ferai tout pour mon enfant. J'en ai parlé à Will et Chelsea et ils me soutiennent à fond. Ce sont de véritables amis comme je n'en aurais jamais rêvé de meilleurs. J'ai décidé d'attendre d'avoir une réponse pour un poste de photographe avant de me décider sur un appartement.

Je me concentre sur les messages restants et reste perplexe.

Le premier date du 30 mai

Je sais que je ne devrais pas te dire ça, mais il est mal.

Le 7 juin

Écoute, je sais que je ne devrais pas me mêler de vos oignons, mais il ne va pas bien du tout. Il hurle la nuit, je l'entends pleurer, il n'est pas concentré. Laisse-lui une chance de tout t'expliquer. Je le connais, il n'aurait jamais fait ça.

Le 11 juin

Ally, je te promets que je n'ai aucune intention de te harceler. Mais si tu as besoin de parler, de te confier, je peux être ton ami malgré ce qui se passe. Tu peux me faire confiance, je ne lui dirai rien. Je t'apprécie vraiment, Allyanna.

Le dernier date d'il y a deux jours.

Félicitations, Ally. Je suis vraiment heureux d'être bientôt tonton. Ne t'inquiète pas, je ne lui dirai pas sans ton autorisation. Et puis je pense que c'est à toi de lui dire en personne. J'espère que tu le feras, à sa place moi, je voudrais savoir. Il a voulu foutre les derniers concerts en l'air pour te voir. Tu lui manques tellement ! La photo que tu as vue est un énorme malentendu. Chelsea m'a raccroché au nez quand j'ai commencé à défendre Kevin. C'est vrai que ça porte à confusion, mais ce n'est pas ce que tu crois. Bref, tu dois certainement te dire qu'il est normal que je défende mon frère, mais il n'a absolument rien fait. Il n'en a que pour toi. Il nous parle de toi tout le temps. Même si vous ne vous remettez pas ensemble, laisse-lui au moins l'occasion de s'expliquer. Au passage, dis à Chelsea que je ramène la Chantilly à mon retour, elle ne doit plus avoir de batterie. Elle comprendra ;)

Je me tourne vers Chelsea, les yeux plissés et les lèvres pincées.

— Qu'esch qu'il y a ? s'étonne-t-elle, la bouche pleine de pâte à gâteau.

— Déjà, arrête de manger toute la préparation, il va plus rien avoir à mettre au four, dis-je en lui prenant le fouet des mains. C'est moi qui suis enceinte et censée manger pour deux. Et deuxièmement, tu as donné mon numéro à Josh ?! Je croyais que vous ne vous parliez pas autrement qu'avec des gémissements !

Je la vois rougir et elle m'adresse un sourire timide.

– Il m'a supplié de lui donner ton numéro, il voulait absolument te parler. Il m'a *supplié*, Ally. Aucune femme digne de ce nom ne peut résister à un homme qui supplie !

Je soupire en levant les yeux au ciel.

— Et tu lui as dit pour le bébé, lui reproché-je encore. Et s'il le dit à Kevin ?

— Il ne lui dira pas, il me l'a promis. Disons que j'ai laissé entendre que tu étais enceinte sans le faire exprès. Tu m'en veux ? boude-t-elle en faisant sa tête de chien battu.

Elle est sacrément culottée, cette fille.

— Arrête de faire ton boudin pour m'amadouer. Je devrais t'en vouloir à mort, dis-je en agitant le fouet sous son nez. Mais tu es ma meilleure amie. Et tu as de la chance. Bon, on finit ce gâteau ? Je pourrais manger un éléphant tellement j'ai faim.

— Tu as mangé il y a à peine une heure !!

— Je suis enceinte !! réponds-je sur le même ton. Au fait, c'est quoi cette histoire de Chantilly, il m'a dit de te dire qu'il en ramène à son retour.

Ma meilleure amie manque de recracher son verre de soda.

— Euh… c'est rien.

Et elle s'en va précipitamment dans sa chambre. Je préfère ne pas savoir ce qu'ils font avec la Chantilly, en fin de compte…

Je suis en train de lire sur Wattpad, seule sur mon lit que j'ai finalement décidé de remplacer. J'adore ce site. J'y trouve pas mal de perles et je suis particulièrement fan de cette française dont je suis en train de dévorer le deuxième roman, *Ne rougis pas*. Elle a vraiment du talent et je suis (un peu) contente que Gabriel ne ressemble pas à Kevin. Mais il reste sexy quand même. J'entame le dixième chapitre quand l'iPhone sonne, me signifiant que j'ai un SMS. Je n'arrive toujours pas à me dire que c'est mon téléphone. Je l'attrape et reste pétrifiée devant le contenu du message.

Bonjour mademoiselle,

J'espère que votre cadeau d'anniversaire vous plaît, j'ai appris que vous en aviez besoin d'un. J'espère que vous avez passé une bonne journée. Les miennes sont monotones, en ce moment.

Bonne nuit douce Allyanna, puissiez-vous faire de beaux rêves.

Ce mec me fait flipper. Je ne sais même pas si c'est un homme, d'ailleurs. Ça pourrait très bien être une admiratrice secrète, qui sait ? Et puis comment aurait il ou elle eu mon numéro ? C'est forcément quelqu'un que je connais. Je tape rapidement.

Qui êtes-vous ?

La réponse ne se fait pas attendre.

Quelqu'un qui vous admire beaucoup.

Waow, ça m'aide beaucoup, tiens...

Vous êtes un peu à la ramasse, mon anniversaire, c'était il y a plus de deux mois.

Mieux vaut tard que jamais ;)

Il commence à me taper sur le système, ce con. Ou cette conne...

Dites-moi au moins si j'ai à faire à un homme ou une femme.

La réponse se fait attendre, cette fois, comme si la personne hésitait. Quand le téléphone vibre, je saute dessus.

Bon, je suis un homme.

On s'est déjà rencontrés ? tapé-je.

Plus d'une fois, oui.

Je commence à avoir des soupçons. Je souris en demandant.

On se connaît bien ?

Je ne peux malheureusement pas répondre à cette question. Pas maintenant.

Je voudrais vous inviter, belle Allyanna.

Je rumine. Mais qui ça peut-être, bordel ? Si c'était quelqu'un que je connaissais, ça m'aurait affiché son nom puisque je n'ai pas changé de puce ! Ce mec commence réellement à me faire flipper. Et si c'était le tueur en taxi ?

Un frisson d'horreur me fait dresser les poils sur les bras rien qu'à cette idée.

Non, réponds-je. *Rien ne me dit que vous êtes une personne fiable. Qui sait, vous êtes peut-être un psychopathe sexuel. Ou pire...*

Croyez-moi, mademoiselle, je ne suis pas un psychopathe. Mais je vous mentirais si je disais que je n'aime pas le sexe, en revanche.

Pourquoi je rougis ? Et pourquoi je me sens... excitée ? Je pose le téléphone sur la table de chevet et me replonge dans *Ne rougis pas*, bien décidée à ne plus répondre. Je n'aime pas la tournure que prend cette conversation. Mais en même temps et sans que je sache pourquoi, ce mec m'obsède. Qui est-ce ? D'où est-ce que je le connais ? L'iPhone vibre de nouveau. *Ne réponds pas, ne réponds pas, ne réponds pas...* Et merde. Je m'empare du smartphone, c'est plus fort que moi.

Pardon, je ne voulais pas vous offenser. Je veux seulement vous rencontrer. Nous pouvons nous voir dans un endroit rempli de monde. J'organise un bal masqué dans une salle de Brooklyn la semaine prochaine. Il ne peut rien vous arriver, nous serons masqué et entourés. Je n'ai aucune intention de vous faire du mal, Allyanna.

J'ai la tête qui tourne à force de réfléchir. Que dois-je répondre ? Je décide de demander conseil. Je me lève et entre dans la chambre de Chelsea. Merde, elle dort. En même temps, il n'est pas loin de minuit. Tant pis. Je retourne dans ma chambre et tape.

Où aura lieu la fête, exactement ?

Un chauffeur viendra vous chercher. Rien n'est plus beau que de voir une princesse descendre de son carrosse.

Soudain j'éclate de rire. Je m'en doutais que c'était lui ! L'enfoiré, il m'a bien eue !

C'est bon Will, je sais que c'est toi. Tu t'es grillé tout seul, il n'y a que toi qui m'appelles princesse. Tu fais comment ? Tu as racheté une puce pour l'anonymat ?

Je trépigne de satisfaction. Putain, il m'a fait flipper, ce con !

Je ne suis pas Will.

Arrête, c'est bon, j'ai capté ton petit jeu.

Je ne suis pas Will.

Il commence à m'exaspérer.

Will, sérieux, ça devient lourd, là, ta petite blague.

Je ne suis pas Will.

Je vais le tuer. Je vais me le faire, je vais l'étriper demain, au boulot. Puis une idée me vient alors. A pas de velours, j'entre dans la chambre de Chelsea et m'empare de son téléphone. Il ne m'aura pas comme ça le petit Chase. Je retourne dans ma chambre et tape une réponse au SMS sur mon téléphone.

Tu es sûr que tu n'es pas Will ?

Puis j'appelle mon meilleur ami via le téléphone de Chelsea.

Je sais encore comment je m'appelle lol

Au même moment, mon patron répond au coup de fil d'une voix... ensommeillée ?

— Allô

— Will ?

— Ally ? Qu'est-ce qui se passe, tu as un problème ? s'alarme-t-il.

Je l'entends se lever. Mon cerveau ne capte plus rien.

— C'est toi qui m'envoies ces messages ? m'enquiers-je, un peu déboussolée.

— Quels messages ?

L'iPhone vibre.

Dites-moi que vous viendrez le premier juillet. Je vous en supplie.

Je reste bloquée sur la dernière phrase, au point d'en oublier Will au bout du fil. Les mots de Chelsea me reviennent en mémoire. Elle a raison, on ne peut pas résister à un homme qui supplie une femme.

— Ally ? s'inquiète Will.

— Euh, ouais, hum... laisse tomber, ça doit être une erreur. Désolée de t'avoir réveillé. Bonne nuit Willy.

Puis je raccroche sans lui laisser le temps de répondre quoi que ce soit.

Je viendrai, réponds-je. *Mais je serai accompagnée.*

D'accord, tant qu'il ne s'agit pas d'un concurrent parce que je compte bien vous faire la cour.

Mon ventre se contracte sous l'effet du désir et j'exhale un soupir. Est-il réellement possible d'être excitée par un simple message ? Bien sûr, je n'aime pas ce que je ressens. En dépit de tout ce qu'il m'a fait, une partie de moi est encore amoureuse de Kevin. Mais il en a bien profité avec cette nana dans la piscine alors pourquoi moi je n'y aurais pas le droit ?

Le premier juillet arrive avant même que je n'aie eu le temps de dire « ouf ». La semaine est passée à une vitesse ! Je m'oblige toute la journée à ne pas penser que ce jour est l'anniversaire de Kevin. Je ne veux pas penser à lui, pas alors que j'ai un rendez-vous avec un inconnu. Je n'arrive pas à réaliser ce que je m'apprête à faire. Je n'ai jamais été ainsi. Depuis que j'ai rencontré Kevin, je suis devenue une autre femme, plus ouverte, plus confiante. Et depuis qu'on a rompu — ou peu importe le mot adéquat quant à notre relation presque inexistante —, je suis devenue plus féminine. Je suis même allé faire un tour chez le coiffeur hier afin de me faire couper les cheveux jusqu'aux épaules dans un magnifique dégradé avec quelques reflets blonds naturels.

Je me trouve devant le grand miroir à pied de ma chambre et je suis subjuguée par mon reflet. J'ai l'impression d'être devant une autre femme. Chelsea m'a complètement transformée avec le maquillage simple, mais sexy. Elle devrait se tourner vers le cosmétique, sans déconner.

Je porte une robe couleur or, qui m'arrive à mi-cuisse et qui dénude entièrement mon dos. Mon ventre se voit à peine. Je n'ai pas l'habitude de m'habiller ainsi, je ne sais même pas pourquoi j'ai accepté de porter ce morceau de satin qui me couvre à peine. Chelsea retire ses lunettes pour me contempler à l'œil nu.

— Tu es tellement sexy que tu me convaincrais presque de changer de bord, s'exclame-t-elle, subjuguée.

Je rougis immédiatement.

— Je flippe, Chelsea. Et si je ne reviens pas ?

— C'est que tu passes la nuit avec ce bel inconnu. Sérieusement, poupée, me rassure-t-elle en me prenant par les épaules et me regardant droit dans les yeux. Il ne peut rien t'arriver, Andrew sera avec toi.

Je hoche la tête. Le lendemain de ma conversation avec cet inconnu, j'ai appelé Andrew et lui ai demandé s'il fêtait l'anniversaire de Kevin (j'ai eu un mal fou à prononcer son prénom) et s'il pouvait m'accompagner à cette fête glauque à laquelle j'ai été invitée une fois qu'il m'a dit que le groupe avait prolongé leur tournée de deux jours. Sur le coup j'ai trouvé cela bizarre étant donné que Josh m'avait rapporté que son frère voulait à tout prix rentrer, mais bon, je me suis dit qu'il m'a oublié finalement.

Il ne lui a pas fallu si longtemps que ça...

Quelqu'un toque à la porte. C'est Andrew. Il ouvre les yeux comme deux ronds de flan, prend ma main et me fait tourner sur moi-même, ce qui nous fait rire.

— J'en ai de la chance ce soir, rit-il. Si je n'avais pas Rachel, j'aurais été jaloux de ce chanceux avec qui tu as rendez-vous. Tu es à tom-ber !!

Je souris, aux anges. Oui, je me trouve super belle.

— Et si c'est un mec pas clair ? paniqué-je.

Andrew lance un regard qui m'intrigue à Chelsea avant de répondre.

— Il n'aura pas le temps de toucher un seul de tes cheveux, ne t'inquiète pas, tu as un flic comme garde du corps.

— Les talons, c'est obligé ?

— Tu ne vas quand même pas y aller en baskets !! Allez ouste ! Le chauffeur est déjà là.

Je descends de l'immeuble au bras d'Andrew. Une magnifique Audi A8 nous attend sagement, un homme en costume et coiffé d'un képi posté à côté, les bras croisés sur la poitrine. Contrairement à la plupart des films, il n'est pas du tout vieux. Il est à peine plus âgé que moi, grand et athlétique. Ses yeux sont d'un bleu vert magnifique. Je lui souris timidement.

— Mademoiselle, monsieur, je m'appelle Harvey et je suis votre chauffeur, ce soir.

Il ouvre la portière arrière et m'invite à entrer à l'intérieur de la berline. Eh ben ! Si ce soir je ne repars pas avec l'inconnu, je pourrais toujours me rattraper avec Harvey le beau chauffeur... Quoi ! Kevin n'a pas mis longtemps pour s'en taper une autre, pourquoi pas moi ?

Andrew monte à son tour, Harvey (beau cul, en plus !) se met au volant et nous démarrons pour aller je ne sais où d'ailleurs. Heureusement que j'ai Andrew, sinon je n'aurais vraiment pas été rassurée.

J'espère que ce mec est gentil, au moins. Sinon c'est clair, je m'enfuis dans les bras d'Harvey.

Chapitre 22

Kevin

Elle peut arriver d'une minute à l'autre. J'ai le cœur qui bat à une vitesse vertigineuse et mon ventre se tord sous l'effet du trac. J'ai l'impression d'être un ado pubère au bal de fin d'année. La salle que j'ai louée est bondée d'invités masqués. Je suis fier de ma famille qui a organisé tout cela, je n'y serai pas arrivé seul. Et je suis content d'Andrew et Chelsea qui ont joué le jeu. Celle-ci a finalement daigné écouter Josh au sujet de mon innocence quant à ce qui s'est passé avec Ashley. Je me fonds dans la masse, serrant quelques mains et les remerciant quand ils me souhaitent un joyeux anniversaire. Il ne sera joyeux que quand elle sera là. J'ai opté pour un costume noir simple avec un masque de la même couleur comme la plupart des hommes présents ici, ce soir. Une main se pose sur mon épaule et je souris à ma mère.

— Tu crois qu'elle va venir ? me demande-t-elle.

Elle porte une élégante robe blanche et son masque vénitien lui couvre les trois quarts du visage. Elle est méconnaissable.

— Elle m'a dit que oui. J'espère qu'elle ne s'est pas dégonflée au dernier moment, réponds-je avec amertume.

Au même instant, mon téléphone se met à vibrer dans ma poche et je me précipite dessus en m'excusant auprès de ma mère. J'ai changé de puce afin de garder l'anonymat. C'est le seul moyen que j'ai trouvé pour qu'elle me parle. J'avoue que ça me dérange qu'elle me parle, quelque part, parce qu'elle ne sait pas qu'il s'agit de moi. Ce qui veut dire qu'elle aurait accepté ce rencard si ça n'avait pas été moi. Je crois qu'elle veut me faire payer ce qu'elle a cru voir. Ou alors c'est vraiment pas une fille fiable... J'ai peur de ce qui pourrait se passer. Va-t-elle m'envoyer bouler ? Va-t-elle écouter ce que j'ai à lui dire ? Va-t-elle me pardonner ? Cette dernière question relève du miracle. Je ne peux pas tout espérer en même temps. Déjà, si elle vient, c'est une bonne chose, c'est tout ce que je souhaite.

Comment je saurai que c'est vous ?

Je réponds en souriant.

Ne vous en faites pas pour ça. Moi je vous reconnaîtrai.

Je vous avoue que je ne suis pas très enthousiaste à l'idée d'assister à votre bal. Je viens de sortir d'une situation compliquée avec quelqu'un et c'est encore très dur.

Je feins l'ignorance.

Oh... Peut-être aurais-je la chance de réparer ce pauvre petit cœur.

Je ne sais pas si je suis prête pour ça. J'étais réellement amoureuse...

Mon cœur va défaillir. Mon sourire étire mes lèvres au point d'en avoir mal aux joues et je réprime un cri de joie. Waow, putain, elle est folle de moi !

D'accord, réponds-je en m'efforçant de ne pas tout lui révéler, là, tout de suite. Êtes-vous *encore amoureuse de cet homme ?*

Je l'envoie, mais je me rends compte que je n'ai pas envie de connaître la réponse. Si elle dit non, mon cœur se brise.

Si elle dit oui, elle risque de vouloir faire demi-tour puisqu'elle ne sait pas que c'est moi.

Soudain, tout le monde se retourne vers l'entrée et je suis leur regard. Putain de bordel ! C'est elle. Elle monte les marches qui mènent au milieu de la réception au bras d'Andrew. Ils sont tous deux masqués, mais je peux la reconnaître grâce à sa chevelure rousse flamboyante. Elle a changé de couleur, accentuant un peu plus le roux avec des reflets blonds. Et elle les a fait couper. Elle est parfaite... Elle porte une robe couleur or qui lui sied à merveille, comme si elle avait été cousue pour elle. Après quarante-sept jours passés loin d'elle, mon coeur se met à bondir comme quand je l'ai rencontré pour la première fois. Il pète le feu suite à un mois et demi de déprime, recroquevillé sur lui-même. J'ai l'impression de revivre. Non, je *renais*. J'ai pensé que je ne lui manquerais pas, quand je l'ai quitté. Mais je ne me suis pas posé la question si moi, elle me manquerait. Désormais, j'ai ma réponse. Je ne peux pas vivre sans elle. Elle est ma muse, mon inspiration, la raison pour laquelle je chante, celle pour laquelle je vis ! Je veux embrasser chaque parcelle de son corps, je veux qu'elle m'appartienne. Elle tourne la tête à gauche et à droite et je souris dans mon coin. Elle me cherche. Andrew m'envoie un message.

Colis livré. Tu as intérêt à bien te conduire avec elle sinon je fais en sorte qu'aucune femme ne puisse plus jamais toucher tes bijoux de famille, pigé ?

Je lui adresse un clin d'œil au loin avant de m'emparer de deux coupes de champagne. Waow, elle est... elle est... putain, j'en perds mes mots. J'arrive derrière elle en silence. Elle contemple un tableau représentant un pélican qui admire le soleil couchant. C'est l'un des tableaux que ma mère a fait pour Maggie qui était fascinée par ses oiseaux. D'ordinaire, il est accroché chez mes parents, mais comme nous sommes dans une salle, ce soir, j'ai décidé de l'emmener. Ainsi, j'ai l'impression que ma grande sœur est là avec nous pour mon vingt-cinquième anniversaire. Je respire l'odeur de sa peau de pêche. Mmh, son odeur de vanille m'a tellement manqué ! Je m'approche doucement de son oreille avant de lui murmurer.

— Tu es parfaite.

Allyanna sursaute, mais ne se retourne pas pour autant. Je me penche sur son cou et lui dépose un baiser sur l'épaule. Elle frissonne. Ça m'excite. Je continue mon petit jeu de séduction et remonte mes baisers à l'intérieur de son cou.

— Arrêtez, souffle-t-elle, me prenant au dépourvu.

Puis je me souviens qu'elle n'est pas censée savoir qui je suis. Je me redresse et m'excuse.

— Je suis désolé, je ne voulais pas vous brusquer.

Ally se retourne et le vert de ses iris me transperce l'âme. Comment ai-je pu faire du mal à une femme aussi sublime ? Ses lèvres pleines sont colorées de rouge carmin absolument exquis. Je rêve d'y poser ma bouche. Elle me fixe un instant. Mon masque me cache pratiquement tous les traits qui pourraient me rendre reconnaissable. Je détourne le regard afin d'éviter qu'elle ne fasse tomber mon masque, justement.

— J'ai bien cru que vous alliez me poser un lapin, dis-je pour donner le change.

— Je ne suis pas comme ça.

— Champagne ? proposé-je en lui tendant une des deux coupes.

Elle secoue la tête.

— Non merci, je suis... je prends des médicaments, ça ne fait pas bon ménage.

Je penche la tête sur le côté. Pendant un instant, j'ai cru qu'elle s'apprêtait à dire autre chose, mais qu'elle s'est ravisée au dernier moment. Elle est sous antibiotiques ? A-t-elle fait une dépression à cause de moi ? Putain, si je l'ai rendue malade, je ne m'en remettrai jamais. Mais Andrew m'en aurait parlé si elle avait fait une dépression. Or, elle continuait sa petite vie tranquille malgré sa tristesse.

— Vous êtes malade ? m'enquiers-je, de plus en plus inquiet de son état de santé.

— Non, répond-elle en rougissant. Enfin pas vraiment...

Je suis désolée, je ne sais pas pourquoi je suis là, je ne devrais pas être avec vous, comme je vous l'ai dit je sors d'une relation compliquée...

Elle commence à paniquer. Ce n'est pas bon ça. Un serveur passe au bon moment et je pose les coupes pleines sur son plateau avant de prendre Ally par les épaules.

— Hey, ça va aller. Vous ne risquez rien, vous faire du mal est bien la dernière chose dont j'ai envie. Je comprends très bien et je ne vous ferai pas d'avances. Je voudrais juste passer une bonne soirée. En votre compagnie. Quelque chose me dit qu'une danse avec un parfait inconnu vous ferait le plus grand bien. En tout bien tout honneur, ajouté-je en voyant son regard méfiant.

Elle hoche la tête et je me retiens de ne pas la serrer dans mes bras et lui dire que je l'aime et à quel point elle m'a manqué, toutes ces semaines. Ce n'est pas le bon moment. Je l'emmène sur la piste de danse et l'enlace tandis qu'elle tente de trouver une technique pour poser les bras autour de moi sans avoir l'air de flirter. Je ris intérieurement. Elle n'a aucune idée de qui est sous ce masque. J'ai même pensé à mettre des lentilles de couleur afin de ne pas éveiller ses soupçons. Perdant patience, elle passe ses bras autour de ma nuque et je la rapproche un peu de moi, posant mes mains contre son dos nu. Ma queue se dresse rien qu'en pensant qu'elle ne porte pas de soutien-gorge sous cette robe. La musique de Ed Sheeran, *Photograph*, entonne ses premières notes et nous nous contentons de tournoyer ensemble en tentant de trouver notre rythme. Je suis comme un gosse le matin de Noël. Je suis le plus heureux. Certes, je ne peux pas l'embrasser ni la toucher comme je voudrais pour l'instant, mais je ne perds pas espoir. Je sais qu'elle a encore des sentiments pour moi, elle en a toujours eu. Qu'est-ce que j'ai pu être con, bordel ! Les paroles de la chanson nous transpercent. Nous savons tous les deux qu'elles signifient quelque chose pour nous. Je l'ai choisi spécialement pour elle.

Loving can hurt, loving can hurt sometimes **(Aimer peut faire mal, aimer peut faire mal, parfois)**

But it's the only thing that I know **(Mais c'est la seule chose que je connaisse)**

When it gets hard, you know it can get hard sometimes **(Quand ça devient compliqué, tu sais que ça peut devenir compliqué, parfois)**

It's the only thing that makes us feel alive **(C'est la seule chose qui puisse nous rendre vivant)**

J'ai envie de me fondre en elle. De l'aimer, de faire d'elle la femme heureuse qu'elle mérite de devenir. Je suis prêt à tout pour la reconquérir. Je n'ai plus envie d'être un salaud, surtout pas avec elle. Je ne veux qu'elle, d'ailleurs. Elle et pas une autre. Elle a été faite pour moi. Je ne veux plus faire de conneries. Ed Sheeran a laissé place Aerosmith. Je sens Ally se raidir contre moi en reconnaissant notre chanson. Nous tournons toujours, tous les deux enlacés, sans vraiment chercher à danser. Je veux juste la tenir dans mes bras le plus longtemps possible. Je ne sais pas qu'elle sera sa réaction quand elle découvrira qui je suis et j'avoue que ça me fout les jetons. Alors, autant profiter de ce moment merveilleux tant qu'il est encore temps. Je reprends mes esprits quand j'entends Allyanna renifler, dans mon cou. Je m'éloigne un peu d'elle pour la regarder. Des larmes perlent dans ses beaux yeux.

— Tu penses encore à lui ?

Elle hoche la tête.

— Je suis désolée... mais il me manque, avoue-t-elle en sanglotant. Cette chanson signifie beaucoup pour moi et...

Je ne supporte plus cette situation. Je ne peux plus me taire. Déterminé, je retire mon masque et lui fais face. D'abord, je vois la surprise sur son visage. *Oui, ma chérie, c'est moi et je sais désormais ce que tu ressens pour moi.* Elle enlève son masque à son tour et je peux voir ses joues cramoisies et le regard meurtrier qu'elle me lance. La gifle qu'elle me donne est phénoménale. Suffisamment forte pour qu'elle résonne dans toute la salle et qu'elle fasse se retourner tous les invités.

La vache, elle m'a décroché la mâchoire ! Puis sans un mot, elle se dirige vers la sortie avant de s'arrêter en chemin. Elle semble indécise, comme si elle hésitait entre partir de façon théâtrale où revenir sur ses pas pour m'en remettre une.

— Et merde, jure-t-elle avant de se retourner et de foncer sur moi.

Je recule, persuadé qu'elle va me remettre une droite, mais sa bouche se retrouve soudain sur la mienne. D'abord surpris par sa spontanéité, je ne pense pas à lui rendre son baiser. Puis je réalise peu à peu ce qui se passe et je prends son visage de princesse en coupe dans mes mains pour lui redonner son baiser avec avidité. Sa langue se mêle à la mienne, se cherchant après toutes ces semaines loin l'une de l'autre. Si je ne sentais pas tous les regards plantés sur nous, je lui ferais l'amour là, tout de suite, sur la piste de danse. Comme si elle avait lu dans mes pensées, Allyanna interrompt notre baiser et regarde autour de nous. Tout le monde nous regarde. Puis sans que je comprenne pourquoi et à ma plus grande déception, elle tourne les talons et s'en va. Je reste planté là, au milieu de la piste, encore en proie au désir de ce baiser fulgurant qui aurait pu faire brûler toute la salle s'il avait duré un peu plus longtemps. Quand je réalise qu'Ally s'est réellement fait la malle, je décide de me lancer à sa poursuite afin de tout lui expliquer. Elle ne sait pas encore que je suis innocent dans l'histoire d'Ashley. Mais quand j'ouvre la porte à la volée, il n'y a plus aucune trace d'elle. Elle a complètement disparu.

Et la berline que j'ai louée pour elle aussi, ainsi que le chauffeur, Harvey. Énervé, je mets un coup de pied dans le petit muret. Andrew vient me rejoindre.

— Hey, ça va, mec ?

Je repousse sa main qu'il a posée sur mon épaule.

— Elle s'est barrée, putain ! explosé-je. Je fais toujours tout foirer avec elle !!

— Calme-toi, elle ne peut pas être bien loin, me rassure-t-il. Elle est peut-être rentrée chez elle.

— Je fais comment moi, c'est mon anniversaire, je ne vais quand même pas m'en aller à ma propre fête !

— Va la rejoindre. Je m'occupe de tout.

— Merci, vieux.

Sans attendre, je cours à ma voiture et démarre dans un crissement de pneus. Je fais à peine dix kilomètres quand quelque chose éclate et mon Impala dévie sur la gauche. Heureusement, j'ai le réflexe de braquer à droite avant de piler comme un fou. Je descends immédiatement pour voir ce qui a failli me causer une collision dans le fossé. Un pneu a éclaté. Fais chier ! D'un geste rageur, je mets un coup de pied dans la roue. Ce n'est pas possible d'être autant poisseux !! Comment je vais faire moi maintenant ? Je suis dans Greenwich Village et je n'ai absolument aucun moyen de retrouver Allyanna à Brooklyn, si tant est qu'elle se trouve chez elle. Aucun taxi aux alentours. C'est incroyable, New York est réputée pour ses milliers de taxis, mais ce soir, pas un seul ne se montre. Putain de karma ! Tout à coup j'entends un hennissement. Près de la fontaine de la place se trouve une calèche avec des chevaux pas encore attelés. Le cocher est à l'arrière de la calèche et démêle les rênes apparemment. Sans perdre une seconde, je traverse la rue et crie au vieil homme tout en m'emparant du cheval blanc.

— Police ! Je vous le rends rapidement.

Puis sans lui laisser le temps de répondre, je fonce à travers la ville, passant par les chemins déserts. Je ne suis pas un flic corrompu, tout de même, je respecte la loi… enfin en l'occurrence, non, mais la plupart du temps, je suis respectueux du Code pénal. Toutefois, il est difficile de se déplacer à cheval dans une ville telle que New York. Je décide de passer par le pont de Manhattan, nettement moins dense que celui de Brooklyn. Les automobilistes s'écartent sur mon chemin et certains me remercient même avec des doigts d'honneur.

J'arrive près de la résidence et sonne à l'interphone.

— Ouais ?

— Chelsea, dis-je, tout essoufflé — enfin, moins que Jolly Jumper, à côté de moi —, c'est Kevin, Ally est là ? Il faut que je lui parle.

— Elle est arrivée en furie, qu'est-ce que tu lui as fait ?

— Rien du tout, justement. Il faut que je lui parle de toute urgence. Tu pourrais descendre avec une corde et un récipient d'eau s'il te plaît ?

— Pardon ?

— Chelsea, je n'ai pas le temps, fais ce que je te dis.

— OK, OK, ça va j'arrive.

Je la vois descendre et elle ouvre la bouche à s'en décrocher la mâchoire en voyant le cheval.

— Mais qu'est-ce que tu fous avec un cheval, toi ?!

— Je l'ai volé, souris-je.

— Bah bravo, monsieur le flic ! se moque-t-elle tandis que je l'aide à attacher Jolly Jumper à la grille et lui donner à boire.

— Longue histoire. Tu veux bien rester avec lui ? Il faut vraiment que je lui parle seul à seule.

– Bien sûr, je vais continuer de jouer à *Candy Crush* avec mon nouveau compagnon, pas vrai beau gosse ? dit-elle en caressant la crinière de l'équidé.

Je fonce vers l'entrée de l'immeuble et monte les marches quatre à quatre jusqu'à l'appartement d'Ally. Je toque avant d'entrer.

— Allyanna ? lancé-je, à bout de souffle.

Je l'entends chanter comme une folle et je me bouche les oreilles en tentant de ne pas exploser de rire. Ça ne m'avait pas manqué, ça par contre. Je me dirige vers la salle de bains et entre sans frapper.

— Kevin, tu es un gros connaaaaaaaaaaaaard !!!!! Je te haaaaaaiiiiiiiiis !!!!! chante-t-elle.

Je ne peux plus tenir, je ris. Ally se retourne brusquement. Mon érection se forme en voyant son corps nu à travers la vitre. Mais je n'ai pas le temps de la contempler qu'elle me balance la savonnette en criant.

— Mais qu'est-ce que tu fous là, tu n'as rien à faire ici, dégage, je ne veux pas te voir !!!!!!

Je fonce sur elle, ignorant mon costume trempé par la douche et la balance sur mon épaule avant de sortir de la salle de bain. Elle me frappe les fesses, crie des insanités à mon sujet, mais je n'en ai cure. Tout ce que je veux, là maintenant, c'est la prendre dans toutes les positions du kamasutra.

— Lâche-moi, Kevin !!!! Repose-moi par terre espèce de taré, je te déteste, tu n'es qu'un con !!!!

Arrivé dans la chambre, je la pose au sol devant son nouveau lit et contemple son corps de déesse à la lumière de la lune. Dieu, ce qu'elle est belle ! Je la mangerais si je pouvais. Une nouvelle gifle claque sur ma joue, mais cette fois, je ne bronche pas. J'écrase mes lèvres sur les siennes et la fais tomber sur son lit. Je me déshabille à la hâte. Je veux la posséder, putain elle m'a tellement manqué !! Je caresse son corps fin, m'attardant sur ses tétons, son ventre, son sexe. Elle gémit contre moi, me tire les cheveux. Elle me veux, je le sens dans ses soupirs et à sa moiteur entre ses cuisses écartées. Je ne perds pas de temps. Je la veux et puis Chelsea ne va pas tarder à mourir d'ennui, en bas. Je plonge en elle dans un grand coup de reins, lui arrachant un cri strident. Oh la vache ! Ça fait du bien, putain. J'avais presque oublié à quel point elle était étroite. Je la possède sans vergogne, sa poitrine se balance de haut en bas au rythme de mes coups de boutoir. Le désir m'incendie partout. Je ne suis plus qu'adrénaline et excitation. Elle agrippe mes fesses avec ses ongles pour m'enfoncer encore plus en elle. Elle crie, elle hurle mon nom, elle me mord l'épaule. Elle va venir, je la sens se contracter autour de ma queue. L'orgasme monte en moi également. Je la prends de plus en plus vite, de plus en plus fort. Je me délecte de ses cris. Le lit cogne contre le mur. Nous allons réveiller les voisins si on continue, mais à cet instant, je m'en tape royalement.

Je veux posséder Allyanna de tout mon être, lui prouver mon ennui d'elle pendant ces six dernières semaines, lui dire à quel point je l'aime. Je veux qu'elle soit mienne, putain. Je veux la marquer de mon sexe. Je veux faire d'elle la femme la plus satisfaite sexuellement et la plus heureuse. Je veux la rendre épanouie durant le reste de ma vie. Je l'aime, putain je l'aime tellement !!!

Je continue mes va-et-vient sans précédent, bien décidé à lui donner le meilleur orgasme de toute sa vie. Je veux la sentir se déverser autour de moi. Et c'est ce qu'elle ne tarde pas à faire. Encore quelques coups de butoir et la voilà qui bascule de l'autre côté dans un cri de jouissance absolument divin. Demain, je vais sans doute être sourd de l'oreille gauche, mais je m'en balance. Je sens ma queue être ensevelie dans l'humidité de son désir, ce qui me fait jouir aussitôt. Je m'immobilise en criant son nom.

Nous restons là un moment, moi sur elle en prenant soin de ne pas l'écraser, en sueur et essoufflés. Putain, je suis naze après une course sur le dos d'un cheval blanc et cette partie de jambes en l'air mémorable.

— Tu me dois des explications, murmure Allyanna. D'abord, dis-moi pourquoi tu as mis ces lentilles ? Je préfère le bleu de tes yeux.

Je bascule sur le côté et ôte mes lentilles qui commencent à me brûler. Je n'ai pas l'habitude. Je les pose sur la table de chevet et me remets sur le côté, la tête appuyée sur un coude pour contempler ma douce et belle étoile. Elle tourne son visage vers moi et je souris en voyant son expression post-coïtale à croquer. Elle est légèrement rouge et ses yeux pétillent de bonheur. J'ai pu voir cette expression faciale lors de sa première fois. Je crois que c'est là que je suis réellement tombé amoureux, mais je ne m'en rendais pas compte, alors.

— Plus tard, les explications, réponds-je en remettant une mèche de ses cheveux mouillés derrière son oreille. Je viens de traverser New York sur le dos d'un cheval pour te rejoindre, je n'ai qu'une envie, c'est passer la nuit avec toi et ne plus jamais te quitter.

Elle se lève sur les coudes et se tourne vers moi.

— Tu es venu jusqu'ici à cheval ? Et ta voiture ?

Je sens la fatigue me submerger. Tu m'étonnes après tous ces jours loin d'elle à ne pas dormir et mon aventure de ce soir, je suis sur les rotules.

— C'est une longue histoire, chérie. J'ai envie de dormir dans tes bras, tous les deux nus, si ça ne te dérange pas.

— Et tu vas laisser le canasson tout seul dehors.

— Non, Chelsea est avec… Merde ! fais-je en me relevant, faisant sursauter Allyanna.

J'attrape mon téléphone dans la poche de mon pantalon. Heureusement, il n'a pas été arrosé. J'envoie un message à Chelsea, lui disant qu'elle peut remonter.

Ah, quand même, un peu plus et vous réveilliez tout le quartier à crier comme des cochons.

Allyanna qui lit le message par-dessus mon épaule rit en même temps que moi. Puis j'envoie un message à mon frère.

Amène-toi chez Ally avec la remorque à chevaux de Rick, j'ai un service à te demander.

Une chance que mon beau-père possède des chevaux à New Haven, dans le Connecticut. Je pose le téléphone sur la table de chevet et me jette sur Ally.

— Je croyais que tu étais crevé, me rabroue-t-elle tandis que je parsème son cou de milliers de baisers.

— Je pense avoir encore un peu d'énergie pour un deuxième round avant que Josh arrive pour ramener le cheval.

Elle rit et je la recouvre de mon corps nu pour la posséder encore quelques heures… peut-être toute la nuit, même afin de célébrer nos retrouvailles.

Chapitre 23

Allyanna

L'odeur du café me retourne l'estomac et je me réveille juste à temps pour courir aux toilettes. Dans mon élan, j'ai poussé Kevin et lui ai fait renverser le plateau de petit-déjeuner qu'il tenait à la main. Je l'entends entrer dans la salle de bains et s'écrie, paniqué.

— Ally, ma puce, ça va ?

Il me retient les cheveux tandis que je tousse comme une fumeuse compulsive dans la cuvette. Une fois que les spasmes de mon estomac s'arrêtent, je me relève. Kevin me regarde, inquiet. Je me rince la bouche et me pose une noix de dentifrice sur la langue avant de me justifier.

— Ce n'est rien, ça va passer.

Je me mords la langue avant d'en dire plus. Je meurs d'envie de lui dire qu'on va avoir un enfant. Mais je ne pense pas que ce soit le bon moment. On vient tout juste de se retrouver, je n'ai pas envie de le perdre à nouveau. Je sais que je ne fais que retarder l'échéance puisque d'ici quelques semaines, mon ventre va finir par pointer, mais je n'ai encore aucune idée de comment m'y prendre.

J'ai une chance sur deux : soit il va s'énerver et il va partir sans jamais revenir, cette fois. Soit il va s'énerver et me quitter, mais en tenant tout de même à assumer sa paternité, ce qui me paraît peu plausible. Ça me fait tellement flipper que je sens les larmes me monter aux yeux. Je détourne les yeux de son regard perplexe et interrogateur puis sors de la salle de bains pour aller nettoyer le verre cassé.

— Tu es allé voir le médecin ? s'enquiert Kevin, accroupi à côté de moi pour ramasser les plus gros morceaux tandis que je m'occupe des plus petits avec la balayette.

— Oui... il m'a donné des médicaments. Tu comptes m'expliquer pourquoi tu m'as laissée tomber ? Tu as couché avec cette brune, n'est-ce pas ?

Je me relève pour mettre les débris dans la poubelle et Kevin m'invite à m'asseoir sur le lit à côté de lui. J'attrape un croissant qui a réussi à s'accrocher au plateau et prend place. Un conseil : ne vous lavez jamais les dents avant de manger. Le goût de la viennoiserie mélangé à celui du dentifrice est — honnêtement — dégueulasse. Je me cale entre les jambes de Kevin et l'écoute dans ses explications.

— Le tueur au taxi m'en veut à mort, je ne sais pas pourquoi. Quand on a retrouvé la dernière victime, juste avant la tournée du groupe, nous avons découvert un message près du corps. C'était les paroles d'une de nos chansons. J'ai eu peur qu'il s'en prenne à ma famille. Et à toi. Alors j'ai voulu te protéger en m'éloignant de toi. J'ai pensé que comme il m'en voulait à moi, il aurait quitté New York pour me suivre, mais il ne l'a pas fait et durant toute la tournée, j'ai eu peur pour toi. Andrew te surveillait et me donnait des nouvelles de toi pour me rassurer. Tu me manquais à un tel point Ally, que j'ai voulu plus d'une fois quitter la tournée pour te retrouver. Tu ne répondais ni à mes messages ni a mes appels et ça me rendaient dingue parce que je ne savais pas que tu n'avais plus de téléphone. Il ne s'est absolument rien passé avec Ashley. Elle a surpris son futur ex-mari entre les cuisses de sa demoiselle d'honneur quelques minutes avant leur mariage et elle s'est enfuie. Sa voiture a sauté et elle m'a trouvé. J'étais en train de penser à toi quand elle m'a surpris.

On l'a prise avec nous, elle ne savait pas où aller, et puis Melany s'ennuyait moins, tu sais ce n'est pas facile d'être la copine d'une rockstar (il me regarde en coin, comme s'il voulait me prévenir) Dans cette piscine, je ne l'ai pas vu arriver. Elle m'a fait du rentre-dedans un peu avant, elle était en colère et voulait se venger de son ex. Je n'ai pas dû être assez clair dans ma façon de l'éconduire, car elle a cru que j'acceptais ses avances. Je lui ai donc clairement expliqué les choses, je lui ai dit que je n'étais pas libre. Même si nous n'étions pas ensemble, pour moi tu étais toujours ancrée en moi, je te voulais toi et pas une autre. Elle s'est mise à pleurer, elle a évacué tout son chagrin face à cette trahison et je l'ai prise dans mes bras pour la réconforter. C'est sans doute là que Ralph a pris la photo. On est rentrés à l'hôtel et, comme il était complet, elle a partagé ma chambre et je t'avoue que j'ai dormi avec elle.

Je lui fais les gros yeux et il lève les mains en signe de reddition.

— Je n'ai rien fait avec elle, je t'assure, promit-il.

Je lui donne un baiser sur sa barbe naissante, au coin de la mâchoire. Je triture nerveusement le T-shirt de Kevin que j'ai passé hier soir lorsque Josh est arrivé pour emmener le cheval (il a traversé la ville sur le dos d'un étalon pour moi !!! J'ai encore du mal à réaliser !) Je devrais lui avouer pour le bébé. Plus tôt il le saura, mieux ce sera pour ma conscience. Mais les mots ne parviennent pas à sortir de ma bouche. Je suis trop bien, là, dans ses bras. Je veux encore profiter de ces moments un peu plus longtemps avant de le faire fuir et de le perdre à nouveau. Peut-être pour toujours, cette fois...

— Et moi, je t'ai manqué ? s'enquiert-il en parsemant mon cou de petits baisers langoureux.

S'il m'a manqué ? J'avais l'impression que mon cœur était là, mais ne battait plus, j'avais du mal à respirer, je ne mangeais quasiment pas, je ne dormais pas. La seule chose qui m'ait empêché de sombrer dans la dépression, c'est cette petite vie que je porte en moi. Kevin fait remonter ses mains sur mon ventre et je me raidis instinctivement.

Si seulement j'arrivais à lui dire qu'il est en train de toucher indirectement son bébé ! Il me caresse sous le T-shirt et je pose ma tête sur son épaule en gémissant d'aise.

— Tu m'as atrocement manqué, avoué-je.

Puis il pose ses lèvres sur les miennes et remonte un peu plus ses mains pour prendre mes petits seins dans ses paumes. Ceux-ci réagissent instinctivement et le brasier qui était en veille à l'intérieur de moi se rallume instantanément. Je passe mon bras autour de son cou et lui caresse la nuque du bout des ongles, il grogne dans mon oreille. Je sais qu'il adore quand je fais ça, c'est son point sensible. Il nous redresse pour m'allonger sur le dos et me surplomber. Son sourire me donne des frissons et son regard incandescent... mon Dieu, comment ai-je fait pour le séduire, moi, une pauvre petite vierge insignifiante ? Je lui caresse la joue puis il m'embrasse dans un baiser ardent et enfiévré. Ses doigts remontent le long de ma cuisse qui s'électrise immédiatement et il les passe sous ma culotte.

— Tu es si mouillée, mon cœur. J'adore l'effet que j'ai sur toi.

Il me pénètre d'un doigt et je me cambre de plaisir en gémissant. Il me suçote le cou, me marquant de ses lèvres si douces tout en faisant tourner son doigt en moi. Oh putain, c'est si bon ! Je passe la main dans son boxer et m'empare de sa queue dure comme du béton. Elle est si longue... J'en ai de la chance d'avoir un étalon comme Kevin dans mon lit. Il grogne dans mon cou tout en faisant tourner son doigt dans mon utérus. Depuis que je suis enceinte, ma libido est montée en flèche et mon corps est devenu une zone minée. On touche et ça explose. C'est dingue ce que les hormones peuvent être multipliées ! Kevin finit par nous libérer de nos sous-vêtements et me pénètre sans précédent. Je resserre mes jambes autour de lui et lui griffe le dos comme il l'aime. Ses yeux deviennent plus sombres, poussés par le désir et l'excitation, et ne quittent pas les miens tandis que je jouis autour de lui, indifférente au fait que l'on pourrait nous entendre. De toute façon, Chelsea n'est pas là, elle est repartie avec Josh, on ne se demande pas pourquoi. Kevin explose à son tour et je sens son sperme se répandre en moi.

C'est fou comme on peut ressentir le moindre petit truc quand on est enceinte !

— Putain de merde !! jure-t-il en se retirant rapidement.

Je me relève sur les coudes, inquiète.

— Qu'est-ce qui se passe, je t'ai fait mal ?

Il se prend la tête entre les mains en se traitant de con.

— Kevin, dis-moi ce qui se passe !

Il commence légèrement à me faire flipper, là.

— J'ai pas mis de capote. Voilà ce qui se passe. Mais quel abruti !!!

C'est le moment ou jamais. Je prends une grande inspiration.

— Kevin...

— Il faut vraiment que l'on prenne rendez-vous chez le médecin pour qu'il te prescrive une pilule contraceptive.

Cette phrase m'atteint comme un double coup de poignard. Je ravale mes larmes et mon envie de lui faire ma révélation sur notre enfant tombe à plat. Il m'embrasse fougueusement et je ravale mes larmes. Ce n'est pas la peine d'espérer quoi que ce soit. Si je lui dis, je le perds. Je devrais peut-être reconsidérer ma décision sur l'avortement, je ne serai enceinte de trois mois que dans deux semaines et demie. Non. Hors de question. Je me suis attachée à ce bébé, je me suis accroché à lui quand Kevin n'était pas là, je le caressais quand j'avais trop de chagrin, je ne veux pas me débarrasser de mon bébé. Je refuse de choisir entre Kevin et notre bébé.

— Qu'y a-t-il de prévu au programme, ma princesse ? me demande-t-il de sa voix si sexy.

Il est tellement doué avec mes sentiments ! Il y a deux secondes j'avais envie de lui cracher à la figure et maintenant j'ai envie de me fondre en lui derechef.

— Allez réparer ta voiture, déjà. Et puis on pourrait se balader en amoureux ? proposé-je avant de me rendre compte que j'ai dit la dernière phrase tout haut.

Mais Kevin sourit et m'embrasse de nouveau.

— En amoureux, hein ? J'adore ce terme qui nous unit. Et j'adore le fait que tu aies gardé ta bague de fausses fiançailles. Tu sais que ma famille a deviné que c'était de la connerie, notre promesse de mariage ?

— Oui, Rachel m'en a parlé, maugréé-je. On aurait fait de très mauvais acteurs. Mais je l'ai gardée parce que je trouve qu'elle me va plutôt bien.

Je lève ma main à la lumière du soleil qui filtre à travers mes rideaux blancs. L'émeraude brille de mille feux. Kevin entrelace ses doigts aux miens. Je voudrais me réveiller tous les matins de cette façon — mis à part les nausées.

— Elle a été créée pour toi, me susurre-t-il avant de me mordiller le lobe de l'oreille.

Je me tortille sous lui, me frottant à son érection naissante. La vache, il est endurant, on a déjà fait l'amour quatre fois, cette nuit, après le départ de Josh ! Kevin se redresse et me tend les mains pour me relever.

— On devrait y aller, il est déjà presque onze heures, dit-il.

Je chasse mon sentiment de déception. Il veut vite partir pour ne pas être tenté de me refaire l'amour. Je me lève à contrecœur en prenant soin de ne pas faire voir ma mélancolie sur mon visage.

— Allez, va à la douche, je vais préparer deux autres cafés, car une folle furieuse a renversé les premiers, rit-il en me claquant les fesses avant de sortir de la chambre, hilare.

Je choisis mes vêtements dans mon dressing dans un état second. Il ne veut pas du bébé. Du moins, j'en suis persuadée vu comment il a réagi quand il s'est aperçu qu'il ne s'était pas protégé. Je décide de mettre ma morosité dans un sac que je ferme et file à la douche. Il ne mérite pas mes larmes. Je suis forte, je saurais faire face à sa décision. Je lui dirai quand le moment sera venu, je ne sais pas quand, mais pas aujourd'hui. Je suis peut-être en colère contre lui et déçue, aussi, mais je suis encore plus accro. Nous venons de nous retrouver, j'ai envie de profiter de quelques moments, après tout, c'est la première fois que je tombe amoureuse. Mais je finis par craquer dans la douche. Encore un mauvais tour des hormones, je crois. Je m'accroupis dans la cabine et me mets à pleurer silencieusement. Je n'ai aucune envie de me séparer de mon bébé, mais en même temps, si je devais perdre Kevin encore une fois, je sais que je ne le supporterai pas. Je suis folle de lui, je ferai n'importe quoi pour cet homme, je l'aime tellement ! Je laisse libre-cours à mon chagrin et à la douleur que m'ont procuré ses mots en espérant que mes sanglots soient couverts par le son de la douche.

J'arrive dans la cuisine, Kevin est en train de lire le journal qui vient d'être déposé, un café à la main. Je retiens une nausée et vais me préparer un chocolat en ignorant la tasse de café qu'il a fait pour moi. J'ai effacé toute trace de mon pétage de plomb et me suis construit un visage joyeux et content de retrouver Kevin. Bien évidemment que je suis heureuse de le retrouver. Mais j'aurais préféré le revoir avec un « Je t'aime, Allyanna, je veux me marier et avoir des enfants avec toi ». Ça aurait été tellement plus facile d'aborder le sujet du bébé ! Kevin se tourne vers moi et s'étonne.

— Tu ne bois plus de café ?

Non, ce n'est pas bon pour le bébé que j'attends et ça me file la gerbe.

— Je préfère le chocolat, réponds-je à la place.

Je vais m'asseoir en face de lui. Il a toujours le nez plongé dans le journal. Il lit l'article concernant le tueur au taxi. Évidemment…

— J'ai vu qu'il faisait encore des ravages dans la ville, commenté-je avec amertume avant de boire une gorgée de mon chocolat.

Je le vois serrer les mâchoires et il referme le journal brusquement.

— Ouais, encore trois victimes, grince-t-il. Ça m'énerve, je voudrais tellement être remis sur cette putain d'affaire ! Mais c'est contraire au protocole, le procureur a été catégorique.

Je comprends qu'il se sente inutile en restant là, avec moi au lieu de poursuivre ce criminel. Mais — au risque de paraître égoïste — je suis contente qu'il ne s'en mêle pas. J'ai peur de ce qui pourrait lui arriver si jamais il se retrouvait face à ce salaud. Le métier de policier est dangereux. Je ne m'en remettrais jamais s'il ne revenait jamais d'un service. Instinctivement, je caresse mon ventre et retire ma main quand je vois Kevin poser les yeux dessus. Je me lève, plus pour donner le change que par simple nécessité.

— On y va ?

— Oui, je vais prendre une douche, dit-il en se levant à son tour.

Il m'embrasse sur la joue avant de se diriger vers la salle de bains. J'en profite pour prendre mes vitamines prénatales. Dix minutes plus tard, nous descendons les marches de l'immeuble, main dans la main. Aujourd'hui est un jour différent. Car je sais maintenant ce que Kevin ressent pour moi et je peux enfin dire que nous sommes amoureux. Mais pour combien de temps ?

— Et voilà ! Tu vois, pas besoin d'appeler une dépanneuse quand Allyanna Palmer est dans les parages.

Kevin m'aide à replacer la roue crevée de son Impala dans le coffre.

— Je n'arrive pas à croire que je suis tombé amoureux d'une femme aussi parfaite. Tu as travaillé dans un garage ?

— Mon père en tenait un et après mes cours, j'allais le rejoindre pour le regarder travailler. Des notions de mécaniques me sont restées.

Il m'embrasse sur les lèvres et nous remontons chacun dans notre voiture pour faire un saut chez lui afin qu'il puisse se changer et déposer ma Clio. Je prends place à côté de lui et nous roulons jusqu'au *Kings Plaza*, l'un des magasins ouverts le dimanche afin d'y faire un peu de shopping pour cet été. Nous déambulons entre les rayons des boutiques quand j'aperçois un super bikini dans une vitrine. Kevin l'a vu aussi, car il m'entraîne à l'intérieur avec un grand sourire. Aussitôt, une vendeuse nous saute dessus. Blonde, sophistiquée et avec les nibards surdimensionnés qui menacent de sortir de son T-shirt moulant, elle bave littéralement devant Kevin. La jalousie me tord les tripes et j'emmêle mes doigts à ceux de mon amoureux. Il est à moi, pouffiasse.

— Bonjour, monsieur Reynolds, puis-je vous aider ? propose-t-elle avec une voix digne d'une communicatrice de téléphone rose.

Elle le connaît, bien sûr. Et moi, je compte pour du beurre ? Je l'assassine littéralement du regard. Elle lui fait les yeux doux, en plus !

— Oui, je voudrais faire essayer... commence Kevin, mais je l'interromps brusquement.

— C'est bon mon cœur, je peux le trouver ce bikini.

Puis je le tire à ma suite loin de cette grognasse et Kevin se met à glousser. Je le fusille du regard.

— Quoi ?

— J'adore quand tu es jalouse, se marre-t-il.

Je grogne et m'arrête devant le portant présentant le bikini en question. Il est super beau. De différents coloris, il est sans bretelle, push-up avec des franches sous les baleines et un anneau en or au milieu. Le bas est un simple slip brésilien, ceux qui s'attachent en faisant uniquement un nœud sur les côtés.

— Je ne suis pas jalouse, répliqué-je en faisant défiler les articles afin de choisir une couleur qui me plaise. Mais cette bouffonne te dévorait des yeux.

— Tu es jalouse, sourit Kevin.

Je le regarde de travers.

— Tu m'énerves.

Agacée, je décide de prendre un rose fluo.

— Je vais acheter celui-là, décidé-je.

Je ne suis pas trop emballée par mon choix de couleurs, mais tant pis, je veux partir de cette boutique et loin de cette blondasse qui n'arrête pas de fixer mon mec.

Je vais l'étriper si elle ne trouve pas quelque chose à faire d'autre. Je crois que les hormones exacerbent ma colère. Je n'y peux rien, elle m'énerve ! Il faut que je me calme. Kevin se plante derrière moi et m'embrasse le cou. Aussitôt, la quiétude s'empare de moi et ma colère se dissipe.

— Il n'y a que toi qui m'intéresses, mon amour. Je ne veux personne d'autre. Je n'ai besoin de personne d'autre que toi.

Je soupire d'aise en entendant sa voix séductrice me chatouiller l'oreille. Si j'avais assez d'audace, je lui sauterais dessus devant la grognasse, ne serait-ce que pour lui faire comprendre qu'il ne lui appartient pas. Mais je me contiens, je n'ai pas envie de me faire arrêter par mon propre copain pour outrage à l'ordre public et exhibitionnisme. Kevin me tend le même maillot de bain en vert.

— Je trouve que cette couleur te va à merveille, me dit-il. File l'essayer. Je meurs d'envie de te voir dedans.

En gloussant comme une adolescente, je m'empare du bikini et pars me cacher dans une des cabines. J'enfile le soutien-gorge au moment où, perdant patience, Kevin tire le rideau et entre, comme si de rien n'était. L'endroit est exigu et il ne peut rien faire d'autre que de me coller pour avoir un minimum de place.

— Mmh, je sens la chaleur du désir, par ici, murmure-t-il tout contre mon oreille en frottant son érection contre mes fesses.

Il retire l'attache du soutien-gorge avant de s'emparer avidement de mes seins. Pendant un instant, j'oublie où nous sommes.

— Kevin, pas là...

Mais mon ton que je voulais autoritaire se coince dans ma gorge quand sa main glisse dans la culotte pour caresser mon intimité. Oh putain.

— Elle n'est plus là, me fait savoir Kevin en enlevant les nœuds sur mes hanches. Les clients sont trop occupés pour se rendre compte de ce qu'on s'apprête à faire.

Il me plaque contre la paroi de la cabine et tire sur mes hanches de façon à ce que mes fesses soient tendues devant lui. Je suis totalement à sa merci. Et le plus incroyable dans tout ça, c'est que j'adore. L'adrénaline s'empare de mon corps qui ne tarde pas à brûler de désir pour lui. Vite, je le veux en moi ! Il me caresse les fesses avant d'en mordiller la chair, ce qui m'arrache un gémissement sonore.

— Chut, me chuchote-t-il à l'oreille. Il ne faut pas qu'on nous entende.

Je hoche la tête frénétiquement en m'humectant les lèvres. Mmh, vite, je n'en peux plus. Je l'entends baisser la braguette de son pantalon. Je jette un coup d'œil derrière mon épaule et le vois avec l'emballage d'un préservatif entre les dents. Je réprime un fou rire. S'il savait à quel point ce truc ne servait à rien maintenant ! Je n'ai pas le temps de penser à autre chose que je le sens s'insérer en moi et je retiens un cri d'extase. Putain, c'est encore meilleur par-derrière ! Il fait des va-et-vient, tendres et subtils. Je me délecte de cette sensation intense de sentir son sexe gonfler en moi. Oh mon Dieu ! Ses coups de reins deviennent de plus en plus forts et je me mords la lèvre pour ne pas hurler. Oh oui ! Ses mains agrippent mes hanches fermement pour me maintenir en place. Je m'appuie fort contre la paroi de la cabine d'essayage en faisant abstraction des voix des clients que j'entends au-dehors. Ce n'est pas le moment de lui dire d'arrêter... mmmmhh... Je me cambre un peu plus afin de lui donner un meilleur angle. Oh oui, c'est divin, je le sens encore mieux. Je l'entends grogner de plaisir derrière moi.

— Viens avec moi, chérie.

Il ne m'en faut pas plus pour m'abandonner. Nous explosons tous les deux ensemble dans un orgasme virulent et intense. Mon Dieu ce que j'adore cet homme. Il se retire de mon vagin et nous nous contemplons un instant face à face. Je dois être aussi rouge qu'une pivoine et un sourire satisfait s'étire sur mes lèvres. Kevin prend le temps de me rhabiller, ce qui me surprend, d'ailleurs.

— On le prend, déclare-t-il en prenant le bikini. Il te va super bien et il sera facile à enlever dans le jacuzzi.

Comment parvient-il à être aussi pervers et sexy à la fois ? Puis il me donne un baiser que je lui rends avant d'ouvrir le rideau. La boutique s'est vraisemblablement remplie pendant notre partie de jambes en l'air et tout le monde se tourne vers nous. On n'a pas l'air con. Un homme et une femme qui sortent d'une cabine d'essayage, à moitié débraillés et essoufflés... la honte ! Mais en même temps, c'était tellement excitant de faire ça alors que l'on aurait pu nous surprendre ! Je crois que je suis devenue accro au sexe. Et les hormones n'y sont pas pour grand-chose, là. Non, c'est Kevin, son dynamisme et sa spontanéité qui me font cet effet-là.

— Elle n'arrivait pas à attacher son maillot de bain, lance Kevin avant de me prendre la main pour nous entraîner vers la caisse.

Il profite du moment où je cherche mon portefeuille pour tendre sa carte Gold à la caissière. Je le réprimande et il se contente de me faire un clin d'œil.

— Merci d'éviter de faire ce genre de choses dans le magasin, à l'avenir, nous prévient la blondasse, ce qui me fait rougir encore plus que je ne le suis déjà.

— Avouez qu'elle est irrésistible, rit Kevin avant de m'embrasser goulûment.

Ah ah, prends ça dans tes dents ! Puis nous la remercions avant de sortir de la boutique, riant comme des adolescents.

— On va où, maintenant ? m'enquiers-je, tandis que nous marchons.

— Patience...

Il tourne à gauche, puis encore à gauche et je le suis en me demandant où il compte m'emmener. Puis il s'arrête devant un sex-shop et me gratifie d'un regard rempli de sous-entendus plus salaces les uns que les autres. Oh putain !

— Ça te dit de pimenter un peu notre vie sexuelle ? Après on ira faire un tour dans les toilettes pour essayer nos nouveaux jouets ?

Je rougis davantage, terriblement gênée. Oh et puis merde, je suis prête à tout essayer pour lui. Je lui lance un grand sourire et nous entrons dans le magasin, plus amoureux que jamais.

— Tu comptes me faire l'amour où encore ?

— Partout où ce sera possible, mon amour.

Chapitre 24

Kevin

Allyanna me cache quelque chose. Je ne sais pas quoi, mais j'en suis sûr. Depuis nos retrouvailles, il y a cinq jours, elle est différente. Elle est encore malade et sexuellement insatiable. Dimanche dernier, elle m'a autorisé à la prendre partout. Dans les toilettes du Kings, dans ceux du restaurant où l'on s'est arrêtés pour manger, dans un coin du parc à l'abri des regards et même dans ma voiture ! Au début, je pensais qu'elle faisait ça pour me faire plaisir, même elle a joui à chaque fois sans aucune simulation. Bien que je m'efforce de me dire que j'ai entièrement confiance en elle, une infime partie de moi au fond de mon cœur n'arrête pas de me chuchoter qu'elle a peut-être eu une aventure pendant notre séparation. Elle n'était pas aussi... provocante avant. Ça ne me dérange pas tant que ça, au contraire, j'aime qu'elle prenne les devants, mais j'ai cette pensée qui ne veut pas quitter ma tête, ça me stresse.

J'entre dans le commissariat après avoir déposé Allyanna à son restaurant. Sa voiture est tombée en rade, un problème avec le moteur apparemment et elle n'avait pas les outils pour s'en occuper elle-même, donc nous l'avons ramené au garage. Je salue mes collègues et frappe à la porte du bureau de James, qui m'a convoqué un peu plus tôt dans la journée.

— Vas-y, entre Kevin.

Deux hommes en costard-cravate sont assis sur les chaises en face du bureau de mon patron. Je serre les mâchoires en reconnaissant deux agents du FBI. Qu'est-ce qu'ils foutent là, ces cons ?

— Voici les agents spéciaux Jenkins et Masters, les présente James. Désormais l'affaire du tueur au taxi est entre leurs mains.

Ils me tendent la main, mais je les ignore royalement et me tourne vers mon supérieur.

— Pardon ?

James me lance un regard désolé. Putain, mais c'est pas vrai ! D'abord, on me retire l'enquête parce que je suis trop impliqué et maintenant j'apprends qu'elle n'est même plus sous notre commandement. La bonne blague !

— On se casse le cul à faire tout le boulot, à chercher les indices, à interroger un nombre incalculable de suspects et c'est finalement vous qui allez récolter les lauriers ?! Vous vous foutez de qui ?

Je suis littéralement dégoûté et en rage contre ses pingouins bons à rien. Maintenant que nous n'avons plus aucun droit sur cette affaire, je ne pourrai plus demander d'infos à Andrew quant à son évolution. C'est franchement dégueulasse. Je ne m'en prends pas à James, il n'y est pour rien, c'est le procureur qui tire les ficelles. Putain, j'en ai ma claque de toutes ces conneries !

Les deux mecs s'en vont du bureau après plusieurs heures de discussion barbantes au sujet de l'évolution de l'enquête et je me retrouve seul avec James.

— Je suis désolé, Kevin, je sais que tu tenais à cette affaire, mais je n'ai rien pu faire.

— Je sais, patron t'inquiètes pas. Qu'est-ce qu'on va faire, maintenant ?

James hausse les épaules.

— Nous occuper des affaires sous lesquelles on est ensevelis depuis des semaines à cause du tueur, répond-il. Tu devrais rentrer, il est tard.

Je regarde ma montre, par réflexe : 20 heures. L'équipe de nuit arrive déjà pour leurs patrouilles. Je salue Rachel et m'en vais de la brigade dans un état second. Il faut que j'aille faire quelques courses avant de rentrer alors je m'arrête au supermarché du coin. Je marche tranquillement dans les rayons, jetant des articles divers (des cochonneries, surtout) dans le chariot, quand une voix s'élève derrière moi.

— Tu es Kevin Reynolds, n'est-ce pas ?

Au début, je crois que j'ai affaire à un fan qui souhaite un autographe, comme cela arrive souvent dans les rues. Mais je reconnais ce visage, même si notre dernière rencontre remonte à un bout de temps.

— Vous êtes le mec qui était sur le parking avec Allyanna, non ?

— C'est bien moi, Matthew. Je ne l'ai pas vu depuis environ un mois, elle m'a dit que vous n'étiez plus ensemble.

L'homme des cavernes en moi a déjà pris possession de sa petite tête de merdeux pour la claquer contre les parois de sa grotte. Je serre les points en me serinant que ça ne mènerait à rien de m'en servir. Je suis flic, pas truand.

— Elle me manque, continue-t-il, ignorant tout de la colère qui monte crescendo en moi à la vitesse d'une flèche. Je crois qu'elle regrette ce qui s'est passé l'autre soir...

Mon cœur saigne à vif. Je devrais rebrousser chemin et rentrer chez moi, mais ma conscience est trop curieuse.

— Que s'est-il passé au juste ? quémandé-je en serrant les dents.

Il me toise avec un sourire narquois, comme s'il voulait m'humilier.

— Tu lui as brisé le cœur. Et j'ai été là pour la consoler, moi, siffle-t-il, provocateur. Elle m'a rendu mon baiser. Ses lèvres sont d'un goût exquis…

Le coup part tout seul, je n'ai pas pu m'en empêcher. Matthew recule sous la violence de mon poing et sa lèvre est fendue. Mais il ne se déride pas pour autant, au contraire, je peux voir la haine dans ses yeux et son sourire diabolique refait surface.

— Il est mignon son petit grain de beauté sur sa fesse droite. Je ne pouvais plus m'arrêter de le mordiller.

Je lui saute à la gorge comme un lion en rage, renversant mon chariot de courses au passage. Je vois rouge. Avec la journée merdique que je viens de passer, ce n'était pas le moment de me chercher, surtout pas lui. Je lui assène coup sur coup. Je vais lui faire cracher ses dents à ce connard, à tel point qu'il ne pourra plus manger que de la soupe !!! Il se défend bien, le petit con, il me met des coups de genou dans les côtes, mais je ne lâche pas. Je vais lui apprendre à respecter les femmes, moi, sale enfoiré. Il saigne de partout, mais je m'en branle, je veux qu'il sache qu'il ne faut pas m'emmerder, surtout pas aujourd'hui. Les agents de sécurité du magasin finissent par nous séparer et je me rends compte alors de la situation. Je viens d'enfreindre la loi alors que je suis censé la faire respecter. Il va sûrement porter plainte. Pff, maintenant que je sais qu'Ally m'a trahi, je me fous complètement d'être suspendu de mes fonctions.

J'arrive à la villa, plus énervé que jamais. James est arrivé — appelé par le gérant du supermarché — et m'a sermonné durement avant de me convoquer demain dans son bureau. Je sais déjà ce qui m'attend. Je claque la portière de mon Impala un peu plus fort que nécessaire et monte l'escalier de l'entrée. Les gars sont là, en train de jouer à la console et Ashley est en train de lire à côté de Jake. Je n'aperçois le bouquet de roses posé sur le comptoir de la cuisine que lorsque je m'y dirige pour me servir un verre de jus de fruits.

— Ashley, je veux bien que tu restes ici le temps de trouver un appartement, mais, s'il te plaît, arrête de féminiser la villa. Du chou-fleur ? m'écrie-je en sortant le légume du frigo.

Sérieusement, il va falloir qu'on établisse des règles.

Tout le monde se met à rire sans que je comprenne pourquoi.

— Il paraît que les garçons naissent dans les choux et les filles dans les roses, lance Ashley avant d'éclater de rire derechef.

Je me tourne vers eux et c'est là qu'ils voient mon visage de près. Il ne m'a pas loupé, j'ai mal à la mâchoire et à la pommette droite.

— Bordel, qu'est-ce qui t'est arrivé ?! s'écrie Josh.

— Je n'ai pas envie d'en parler, bougonné-je.

Je ne suis pas d'humeur, ce soir. Je n'ai qu'une envie : voir Ally. Je lui envoie d'ailleurs un message en espérant qu'elle puisse me répondre étant donné qu'elle est en plein service.

Il faut qu'on parle, tu quittes à quelle heure ?

Je m'octroie une douche pour mettre mes tourments de côté. En me déshabillant, j'aperçois une boîte rectangulaire sur le bord du lavabo. Un test de grossesse. Putain. Je déballe l'engin, il est vierge. Elle ne l'a pas encore fait. Je n'y crois pas, Jake risque donc d'être papa ? Ashley est la seule nana, avec nous. Où peut-être est-ce Melany qui l'a oublié.... Bordel, l'un des membres du groupe — Billy ou Jake — est susceptible d'avoir un gamin. Ce qui veut dire que — qui que ce soit — il risque de quitter la bande afin de s'occuper de sa famille. Un sentiment de déception m'envahit. Fais chier. Je n'ai pas envie de perdre l'un de mes potes. C'est pour ça que je n'en veux pas, moi. C'est peut-être égoïste et je l'assume, mais on ne peut pas faire de tournée et de concerts sans avoir ce gamin dans les pattes. Et les paparazzis, les médias, plus aucune vie privée. Et j'avoue que je crains les cris, les pleurs, les couches... Ah putain les couches, je crois que c'est ce qu'il y a de pire. Non, pas de gamins. Cependant, je soutiendrais mon ami, peu importe lequel des deux. Bon, pour le moment, le test n'a pas encore été fait, a priori, donc rien n'est joué. Mais putain, les capotes c'est pas fait pour rien !

La réponse d'Allyanna arrive au moment où je sors de la douche. Mon angoisse de ne plus avoir le contrôle sur l'affaire est toujours là et j'ai encore plus mal au visage à cause de l'eau chaude.

Je suis de fermeture...

OK, je viens te chercher, préviens-moi quand tu as fini.

Pour occuper ma soirée, je me plonge dans *Carrie*, un livre de Stephen King. J'ai adoré le film et le bouquin me plaît bien. Je m'allonge donc sur mon lit, le coussin que Josh m'a « offert » calé dans mon dos (je me suis attaché à ce truc c'est vraiment confortable).

Il est 23 h 15 quand je sens mon téléphone vibrer sur le matelas. Je me suis endormi comme une masse sur mon livre. C'est Ally. Je décroche.

— Oui ? réponds-je.

— J'ai encore deux caisses de Champagne à inventorier, je crois que je ne suis pas sortie du restau avant un bon moment.

— Tu as besoin d'aide ?

J'ai vraiment besoin de lui parler. Je veux savoir ce qu'elle a fait pendant notre séparation.

— Tu as déjà fait un inventaire ? demande-t-elle avec quelque chose comme de la suspicion dans la voix.

— Je sais compter. J'arrive dans dix minutes.

Je m'apprête à raccrocher, mais elle m'interpelle.

— Kevin ?

— Oui ?

— Je... Je t'aime.

Mon cœur fait un bond dans ma poitrine. Je reste un moment silencieux, incapable de dire un seul mot. À part ma mère et Rachel, personne ne m'avait dit ça. Je voudrais tellement lui dire la même chose, mais après ce que ce fumier de Matthew m'a raconté, je ne sais plus trop ce que je suis censé ressentir.

Son grain de beauté sur sa fesse, nous ne pouvons le voir que d'une seule façon. Il n'aurait jamais su son existence s'ils n'avaient pas couché ensemble. Elle ne pourra pas nier. J'ai les larmes aux yeux tellement ça me fait mal.

— J'arrive.

Puis je raccroche brusquement avant de me lever et de me préparer. Une fois habillé, j'attrape mes clés, mon portable et sors non sans lancer à mes amis.

— Je reviens.

C'est une nuit chaude qui m'accueille dehors. Chaude et orageuse. Je monte dans mon Impala et roule jusqu'au restaurant d'Ally en luttant contre le poids de la trahison et les larmes qui me montent aux yeux. Je n'arrive pas à croire qu'elle ait osé me faire une chose pareille. Je ne l'ai jamais trompée, moi. Pas une seule fois. Je frappe frénétiquement sur le volant quand j'arrive au premier feu rouge. Allez, plus vite ! J'accélère l'allure et arrive sur le parking désert. Je dis à Ally de m'ouvrir par texto et je la vois arriver. La colère qui m'habitait il y a quelques instants disparaît pendant une fraction de seconde quand elle pose ses yeux émeraude sur moi. Mais le souvenir de Matthew refait surface dans ma tête et la rage reprend le dessus.

— Ça ne va pas Kevin ? s'enquiert-elle.

Je passe devant elle pour entrer dans le restaurant sans l'embrasser ou même lui sourire. Je ne dois pas la laisser m'amadouer...

— Il faut qu'on parle, dis-je sèchement.

— Ça, je sais. Ce que je ne comprends pas, c'est pourquoi tu es aussi froid et distant. Tu ne m'as même pas embrassée alors que ça fait des heures qu'on ne s'est pas vu !

Je me passe la main dans les cheveux nerveusement.

— Je ne sais pas trop par où commencer...

— Essaie par le début ce serait déjà pas mal, bougonne-t-elle en croisant les bras sur sa poitrine. Je suis tout ouïe.

Je pousse un soupir d'exaspération.

— J'ai croisé Matthew.

La surprise se lit sur son visage et je vois que je l'ai coincée.

— Matthew ?

— Ouais, tu sais le mec avec qui tu as baisé du temps que j'étais en tournée ?

La tension électrique est plus que palpable dans la salle. La colère et le sentiment de trahison ont pris possession de mon corps.

— Quoi ? Mais qu'est-ce que...

– Arrête de faire l'ignorante ! finis-je par exploser, à deux doigts de tout envoyer valser sur les tables. Il n'y a qu'un seul moyen de savoir que tu as un grain de beauté sur la fesse droite. Et il l'a *vu* !!! Elle ouvre la bouche, comme si elle était étonnée que je sache.

— Ça ne s'est pas du tout passé comme ça, répond-elle et je sens que la colère monte en elle également.

— Alors, vas-y explique-moi, je t'écoute. J'ai passé une journée de merde alors épargne-moi les bobards, s'il te plaît. Je veux la vérité.

En réalité, je ne suis pas totalement sûr de vouloir savoir, mais au point où j'en suis, je n'ai plus rien à perdre.

— Tu m'as détruite, Kevin, commence-t-elle et mon cœur se serre de culpabilité. Tu m'as brisé le cœur et j'étais au bord de la dépression. J'ai croisé Matt par hasard au restaurant et j'ai accepté son invitation à dîner. J'avais besoin de me libérer de la douleur que tu as causée, il fallait que je me change les idées, je voulais arrêter de penser constamment à toi. Il m'a embrassée, je l'avoue. Mais jamais je ne l'ai pas laissé me toucher.

J'ai envie de péter un plomb. Je ne lui ferai jamais de mal physiquement, mais je n'en dirais pas autant des tables. Il l'a embrassée, putain !

— Alors comment a-t-il su pour ton grain de beauté ?! crie-je, hors de moi.

— Je n'en sais rien !! Il l'a certainement vu sur la photo du magazine, on le voit très bien !! répond-elle sur le même ton. Et puis qu'est-ce que ça peut te faire que j'aie couché avec lui ou non ? Tu as probablement profité de notre séparation pour tremper ta paupiette dans tous les vagins que tu as croisés !! Peut-être dans celui d'Ashley, tiens !!

Dans d'autres circonstances, j'aurais explosé de rire. Elle vient d'appeler ma bite « paupiette » ! Sérieusement ?! Mais là, je n'ai aucune envie de plaisanter. Je ne me contiens plus et renverse la table à côté de moi et Allyanna sursaute.

— Mais c'est quoi ton problème à la fin !! L'affaire du tueur te monte à la tête mon pauvre ! Tu es tellement obnubilé par lui que tu ne fais quasiment plus attention à moi !!

— Si ! J'ai remarqué que tu étais plus encline au sexe depuis que l'on s'est retrouvés. Tu es radieuse et insatiable et je ne vois qu'une raison à ça : tu te l'es tapé !

Ally devient rouge de rage et s'apprête à me mettre une gifle, mais je rattrape sa main avant qu'elle ne vienne claquer ma joue. Je la regarde sévèrement. Je n'ai jamais été dans une si grosse colère.

— Ne me touche plus jamais de cette façon, la menaçé-je. J'ai pris assez de coups comme ça.

Je m'apprête à sortir du restaurant, mais ce que me lance Allyanna alors que je suis sur le pas de la porte me glace sur place.

— Je suis enceinte !

Mon monde s'écroule en une phrase. Je reste statufié, dos à elle et je l'entends sangloter. Mon cœur se déchire en mille morceaux.

— Ne t'es-tu jamais demandé que mon insatiabilité venaient de mes hormones de femme enceinte et non d'un acte adultère inexistant ? continue-t-elle, la voix cassée par les larmes.

Je n'arrive plus à respirer. Ce que je redoutais le plus est arrivé.

Pas le fait qu'elle soit enceinte, non, même si je craignais cette éventualité, mais parce que ce bébé n'est sûrement pas de moi. C'est même certain. Je n'ai jamais baisé sans capote. J'ai toujours été clair avec moi-même là-dessus. Je me tourne lentement vers elle, plus blessé qu'en colère, désormais.

— Alors j'espère que Matthew assumera parce que je vais lui casser la gueule, pire que tout à l'heure.

— Ce n'est pas lui le père, pleure-t-elle. Je te répète que je n'ai pas couché avec Matthew.

Agacé, je réduis la distance entre nous d'un pas furibond et pointe mon doigt sur elle, menaçant.

— Alors je casserai la gueule à celui qui t'a mise dans cet état, grondé-je.

Elle me fusille du regard. Je peux voir la haine et la tristesse dans ses yeux.

— Alors, casse-toi la gueule à toi-même. Le soir où tu m'as fait l'amour avant de me laisser tomber comme une merde, tu as oublié de te protéger, abruti ! Je ne veux plus jamais te voir, Kevin. Je te hais.

Puis elle sort du restaurant en courant, me laissant planté là avec le poids de la culpabilité sur mes épaules et le souvenir de cette nuit-là où, effectivement, j'avais tellement besoin qu'elle efface mes tourments avec son corps que je n'ai pas pensé à la capote.

Quand je décide de me lancer à sa poursuite afin de m'excuser et lui dire combien je regrette ces mots, je ne vois plus aucune trace d'elle.

Elle a disparu, seule dans la nuit noire.

Chapitre 25

Allyanna

Je ne sais pas où je suis ni vers où je me dirige. Tout ce que je veux, c'est continuer à courir et fuir tout ça. Fuir cette chienne de vie. Fuir Kevin. Surtout lui. Je ne veux plus jamais le voir. Notre rupture d'il y a un mois n'est qu'une brise légère comparée à l'ouragan qu'il m'a envoyé et qui m'a ravagé. Comment peut-il croire, ne serait-ce qu'une seconde, que j'aie pu le tromper ? Alors que c'est *lui* qui a été pris en flagrant délit avec cette fille dans la piscine ! C'est le monde à l'envers. Je suis sciée par ses propos.

Et terriblement blessée. Désormais j'en suis sûre. Le bébé et moi resterons seuls tous les deux. J'ai le cœur à vif. Je n'arrive plus à réfléchir. Je m'arrête de courir et opte pour la marche, c'est moins nocif pour mon bébé.

L'orage gronde au loin et le temps est trop sec pour être sans conséquence, je sens que je vais me reprendre une saucée.

J'ai à peine pensé ça qu'une pluie torrentielle s'abat sur la ville... et sur moi.

— Putaaaaaiiiiin !!!! hurlé-je au ciel, récoltant quelques regards surpris de la part des badauds qui marchent près de moi.

Certains se mettent à courir à leurs voitures et je regrette de ne pas avoir la mienne. J'ai vraiment un destin de merde. Je caresse mon ventre en promettant à mon bébé qu'il n'est pas concerné, qu'il est mon plus beau cadeau de la vie. La pluie n'est pas froide, mais je grelotte quand même aussi je décide de m'abriter sous un abribus. Je n'ai que quelques dollars en poche, juste assez pour prendre une correspondance afin de rentrer chez moi.

Retour à la case départ. Je suis célibataire, en cloque, sans possibilité d'appeler Chelsea ou Will, car je n'ai plus de batterie, sans voiture et j'erre dans la rue sous la pluie... Et je ne vois même pas l'Impala dans les parages. Non que j'ai l'intention d'accepter qu'il me ramène, mais il ne prend même pas la peine de me chercher. Pff... Connard.

Je suis assise depuis environ une demi-heure quand une voiture jaune s'arrête à ma hauteur. Un taxi. Au début je prends peur au souvenir du tueur en série qui rôde dans la ville, toujours en liberté et à l'affût de sa prochaine victime. Mais quand je vois qu'il s'agit d'une femme, au volant, je me dis que la chance est avec moi, pour une fois.

— J'ai comme l'impression que vous avez besoin d'aide, me lance la blonde sculpturale en se penchant vers la vitre passager.

— Je n'ai pas assez d'argent pour me payer un tour en taxi, lui signalé-je. Je vais devoir attendre que la pluie cesse.

Puis, comme pour me contredire, le ciel gronde bruyamment et des éclairs le zèbrent. Je me recroqueville sur moi-même. Mon Dieu je sens que je vais encore dormir avec ma meilleure amie, ce soir.

— Allez, montez, me propose la femme. Aujourd'hui est votre jour de chance, je vous offre la balade.

D'abord hésitante, je me laisse finalement tenter par les sièges secs et la protection de la voiture.

— Où allez-vous ?

— 2820 Union Street, s'il vous plaît, réponds-je avec gratitude.

Elle ne met pas le compteur en marche étant donné qu'elle ne me fait pas payer la course et démarre. Je trouve son geste vraiment gentil. Les rues défilent et je tente plusieurs fois d'allumer mon portable, sans succès. Je finis par le ranger et soupire de frustration en caressant mon ventre.

— Félicitations, lance la femme qui m'observe dans le rétroviseur intérieur. C'est pour quand ?

— Euh, le dix-huit février, a priori.

— Ah les enfants…

— Vous en avez ? m'enquiers-je curieuse.

J'espère que ça ne la dérange pas de parler avec moi. Je n'ai pas envie de faire le trajet en broyant du noir, car je pense trop à Kevin et à ce qu'il m'a balancé à la figure.

— Non, pas encore. On attend que j'aie un meilleur travail pour nous décider. Vous avez déjà une idée du prénom avec le papa ?

Mon cœur se serre et je retiens le flot de larmes qui menace de se jeter de mes yeux.

— Non pas encore, réponds-je simplement en espérant ne pas avoir la voix trop chevrotante.

— Au fait, je m'appelle Candice.

— Allyanna.

— Je sais.

Je lui lance un regard surpris et tout se passe très vite. Trop vite, même. Les portes arrière se verrouillent, m'empêchant de sortir, Candice ferme la vitre centrale entre nous deux et je constate que l'itinéraire qu'elle emprunte n'est pas du tout celui qui mène à mon appartement. Je tire sur la poignée de ma portière, mais mon effort reste vain. Je tape sur la vitre de séparation, paniquée.

— Mais qu'est-ce que…

Je n'ai pas le temps de finir ma phrase que je vois Candice appuyer sur un bouton près de la radio et aussitôt, les bouches d'aération situées à l'arrière diffusent une fumée blanche. Je tape partout en lui criant de me laisser sortir, la suppliant, je tente de casser la vitre par tous les moyens tandis que le chloroforme sous forme de gaz pénètre dans mes poumons. La première chose à laquelle je pense immédiatement, c'est à la vie de mon bébé. Si je respire le somnifère, je risque de l'intoxiquer. Mais si je ne respire pas du tout, il risque de manquer d'air aussi. Je ne sais pas quoi faire. L'habitacle arrière est saturé, je ne peux pas lutter. Mes poumons se remplissent de poison et je commence à voir trouble. Mon cerveau n'est plus cohérent. Je murmure des supplications encore et encore dans l'infime espoir qu'elle change d'avis et qu'elle me laisse tranquille.

— S'il vous plaît... qu'est-ce que... je... vous... ai fait...

J'ai de plus en plus de mal à rester consciente. Les ténèbres me tirent par les pieds et je ne parviens pas à m'extirper de leur poigne de fer. J'ai la bouche pâteuse à cause du chloroforme... Mon bébé... Pas mon bébé...

— Ce n'est pas à toi qu'on en a, me révèle Candice et j'ai du mal à l'entendre. C'est à Kevin qu'on en veut. Toi tu n'es qu'un dommage collatéral.

Puis je plonge dans les abysses de l'inconscience en priant pour que mon bébé s'accroche à la vie alors que dehors, à quelques mètres de moi, les New-Yorkais poursuivent leur routine quotidienne sans se soucier de ce qui se passe dans la voiture à côté d'eux...

Je me réveille complètement étourdie et déboussolée. Merde, quel cauchemar étrange !! J'ai mal à la tête et ma vue est un peu brouillée. Je regarde autour de moi. Je ne suis pas dans mon appartement. Je me lève avec précaution sur un coude et me frotte les yeux. Je suis dans une pièce minuscule aux murs pourpres et défraîchis par le temps. Ils méritent un bon coup de peinture. Il y a une fenêtre calfeutrée par des planches clouées en travers à ma gauche, laissant toutefois passer quelques rayons du soleil entre les rainures. Je suis allongée sur un matelas taché qui n'a pas été lavé depuis un bout de temps, visiblement, et qui sent le moisi. À ma droite est installé un cabinet de toilette. Berk ! Putain, je suis où ??! Je tente de me lever pour sortir de ce trou, mais alors que je veux atteindre la porte en bois, je suis retenue par le pied. Je baisse les yeux et découvre une chaîne attachée à ma cheville droite, reliée à un petit crochet dans le sol. Je rêve, ce n'est pas possible ! Je tente de me libérer en tirant dessus, mais sans succès. Alors ce n'était pas un cauchemar ? J'ai réellement été enlevée ? La panique obstrue mon corps. Je tente de garder une respiration constante et mon calme. La tension n'est pas bonne pour le bébé.

Mon bébé !! Est-ce qu'il est encore en vie ? Je ne peux pas le sentir bouger à ce stade de ma grossesse donc je n'ai aucun moyen de me rassurer. Je regarde le matelas et mon entrejambe. Ouf, je n'ai pas perdu de sang, c'est déjà ça de gagner. Depuis combien de temps suis-je ici ? Je cherche mon portable dans la jupe de mon uniforme. Rien. La garce, elle me l'a piqué ! Je tente de trouver une issue, quelque chose qui pourrait m'aider à sortir de là, mais rien non plus. Je ne peux pas m'échapper. Qui pourrait bien me vouloir du mal ? Je cherche dans mes souvenirs de la veille. La femme qui m'a kidnappé s'appelait Candice, je crois. Elle a dit que je n'étais qu'un dommage collatéral, que c'est à Kevin qu'elle en voulait. Non, *qu'ils* en voulaient ! Qui peut bien être son complice ? Kevin est flic. Tous les truands de la ville sont ses ennemis ! Je fouille un peu plus en arrière. Ma dispute avec lui. Mon coeur se serre en repensant à cet épisode de la soirée, mais je n'ai pas le choix si je veux savoir qui sont mes ravisseurs. Il a crié que le bébé n'était pas de lui. Il a passé une mauvaise journée, ce n'était pas le moment de le chercher. Il a croisé Matthew et lui a cassé la gueule parce que celui-ci a insinué qu'il avait couché avec moi.

Oh putain...

— Matthew !!! hurlé-je à pleins poumons. Je sais que c'est toi qui es derrière tout ça. Sors de ta cachette, viens m'affronter espèce de couille molle !!

La porte s'ouvre et je reste droite comme un piquet, prête à faire face à ce fumier. Mais l'homme qui entre n'est pas du tout celui que je pensais.

Je ne connais pas ce type, je ne l'ai jamais vu. Il est grand, les cheveux châtains un peu longs, le visage carré et les yeux en amandes d'un bleu... un bleu qui me semble étrangement familier. Je dois avouer qu'il est plutôt bel homme. Il me scrute avec un sourire craquant, me toisant de haut en bas comme si j'étais une friandise.

— C'est toi le tueur, deviné-je.

Il s'appuie nonchalamment contre la porte qu'il a pris soin de refermer et met ses mains dans ses poches avant de rigoler brièvement.

— D'habitude mes prisonnières me demandaient « qui êtes-vous ? » « Pourquoi vous me voulez du mal ? » ricane-t-il en adoptant une voix aiguë. Je pouvais sentir la peur émaner de chaque pore de leur peau. Alors que toi, on dirait que tu es prête à attaquer.

— Pourquoi es-tu si loin de moi ? Tu t'es mis là parce que je ne peux pas t'atteindre ? Tu as peur de moi, on dirait. Je peux le sentir dans chaque pore de ta peau.

Je ne vais pas me laisser démonter par ce merdeux ! Pour qui me prend-il ? Soudain il me fonce dessus et m'attrape par la gorge pour me pousser vers le lit. Je n'ai pas eu le temps de le voir venir que je suis déjà allongée sur le matelas et qu'il est à califourchon sur mes cuisses. Puis je sens une décharge électrique dans ma jambe et je hurle de douleur. Me serrant toujours par le cou, j'ai un mal fou à faire passer l'air dans mes poumons. Le tueur me montre alors l'objet de ma souffrance : un taser. Je prends conscience que j'ai mal agi en le provoquant. Je risque la vie de mon bébé. Est-il au courant de ma grossesse ? J'espère que non.

— Je te conseille de ne pas trop titiller ma patience, bébé. Tu risques d'en subir les conséquences et elles ne seront pas sans douleur.

Il appuie sur le bouton du taser qui se met à émettre des étincelles pour ponctuer sa promesse. Je déglutis. La peur me tord le ventre. Je n'ai pas peur pour moi. J'ai peur pour la vie de ma crevette. Je hoche alors la tête pour lui signifier que j'ai compris. Il me lâche pour s'adosser à la fenêtre en jouant avec son taser entre ses doigts. L'air passe trop vite dans mon organisme et je me mets à tousser.

— Pourquoi en voulez-vous à Kevin ? Qu'est-ce qu'il vous a fait à toi et à Candice ?

Son visage se durcit en entendant le prénom de sa complice et je comprends que je n'étais pas censée le savoir.

— Elle, elle n'a rien à lui reprocher. Elle fait ça pour l'argent. Elle se contente de coucher avec lui pour essayer de lui soutirer des informations et je lui paie son loyer. Elle profite même de ma bite quand elle le mérite, ajoute-t-il avec un grand sourire. Je me demande si tu suces aussi bien qu'elle...

Je me raidis et un frisson d'effroi me parcourt l'échine. Non, pas ça...

— Rassure-toi, bébé. Je ne compte pas te violer. Enfin, si tu restes sage, je te tuerai sans abus sexuel.

Il se met à rire et ce son me glace le sang.

— Pour... Pourquoi tu fais ça, toi ? Pourquoi que des jeunes femmes ?

— À vrai dire, j'ai pensé que Kevin comprendrait le message avec les similitudes physiques des victimes. À travers elle, je détruisais ce qu'il aimait le plus : lui-même. La gloire, les filles, les fêtes... Il a tout pour lui !! Et tout ça parce que ce petit con a tué son père alors tout le monde l'a soutenu.

Je ne suis pas sûre de tout comprendre. Il aurait commis tous ces meurtres par simple jalousie à l'égard de Kevin ? Mais c'est débile ! Il n'est pas la seule rockstar de notre âge !! Il se passe la main dans les cheveux et je fronce les sourcils. Ce geste aussi me paraît étrangement familier...

— J'aurais donné n'importe quoi pour avoir mon père à mes côtés. À la place, j'ai eu une mère qui me mettait des raclées à coups de taser (il secoue son arme devant lui). J'en serai marqué à vie.

Il soulève son T-shirt et je peux voir son buste musclé et fin scarifié par des marques de brûlures dues au taser.

Je plaque une main sur ma bouche, profondément choquée. Pendant un court instant, j'ai pitié de cet homme. Quel genre de parents feraient du mal à leurs enfants ? Mais le souvenir des visages des parents des victimes refait surface dans ma tête. Ce mec est un *serial killer*. Il ne mérite aucune pitié.

— Je ne comprends pas, dis-je. Tu en veux à Kevin d'avoir tué son père et avoir ainsi sauvé sa famille ?

Mon ravisseur s'approche alors de moi et je me recule instinctivement. Mais il m'attrape fermement par le bras et me rapproche de façon à ce que ces yeux assombris par la colère et la haine se retrouvent à quelques centimètres des miens.

— Non, souffle-t-il d'une voix dure. Je lui en veux parce qu'il a tué mon père aussi.

Chapitre 26

Kevin

Je n'ai pas dormi de la nuit. J'ai parcouru toute la ville jusque dans le Queens en voiture pour tenter de retrouver Ally. Mais en vain. Il est neuf heures du matin, le soleil est déjà haut dans le ciel, balayant toutes les traces de la pluie d'hier et je sors du commissariat où James m'a sermonné pour la rixe d'hier avec Matthew. Il m'a suspendu de mes fonctions, bien entendu, en me disant que j'ai de la chance que Matthew n'ait pas porté plainte. Je déambule dans les rues de New York dans l'espoir de la retrouver pour la troisième fois. Je m'arrête pour aller remettre de l'essence avant de repartir à sa recherche. Elle est introuvable, putain. Où est-ce qu'elle a bien pu se cacher ? Mon téléphone sonne. C'est Chelsea. Je l'ai appelé à quatre heures quand j'ai fini mon premier tour et que je n'ai pas croisé Allyanna. Mais elle n'est pas rentrée chez elle.

— Tu l'as retrouvé ? s'inquiète-t-elle.

— Non. Et vous ?

— Non.

On est tous au bord de la panique. Chelsea est avec Josh et tente de chercher dans les endroits où elle a l'habitude d'aller avec Allyanna. Tout comme moi ils ont fait chou blanc. Ça fait sept heures qu'elle a disparu de la surface de la Terre. Pour moi ça fait une éternité. Il reste encore dix-sept heures avant de pouvoir signaler sa disparition et lancer un avis de recherche. Quelle loi de merde ! Si ça se trouve, elle s'est fait ramasser par un type pas net. Non, Ally est intelligente, elle ne suivrait jamais un gars qu'elle ne connaît pas. Elle protégerait la vie de notre bébé. Notre bébé... Je n'arrive pas à croire que je vais être papa. Au début j'ai paniqué. Mais maintenant, alors que je ne la trouve pas, je n'ai qu'une envie, c'est de la serrer dans mes bras et lui promettre que je serai là pour elle et ce petit être.

Je frappe le volant rageusement puis une idée me vient.

— Je vais faire un tour sur Liberty Island, elle s'est peut-être réfugiée là-bas, dis-je à Chelsea.

C'est là où elle a vécu sa première fois, cet endroit compte beaucoup pour elle autant que pour moi.

— OK, tiens-nous au courant.

— Oui et toi tu devrais aller en cours.

— Ma meilleure amie est peut-être en train de crever de faim quelque part. Hors de question que je l'abandonne.

Puis elle me raccroche au nez. Je comprends ce qu'elle ressent. C'est au tour de Will de m'appeler. Il est à l'appartement avec Pete et Marie afin de trouver des indices, à savoir si elle n'est pas rentrée pendant que Chelsea était avec Josh afin de préparer son départ. Bien que je sache qu'ils ne trouveront pas grand-chose puisque c'est le premier endroit où je me suis arrêté en quittant le restaurant, mais aucune hypothèse n'est écartée. Elle a peut-être réservé un billet de transport, quelque chose qui pourrait nous mettre sur une piste.

— On n'arrive pas à trouver le mot de passe de son ordinateur, me dit Will. On a essayé sa date, la tienne, ton nom, la date de mariage de ses parents...

– Essaie *Freedom*, réponds-je.

Après tout, c'est la chanson qui nous a fait découvrir nos secrets l'un à l'autre et le nom de mon bateau. J'entends un « yes » à l'autre bout du fil.

— Alors il y a quelque chose ? m'impatienté-je.

Une réservation de vol, d'hôtel... n'importe quoi pourvu qu'ils trouvent !

— Non, répond finalement Will.

Je frappe de nouveau le volant. Putain, c'est pas vrai !! Je m'arrête sur Bakery Park pour amarrer mon bateau. Je préviens les autres puis appelle Rick. Ma famille s'occupe de patrouiller dans les arrondissements voisins. Mais lui non plus ni Rachel que j'appelle juste après ne l'ont croisé. J'arrive sur Liberty Island, mais aucune trace de ma Allyanna.

Il faut se rendre à l'évidence.

Ally a disparu et mon cœur se brise à cette pensée. De retour dans ma voiture, je fonds en larmes comme jamais je n'ai pleuré de ma vie.

J'ouvre les yeux et réalise que je suis toujours au volant de ma voiture sur Bakery. Je ne me suis même pas rendu compte que je me suis endormi. Après toute une nuit sans fermer les yeux, la panique et le désespoir ont eu raison de moi. Je regarde l'heure : 11 h 45. J'ai un texto de Josh.

Viens chez maman.

Je tape rapidement avant de démarrer pour me diriger vers un *Starbucks* pour m'acheter ma dose de caféine.

Pas le temps. Il faut que je continue mes recherches.

Je regarde la réponse de mon frère en me garant sur le parking du coffee-shop.

On a passé la ville au peigne fin... Viens au moins faire un débriefing.

Je soupire de frustration. Josh a raison. Il faut que je me calme, je suis trop énervé je n'arrive plus à penser correctement.

Je démarre et ne peux m'empêcher de tourner la tête à droite et à gauche sur le chemin, dans l'espoir d'apercevoir sa chevelure rousse.

Je touche à peine à mon assiette de pommes de terre que ma mère a pris le temps de préparer. La chaise qu'occupait Allyanna quand elle est venue manger ici est atrocement vide et ça me fend le cœur. J'ai envie de pleurer, mais je refuse de me laisser abattre. Je vais la retrouver coûte que coûte.

— Je vais aller interroger les réceptionnistes dans les hôtels du coin, déclaré-je. Andrew, tu m'accompagnes ? Je n'ai plus ma plaque et ils ne me donneront aucun renseignement.

Mon beau-frère accepte et nous continuons de nous serrer les coudes, suggérant des hypothèses sur l'endroit où elle aurait bien pu se cacher sans son portefeuille.

Dehors il fait nuit et je tourne comme un lion en cage dans la villa. J'ai tenté d'appeler Ally un nombre incalculable de fois, mais je tombe sur sa messagerie. Andrew et moi avons fait chou blanc dans les hôtels où elle aurait pu se réfugier. Personne ne l'a vu. Et nous devons attendre demain pour signaler sa disparition et demander une commission rogatoire afin d'analyser les caméras de surveillance de la ville et éventuellement interroger les compagnies d'autocars susceptibles de l'avoir emmenée quelque part.

Tout ça, c'est à cause de moi. Je n'aurais jamais dû la laisser partir. Je n'aurais jamais dû m'en prendre à elle. Tout le monde a essayé de me mettre sur la voie, concernant sa grossesse. Les roses, le chou, le test de grossesse, le coussin d'allaitement, l'ours en peluche... et je n'ai même jamais fait gaffe aux chaussures de bébé posées à côté des miennes. J'aurais dû les remarquer chaque fois que je rentrais chez moi et enlevais mes chaussures, mais non. J'étais tellement accaparé par l'affaire du tueur et par mes sentiments pour Ally que je n'y ai vu que du feu.

Je m'arrête net au milieu du salon, attirant les regards de mes potes.

— Le tueur... soufflé-je, n'y croyant pas moi-même.

Comment ai-je pu être aussi crédule ?!

— De quoi ? s'enquiert Jake.

— Le tueur au taxi !! m'écrié-je en agitant les bras comme un dingue. On n'a même pas creusé la piste du taré de la ville ! C'est lui, j'en suis persuadé.

Josh s'approche de moi pour venir me calmer, mais je le repousse.

— Calme-toi Kev, on n'a aucune preuve qu'il est dans le coup.

— Parce qu'on n'a pas cherché de son côté ! On s'est focalisé sur une fugue alors qu'elle a sûrement été enlevée !! Faut que j'appelle James.

Je m'apprête à sortir mon portable de ma poche, mais mon petit frère m'en empêche et je lui lance un regard glacial.

— Il est 23 heures Kevin. Tu connais déjà la réponse de ton patron, tu n'as aucune preuve qu'elle a disparu. Demain à la première heure, on va faire des affiches et les placarder dans toute la ville. Tu iras avec Andrew voir James pour qu'il parle au FBI afin d'obtenir une commission rogatoire…

— Je connais Ally, elle aurait appelé Chelsea ou Will si…

— En attendant, reprend Josh, tu vas prendre un truc pour dormir et t'allonger un peu, tu es sur les nerfs et tu ressembles à un zombie.

— Il a raison, Kev, approuve Billy. Pour l'instant, nous n'avons rien, demain est un autre jour.

Je serre les mâchoires. Je déteste quand ils ont raison. Rageur, je renverse le vase avec le bouquet de roses et il se fracasse au sol en mille morceaux puis je vais à la salle de bains pour me débarrasser de ces putains de journées de merde qui s'accumulent et qui m'agacent au plus haut point. Je vais finir par péter un plomb.

Je finis par craquer dans la douche. Le fardeau de culpabilité qui pèse sur mes épaules est beaucoup trop lourd. Je pleure à chaudes larmes sans chercher à être discret. Je me fous complètement que l'on m'entende chialer. Je n'ai plus rien à perdre.

Parce que j'ai déjà perdu celle que j'aime plus que tout. Plus que moi, même. Je daigne enfin sortir de la douche quand l'eau commence à devenir froide sur ma peau. Je m'habille sans grand enthousiasme et avale trois somnifères avant d'aller me coucher sans prendre la peine de dîner.

Je suis réveillé par un affreux cauchemar. Je me voyais être appelé par James pour un autre meurtre. Je conduisais jusqu'à la scène et je voyais le corps d'Allyanna gisant sur le terrain vague, éventrée et notre bébé sans vie aussi baignant dans leur sang. Quand je me lève brusquement après avoir réussi à m'échapper de mon enfer personnel, Josh est à côté de moi, aussi livide qu'un cachet d'aspirine. Mes draps sont emmêlés dans mes jambes, trempés de sueur tout comme mon corps.

— Qu'est-ce que tu fais là ? m'enquiers-je, la respiration haletante.

— Tu t'es mis à hurler, j'ai essayé de te réveiller en t'appelant, mais tu ne m'entendais pas. Ça va aller ?

— Ouais, je crois. Il est quelle heure ?

Je n'ai aucune envie de lui parler de mon cauchemar. J'en suis encore tout retourné.

— 5 h 15.

— Ça fais plus de vingt-quatre heures qu'Ally a disparu, déclaré-je. Va te recoucher je vais aller refaire un tour, on ne sait jamais si je la trouve.

Mon frère acquiesce avec un sourire triste. Je sais qu'il pense que je suis complètement parano, que rien ne dit qu'elle s'est fait enlever. Mais je serais plus rassuré si je la trouvais dans la rue. Même en état de choc ou en dénutrition, au moins je l'aurais retrouvée en vie et je pourrais prendre soin d'elle jusqu'à la fin de mes jours.

Rien. Que dalle. Pas une seule trace d'Ally et de notre bébé. Le désespoir me ronge de part en part. Il est 8 heures, j'ai les nerfs à vif et les onze cafés que je me suis enfilés depuis que je suis sorti de la villa ne sont pas les seuls fautifs. Je suis angoissé et en rage.

Angoissé parce que j'ai peur d'avoir cet appel de James qui me dirait que ce n'est plus la peine de la chercher parce qu'ils auraient retrouvé son corps. Et je suis dans une rage folle contre cet enfoiré qui est sûrement en train de la torturer, elle et mon bébé, à l'instar de ses anciennes victimes. Je n'ai rien qui puisse prouver que c'est lui, mais au fond de moi j'en suis persuadé. J'ai une espèce de sixième sens, mon intuition de flic qui me dit que ce fumier est dans le coup.

Le FBI a finalement accepté de partager l'affaire avec nous, après tout, nous étions là avant eux et James m'a remis sur l'affaire, avec réticence, mais tout ce qui compte est que je reprenne du poil de la bête. Bon, nous avons les pingouins avec nous, mais je décide de les ignorer.

À l'instant où nous obtenons la commission rogatoire délivrée par le procureur, je me jette sur la feuille et prends la direction de la sortie de la brigade, Andrew et les deux agents fédéraux de la dernière fois sur mes talons. Mes amis et ma famille ont fait du bon boulot dans les rues. La photo d'Ally avec un message d'alerte est placardée partout dans New York et ses arrondissements. Nous nous garons sur le parking de la gare routière et commençons par interroger les employés avant de visionner les caméras de surveillance des cars. Mais rien. Encore. Pas une seule agence ne peut nous renseigner. Je commence à perdre patience quand nous sortons d'une compagnie de transport de Brooklyn (après avoir vérifié à Manhattan, New York, dans le Bronx, le Queens et même Staten Island) quand un vieil homme nous interpelle.

— Vous cherchez la fille qui a disparu ?

L'espoir jaillit en moi telle une éruption volcanique. Je lui saute limite dessus.

— Oui, vous l'avez vu ? m'écrie-je.

— En effet, elle était assise à l'abri bu juste là quand un taxi s'est arrêté et l'a prise. Je ne vois pas bien, je suis vieux, mais je suis presque sûr que c'est une femme qui était au volant. Je fumais ma pipe dehors derrière le dos de ma femme. Elle ne supporte pas. J'allais justement au commissariat pour témoigner, mais je vous ai aperçu.

Je l'ai écouté tout le long de son discours, mais mon cerveau reste bloqué sur la même phrase et me la répète encore et encore, inlassablement. Elle est montée dans un taxi. Elle est montée dans un taxi.

— Est-ce que vous auriez retenu le numéro du taxi, par hasard ?

— Je suis désolé, comme je vous l'ai dit je suis vieux et il faisait nuit...

— Quelle heure était-il ?!

— Euh, deux heures du matin, je crois...

Ça correspond.

— Ça ira monsieur, intervient Andrew. Je vous invite à aller à la brigade où on prendra votre déposition. Quant à nous, nous allons analyser les caméras de surveillance de la ville.

Jeff, l'informaticien, passe les bandes vidéo des deux derniers jours. Mes yeux balaient les différents angles à une vitesse effarante. Soudain je la vois.

— Là ! Elle est là putain !

Je ne tiens plus en place. Je la vois. Mon cœur s'affole, j'ai envie de rentrer dans l'écran pour l'étreindre. Mais ma conscience me rappelle que ces images datent d'hier et qu'elle n'y est plus aujourd'hui. Putain où elle peut être, bordel !!!! Les images sont très douloureuses, à la limite du supportable. Elle pleure. À cause de moi. Elle se caresse le ventre et un élan de tendresse me submerge. Je voudrais tant lui dire que je suis désolé, que je l'aime ! Je rêve de lui caresser le ventre aussi et dire à notre bébé que je l'aime et qu'il sera le bienvenu dans mon cœur. Tout à coup, nous pouvons voir un véhicule jaune s'arrêter devant elle. Le taxi. De nos jours, les caméras sont en couleurs aussi je peux apercevoir un éclat blond dans la voiture. C'est donc une femme qui a enlevé ma Allyanna. On faisait fausse route depuis le début. Ce n'est pas un tueur, mais une tueuse.

Une tueuse blonde.

— Fais un zoom sur l'aile de la voiture, demandé-je ai Jeff.

Il obtempère et nous pouvons distinguer le numéro d'identification du taxi : 8220. C'est ce que je redoutais. J'écrase mon poing sur le bureau faisant sauter ce qu'il y a dessus.

— Kev, calme-toi, me dis Andrew.

Mais mon poing poursuit sa course folle et va s'abattre contre le mur, le défonçant. Je ne réponds plus de rien. Plus rien n'existe autour de moi, je vois rouge, j'ai bouillonné toute la journée d'hier et toute la nuit et aujourd'hui je n'en peux plus, j'explose. Andrew et les deux pingouins me tiennent, mais je lutte, je veux tout défoncer !!! C'est le numéro de taxi qu'on recherchait. Je me disais bien qu'il m'était familier, j'ai aperçu ce numéro sur le taxi qui a failli me percuter alors que je courais à l'appartement de Candice après avoir appris qu'Allyanna était vierge. Je ne sais qui est cette garce, mais je vais lui faire payer si elle touche un cheveu de ma fiancée.

— Kevin arrête !! me hurle Andrew.

— Cette salope a enlevé la femme que j'aime !!!!!

Chapitre 27

Allyanna

J'ai mal au dos. Et à la tête. Et j'ai surtout mal au cœur aussi. J'ai mal au cœur pour mon bébé. Je le porte toujours sans même savoir s'il est encore en vie ou pas. Depuis combien de temps suis-je ici ? Deux jours, peut-être trois ? J'ai totalement perdu la notion du temps. Pourquoi me garde-t-il autant de temps ? Les autres victimes ne passaient même pas quarante-huit heures entre ses mains diaboliques. Attend-il que Kevin vienne à mon secours pour me tuer devant lui ? Suis-je le bouquet final ? Se sont-ils rendu compte que j'ai disparu, d'ailleurs ? Je pense que oui, Chelsea et Will me connaissent bien ils savent que je n'aurais jamais fui sans les prévenir. Kevin est-il au courant, lui ? Après la dispute que nous avons eue, il pense peut-être que je suis partie de mon plein gré. Est-ce que je lui manque ? Moi, il me manque atrocement, constamment. Il ne se passe pas une minute sans que je pense à lui. Je n'imaginais pas ma vie ainsi, loin de là. Je nous voyais Kevin et moi toujours ensemble dans dix ans, dans une grande maison avec nos cinq enfants et Lucky, notre saint Bernard. Merde, voilà que je me mets à être fleur bleue comme Will.

Mais, j'étais loin d'imaginer de tomber enceinte maintenant — non que je le regrette — et que j'allais peut-être mourir, tuée par un psychopathe assoiffé de vengeance.

Je pleure tout le temps. Mes vêtements sont souillés de larmes et tout poisseux. C'est un endroit insalubre ici. Cette nuit, j'ai entendu gratter dans le mur et je soupçonne des rats. Ça me fout la frousse. Le frère de Kevin n'est pas revenu me voir depuis le premier jour. Seule Candice vient m'apporter à manger le soir : du pain rassis et un verre d'eau. Rien d'autre. Je suis en déshydratation, mon ventre crie famine toute la journée. Je pue le phoque et ma cheville présente un hématome à cause de la chaîne qui la retient.

On frappe à la porte. Je me redresse en position assise, on ne sait jamais si c'est le tueur et je n'ai aucune envie qu'il profite de moi, déjà que ma jupe de serveuse ne m'aide pas... Mais c'est Candice et je me traite de conne intérieurement. Il n'y a qu'elle pour toquer, l'autre taré serait entré directement. Je l'assassine du regard. Non parce qu'elle a couché avec *mon* mec juste avant qu'il soit avec moi – bon, peut-être un peu... un peu beaucoup... – mais la principale raison qui nourrit ma haine à son égard est qu'elle s'est servie de lui sans aucun remords et qu'elle ne daigne même pas avoir un peu de compassion pour mon bébé.

— Salut.

Je fronce les sourcils. C'est la première fois qu'elle m'adresse la parole depuis qu'elle m'a enlevé dans le taxi. Je ne réponds pas et continue de la regarder méchamment tandis qu'elle me donne mon pain pourri et mon eau. Je me jette aussitôt sur mon « repas » en pensant que ma crevette doit sûrement mourir de faim. Si tant est qu'elle soit encore en vie... Je chasse cette affreuse pensée de ma tête. Bien sûr que mon bébé est encore en vie, c'est un Reynolds même si Kevin ne veut pas assumer sa paternité. Et il sera aussi courageux que celui qui l'a créé.

— Je suis désolée, murmure Candice et je crois percevoir de la tristesse dans sa voix, confirmée par des larmes qui coulent sur ses joues. Tiens.

Elle pose une tablette de chocolat sur le matelas et mon estomac gronde immédiatement. Je me retiens de sauter sur la friandise et lui jette à la figure.

— Si tu crois que je vais accepter tes minables excuses avec du chocolat et des larmes, tu te fous le doigt où je pense. Je ne te connais pas, tu t'es tapé mon mec et tu m'as délibérément enlevée. Jamais je ne te pardonnerai.

J'ai toujours été une personne généreuse qui pense aux autres avant elle. Mais là, c'est au-dessus de mes forces. Elle sait que je suis enceinte et pourtant elle ne m'a pas libérée, au contraire elle m'a empoisonnée. Je dois lutter de toutes mes forces pour ne pas me ruer sur sa gorge là, maintenant. Qu'elle aille au diable !

— Je sais que tu m'en veux et tu as entièrement raison, continue-t-elle. J'ai connu Tom il y a environ deux mois, juste après que Kevin soit passé chez moi. J'étais tellement frustrée que celui-ci n'ait pas voulu coucher avec moi que j'ai jeté mon dévolu sur son demi-frère. Kevin ne sait même pas qu'il existe. Je suis vite tombée amoureuse. À tel point que j'ai commis un crime horrible. J'étais prête à tout pour Tom... jusqu'à tuer cette fille alors qu'il était mis en examen. Il m'a fait promettre de continuer le travail si jamais il se faisait arrêter. J'ai regretté ce que j'ai fait alors j'ai mis ce petit taxi miniature ainsi que les paroles de la chanson qu'il chantait quand on s'est vus pour la première fois. Je voulais le mettre sur la piste. Tom a été relâché bien sûr et je pensais qu'il cesserait les meurtres, il m'avait promis qu'on partirait loin tous les deux pour vivre comme un vrai couple. Mais il n'en a rien fait. Et aujourd'hui, j'en ai assez. Je veux que tout cela s'arrête. Alors ce matin je me suis rendue à la police. J'ai revu Kevin. Si tu savais à quel point il va mal. J'ai absolument tout avoué et il a été retenu juste à temps avant de me sauter à la gorge. Je ne l'ai jamais vu dans un tel état, il doit vraiment t'aimer.

Elle s'arrête un instant pour reprendre sa respiration et je me rends compte alors que je pleure. Kevin me cherche. Je lui manque.

— Je leur ai dit où tu étais, reprend-elle. Ils ont voulu m'arrêter pour meurtre, kidnapping et complicité de meurtres, mais je les ai convaincus de me laisser partir afin de ne pas attirer les soupçons auprès de Tom. Si je restais là-bas, il aurait su que je m'étais fait attrapée et il t'aurait sûrement tué.

Un élan d'espoir jaillit en moi. Ils savent où je me trouve. Kevin va venir me sortir de là. Je caresse instinctivement mon ventre pour rassurer mon bébé.

— Pourquoi as-tu fait ça ? Tu as tué une innocente !

Candice pleure de plus belle.

— Je sais pas, et je vais le payer toute ma vie. Je ne sais pas pourquoi j'ai fait ça j'étais tellement accro à Tom que j'aurais donné ma vie pour lui. Mais là il est allé trop loin, je ne le reconnais plus.

Soudain, la porte s'ouvre avec une violence inouïe et Tom apparaît sur le seuil, l'air extrêmement furieux et armé d'un revolver. Terrifiée, je me recule sur le matelas. Putain, il va nous tuer !!

— Espèce de salope !!!! hurle -t-il en regardant Candice.

Celle-ci se lève et met ses mains en avant pour tenter de le calmer.

— Tom, je suis désolée je ne voulais pas en arriver là, mais...

— Tu as parlé aux flics ! Tu leur as dit où on se trouvait !

— Tom je...

— FERME TA GUEULE !!! crie-t-il hors de lui.

Il brandit l'arme sur Candice et tétanisée, je me recroqueville sur moi-même. Jamais je n'ai eu aussi peur de ma vie, je tremble comme une feuille. Pitié, faites que ce soit un cauchemar et que je vais me réveiller !! Candice ne s'arrête pas de plaider sa cause et j'ai peur pour sa vie. Tom est si en colère !

— Tu es devenu incontrôlable, je ne pouvais plus te laisser…

Le coup part et je pousse un cri de terreur. Je vois Candice tomber instantanément sur le dos, un trou sanglant au milieu du front. Mon Dieu ce n'est pas possible, ce malade vient de tuer sa complice. Je pleure comme une malade, tout l'air a quitté mes poumons je suis en état de choc. Il ne faut surtout pas que je m'évanouisse, personne ne sait ce qu'il pourrait me faire. Il reporte son regard sur moi, glacial et haineux. Je crois que c'est mon tour. Je le vois dans ses yeux, il va me tuer.

— Je déteste les chiennes désobéissantes, gronde-t-il.

Je devrais pleurer pour cette femme après tout, elle a agi sous la contrainte. Et pourtant, je me dis qu'elle aurait pu fuir Tom il y a longtemps et que c'est tout ce qu'elle mérite. Je me sens tellement cruelle de penser ça. Mon ravisseur fouille dans sa poche et me lance une clé.

— Détache toi, ordonne-t-il. On va faire un petit tour, tous les deux, et n'essaie pas de t'échapper sinon je t'explose la tête à toi aussi.

Je n'ai pas besoin de le regarder pour savoir qu'il ne plaisante pas et qu'il n'hésitera pas à me faire sauter moi aussi. Je retire la chaîne de mon pied avec soulagement et me lève tant bien que mal. Tom me fait signe de passer devant lui et me pointe le pistolet dans le dos pour me dissuader de lui jouer un mauvais tour. Au loin, nous entendons les sirènes des gyrophares. Elles sont assourdissantes, il doit y avoir toutes les patrouilles à ses trousses.

Nous traversons un petit appartement tout aussi crasseux que la chambre dans laquelle j'étais prisonnière. Je peux voir le pont de Brooklyn au loin, par la fenêtre du salon. Il ne fait pas encore nuit, mais le soleil a quitté son zénith, j'en déduis qu'il ne doit pas être loin de 20 heures. Tom m'ordonne d'ouvrir la porte d'entrée et il enroule son bras autour de ma gorge pour s'assurer que je ne m'éloigne pas et je sens toujours le canon du flingue me torturer la colonne vertébrale. C'est qu'il appuie fort ce con ! Nous longeons un couloir avant de passer par une porte de secours.

J'entends des cris venant d'en bas ainsi que des pas précipités et je devine que la police est arrivée.

— Monte ! Grouille-toi !

Ça va, ça va je les monte tes escaliers ! Je n'ai pas la moindre idée de l'endroit où il compte m'emmener jusqu'à ce qu'il m'incite à monter une échelle. Oh non. Le toit ! J'obtempère néanmoins et je me retrouve sur la plate-forme du haut de l'immeuble. Tom me fait avancer jusqu'au rebord et mon coeur bat tellement vite que j'ai l'impression qu'il va exploser. Je ne cesse de penser à mon bébé, je prie pour qu'il s'accroche à la vie, je veux lui donner tout l'amour qu'il mérite, je ne veux surtout pas le perdre. Pitié si Dieu existe réellement, je voudrais qu'il épargne mon bébé. Tom pointe toujours l'arme sur moi et semble attendre quelque chose. Je fais l'erreur de regarder en bas et mon estomac se retourne. Des dizaines de voitures de police sont stationnées tout le long de la rue. J'espère que Kevin n'est pas là. Le connaissant et à entendre Candice tout à l'heure, il y a peu de chance que mon espoir soit fondé, mais je ne veux pas qu'il risque sa vie pour moi. Je tiens trop à lui. Je l'aime trop pour lui permettre de risquer sa vie pour moi. S'il tente quelque chose – ne serait-ce que se montrer, Tom n'hésitera pas à le tuer. Je suis son appât. La seule raison pour laquelle je suis encore en vie, c'est parce que Tom attend Kevin.

La porte du toit s'ouvre et j'ai un hoquet de stupeur. Tom se retourne pour voir Kevin avancer doucement les mains en l'air.

— Ah voilà notre héros ! claironne Tom, faussement joyeux. Nous t'attendions. Je voudrais que tu admires ta putain en train de tomber.

Je vois le visage de Kevin se refermer en entendant le surnom que son demi-frère vient de m'attribuer. Puis son regard se tourne vers moi et une conversation silencieuse se transmet de l'un à l'autre. « Ça va ? » « Oui. Mais s'il te plaît ne joue pas au con, ne le provoque pas tu sais de quoi il est capable » « Je vais nous sortir de là ». Il reporte son regard sur Tom.

— Je ne suis pas armé. Je sais qui je suis pour toi, Thomas, commence Kevin. Et je sais pourquoi tu agis ainsi. Je comprends ce que tu ressens...

Kevin est interrompu par le rire tonitruant de Tom.

— Tu sais ce que je ressens ? Vraiment ? se moque-t-il avant de se mettre à hurler. Tu n'as aucune idée de ce que j'ai enduré pendant toutes ces années !! Tu n'as aucune idée des tortures que ma salope de mère me faisait subir !! Les seules fois où j'étais bien, c'était quand mon père venait me chercher le week-end pour aller voir des matchs de base-ball ou aller au cinéma. J'étais heureux avec mon père. Mais tu l'as tué !!!!

Je peux voir la surprise et le désarroi sur le visage de Kevin et je suis aussi étonnée que lui. Apparemment il battait sa première famille, mais jouait les papas modèles avec la seconde.

— Écoute Tom. Notre père n'était pas celui que tu crois. Il nous fracassait ma mère, mon frère et moi. Le soir où je l'ai tué, il était en train de tabasser ma mère.

— NON !!!!! Arrête de mentir ou je te jure je la tue !!!

Il brandit l'arme sur moi et, faute de pouvoir reculer, car le vide est sous mes talons, je me recroqueville en protégeant mon ventre, comme s'il pouvait être épargné.

— OK OK ! s'écrie Kevin. Tu as gagné. Je l'ai tué de sang-froid. Et je ne regrette pas mon choix.

Quoi ? Mais à quoi il joue ?! Il va nous faire tuer !! Je lui lance un regard de détresse, mais il ne flanche pas. Tom est nerveux. Il est placé entre Kevin et moi et fait la navette avec son flingue. Derrière Kevin, des agents du FBI sont en position de tir. Mais ils ne peuvent pas agir, car Tom pourrait toujours tirer sur moi si jamais ils le touchent.

— Mets-toi à côté d'elle, ordonne Tom. Et si l'un de tes toutous ose tirer, vous êtes morts. Dis leur de battre en retraite.

Kevin hésite un moment puis fait signe aux autres de rentrer dans l'immeuble.

— On ne te laissera pas, objecte Andrew.

— C'est ça ou on crève ! réplique Kevin. J'ai le contrôle de la situation. Reculez.

Les hommes obéissent et nous nous retrouvons plus que tous les trois. Kevin vient se placer à côté de moi et je profite du fait que Tom ne nous regarde pas — il scrute les horizons, l'air complètement paumé — pour chuchoter à Kevin.

— Tu as un plan, au moins ?

— Je cherche.

Putain on n'est pas sortis de l'auberge. Tom s'intéresse de nouveau à nous, nous empêchant de continuer à communiquer.

— Tu sais Kevin, je n'ai jamais voulu être un tueur. Quand j'étais petit, je me contentais de disséquer les chats de ma voisine qui osaient venir dans le jardin de ma maison. Mais quand j'ai tué la première gonzesse à cause de toi, je me suis senti tellement puissant que j'ai voulu recommencer.

— C'est en commençant par les animaux qu'un psychopathe naît.

Le visage de Tom n'est que haine et rancœur. Kevin arrête de le provoquer !

— Ne me pousse pas à bout, petit frère, le prévient-il.

— Laisse-la partir. Cette histoire, c'est entre toi et moi.

— Oh non, non, non. Je veux que tu saches ce que ça fait que de perdre un être cher. Deux en l'occurrence pour toi (je me fige) Oui, cette pute de Candice m'a dit pour le bébé. De toute façon les gamins c'est de la vermine, n'est ce pas Kevin ?

Un long silence plane et je sais alors que c'est la fin pour nous. Il va sans doute se faire tuer par les collègues de Kevin, mais nous ne serons plus là pour le voir.

— Allez trêve de plaisanterie, déclare Tom. Brûlez en enfer.

Soudain, Kevin lance quelque chose sur Tom. Des cailloux qui proviennent du sol. Quand les a-t-il ramassés ?! Tom est pris au dépourvu et Kevin en profite pour se jeter sur lui.

— Ally cours !!! me crie Kevin alors qu'il tente de désarmer son ennemi.

Je descends du rebord de l'immeuble, mais je suis incapable de faire davantage. Je ne fais que reculer, mes jambes ne voulant pas obéir. Je suis pétrifiée devant la scène qui se déroule devant moi. L'arme risque de se retourner contre Kevin et je ne peux même pas l'aider, ce que j'aurais fait si je n'avais pas été enceinte. Je pleure, j'entends à peine les voix des policiers et d'Andrew qui viennent d'entrer et qui me disent de venir vers eux, en sécurité. Je ne veux pas laisser Kevin. Il faut que je fasse diversion. Que j'attire l'attention de Tom pendant deux secondes, ça suffira pour que Kevin lui retire l'arme.

Plongée dans mes réflexions à la recherche d'une idée, je ne vois que trop tard que Tom a pris le dessus sur Kevin et qu'il pointe le revolver sur moi, prêt à tirer. Mon petit-ami (ou ex ? Je n'en sais rien et ce n'est pas le moment de penser à ça) voit ce qui se passe et se met à crier.

— Noooooon !!!

Il se rue sur moi pour me protéger et j'entends le bruit du tir et Kevin grogner dans mon oreille. Il tombe à côté de moi et plus loin j'entends un autre tir. Tout se passe à une vitesse affolante. Andrew a tiré dans le bras de Tom et celui-ci s'apprête à me tuer une nouvelle fois. D'instinct, j'extirpe l'arme d'appoint de Kevin de son étui et appuie trois fois sur la gâchette. Heureusement il n'y avait pas le cran de sécurité. Tom tombe à genoux puis à plat ventre. Putain je crois que je l'ai tué. Mais je n'ai pas le temps de me soucier de ce fumier, Kevin ne bouge plus.

Je retourne mon amoureux sur le dos. La balle a traversé son torse, juste au niveau du cœur et la panique me submerge. Je n'ai pas toujours été douée en sciences, mais tout le monde sait que le cœur, c'est fatal.

Je tente de le réveiller quand Andrew arrive et fait appel à une ambulance via sa radio.

— Kevin s'il te plaît, réveille-toi allez !!!

Je le secoue, mais il ne réagit pas. Andrew presse deux doigts sur son cou.

— Je ne sens pas son pouls !

Non pas ça !! Andrew entreprend alors un massage cardiaque tandis que je lui tiens la tête sur mes genoux et lui caresse la joue, son oreille tout contre mon ventre. Je suis en larmes c'est un vrai torrent.

– S'il te plaît mon coeur, reviens je t'en prie, j'ai besoin de toi. *On* a besoin de toi.

Je l'embrasse avec un petit espoir pour que ça fasse comme dans les contes de fées, mais ici on est dans la vie réelle et ça ne marche pas. Andrew continue de le masser inlassablement.

— Allez Kev, putain, reviens mon pote !!

Mais Kevin reste inanimé. L'évidence de la scène est on ne peut plus tangible. L'ambulance arrive à toute vitesse, mais je sais d'ores et déjà que leurs efforts ne serviront à rien.

Kevin est parti.

J'ai perdu l'homme de ma vie. Ma raison d'exister.

Je ne pourrai jamais lui dire combien je l'aime et mon rêve de vivre avec lui, nos cinq enfants et notre chien dans cette grande maison est réduit à néant.

Kevin ne reviendra pas.

Chapitre 28

Kevin

Il fait tout noir. Putain qui a éteint la lumière ? J'ai l'impression d'être dans un long tunnel qui n'en finit pas. Où est-ce que je suis, bordel ? J'avance en espérant trouver de la lumière quelque part. Il n'y a même pas de bifurcation pour tourner. Je n'aime pas ça. J'ai toujours eu le contrôle sur tout. J'ai toujours su où je devais aller, quelle direction prendre. Or, là que dalle. J'avance vers l'inconnu et ça me fout les jetons.

J'avance depuis... Je ne sais même pas depuis combien de temps je marche, j'ai perdu toute notion du temps, quand soudain, j'aperçois une lumière vive devant moi. Ah enfin ! Où est-ce que je vais déboucher ? Je me rapproche de plus en plus et je vois une ombre. Je fronce les sourcils. Je connais cette silhouette pour l'avoir vue sur les photos qui trônent partout dans la maison chez ma mère. Je n'en crois pas mes yeux.

— Maggie ?

Mais qu'est ce que ma grande sœur décédée fait ici ? Suis-je mort ?

Putain, mais qu'est-ce qui m'est arrivé, je ne comprends rien ! Je tente de me souvenir de la dernière chose que j'ai faite aujourd'hui. Mais rien. Nada. Ma sœur me salue de la main et je ne peux m'empêcher de sourire jusqu'aux oreilles. Ma sœur que je rêvais de voir depuis que je suis né. Maman nous a tellement parlé d'elle à Josh et à moi. Je regrette tellement qu'elle ne soit plus avec nous et de ne pas l'avoir connu assez longtemps pour lui dire combien je l'aime. Je n'avais que quelques jours quand Maggie s'est fait percuter par une voiture. C'est depuis ce jour que mon père est devenu incontrôlable et alcoolique. Il s'en voulait de ne pas l'avoir surveillée pendant qu'il changeait la roue qui avait crevé.

— Est-ce que je suis mort ?

Je n'ai pas pu m'empêcher de lui poser cette question.

— Pour l'instant tu es dans le coma depuis un mois, me répond-elle de sa voix de fillette. Le choix t'appartient. Soit tu viens dans l'au-delà avec moi, soit tu rejoins ceux qui t'attendent en bas.

Je suis son regard vers le sol qui n'existe pas et aperçoit ma mère en train de pleurer dans les bras de Josh. Maman... Une larme roule sur ma joue. Je reporte mon regard sur ma sœur. J'ai le cœur qui se serre. Je ne veux pas laisser ma famille, ma mère a déjà perdu un enfant je ne veux pas lui infliger une autre douleur.

— Que m'est-il arrivé ?

— Tu as subi une mort cérébrale pendant une demi-heure, ce qui est énorme, m'explique-t-elle. Aujourd'hui ton cœur est reparti, mais ils ne savent pas si tu te réveilleras, et si c'est le cas, tu auras peut-être des séquelles neurologiques et physiques parce que ton cerveau a manqué d'oxygène.

Je tente de digérer cette nouvelle affreuse. Si je décide de suivre ma soeur, je meurs. Si je me réveille, je deviens un légume. Un frisson d'angoisse me parcourt. Ce que je vis là est totalement surréaliste. Je parle à ma soeur *morte* ! Je ne peux pas faire ce choix, c'est tellement dur ! Dans les deux cas, je leur ferai du mal à tous.

— Combien j'ai de chances de ne pas me réveiller dans un état végétatif ?

Maggie hausse les épaules. Je n'arrive pas à croire qu'une gamine d'à peine dix ans parle aussi aisément de ces choses-là.

— Cinquante/cinquante, je dirai.

Je me prends la tête entre les mains et me mets à pleurer. Putain ce n'est pas possible, je ne peux pas vivre ça !!

— J'ai combien de temps pour me décider ? demandé-je à Maggie.

Nouveau haussement d'épaules.

— Ça c'est toi qui décides, petit frère. Tu peux prendre tout le temps que tu veux, mais sache que plus tu attends, plus tes chances de te réveiller s'amenuisent. Je veille sur vous depuis le jour où je suis morte. Je peux encore attendre que tu te décides, de toute façon je n'ai rien d'autre à faire.

Je ris. Les plaisanteries dans les pires moments, c'est notre truc. C'est dans nos gènes. Je m'assois et tape la discute à ma sœur. Surréaliste, hein ?

— C'est si ennuyeux que ça de l'autre côté ?

— Je ne dirais pas ça, mais ça fait vingt-cinq ans que je suis là, j'ai eu le temps de tout parcourir.

Nous restons là, assis l'un en face de l'autre et j'admire ma grande sœur. Elle est d'une beauté sans pareille. Elle a hérité des yeux verts de mon père. Des prunelles si perçantes et lumineuses ! Cette couleur me rappelle quelque chose, mais je n'arrive pas à mettre le doigt dessus. Ses cheveux bruns lui arrivent en bas du dos et sa peau laiteuse me fait penser à une poupée en porcelaine. Elle est magnifique. Quand je pense qu'aujourd'hui elle aurait dû avoir trente-quatre ans !

— Tu penses parfois à ce qu'aurait été ta vie si tu n'étais pas...

Je m'interromps en me traitant d'abruti. Je n'ai aucun tact.

— Si je n'étais pas morte ? dit-elle, pas vexée le moins du monde.

Haussement d'épaules. Décidément…

— J'aime me dire que je serais sans doute dans une magnifique maison avec un grand piano au milieu du salon. Je donnerais des leçons à ma fille aînée et le chat viendrait nous embêter. Ou alors, faire des batailles de polochon avant de coucher les enfants. Ou en train de faire la cuisine avec Jared. Jared c'était mon amoureux à l'école, précise-t-elle en voyant mon regard interrogateur. Il était mignon, il avait les cheveux bouclés, bref, je me voyais mariée avec lui. Mais bien sûr à cette époque, comme toutes les petites filles, je me voyais me marier avec mon papa.

L'étau de culpabilité qui entoure mon cœur depuis ce fameux soir se resserre. Je déglutis difficilement.

— Tu peux me parler de papa ? Tu sais je m'en veux pour ce que je lui ai fait et j'aurais sa mort sur la conscience toute ma vie si jamais je me réveille. C'est d'ailleurs l'une des raisons pour laquelle je veux réfléchir encore avant de faire un choix. J'ai ce fardeau depuis douze ans et ça me pèse, ça me fait mal, j'en fais des cauchemars !

— Kevin, me coupe ma sœur. Papa ne t'en veut pas. Du moins, il ne t'en veut plus. Au début, il était en colère quand il a saisi qu'il était mort. Mais c'est fini. Il a compris qu'il était devenu un monstre et tu as sauvé maman et Josh. Tu peux avoir la conscience tranquille.

— Il est avec toi ?

Elle hoche la tête en souriant et je l'imite. Mon père n'a pas supporté la mort de sa fille. Il a dû être heureux de la revoir ici.

Nous restons là pendant longtemps. En bas je vois toujours mes parents et Josh se relayer à mon chevet. Parfois il y a du soleil, parfois il fait nuit, j'en déduis que le temps passe nettement plus vite chez les vivants que chez les morts.

Je vois aussi cette fille. Elle vient tous les jours. Je ne la connais pas et pourtant, quelque chose me dit que je suis important pour elle. Je la vois pleurer en me prenant la main. Elle me rapporte toujours des fleurs. Des lys blancs.

Je n'arrive pas à me décider sur ce choix crucial. Je n'ai pas envie de pourrir la vie de ma famille si je ne parviens plus à ne rien faire. Et si je ne peux plus marcher, ni parler, ni même tourner la tête ?! Putain, j'en ai la chair de poule. Je ne sais pas quoi faire ni penser de tout ça. Tout ce que je sais, c'est que je ne veux pas vivre reclus de la société, cloué toute ma vie dans un lit d'hôpital sans pouvoir manger parce que mes muscles ne répondraient pas. Je ne veux pas que l'on fasse de moi un rat de laboratoire. Parce que c'est ce qui va arriver. La curiosité des médecins et des scientifiques les poussera à me faire faire des tests, à m'ouvrir le cerveau peut-être juste pour voir comment c'est dans la caboche d'un homme-légume. Je n'ai pas envie que l'on soit obligé de me laver le cul non plus ah ça non, jamais !

Cependant, je n'ai pas envie de mourir non plus. En fait j'en ai peur. J'ai peur de me retrouver là-bas, vers l'inconnu. J'ai peur de retrouver mon père, mon bourreau. J'ai peur de faire souffrir ma mère, elle qui a déjà tellement souffert dans sa vie avec mon paternel !

J'ai le cul entre deux chaises, comme on dit. Je suis dans une impasse et c'est le flou total quant à savoir quel est le meilleur choix. Faire un choix sur la vie quotidienne c'est déjà bien compliqué. Mais faire le choix entre vivre tout en risquant d'être dans un état végétatif ou mourir, c'est mission impossible. Qui me dit qu'ils n'en auront pas marre de moi au bout d'un moment et qu'ils ne finiront pas par venir de moins en moins me voir à l'hôpital pour ne plus venir du tout ? Que ferai-je alors seul, sans personne pour me dire des choses douces, me parler de la pluie et du beau temps, toucher ma main dans un geste réconfortant ? Que ferai-je si je ne peux plus jouir de ma passion pour la musique, car je serais incapable de gratter une guitare ou de tenir un micro ?

Je ne serais plus que l'ombre de moi-même. Je ne serais plus rien du tout. Mon cœur battra, mais mon cerveau lui, sera aux abonnés absents.

J'ai une chance sur deux de m'en sortir sans aucune séquelle. Mais je ne sais pas si je suis assez courageux pour risquer de me réveiller. Putain la vie est tellement cruelle !! Je ne me souviens même pas de ce qui m'a mis dans cet état !

Les jours passent encore. Bientôt le soleil ne reflète plus la même intensité de lumière à travers la fenêtre de ma chambre d'hôpital. J'en déduis que nous arrivons à l'automne. Je passe mon temps assis par terre en face de ma soeur. Nous avons épuisé tout notre stock de conversation. Je ne dors ni ne mange, jamais. Je n'en ressens pas le besoin. Comme je ne ressens pas le besoin d'aller pisser ou me laver ni de faire l'amour. Mon Dieu je ne bande même plus !!! J'en suis à me demander si je ne serais pas redevenu puceau depuis le temps que je suis coincé ici ! C'est lamentable. *Je* suis lamentable. Je suis là à me dire que je ne baiserai sans doute plus aucune femme alors qu'en bas, ma famille, mes potes de mon groupe et cette fille dont je ne parviens pas à déceler le visage sont à mon chevet en train de se demander si je vais me réveiller un jour.

Le déclic me vient quelques jours plus tard. Je suis toujours assis, la tête entre les mains en train de tergiverser sur mon choix quand la belle inconnue vient à mon chevet. Jusqu'à maintenant elle n'a jamais parlé. Du moins pas directement à moi. Elle s'est toujours adressée à ma mère pour la réconforter ou au médecin pour savoir comment j'allais physiquement. Aujourd'hui, sa voix me parvient aux oreilles comme la plus belle mélodie que je n'ai jamais entendue.

— J'ai passé ma deuxième échographie, aujourd'hui, me chuchote-t-elle.

Elle me serre la main et, paradoxalement, je sens le frisson électrisant me parcourir le bras jusque dans mon cœur, comme chaque fois qu'elle me touche, mais cette fois l'intensité de la décharge est multipliée par dix mille. J'ai l'impression d'avoir des étincelles dans tout le corps.

— Le médecin a détecté le sexe, mais j'ai dit que je voulais garder la surprise. Je voudrais le savoir en même temps que toi. Enfin, si tu as envie de le savoir.

Je ne comprends pas. Quelle échographie ? Le sexe de quoi ? Quelle surprise ?

— Kevin, je sais que tu peux t'en sortir. Tu es fort, tu es courageux. Tu es un héros pour nous tous. Des fans de tout le pays sont en bas de l'immeuble avec une chandelle et ils attendent comme nous que tu te réveilles. On est là pour toi, mon amour. On sera toujours là pour toi, quoi qu'il arrive. N'aie pas peur.

J'entends sa voix dérailler. Elle pleure.

— Mais si tu ne te sens pas capable d'affronter la vie, sanglote-t-elle, nous comprendrons ton choix. Tu peux partir si tu le souhaites mon cœur. Sache que nous t'aimerons toujours et que nous respecterons ton choix.

Elle me dépose un baiser sur la bouche et je sens ce contact sur mes propres lèvres. Waow. Mon cœur devient fou. C'est une sensation divine qui m'anime. Je veux encore qu'elle m'embrasse, je ne veux pas qu'elle s'arrête. Si je décide de mourir, je n'entendrais sans doute plus cette douce voix, je ne sentirais plus sa main sur la mienne ni ses lèvres contre les miennes.

Je ne veux pas la quitter.

Je ne veux pas *les* quitter.

Peu m'importe les conséquences.

Je veux vivre !

— À plus tard, petit frère, me dit Maggie en agitant sa main.

— Quoi ?

Puis avant de me rendre compte de ce qui se passe, je suis happé par quelque chose qui me tire en arrière.

C'est le trou noir. Je n'ai aucune idée de ce qui vient de se passer. Je me sens... vivant. Bizarre. J'ai l'impression de renaître. J'ai envie d'ouvrir les yeux. J'en ai besoin, c'est viscéral. Alors je mets toutes mes forces dans les muscles de mes paupières et aperçois enfin la lumière de la vie. Instinctivement, je prononce le premier mot dont j'ai besoin.

— Maman.

Ma voix n'est qu'un chuchotis à cause de ma bouche pâteuse, mais je crois qu'elle m'a entendue, car je perçois son visage d'ange au-dessus de moi à travers le rideau de mes cils. Elle arbore un sourire empli de joie et des larmes de bonheur coulent sur ses joues.

— Oh mon chéri, maman est là !

Quelque part, j'entends une voix de femme qui appelle un médecin pour le prévenir de mon réveil. Je ne sens plus mon corps, mais je peux parler et bouger les yeux, c'est déjà ça de gagné. J'essaie de tourner la tête et y parviens tant bien que mal. Mon regard croise ce regard vert. Un regard qui me rappelle tant celui de Maggie, mais qui est pourtant si unique ! Et son sourire. Mon Dieu quelle magnifique bouche ! Elle me caresse le front et je sens le courant électrique habituel parcourir mon corps tout entier cette fois.

— Bonjour, toi, sourit-elle.

Ses yeux étincellent. Ils sont emplis de bonheur, de soulagement et... d'amour ? Je bégaie.

— Qui... qui êtes-vous ?

Chapitre 29

Allyanna

Quarante et un jours. Cela faisait quarante et un jours que je venais voir Kevin à l'hôpital aussi souvent que je pouvais me le permettre. Le mercredi, mon jour de repos, je restais à son chevet durant toute la journée jusqu'à l'heure de la fermeture des visites. Je ne pouvais pas me résigner à louper nos rendez-vous quotidiens. Chelsea et même Will viennent le voir parfois. Les fans du groupe sont postés tous les jours devant l'hôpital et je me rends compte à quel point il est aimé.

Je ne lui ai jamais parlé pendant son coma. Je ne lui ai jamais dit à quel point je l'aimais et à quel point il me manquait. Pas parce que je n'en avais pas envie. Mais parce que la culpabilité me rongeait trop, encore aujourd'hui alors qu'il vient tout juste d'ouvrir les yeux. Si je l'avais écouté et avais rejoint les autres, il n'aurait pas eu besoin de se jeter sur moi pour me protéger. Il ne serait pas cloué dans ce lit d'hôpital, plongé entre la vie et la mort. Je me contentais alors de réconforter Sarah qui était au bord de la crise d'angoisse à l'idée de perdre un deuxième enfant. Je lui disais à quel point il était fort et courageux qu'il se réveille comme une fleur au contact du soleil d'été. Et je le pensais vraiment. Je mettais tous mes espoirs dans cette perspective. Même si une infime partie au plus profond de moi me conseillait de ne pas trop me nourrir d'espoirs qui pourraient s'avérer être faux, je continuais de croire en Kevin, inlassablement.

Je suis dans un état physique lamentable. J'ai des cernes énormes sous mes yeux bouffis par les larmes torrentielles, la peau blafarde, je ne mange que pour nourrir notre bébé, au travail je suis un vrai zombie, mais tout le monde comprend et les clients me réconfortent du mieux qu'il peuvent. Will a tenté de me convaincre de prendre un congé, mais j'ai refusé, j'ai besoin de bouger. Je me reposerai quand je serai en fin de grossesse et quand Kevin sera auprès de notre enfant et moi.

J'ai perdu du sang juste après avoir tiré sur Tom. Je m'en suis rendu compte que lorsque Andrew m'a aidé à me relever alors que les ambulanciers emmenaient Kevin. J'ai tout de suite paniqué et j'ai été transportée en urgence. J'ai tellement eu peur pour mon bébé durant le trajet, je ne cessais de pleurer et de hurler. Heureusement, l'échographie n'a rien décelé de particulier, ce devait être sur la violence du choc. On m'a conseillé de ne pas faire trop d'efforts physiques aussi je m'assois aussi souvent que je le peux au travail.

Quand il s'est miraculeusement réveillé de son coma après que je lui aie parlé pour la première fois et que je l'ai embrassé, il a totalement oublié qui j'étais. Sur le coup, j'ai eu l'impression de recevoir un coup de couteau dans le cœur. Mais je ne peux pas lui en vouloir, après tout, c'est entièrement ma faute s'il est là. Les médecins nous ont dit qu'il a eu beaucoup de chances, car la balle a traversé son corps à un centimètre au-dessus de son cœur. Un peu plus bas et c'était fini. Apparemment ils n'ont décelé aucune anomalie cérébrale irréversible nécessitant une opération du cerveau. Mis à part son amnésie, il a perdu également l'usage de ses jambes. Pour combien de temps ? L'équipe médicale n'est pas très optimiste là dessus. Sa mort cérébrale lui a grillé une partie du cerveau, en particulier celle de la psychomotricité. Il risque de ne plus pouvoir marcher. Plus jamais. Ni jouer de la musique. Je redoute ce moment où il apprendra ça.

Pour le moment, il vient de se réveiller d'entre les morts, il ne faut pas le brusquer.

Quand il m'a posé la question à savoir qui je suis, je me suis simplement présenté comme une connaissance. Je ne veux pas lui en demander trop en lui révélant que j'attends son bébé. Je préfère attendre qu'il recouvre la mémoire. Car c'est ce qui va se passer, il ne peut en être autrement, j'ai confiance en lui.

Il s'est passé pas mal de choses depuis « l'accident ». Bien entendu et comme l'exige la loi, j'ai été inculpée pour homicide involontaire en tuant Tom. Je suis passée devant le juge la semaine dernière, Andrew et les autres policiers qui étaient sur place ont témoigné en ma faveur et j'ai été déclarée non-coupable sans remise de peine. Ce n'était que de la légitime défense.

Je n'ai pas mis les pieds dans mon appartement, depuis, mis à part pour venir chercher quelques affaires. Mes journées étaient routinières quand Kevin était encore dans le coma : je me levais après quelques heures de sommeil (c'était un exploit si j'arrivais à dormir trois heures d'affilée), je passais à l'hôpital pour lui souhaiter une bonne journée avant de partir au travail. Je revenais l'après-midi avec Sarah et les autres puis je passais mes soirées chez les parents de Kevin avant de rentrer dans la villa afin de dormir dans le lit de mon amoureux.

Aujourd'hui, j'ai freiné la fréquence de mes visites. Je ne viens qu'une fois tous les deux jours. C'est atroce ce sentiment de manque et de vide. Mais les médecins m'ont prévenu que ce serait mieux pour lui. Il n'a aucun souvenir de ce qui s'est passé et il n'a même pas posé la question. Il est encore sonné, il ne faut surtout pas le bousculer. A priori, le dernier souvenir qu'il a gardé est le jour où ils ont fait leur première tournée. C'était il y a deux ans et demi... Nous ne le contredisons pas. L'hôpital a été rassurant en nous expliquant qu'il retrouvera la mémoire. Il faut juste lui rappeler ses habitudes sans trop lui en demander, ainsi il retrouvera ses repères. Si tout se passe bien, il devrait sortir à la fin du mois. J'ai tellement hâte...

Aujourd'hui nous sommes mercredi. Kevin a demandé à sa mère si je venais et elle lui a dit que oui. Je suis folle de joie a l'idée de savoir que je lui manque. Finalement, peut-être que notre amour n'est pas perdu. Il faut juste que je séduise à nouveau mon petit-ami. Je prépare mon sac avec mon manuscrit. En effet, depuis qu'il m'a grillée un matin alors que j'étais en train d'écrire, il m'a demandé de lui lire au fur et à mesure. Il y a encore deux mois, je n'aurais jamais accepté. Mais aujourd'hui tout est différent. Je me rends compte que sans son intervention, je serai à la morgue à cette heure-ci et je lui en serais éternellement reconnaissante. On se rend compte de la valeur de quelqu'un que quand on est a deux doigts de le perdre. Je réalise à quel point je tiens à cet homme maintenant et combien je l'aime.

Je rêve du jour où je lui raconterai l'histoire de notre première rencontre et à quel point nous nous détestions, au début. Lui raconter ce matin fabuleux où je lui ai offert mon corps. Nos promenades sur Central Park. Nos chamailleries quotidiennes. J'ai hâte de revivre tout cela. J'attrape les clés de la villa (Josh a eu la gentillesse de m'en faire un double pour quand ils ne sont pas là) et je sors au volant de ma Clio jusqu'à l'hôpital avec des papillons virevoltant dans le ventre. C'est un peu comme si nous revivions une rencontre. Sauf que cette fois, c'est moi qui suis censée l'attirer. C'est pour cela que j'ai décidé de me reprendre en main physiquement afin d'être de nouveau pimpante et reconquérir son coeur. *It's my life* de Bon Jovi résonne à fond dans la voiture et je conduis jusqu'à l'hôpital en chantant comme une casserole, plus heureuse que jamais. Parce qu'il a demandé à me voir. Je lui manque. Et ça, c'est tout ce que j'espérais.

J'arrive à l'hôpital et cours jusqu'à sa chambre dont je connais le chemin par cœur pour l'avoir parcouru tous les jours après avoir signé la fiche de présence obligatoire à la réception. Je tique un coup en espérant qu'il ne dorme pas. Il suit un traitement intensif afin de reformer ses cellules encore viables et résorber les dégâts du choc. Du coup, il dort beaucoup. Tant pis, cela ne m'empêche pas de me tenir à côté de lui en compagnie de sa mère, comme d'habitude.

Sauf qu'en entrant après que Kevin me l'ait autorisé, il n'y a aucune trace de Sarah. De personne, d'ailleurs. Bah merde, il y a toujours quelqu'un quand j'arrive, d'ordinaire.

— Salut, souris-je.

Kevin a l'air en forme. Il me rend mon sourire en rougissant. Il rougit ?!

— Salut. Tu es magnifique, ajoute-t-il en détaillant ma robe.

J'ai fait exprès de mettre ma robe blanche avec les noeuds sur les épaules, car c'est celle que je portais le jour où je l'ai revu au *Starlight*. Ça fait tellement longtemps ! Je tourne sur moi même pour qu'il l'admire un peu plus. Heureusement, elle est assez élastique aussi j'ai pu la mettre malgré mon ventre de quatre mois qui est rebondi et mes seins qui ont doublé de volume. Par contre, je ne pourrai plus la revêtir d'ici la fin de la semaine, je pense.

Kevin me contemple, les yeux pétillants. Je lui plais. Peut-être que la robe lui fera remonter des souvenirs à la surface. Je viens m'asseoir sur la chaise à côté de son lit, mais il m'en dissuade.

— Viens plutôt te mettre à côté de moi, propose-t-il en tapotant la place libre sur son lit.

Il n'a pas à me le dire deux fois. Il appuie sur une télécommande qui fait monter le dossier du lit en position assise. Il arrête, mais ça ne semble pas lui convenir alors il appuie de nouveau pour le monter. Mais ses yeux sont plongés dans les miens et il se trompe de bouton, nous faisant descendre brusquement.

— Merde, dit-il avant qu'on explose de rire.

Cette fois, il presse le bon bouton et nous pouvons alors commencer la lecture.

— Rapproche-toi, m'intime-t-il. Je ne vais pas te manger. Enfin je vais essayer.

Je le regarde en haussant les sourcils et je peux voir une étincelle de désir dans le bleu envoûtant de ses yeux.

Mon Dieu, ce qu'il est beau ! Je ne me lasserai jamais de cet homme. Je fais alors passer son bras autour de moi et pose ma tête sur son épaule droite.

— Au fait, personne n'est venu aujourd'hui ? demandé-je, étonnée.

Kevin rougit de nouveau. Mon Dieu je crois que je ne l'ai jamais vu rougir autant en si peu de temps lui qui est d'habitude si sûr de lui, voilà que je le mets mal à l'aise.

— Si, bien sûr, répond-il en se mordant la lèvre inférieure nerveusement. Mais je leur ai demandé de partir juste avant que tu viennes.

— Pourquoi ?

— Parce que... je voudrais passer un peu de temps avec toi. Je voudrais... te connaître un peu plus...

Je souris. Il a demandé à sa famille de nous laisser un peu d'intimité. Je trouve ça tellement romantique que j'ai une envie irrépressible de l'embrasser. Mais je m'efforce de ne pas bouger. Ne pas le brusquer, surtout. À la place, je me colle un peu plus contre lui, mon PC sur nos cuisses et ouvre le fichier de mon roman en déclarant.

— Je vais peut-être paraître égoïste, mais je suis contente qu'on ne soit que tous les deux pour une fois.

Il me sourit largement. Je crois qu'il se rend compte que je lui plais. Peut-être a-t-il envie de m'embrasser ? En tout cas il n'en fait rien et je n'ose pas faire le premier pas. Je commence alors à lire les deux chapitres que j'ai écrits tout en m'inspirant de mon héros assis à côté de moi pour incarner mon personnage principal tandis qu'il m'écoute attentivement en me caressant le bras du bout de son pouce. J'en ai des frissons de plaisir...

Soudain, je m'arrête au milieu du chapitre et sursaute. Oh putain ! Alors ça ressemble à ça comme sensation ? Kevin me regarde l'air inquiet.

— Ça ne va pas Allyanna ?

J'ai les larmes aux yeux quand je réponds.

— Il a bougé. Je l'ai senti ! Mon Dieu c'est merveilleux !!

Je pose la main sur mon ventre et le caresse. *Encore mon bébé. Montre à maman comme tu es fort.* C'est la première fois que je le sens vraiment. Au début, j'avais seulement la sensation de « bulles ». Mais là, j'ai bien senti son coup de pied et je suis heureuse que Kevin soit là pour assister à cette première fois.

— Tu veux le toucher ?

— Euh, fait-il, visiblement désarçonné par ma proposition. Je ne sais pas si... enfin le père...

Je lui prends la main.

— Ne t'en fais pas, je suis persuadée que le père de ce petit ange n'y verrait aucun inconvénient.

Je pose sa main sur mon ventre et aussitôt, un autre coup se fait sentir. Je ne peux m'empêcher d'éclater de rire en voyant l'expression ahurie sur le visage de mon amoureux. Bébé a reconnu son papa, apparemment.

— Tu sais si c'est une fille ou un garçon ?

Je secoue la tête.

— Le médecin a voulu me le dire à mon écho la semaine dernière, mais j'ai refusé. Je préfère attendre que tu...

Je m'interromps avant d'en dire trop. Ouf, je l'ai échappé belle. Un peu plus et je lui disais que je préférais attendre qu'il sorte pour venir avec moi. Ne pas le brusquer...

— Enfin, je veux garder la surprise, dis-je finalement.

— Et le père ? Il assume au moins ?

Je ne sais pas quoi dire. Que suis-je censée répondre à ça ? Je ne vais tout de même pas lui dire que c'est son bébé, il ne se souvient même plus de qui je suis, *moi* !

— C'est... compliqué. Je n'ai pas très envie d'en parler.

Il hausse les épaules, pas vexé le moins du monde.

— Comme tu veux. On reprend la lecture ?

C'est ainsi que je continue la lecture quotidienne de mon roman, mon ventre recouvert par la main de Kevin au cas où notre enfant se mettrait de nouveau à bouger. Je voudrais que le temps s'arrête sur cette image plus que romantique et emplie de tendresse et d'amour.

Lorsque je termine la dernière ligne du dernier chapitre, je me tourne vers mon prince charmant et découvre qu'il s'est endormi. Sa respiration est paisible. Il doit certainement faire de beaux rêves. Je ferme mon ordinateur que je pose le plus silencieusement sur la table de chevet et attrape mon téléphone avant de me coller à Kevin, sa main toujours sur notre bébé. Il faut que j'immortalise cette magnifique image. Mon amoureux faisant un câlin à notre enfant.

La photo prise, je range mon smartphone et dépose un baiser sur les lèvres de Kevin.

— Je t'aime mon amour. Passionnément.

Puis je m'endors pour un long sommeil bien mérité après toutes ces semaines d'insomnies et de larmes, collée à l'homme de ma vie, en pensant que désormais, plus rien ni personne ne pourra jamais nous séparer et que je prendrai tout le temps qu'il faudra pour reconquérir son cœur et retrouver mon amour d'avant.

Remerciements

Merci à Wattpad de m'avoir permis d'écrire librement et d'avoir rendu mes lecteurs tristes, paniqués, heureux et frustrés parfois.

Merci à Lana et Vanessa pour toutes vos pubs. Ne t'arrête jamais d'écrire ma licorne tu as une plume en or et je ne me lasserai jamais de te lire.

Merci à Sylvia, Alicia, Khaoula, Laetitia et les autres filles pour avoir joué le jeu du « je t'impose un mot ». À la fin, vous avez un peu déliré, mais on a bien rigolé sur le groupe.

Merci à Thirty Seconds To Mars, Ryan Star, Green Day, Limp Bizkit, Muse, Linkin Park et Nickelback pour vos magnifiques musiques qui m'ont accompagnée durant l'écriture.

Vous voulez découvrir les actus d'Erato-Editions ?

Retrouvez nous sur notre blog

eratoeditionsleblog.wordpress.com/

Sur notre page Facebook

www.facebook.com/eratoedition

Sur Twitter

twitter.com/EratoEditions

Erato-Editions

Cami dels Cabanyls
66740 Villelongue dels Monts

www.erato-editions.fr

Illustration et conception graphique: Créama

Imprimé en France
FROC01n1622170316
PP5543800001B/1/P

9 782374 470771